씁니다, 우주일지

씁니다, 우주일지

신동욱 장편소설

다산
책방

마주 본 거울 같은 공간의 평행함 속에서
시간의 일방통행을 당신과 함께 공유할 수 있음은,
우연이라고 하기엔 너무나도 우아한 경험이었다.

이 글을 그런 고귀한 모든 이에게 바친다.

차례

1.
인류 최초의 기록

2023년 3월 17일

소행성 포획 미션 626일 차, 맥 매커천

　엄청나게 아프다. 개자식!

　아무래도 내가 지구인들 중에 최초인 것 같다. 우주에서 최초의 기록이라면 여러 가지가 있다. 최초의 우주인이자, 최초로 지구궤도를 돈 유리 가가린, 최초로 우주유영을 한 우주비행사 알렉세이 레오노프, 아니면 최초로 달 착륙을 한 닐 암스트롱이라든지.

　나 역시 이런 위대한 최초의 기록에 오른 것 같다.

　최초의 기록인데 왜 욕설까지 내뱉냐고? 그건 내가 우주에서 구타당한 최초의 지구인이기 때문이다. 빌어먹을, 순간적으로 별이 번쩍이면서 통증이 밀려왔다. 빌리가 마른 체형이라 방심했다. 빌리의 이마는 망치처럼 단단했다. 그의 이마가 연이어서 내 안면에 작렬했다. 나는 빌리가 움직이지 못하게 뒤에서 힘으로 껴안았다. 힘은 깡마른 빌리보다야 내가 우월하지만, 이곳은 우주다. 영화처럼 인공 중력이 있는 곳이 아니다. 급한 마음에 지구에서 행동하듯이 저놈을 껴안아버렸다. 발을 디딜 수가 없는데 껴안았더니 몸이 팽글팽글 회전했다. 내가 중심을 잃은 틈에 저 말라깽이 자식이 나에게 '지구인 최초' 타이틀을 선사했다. 세 번째 박치기를 당하자 코에서 시뻘건 피가 방울방울 흩날리기 시작했다. 핏방울들은 나오기가 무섭게 이리저리 뭉치고 쪼개지면서 구슬 모양으로 자유롭게 떠다녔다. 둥둥 떠다니는 피를 보고 있으니 더 아픈 것 같다.

잠깐만…… 내가 여기서 뭘 하고 있는 거지?

난 맥 매커천, 마흔한 살이고 T 그룹의 CEO다. 남들은 나를 이렇게 부른다. 다시 한 번 강조한다. 사람들은 나를 이렇게 평한다. 세상에서 가장 혁신적인 사업가, 전기자동차의 아버지, 태양광발전의 아이언맨, 화성 이주를 꿈꾸는 개척자, 바람둥이, 현실계의 토니 스타크, 미래의 우주 엘리베이터 도어맨, 그리고 우주인…… 나는 왜 여기 있지? 그래 생각났다. 난 지금 돌덩이를 운송하고 있다. 그것도 어마어마하게 큰 돌덩이 말이다. 고구마처럼 생긴 250미터짜리 소행성을 지구 방면으로 운송 중이다. 왜 이딴 돌덩어리를 우주까지 날아와서 나르고 있느냐 묻는다면…… 모르겠다. 들긴 들었는데 띵해서 그런지 생각이 나지가 않는다. 아무튼 아내가 시켰다.

아내가 말했다. "자기야, 날 위해서 뭐든지 해줄 수 있어?"

대책도 없이 나는 답했다. "그럼, 자기를 위해서라면 하늘의 별도 따다 줄 수 있지!"

충고하겠는데 남자들이여! 그딴 말 함부로 하지 마라. 내가 이렇게 실제로 하고 있다. 아내의 이름은 김안나, 한국인이고 이론물리학 박사다. 우리는 우주 엘리베이터를 건설하기 위해 일하다가 눈이 맞았고 결혼을 했다. 아내는 우주에 던질 기다란 밧줄을 걸기 위한 균형추를…… 그래, 이제야 생각이 났다. 왜 이딴 돌덩어리를 화성 근처까지 와서 모셔 가고 있는지. 아내는 우주 엘리베이터를 건설할 때, 6만 킬로미터 상공에 자리잡을 거대한 균형추를 소행성 AC5680으로 결정했다. 아내는 엄청나게 많은 로켓을 쏘아 올려서 균형추를 제작하는 것은 비용적, 자원적 그리고 과학적 기회의 낭비라며 소행성이 필요하다고 했다. 말 잘 듣는 애처가인 나는 이렇게 1.5AU(약 2억 3천만 킬로미터, 지구와 태양 사이의 거리가 1AU이다)나 떨어진 곳까지 날아와서 이렇게 돌덩어리를 배송해드리고 있다.

그래, 나는 지구 최초의 별도 따다 주는 남편이다.

빌리의 네 번째 박치기가 날아왔다. 빌리는 어금니까지 꽉 깨문 채 또다시 박치기를 시도했다. 가까이서 마주친 그의 눈빛에는 오직 차가운 살기만이 가득했다. 나는 더 이상 맞기가 싫었다. 세 번만으로도 '좆나게' 아팠기 때문이다. 다행스럽게도 이번에는 무중력이 내 편을 들어줬다. 무중력에서의 충돌이 우리를 이리저리 회전하게 만들었기 때문이다. 회전을 하는 순간 나는 발치에서 벽을 감지하고는 벽면을 강하게 발로 밀어 찼다. 그러자 우리 두 사람은 우당탕거리면서 중앙 데크의 생활공간으로 흘러 들어갔다. 나는 조종실보다는 이곳이 비교적 안전하겠다는 생각이 들어 빌리를 풀어주며 말했다.

"이봐, 빌리! 나야, 맥. 우리 진정하고 얘기를…… 이런, 젠장! 너 미쳤어? 그거 내려놔! 그거 내려……."

맞다. 저놈은 미쳤다. 대화로 저놈을 진정시키려고 했던 내가 바보였다. 빌리는 벽면에 고정돼 있던 화재 진압용 손도끼를 꺼내 들었다. 그러고는 날이 번뜩이는 손도끼를 휘두르면서 유령처럼 내게 날아왔다. 나는 도끼를 휘두르며 날아오는 빌리를 망연자실 바라봤다. 공포감에 짓눌려 온몸이 뻣뻣하게 굳어버렸다. 이런 상황에 내가 딱히 할 수 있는 일은 배우지 않았다. 나는 사업가이자 우주인이지 격투기를 배운 군인이 아니다. 나는 숨을 후 하고 토해내며 다가오는 죽음을 맞이했다. 삶이란 정말 기이하군. 이렇게 우주에서 도끼를 맞고 사망한 최초의 인간이 되다니. 삶의 모든 것을 내려놓았을 때, 빌리가 애지중지하던 기타가 보였다. 나는 빌리의 기타를 잽싸게 들어올려서 그의 공격을 막았다. 정말이지 아슬아슬했다. 그가 휘두른 도끼는 기타를 강타했고 그 충격에 기타가 쪼개지면서 크고 작은 파편들이 생겨났다. 파편은 무질서하게 흩어지면서 무중력 공간으로 날아갔다. 선내의 경보 조명이 시뻘겋게 깜박거렸고, 기타의 파편은 종말을 선언하며 내려오는 악마들의 편내처럼 보였다. 귀청을 찢는 듯이 삑삑삑거리는 경보음이 이 혼돈을 더욱 혼란스럽게 만들었다.

혼돈은 계속됐다. 두 번째 공격이 날아왔다. 이번에는 우리 두 사람이 서로 밀려났기 때문에 아슬아슬하게 공격을 피할 수 있었다.

빌리는 허공에 도끼를 휘두르고는 균형을 잃고 허우적거렸다. 그래서 나는 내가 가진 최고의 무기를 사용할 수 있는 시간을 얻게 됐다. 수많은 경쟁자들과 여성들을 매혹시킨 가공할 무기, 그것은 바로 내 입이었다. 제발 통해야 할 텐데…….

"이봐, 천재 음악가! 방금 부서진 네 기타는 내가 새걸로 가져다줄게. 내가 잘못했으니까 술이나 한잔하자고. 응? 까짓것 청소도 내가 할게."

나는 내가 할 수 있는 가장 달콤한 말들을 건넸지만, 통하지 않았다. 빌리는 내가 내뱉은 '기타'라는 단어에 자극을 받았는지, 섬뜩한 눈빛을 뿜으면서 고함을 질러댔다. 그러고는 심하게 말라서 해골같이 변한 얼굴을 일그러뜨리며 성난 표정으로 나에게 날아왔다. 어찌나 빠르게 몸을 날리는지 탈모가 진행되고 있는 그의 누런색 머리카락이 사자의 갈퀴처럼 곤두서며 휘날렸다. 손도끼가 빠르고 강한 궤적을 그리며 나에게 날아왔고, 나는 어쩔 수 없이 다시 한 번 기타를 들어 방어했다. 기타가 부서지는 둔탁한 소리가 들렸지만, 나의 시야는 어둠 속으로 파묻혀버렸다. 날카로운 통증이 시신경을 건드렸다. 기타의 파편이 내 눈에 들어간 것 같았다. 나는 크고 낮은 비명을 번갈아 질렀다. 눈을 찡그릴수록 파편들이 더욱 날카롭게 눈으로 파고들었다. 나는 도끼를 피하는 게 먼저라고 본능적으로 생각하고, 들고 있던 기타에 전해지는 힘에 정신을 집중했다. 손도끼가 기타에 박혀버렸는지 빌리가 그것을 빼내려고 애를 쓰고 있었다. 나는 침착하게 그 힘이 느껴지는 방향을 향해 오른발을 힘껏 날렸다. 그 반동으로 나는 뒤로 밀려 어딘가의 벽면에 등이 닿았다. 나는 손도끼가 빠져나간 건지, 아니면 기타에 박혀 있는지를 확인하기 위해서 곧바로 기타를 더듬거렸다.

불행하게도 손도끼는 기타에 박혀 있지 않았다. 나는 빌리가 뒤로 밀려난 틈을 놓치지 않고 빠르게 눈을 끔뻑거리며 시야를 확보했다. 날카로운 파편으로 자극을 받은 눈은 좀체 뜨기가 힘들었다. 눈을 찡그리자 실낱같은 시야가 확보됐고, 간신히 벽면을 향해 날아가는 빌리의 모습을 볼 수 있었다. 빌리는 내가 걷어찬 충격으로 손도끼를 놓쳤고, 손도끼를 손에 쥐려고 허공에서 허우적거리고 있었다. 나는 그 틈에 잔뜩 찡그린 눈으로 주위를 둘러봤다. 사생활 보호를 위한 취침용 커튼이 희미하게 보였다. 손에 든 기타를 버리고 두툼한 커튼을 꼭 움켜쥐었다. 그런 다음 빌리가 날아오기를 기다렸다.

빌리는 고함을 지르면서 손도끼를 휘두르며 나를 덮쳐왔다. 나는 찡그린 눈으로 빌리를 노려보면서 손에 쥔 커튼을 더욱 세게 움켜쥐었다. 그러고는 빌리가 조금 더 다가오기를 침착하게 기다렸다. 빌리가 손도끼를 휘두를 때 나 역시 손에 쥔 커튼을 손도끼를 향해 휘둘렀다. 그러자 커튼에 도끼가 감기는 느낌이 손끝에 전해졌다. 나는 도끼가 닿자마자 커튼을 살짝 놓았다. 손도끼의 충격은 분산됐다. 제발…… 제발…… 찢어지지 마라…… 효과가 있었다. 커튼은 손도끼에 찢어지지 않았다. 나의 계획이 성공했다.

나는 투우사처럼 빠르게 커튼을 뒤로 빼면서, 빌리를 유인했다.

커튼 안으로 빌리가 충분히 들어오길 기다렸다가 재빠르게 커튼을 한 바퀴 휘감으면서 빌리를 포획했다. 포획된 빌리는 몸부림쳤다. 비명인지 절규인지 모를 빌리의 고함 소리가 왕복선의 경보음과 함께 울려 퍼졌다. 나는 온몸을 이용해 그의 몸부림을 제압했다. 결박당한 말라깽이 녀석이 힘은 어찌나 센지, 그 힘에 내가 튕겨져 나갈 뻔했다. 나는 있는 힘을 다해 커튼으로 그를 가두고는 그의 힘이 빠질 때까지 기다렸다. 그때, 중앙 데크 후미의 에어로크1 방면에서 우주복을 입은 2호기의 민준이 들어왔다. 상황을 파악한 민준은 몸부림을 치고 있는 빌리를 향해 자신의 헬멧으로 사정없이 내리쳤다. 둔탁한 소리와 함께 빌리의 몸부림과 괴성이 점차 사그라졌다.

나는 안도의 한숨을 내쉬며 무중력에 몸을 맡겼다. 애써 누르고 있던 통증이 밀려왔다. 코가 부러졌는지 무척이나 욱신거렸다.

오늘은 지구를 떠난 지 626일째 되는 날이다. 빌리는 우주에서 157일째 되는 날부터 상태가 좋지 않았다. 그리고 그동안……의 일은 그동안 쓴 일지를 보라.

나는 잠시 쉬어야겠다. 상황이 정리되면 일지를 다시 쓰겠다.

2.
금발 머저리,
화성 이주는 비효율적이야

2020년 6월 20일

안나의 기억 속 파편

금발 머저리 자식!

내가 금발의 얼빠진 남자들을 욕하며 일컫는 말이다. 남자들이 금발 미인들에게 금발의 백치미가 느껴진다고 하듯, 나는 금발의 미남들을 그렇게 불렀다. 남녀평등을 주장하는 나의 의지라고나 할까. 여자들이 상대적으로 적은 이 바닥에서 굴러먹다보니 나도 모르게 그렇게 됐다. 평등은 개뿔, 아직까지도 치마를 두르면 아이를 낳아야 하는 생물학적 도구로 생각하는 보수적인 놈들이 과학계에는 허다하다. 아니라고? 그럼 닥치고 구석에 가서 계산이나 끼적거리고 있어.

나는 맥 매커천을 처음 만났을 때부터 그를 금발의 머저리라고 불렀다. 한 달 전에 T 그룹에서 제안서가 날아왔다. 제안서는 우리 연구소의 브라이언 스미스(난 그를 EU라고 부른다. 점점 뚱뚱해지는 게 팽창우주 같다고 해서 그렇게 부른다. Expanding Universe의 약자다), 넬슨 스미스(그는 한창때의 윌 스미스를 닮았다 해서 윌이라 부른다), 그리고 나에게 도착했다. 거기에는 화성 이주 프로젝트에 우리의 재능이 필요하다고 적혀 있었다. 이에 대한 우리의 답변은 무엇일까?

1. 어머! 고마워요, 불러줘서. 2. 나 : 연구비 지원은 얼마나 나오죠? 윌 : 연봉은 얼마입니까? EU : 초콜릿과 과자는 충분하게 구비돼 있나요? 3. 우리의 정확한 포지션이 어떻게 됩니까? 주요 보직인가요? 4. 꺼져!

답은 4번. 꺼져! 물론 그렇게 적나라하게 말하지는 않았고, 화성 이주 계획이 얼마나 비합리적인지에 대해 역설하며 정중하게 거절했다. 반대만 한 게 아니라 오히려 우주 엘리베이터를 건설하자는 더 나은 제안까지 했다. 나도 안다. 허무맹랑한 소리로 들릴 거라는 걸. 우주 엘리베이터는 우주로 향하는 가장 안전하고 값싼 방법이지만, 현실적으로 불가능해서 소설이나 영화에서나 볼 수 있었다. 하지만 지금은 다르다.

지금까지 우주 엘리베이터 개발의 마지막 난관은 케이블의 장력이었다. 지상에서 6만 킬로미터 정도까지 올려야 하는 우주 케이블의 장력은 대략 60~100기가파스칼 정도가 필요하다. 우리가 흔히 알고 있는 강철 케이블의 장력이 2기가파스칼 정도 된다고 하면 우주 엘리베이터에 사용될 케이블의 강도가 대략 감이 올 것이다. 그러니까 초사이어인 손오공이나 헐크가 줄다리기를 해도 끊어지지 않는 초초초울트라급의 강도가 필요해서 그동안은 우주 엘리베이터를 건설할 조건이 되지 못했다. 그러나 120기가파스칼의 압력을 견뎌내는 탄소나노튜브가 개발되면서 상황은 크게 달라졌다. 과거에는 길게 제작하는 데 한계가 있었던 이 케이블을 이제는 마음만 먹으면 제작할 수 있게 됐다. 우리가 누군가. 우리는 답을 찾았다. 늘 그랬듯이.

어? 뭘 얘기하다가…… 그래, 금발의 머저리! 그는 한 방송에 출연해 우리의 참신한 제안을 공개적으로 비난하고 호도하면서 웃음거리로 만들어버렸다. 나는 그 방송을 어두컴컴한 우리의 연구소에서 내가 '다스베이더들'이라고 부르는 우리 팀원들과 함께 봤고, 격한 감정을 감출 수 없었다. 그렇게 분노를 폭발시킨 지 일주일이 지난 오늘, 지금으로부터 한 시간 30분 전에 그에게서 바로 만나자는 연락을 받았다.

캘리포니아 주 실리콘밸리의 북부에 위치한 팰로앨토의 동남부, 이곳에 T 그룹의 본사가 하늘을 뚫을 기세로 자리잡고 있다. 젊고 개방적인 학자들이 이곳을 많이 왕래한다고는 하지만 70층부터는 미지의 구역이었다. 고층부는 철저한 보안으로 유지된다. 그곳은 지문 인식 보안장치가 달린 전용 엘리베이터를 타야 올라갈 수 있고, 두 명의 전담 보안요원까지 통과해야 다다를 수 있다. 이미 잔뜩 화가 나 있는 상태였던지라 나는 당당하게 전용 엘리베이터 앞으로 걸어가 승강기를 열라고 보안요원에게 말했다. 그러자 두 덩어리들 중 비교적 체구가 작은 사내가 내게 물었다.

"혹시 약속이나 예약이 잡혀 계십니까?"

그들 눈에는 내가 맥 매커천의 열렬한 팬이나 스토커, 혹은 어젯밤에 일을 치르고 버림받아서 찾아온 창녀로 보였던 모양이다. 나는 F로 시작하는 욕설을 두 덩어리들에게 날리고 싶었지만 간신히 참았다. 왜? 나는 지성인이니까.

"어떻게 오셨습니까? 하고 먼저 물어보시는 게 예의 아닙니까?"

나는 분노를 참아가며 도도하고 당당하게 말했다. 나의 기세에 당황했는지 그들의 눈빛이 흔들렸다.

"어떻게 오셨습니까? 미스……."

"김안나 박사입니다. 오늘 11시에 와달라고 조금 전, 9시 30분쯤 (금발의 머저리가 예의도 없이) 연락을 하셨더군요."

그러자 큰 덩어리가 어디론가 전화를 걸더니 잠시 후, "박사님 약속은 확인이 되지 않습니다. 그리고 대표님께서는 지금 자리에 안 계신다고 합니다. 나중에 다시……" 하고 뜸을 들이며 말을 전했다. 결국 분노는 터지고 말았다.

"젠장! 제안서를 비난한 것도 모자라서 또 어느 창녀 품에 처박혀 있는 거야! 머저리 같은 금발의 바람둥이 같으니라고!"

나의 구수한 욕설이 1층 로비에 쩌렁쩌렁하게 울려 퍼졌다. 그 고함에 로비의 분위기가 차갑게 얼어붙었다. 나는 윗잇몸이 시큰해질 정도로 분노를 느꼈다.

"경박스러운 사기꾼! 바람둥이 자식!"

더 뭐라고 욕을 퍼부었는지는 말하지 않겠다. 나는 지성인이다. 나는 그에게 완전히 속았다는 생각에 뒤도 돌아보지 않고 그 자리를 빠져나갔다. 동료들에게 어떻게 말하면 체면이 덜 구겨질지 고민하기 시작하자, 내 속의 깊은 곳에서부터 또다시 거친 욕설들이 용암처럼 끓어올랐다. 지성인은 개뿔.

"김 박사님, 잠시."

작은 덩어리가 빌딩을 막 나서려는 나를 불러 세웠다. 그는 헤드셋으로 지시를 받더니 내게 말했다.

"대표님이십니다. 박사님께 이렇게 그대로 전하시랍니다. '머저리 바람둥이 맥 매커천입니다. 창녀 품에서 방금 나왔으니 올라오세요. 사과의 뜻으로 시원한 커피를 준비해두겠습니다'라고 하십니다."

작은 덩어리는 매커천을 흉내 내는 게 부끄러웠는지 수줍게 말했다. 나는 장난스러운 그의 행동에 더욱 분노를 느꼈다. 엉덩이를 걷어차버리겠어!

그런데…… 분노를 유지하기에는 바깥 풍경이 너무나도 아름다웠다. 올라가는 동안 전면 유리창으로 보이는 팰로앨토 시가지 풍경이 분노를 서서히 사그라지게 했다. 과하게 화려하지도, 지나치게 서정적이지도 않은, 적당한 아름다움을 입고 있는 풍경들. 올라갈수록 작아지는 푸른 나무와 장난감 같은 자동차들. 어디론가 바삐 움직이는 사람들. 그리고 파란 하늘. 이 모든 것들이 어우러진 한 폭의 풍경화는 고요하고 아름다워 분노가 끼어들 틈이 없었다.

'띵' 소리와 함께 엘리베이터가 멈추자, 눈을 의심할 수밖에 없었다. 이곳이 75층이 맞는지 둘러봤다. 이곳에는 아무것도 없었다. 마치 철거 중인 공간처럼. 거대한 빈 공간에 있는 것이라고는 커다란 책상, 소파, 원형 테이블, 책장들, 미니바, 그리고 노트북 한 대. 여기까지가 대충 훑어본 75층의 전부였다. 5백 평은 족히 될 것 같은 공간에는 아무런 인테리어도, 장식도, 권위도 존재하지 않았다. 역시 또라이군!

"아이스커피에 시럽은 넣습니까?"

빈 공간 특유의 울림이 들려왔다. 맥 매커천이었다. 화면에서 보던 장난스러운 표정 그대로였다. 나는 황당한 마음을 뒤로하고 속에 담긴 말을 터뜨렸다.

"아! 매커천 씨. 드디어 만났군요. 얼마 전에 비난을 받았을 때부터 한번 만나는보고 싶었습니다. 얼마나 얼빠진 사람인지 궁금했거든요. 당신은 제게 화성 이주에 대한 실질적인 도움을 받기 위해 협력을 제안했습니다. 저는 비용적인 측면, 그리고 의학적인 입장, 물리학적 관점으로 '그것은 비효율적이다'라는 입장과 함께 우주 엘리베이터를 만들자고 제안했죠. 그 제안이 그렇게 비웃음거리가 될 정도라고는 생각하지 않습니다. 오히려 제 생각에는 당신의 전기차 사업과 화성 이주 계획이 더욱 터무니없어 보이는군요. 그건 혁신이라는 명목의 사기 행위 아닙니까? 하! 하긴. 당신이 사업가라고 생각하니, 대중을 현혹하고 헛된 이미지를 입히는 일을 하는 게 이해가 가긴 하는군요. 여러 가지 사과를 받고 싶지만, 우선 1층에서 나를 돌려보냈다가 다시 올라오게 하며 조롱한 일부터 사과를 받아야겠습니다."

그의 반응은 어이가 없었다.

"정말 여기 없었는데." 그러고는 자리에 앉길 권하며 말을 이었다.

"아! 여자와 함께 있다가 방금 도착한 건 맞는데, 어떻게 아셨습니까? 뭔가 창의력이 고갈되면 그것만큼 영감을 불러일으키는 것은 없더군요."

그가 빙긋 웃으며 계속 말했다.

"방금 헬기를 타고 도착했습니다. 누추하지만 제 사무실에 오신 것을 환영합니다. 먼저 모욕을 드린 점과 기다리게 한 것에 대해서 심심한 사과의 말씀부터 드립니다. 편안히 앉아서 얘기하시죠."

만만치 않은 놈이다. 여자와 함께 있다 왔다고 저렇게 뻔뻔하게 웃으면서 말을 하다니. 나는 그 뻔뻔함에 내심 당황했지만 아무렇지도 않은 듯 침착함을 유지했다.

"메리타식 핸드 드립으로 내린 콜롬비아 메델린 원두입니다. 전 이것만 마시죠. 모카에 '귀부인'이라는 별명이 있다면, 메델린은 남성적인 품격의 향으로 '왕'이라 불리고 있습니다. 박사님이 여성이시다보니 입맛에 맞지 않을까 걱정했는데, 말씀하시는 것을 보니 입맛에 제법 잘 맞으실 것 같습니다."

뻔뻔한 자식. 커피에 비유해서 나를 깎아내리다니. 그것도 능글맞은 말투로. 한 방 또 먹었다. 나 0 : 2 금발 변태.

"화가 나셨나봐요?"

그가 느긋하게 커피를 마시며 말했다. 그 질문에 내 얼굴은 굳었다. 그 변화를 금세 읽은 그가 더욱 빙긋 웃으며 나를 뚫어지게 쳐다봤다.

"그렇군요. 화가 나시라고 그랬습니다."

아리송한 자식! 무슨 말인지 감이 오지가 않았다. 나는 돌려 말하기보다 직선적인 대화가 필요한 사람이다. 다행히 이번에는 크게 동요하지 않았다. 그저 콧방귀를 뀌며 그를 쳐다봤을 뿐이었다.

"화가 나셨으니 저에 대해 반박할 준비를 하셨을 테고, 그러니까 이렇게 뵐 수 있게 되지 않았습니까."

"저를 가지고 노시는 게 좋습니까? 말장난을 계속하실 거면 일어나겠습니다. 대화할 가치가 없군요."

"기분이 상하셨다면 다시 한 번 사과드립니다. 천천히 가시지요. 제가 박사님의 명성을 건드린 일이나, 느닷없이 전화를 해서 여기까지 오시게 만든 까닭은 사업가이다보니 확인이 필요해서였습니다. 제 나름의 인물 평가 전략이라고나 할까요. 너그럽게 용서하시길 부탁드립니다."

그가 정중하게 말했다. 내가 진정을 찾자 그가 말을 이었다.

"제가 사람을 불시에 보는 것은, 그 사람이 충분히 준비가 된 사람인지 알고 싶어서입니다. 저는 박사님을 흥분시켜서 제가 원하는 시간에 뵙고 싶었습니다. 급하게 약속을 잡아두고 사람을 만나면, 그 사람이 얼마나 준비된 사람인지 알 수가 있습니다. 그러면 그 사람의 허실을 제대로 판단할 수가 있죠. 원나이트를 한 다음 날 화장을 지운 여성의 민낯을 보는 것처럼 말입니다."

아…… 세다. 나 0 : 3 금발 변태. 반격할 무언가가 필요하다.

"하! 전 화장 따위는 신경쓰지 않는 편이어서 그 민낯을 보시기엔 수월하시겠군요! 아무래도 술이 덜 깨신 것 같은데, 전 이만 가보겠습니다. 돌아가서서 통화 중에 당신 아래 있던 그 여자에게나 다시 가보시죠!"

만족한다. 어느 정도 적절한 반격이 된 것 같다. 민얼굴 얘기가 나와서 말인데, 이 상황에 걸맞은 생각이 아닌 줄은 알지만 내 자랑을 좀 해야겠다. 나는 피부가 좋다. 별다른 관리를 하지 않아도 매끄럽고 하얀 피부를 지녔다. (가끔은 잘나갈 때의 이영애를 닮았다는 생각이 들곤 한다. 못 믿겠다고? 구석에 가서 계산이나 끼적이시길.)

"어? 소리가 들렸습니까? 그래서 아셨군요. 정확하게는 제가 아래 있었습니다."

포기했다. 강적이다. 겨우 이런 말장난으로는 내가 이길 수 있는 상대가 아니었다. 복수하겠다고 왔다가 일방적으로 당하고만 있다. 뭔가 저 얼간이를 제압할 새로운 논리가 필요하다. 그래, 그거다. 난 이론물리학자야.

"제 제안을 그렇게 비웃으시는 걸 보니, 큰 그림은 보지 못하는 분이시군요. 쓰레기 같은 제안서라고 하셨던가요? 제 눈에는 오히려 당신 사업이 더욱 쓰레기처럼 보입니다. 혁신적이라고 홍보하는 전기자동차, 태양광 에너지 같은 것들이 대체 어디가 혁신적이라는 겁니까?"

이번에는 효과가 좀 있는 듯했다. 그의 얼굴이 살짝 경직되는 것이 눈에 들어왔다. 그는 희미한 미소를 지으며 내게 물었다.

"이유는요?"

"몰라서 묻습니까? 일단 당신의 전기 자동차부터 비판하죠. 당신은 그 자동차가 한 번 충전으로 5백 킬로미터 이상 주행할 수 있다고 홍보를 합니다. 경제적으로도 효율적이고 공해도 없는 기술인 양 홍보를 해서 팔아먹고 있습니다. 중요한 건 배터리의 에너지 밀도, 비용, 재충전 시간인데, 이런 문제들은 해결했습니까? 에너지의 밀도를 높인 게 아니라 단지 차량 밑에 배터리를 배치할 표면적을 넓힌 것이 아닙니까. 배터리를 5백 회 이상 충전할 때 효율성이 떨어진다는 점은 밝혔나요? 배터리 교체의 감가상각 비용은 왜 숨기는 겁니까? 휘발유를 이용할 때보다 여섯 배는 비싼 가격이 아니던가요? 그리고 그 빌어먹을 전기는 대체 무엇을 태워서 얻는 겁니까?"

표정을 보니 한 방 먹은 듯했다. 나 1 : 4 금발 변태.

"계속 말씀하세요."

"그다음은 태양광 에너지입니다. 드넓은 미국의 빈 땅덩어리에서 생산되는 친환경적 전기에너지. 뭐, 다 좋습니다. 태양전지는 광전효과를 기반으로 전기를 만드는데, 태양전지의 효율성 개선과 함께 비용이 낮아지고 있으니 기대는 해볼 만합니다. 다만 미국이나 한국같이 임금이 비싼 나라에서는 유지, 관리 비용이 증가해서 생산단가가 올라간다는 게 함정입니다. 여긴 개발도상국이 아니지 않습니까. 대중이 모르는 것이 또 있습니다. 도시에서 먼 곳에서 생산하는 태양 발전 방식은 전력의 송전 과정에서 엄청난 전력손실이 일어나죠. 보통 7퍼센트 정도가 송전 과정에서 낭비되고 있고, 전선이 길어질수록 심해지니…… 미국의 황무지에서 전력을 생산해 도시로 전송한다? 저는 가격에 문제를 걸겠습니다. 그 지역에 이주해서 전력을 사용한다면 모를까…… 가만! 혹시 당신이 노린 게 그겁니까? 사막과 황무지에 발전소를 만들어 새로운 도시를 조성한다? 그 전에 그 황무지를 싼 가격에 매입해서 개발한 후 팔아먹는다? 하! 대단합니다! 그거였군요?"

나는 마음속으로 노래를 불렀다. 금발 변태의 표정이 더 굳어가는 것도 마음에 들었지만, 언제나 과학적 추론은 나에게 활력을 불어넣어주기 때문이다.

나 2 : 4 금발 변태.

"좋습니다. 사업가이시니 그런 것쯤은 그러려니 하고 넘어갈게요. 마지막이 화성 이주였나요? 이건 이미 로켓을 쏴보셨으니 치올코프스키 로켓 방정식이니 뭐니는 다 아실 겁니다. 속도를 1킬로미터 증가시키기 위해서는 연료의 전체 무게를 1.4배씩 늘려야 하니까, 궤도에 올리기 위한 속도인 초속 8킬로미터에 도달하려면 추가되는 연료의 양은…… 대체 언제까지 에너지를 낭비할 겁니까?

화성이 사람들을 안전하게 받아줄 환경도 아니고, 쏟아지는 우주 방사선은 어떻게 해결할 겁니까? 게다가 우리는 자원을 채취해 돌아올 수 있는 로켓을 만들지 못했습니다. 그리고 밀폐된 공간 생활의 결과는 바이오스피어2 실험에서 이미 입증되지 않았습니까. 불안감, 파벌 조성, 다툼. 고립된 생활에서의 문제점은 이미 밝혀져 있습니다. 인간은 생물학적 삶의 유지 체계도 중요하지만, 정신의학적 분야도 중요한 생존 조건임이 이미 검증됐습니다. 저는 당신이 과학에 대한 이미지와 대중의 환상을 기업의 이미지로 활용한다고밖에는 생각되지 않습니다. 아닙니까?"

나 3 : 4 금발 변태.

콧노래를 부르고 싶었지만 그럴 수가 없었다. 왠지 모를 걱정이 쏟아지기 시작했다. 열변을 토하다보니 그의 우주 사업이 실패했을 경우에 대한 걱정들이 시작됐다. 저 자식이 화성 이주를 운운하다가 실패를 했을 경우 말이다. 나는 우주 사업에 대한 투자에 빅크런치 현상이 나타날까봐 두려웠다. 그렇다면 인류는 또다시 우주에 대한 흥미가 줄어들게 될 것이고, 우주 사업은 정체기에 빠지게 된다. 그러면 우리는 아주 오랜 시간 태양계를 벗어나기가 힘들게 된다. 또…… 안 되겠다. 이런 불안감과 걱정들을 털어내야겠다. 감히 내가 사랑하는 우주를 오염시키려 들다니, 용서가 안 된다!

"저는 과학을 사랑합니다. 우주를 사랑합니다. 우리는 지난 진화를 바탕으로 마지막 도약의 장벽인 우주로 나가려 하고 있습니다. 하지만 우리는 모든 면에서 준비가 덜 된 상태로 도전을 해왔고, 그로 인해 엄청난 예산을 낭비하기도 했습니다. 이는 우주탐사의 회의론에 빠지게 되는 계기가 되기도 했죠. 빛의 속도엔 한계가 있어서 수십, 수백, 수천, 수만 년 이상을 날아가야 닿을까 말까 하는 여행에, 고작 백 년도 안 되는 인생을 걸기가 두려웠던 겁니다.

진실을 모를 때는 겁없이 도전했지만, 조금 알고 나니 다시 창백한 푸른 점에 불과한 지구에 만족하기 시작한 겁니다. 그래서 저는 우주로 향하는 도전은 신중해야 한다고 생각합니다. 커다란 실패일수록, 도전자들의 용기가 줄어들 테니까요. 이건 절대 가십거리가 아닙니다. 불안정하고 계산되지 못한 요소들로 수년 내에 이주민들이 생존에 실패를 한다면 어떻게 되겠습니까? 저는 그게 두렵습니다. 내가, 이 세대 안에서, 해야 한다, 하는 생각을 버리셨으면 합니다. 우주의 규모를 보아, 우리는 현실적인 선택을 해나가야 합니다. 우리의 앞 세대들이 그랬듯이 진화의 횃불을 다음 세대에 전해야 합니다.

그것이 뉴턴, 패러데이, 아인슈타인, 파인만, 칼 세이건, 호킹 등이 진화의 횃불을 이어받으면서 조금씩 인류가 앞으로 걸어온 발자취이기도 합니다. 우리 세대가 할 수 있는 것부터 하나씩 해나가자는 겁니다. 그 길이 가장 빠른 진보입니다. 화성 이주 계획, 다시 한번 생각하세요. 당신이 진보를 위해서인지, 혹은 사업적 이미지 창출을 위해서 우주 사업을 진행하는지는 잘 모르겠습니다. 어쨌든 화성 이주에 대한 저의 대답은 변함이 없습니다. 그 신념이 과학에 대한 도덕적 양심을 버리게 하지는 못하는군요. 제 선택은 언제나 우주 엘리베이터입니다. 이제는 가능하니까요.

이론물리학자로서 다른 사람의 구상과 실험을 가로막지는 못하겠습니다. 제가 틀릴 수도 있으니까요. 만약 기업의 이미지만을 위

28

해서가 아니라 인류의 진보를 위한 판단이라면, 진심으로 성공하기를 빌겠습니다. 아니, 당신만을, 혹은 기업을 위한 일이라 해도 반드시 성공하시길 빕니다. 중요한 건 도전에 대한 사람들의 꿈을 좌절시키지 않는 것이니까요."

나는 화를 내고 분노를 표현하는 대신, 차분하게 말을 이어갔다. 나중에 들은 얘기지만 맥은 그때 그런 생각을 했다고 한다.

"그 말들을 듣는데 자기가 섹시해 보이더라고. 어쩜 그렇게 지적으로 섹시해 보이던지 참기가 힘들었어. 그게 흥분되더라고."

창백한 푸른 점에 나를 홀로 두고 가기 전날 밤에 한 말이다. 밤새도록 매끈한 나의 목덜미에 코를 파묻고 부드럽게 애무를 하면서. 저급한 말투지만, 결코 저급하게 들리지 않는 낮은 목소리로. 저급한 말을 뱉어도 저급해 보이지 않는 게 그이의 최고 매력이다. 그날 밤 우리는 수많은 별을 우리의 가슴에 품었다. 아아, 우리 변태가 오랫동안 우주에 가 있을 생각을 하니 우울하다.

3.
우주 저 멀리,
소행성까지 배송해드립니다

2021년 7월 1일

소행성 포획 미션 1일 차 발사 당일, 맥 매커천

안녕! 뭘 어떻게 쓰라는 건지…… 우주에서 일지를 쓰라고 아내에게 명령을 받았는데 어떻게 시작해야 할지도 모르겠다. 아내 말로는 이 일지가 미래의 인류에게 바치는 우리의 선물이 될 거라고 한다. 그러니 꼼꼼하게 잘 기록하라나 뭐라나…… 하긴, 심(深)우주로 향하는 미개한 고대인들의 미개한 우주 탐방기 정도는 되겠군. 얘들아, 너희들의 조상들은 말이다, 알루미늄 깡통 끝에 불을 붙여서 우주로 나갔단다. 게다가 그런 무모한 행동을 뭐라고 했는지 아니? 그런 행동을 '용기'라는 멋진 말로 포장했단다.

어쩌면 우리가 그런 방식으로 우주에 나가는 마지막 인류가 될 수도 있겠다. '맥 매커천은 재래식 우주여행을 한 마지막 탐사대의 대장이었다.' 멋지군. 어쨌든 일지가 앞으로의 우주탐사에 좋은 자료가 될 거라고 한다. 그러니 겪은 대로, 이 시대의 우주 생활에 대해서 느낀 대로 적겠다. 참고로, 나는 아무리 조심해도 15금 아래로는 못 쓰니 참고하시길. 오케이?

오케이면 시작하겠다. 먼저 우리의 우주왕복선을 소개하겠다. 우리 T-MARS의 우주왕복선은 원래 화성 이주용으로 개발됐다. 외형은 지구의 궤도를 돌던 오비터(궤도 선회 우주선)와 거의 비슷하다. 이주민들을 실어 나를 목적으로 제작됐기 때문에 기존의 오비터보다 크기가 좀 더 큰 편이다. 선체는 크게 세 부분으로 나뉘어 있다. 조종실과 일렬로 이어진 중앙 데크, 중앙 데크의 뒤편에 자리잡은 화물칸, 그리고 중앙 데크 아래의 창고와 화물칸의 뒤편 공간인 연료실과 엔진실. 이 엔진실은 중앙 데크에서 화물칸 아래로 이어진 원통형 통로로 연결돼 있다. 특이 사항으로 적대적인 화성의 생명체나 우주의 해적들과 마주칠 경우를 대비한 66밀리 발칸포와 레이저포 하나씩, 그리고 우주의 건강한 성생활을 위한 성인용 놀이동산이 한 칸씩 마련돼 있으면 좋겠지만 안타깝게도 예산 문제로 실현되지 않았다. 그러니까 우리는 평화를 상징하는 우주의 작은 낚싯배 정도를 타고 있다. 아아, 제길슨.

우주왕복선은 총 세 대다. 각 왕복선의 이름은 페덱스1호, 페덱스2호, 페덱스3호다. 여기서 궁금한 점이 생길 것이다. 소행성 배달의 위대한 임무를 수행할 왕복선의 이름이 왜 이렇게 촌스럽냐고. 이유인즉 이러하다.

올해 초, 아내와 나는 우기가 한창인 캘리포니아의 풋풋한 커플이었다. 나는 그 당시 강도 높은 우주 훈련을 받느라 눈코 뜰 새 없이 바빴다. 주말이 돼서야 겨우 아내를 만날 수 있었더랬다. 비는 창문을 우두두두 때려대지…… 연구소에는 아무도 없지…… 시작된 사랑은 언제나 목마르지…… 이런 상황에서 내가 무엇을 상상했겠나. 아내의 박식한 말이 내 귀에 제대로 들어올 리가 없었다.

아내는 내 마음을 아는지 모르는지 그간 미뤄뒀던 말들을 소나기처럼 쏟아냈다. 승강기가 가느다란 케이블을 타고 우주로 올라가면 코리올리의 힘으로 치우쳐져 케이블이 옆으로 늘어진다나 뭐라나…… 아내는, "케이블이 끊어지지는 않겠지만 높이 올라갈수록 승강기의 흔들림과 진동이 심해질 거야" 하고 말하면서, 나와는 다른 종류의 뭔가를 갈구하는 눈빛을 내게 쏘았더랬다. 그러더니 내 대답을 기다리지도 않고서 창문에 기다란 선 두 개를 하늘로 그려 넣더니 해맑은 표정으로, "케이블이 하나 더 필요해!" 하고 외쳤다. 케이블의 반대편에 비슷한 질량의 승강기를 수시로 교차시켜주면 그런 떨림은 거의 상쇄된다나 뭐라나…… 아내는 두 개의 케이블을 그린 선 중간중간 드문드문 짧은 선을 그려넣더니, 외계어 공식을 난사하며 케이블의 연결로 흔들림과 진동이 상쇄됨을 증명했다. 그다음 한다는 소리가, "우아한 해결 방법이지?"

그렇게 해맑은 표정 앞에서 내가 뭘 할 수 있겠는가. 나는 물개 박수를 치면서 놀란, 그러면서 감탄을 머금은 표정을 지을 수밖에 없었다.

그러나 사실 나는 굉장히 곤란했다. 케이블 생산 라인을 하나 더 추가하자니 예산이 빠듯했기 때문이다. 여러 나라들과 협력하고 스폰서를 받긴 했지만, 더 이상의 출혈은 곤란했다. 예산이 나올 곳이 더는 없었다. 예산 부족으로 머리는 우두두 지끈거렸고, 창밖에선 장대비가 창문을 우두두 때려댔다. 아내는 늘 그렇듯 우두두 말을 쏟아냈고, 나의 심장은 사랑의 목마름으로 우두두 시큰거렸다.

이렇게 모든 것이 우두두거리며 나를 몰아붙이는 순간, 나의 뇌리에 스쳐 지나가는 생각 하나가 있었다.

"자기야, 우리는 지구와 화성의 중간 지역에 진입한 소행성을 배달할 거잖아? 왕복선의 이름을 세계적인 택배 회사 이름으로 짓는 게 어떨까? '우리는 우주 저 멀리에 있는 소행성까지도 여러분에게 안전하게 배송해드립니다.' 이런 광고 문구를 붙여서. 택배 회사가 좋아하지 않겠어? 그 돈으로 예산을 좀 만들어볼까 해서."

그러자 아내가 말했다.

"예를 들면 페덱스1, 2, 3호같이?" 그러더니 눈썹을 잔뜩 찌푸리곤 한다는 소리가, "저질인데."

내가 지었지만 이름 한번 촌스럽군. 이래서 디스커버리호같이 품격이 느껴지는 이름 대신, 페덱스라는 택배 회사 이름이 우리 왕복선 이름이 된 것이다. 쪽팔리긴 하지만, 나는 최고의 무기인 입으로 그 촌스러운 이름이 섭섭하지 않을 정도로 돈을 받아내는 데 성공했다.

페덱스1호에는 나와 영국인 빌리 맥이 탑승했다. 나야 우주정거장까지 여러 번 비행을 한 경험이 있지만, 빌리는 이번이 첫 비행이었다. 왜 숙련된 우주비행사가 탑승하지 않았냐는 말들이 있었지만, 나는 사실 별 차이가 없을 거라고 생각했다. 3년간 우주 생활을 할 것이고, 비행을 하다보면 최고의 조종사가 돼 있을 테니까. 인간에게 처음이라는 단어는 언제나 최고가 되기 위한 과정일 뿐이다. 2호기에 탑승한 한국인 신민준과 일본인 아이오 타쿠미, 3호기에 탑승한 프랑스인 클레몽 마티유도 첫 비행이다. 비행 경험이 있는 사람은 3호기의 댄 테일러와 나, 둘뿐이다. 너무 많은 초짜들을 데리고 가는 게 아무래도 불안했지만 이건 어쩔 수 없는 일이었다. 투자에 참여한 국가들의 정치적, 경제적 문제들이 얽혀 있다고만 말해두겠다. 그래도 이들은 오랫동안 NASA와 ESA에서 훈련을 받아온 사람들이었고, 나와 함께 이번 임무에 대한 훈련을 받은 동지들이었다. 다 믿을 만하니까 데려가는 것이다.

조종석에 탑승을 하자 발사대의 직원들이 나타났다. 그들은 우리의 몸을 조종석에 고정하는 일을 도왔다. 너무 꽉 조여지지는 않았는지, 헐겁지는 않은지 확인을 하면서 말이다. 모든 준비가 끝나자 발사대의 직원이 내게 엄지를 척 내밀며 빙긋 웃었다. 나는 눈을 찡긋거려 직원에게 신호를 보냈다. 그는 내 윙크의 의미를 곧바로 알아차리고 빌리에게 다가갔다. 그러고는 신출내기 조종사인 빌리의 호주머니에 잘 접은 비닐봉투를 슬그머니 구겨 넣어줬다.

"이봐요. 이건 토사물 봉투니 우주에 올라가면 요긴하게 쓰일 거예요. 덩어리가 빠져나오지 않게 밀착해서 쏟아냅시다. 처음부터 둥둥 떠다니는 토사물을 치우고 싶지 않으면."

그는 능글스럽게 웃으며 빌리에게 말했다. 보통 '난 아니겠지?' 하고 착각하지만, 올라가면 안다. 이 직원이 토사물 봉투를 넉넉하게 준 것을 고마워할 테니깐. 우주인들이 우주에 진입한 후에 바로 TV에 나오지 않던 것에는 이유가 있다. 어느 구석에 처박혀 우웨엑 우웨에에엑! 하고들 있을 테니까. 나 역시도 처음엔 그랬다.

우욱! 아 놔, 속이…… 우웨에에에에에엑!

조종석에 묶인 채로 다섯 시간 정도 지나자 모든 점검이 완료됐고 이윽고 발사 카운트다운이 시작됐다. 발사 카운트가 시작되자 가슴이 떨리기 시작했다. 나는 매번 이 순간이 가장 떨린다.

'챌린저호처럼 공중폭발을 하는 건 아닐까?'

나는 언제나 그게 두렵다.

★ ★

비행 감독관인 쿡은 ARMCR(Asteroid Redirect Mission Control Room, 소행성 궤도 변경 임무 관제실)의 시계를 바라봤다. 스크린 위에 자리잡은 시계의 빨간색 숫자가 정확하게 00:10:00을 가리켰다. 쿡은 커피를 들이켜며 정신을 날카롭게 만들었다. 그러고는 와이어리스 마이크를 입으로 끌어올려 관제실을 지휘하기 시작했다. 비교적 자유롭던 ARMCR의 분위기가 빠르게 정돈됐다. 사람들은 자리에 착석해서 그가 명령을 내리길 기다렸다. 잠시 후, 그의 예리한 목소리가 ARMCR에 울려 퍼졌다.

"좋아! 이제부터 모두 긴장들 해. 그리고 모든 발사가 무사히 완료될 때까지 내가 호명하면 바로 대답할 수 있도록 대기한다. 이제부터 페덱스1호 발사에 필요한 멤버들을 체크하겠다. 먼저 비행 의학관?"

"준비 완료!"

쿡이 호명하자 비행 의학관 글러브가 빠르게 대답했다.

"좋아. 비행 역학관? 통신 통제관? 비행 운영 담당? 비상 경로 유도 담당? 계기 및 통신? 비행 조정관? 모니터? 비행 활동관……."

그의 호명에 모든 담당자가 빠르게 답변을 완료했다.

"좋아. 좋습니다. 마지막으로 김안나 박사?"

"네." 안나가 응답했다.

호명이 끝나자 분야별 상태 보고가 쿡에게 이어졌다. 모든 점검을 마친 쿡은 화면 속의 페덱스1호기를 바라봤다. 기상 상태가 무척이나 좋아서 그런지, 뾰족한 고체연료 부스터의 노즈콘이 오늘따라 더욱 번쩍거리는 듯했다.

"점검이 끝났는데 교신하실래요?"

쿡이 다가와 안나에게 물었다.

"네. 빨리 끝낼게요." 안나가 조금은 떨리는 목소리로 대답했다.

통신 통제관이 손으로 오케이 신호를 보내자 안나의 헤드셋에 맥의 목소리가 들려왔다.

"자기, 안녕?"

안나의 기분을 아는지 모르는지 맥이 들뜬 목소리로 말했다.

"개자식!"

그의 들뜬 목소리가 마음에 안 들었는지, 안나가 으르렁거렸다.

"음…… 미안해."

"어떻게 나를 여기에 두고 갈 생각을 한 거야! 정말 화가 나."

"그건 지난번에 말을 했잖아. 나는 심우주 비행이 꿈…….'"

"됐어. 알아들었어. 시간 없어."

안나가 말을 자르더니 다시 말을 이었다.

"몸조심해. 망가져서 돌아오면 죽을 줄 알아!"

"알겠어. 조심할게. 자기도 건강하게 있어. 사랑해, 우리 글래머!"

"그래…… 나 없으면 외롭지는 않겠어?"

"외롭겠지." 그러고는 한없이 밝은 목소리로 말을 이었다. "안 그
래도 그럴까봐 야동 많이 받아놨어. 걱정 마!"

"개자식! 금발 변태!" 안나가 더욱 으르렁거렸다.

"농담이야. 자, 이제 진짜 출발할게. 몸조심해."

"응, 그래. 자기도. 사랑해…… 아! 그런데 진짜 야동 받아 간 거
야?"

"응!"

"개자식! 우주 변태! 얼른 꺼져!"

통신 통제관의 낮은 웃음소리가 둘 사이에 끼어들었다.

★ ★

발진 10초 전. 스파크 제너레이터가 작동하면서 점화가 시작됐다. 탁하는 소리와 함께 불이 붙으며 웅웅웅거리는 엔진 소리가 들렸다. 소리가 증폭될수록 관제소에서 이를 지켜보는 사람들의 긴장감도 상승했다. 카운트다운 담당자의 카운트가 시작되자 맥 매커천은 지그시 눈을 감고 떨리는 마음을 진정시켰다. 발진 3초 전이 되자 분사 노즐에서 가스가 밀려오면서 노즐의 아래쪽 공간이 압축됐다. 그러자 심장을 자극하는 엔진 소리가 점점 고조돼갔다.

3, 2, 1…… 카운트다운이 끝남과 동시에 왕복선을 고정한 발사대의 볼트가 폭발했다. 볼트가 폭발하면서 분리되자 왕복선이 구르릉거리며 진동했다. 거대한 굉음과 불꽃 그리고 엄청난 연기를 분출하면서 왕복선이 조금씩 상승했다. 이윽고 카운트가 종료됐고 그와 동시에 엔진의 거대한 분사 소리가 지축을 흔들었다. 맥은 압력복과 헬멧을 착용한 상태였지만 그 소리를 온전히 느낄 수 있었다. 전자레인지의 마이크로파가 음식물의 물분자를 진동시키듯, 그의 몸 안에 있는 모든 것들이 두두두두 하면서 떨려왔다. 그는 가벼운 현기증을 느꼈다.

왕복선의 상승 속도가 빨라지자 맥 매커천은 순간적으로 조종석 뒤로 짓눌려 파묻혔다. 그는 감았던 눈을 뜨면서 조종간의 계기판을 바라봤다. 엄청난 진동이 그의 몸에 스며들었고, 그 진동은 그가 바라보는 모든 것들을 여러 개의 잔상들로 나뉘어 보이게 했다. 손을 눈앞에서 빠르게 흔들듯, 눈앞에 있는 조종 스틱이 수십 개의 잔상으로 나뉘어 보였다. 이제부터 본격적인 비행이 시작된다는 신호였다. 20초가 지나자 상승하던 왕복선의 모습에 변화가 나타났다. 수직으로 상승하던 왕복선이 빙글빙글 회전하면서 한쪽 방향으로 기울기 시작했다. 왕복선은 금방이라도 추락할 것처럼 불안하게 회전하면서 조금씩 기울었다.

이런 불안한 기울기 속에서도 맥은 "회전 정상, 발사 각도 정상"이라는 관제소의 목소리를 들었다. 실제로 그랬다. 왕복선과 외부 연료통, 고체연료 부스터가 비대칭적인 무게중심점을 지니고 있기 때문에, 그 중심점을 찾아서 점점 기울기 시작한 것이다. 맥은 엄청난 진동 속에서 "확인"이라고 대답했다. 그의 목소리가 덜덜 떨리며 관제소에 들려왔다. 동시에 왕복선의 양옆에 달린 고체연료 부스터가 엄청난 불꽃을 뿜어내면서 추력을 제공하기 시작했다. 왕복선은 더욱 빠르게 회전하면서 상승했다. 그 불안정한 회전과 진동 때문에 맥 매커천은 멀미가 났다. 내이, 그러니까 그의 이석들이 진동과 함께 춤을 추자 눈과 전정계에 혼란이 오기 시작한 것이다. 모든 세상이 두두두두 떨리면서 빙글빙글 회전했고, 동시에 계기판에 나타난 중력가속도는 0G에서 2.0G까지 급상승했다. 연이어 소닉붐의 쾅음이 들렸다. 이런 모든 혼란은 그에게 순차적으로 상황에 적응할 시간을 주지 않았다. 그야말로 찰나의 순간이었다. 온 세상이 강도 7의 지진이라도 난 것처럼 떨려왔고, 맥은 그 진동을 스펀지처럼 온몸으로 흡수했다. 그러자 맥의 목구멍으로 시큼한 게 올라왔다. 맥은 멀미의 전조 증상이 느껴지자 중력가속기에서 훈련했던 대로 행동하기 시작했다. 다리와 엉덩이, 그리고 심장 아래쪽 근육에 힘을 준 상태로 빠르고 깊게 숨을 헐떡거렸다. 그의 헬멧 안에서 할딱할딱거리는 숨소리만이 들려왔다. 또한 목에 힘을 바짝 주어서 머리가 떨리지 않도록 최대한 고정했다. 효과는 바로 나타났다. 시큼함은 계속 느껴졌지만 메스꺼움은 조금씩 잦아들었다. 더불어 메인 엔진에서 추력 편향을 제공하자 메스꺼운 느낌은 조금씩 사라져갔다. 왕복선이 기울어진 채로 안정성을 찾아간 것이다. 왕복선이 조금 더 중심점을 찾아가자 맥은 계기판을 바라보면서 "상태, 안정적"하고 관제소에 보고했다.

2분 8초가 지나자 왕복선의 속도는 초속 1.4킬로미터를 돌파했고 중력 가속도는 1.0G까지 감소했다. 왕복선이 중력을 이겨내는 힘보다 무겁기 때문에 가속도가 감소한 것이다. 맥은 자신을 짓눌렀던 느낌과 진동에서 조금은 해방됐음을 느꼈다. 그러나 안심은 금물이었다. 이제 고체연료 부스터가 분리될 차례이다. 그의 경험상 이때가 가장 심한 진동이 일어났다. 맥은 충격에 대비하기 위해서 목과 엉덩이에 긴장감을 바짝 유지시켰다. 더불어 그가 "3, 2, 1. 분리" 하고 외쳤다. 동시에 콰콰쾅 하는 엄청난 폭발 소리가 들려왔다. 왕복선에 고체연료 부스터를 묶어놓은 볼트가 폭발하는 소리였다. 엄청난 굉음과 진동이 울려 퍼졌다. 그러고는 철컥하는 소리와 함께 고체연료 부스터가 그대로 분리돼 떨어져나갔다. 그와 동시에 왕복선의 윗면과 아랫면에서 취이익 취이익 하며 분사 소리가 들리더니, 커다란 불길이 조종실의 앞 유리창을 혹 하면서 뒤덮고 지나갔다.

분리된 고체연료 부스터를 안전하게 피하기 위해서 분사된 불꽃이었다.

맥은 불길이 일자 고개를 틀어서 옆에 앉아 있는 빌리를 쳐다보며 피식 웃었다. 이런 폭발음과 진동, 불꽃이 처음인지라 빌리의 표정이 어지간히도 놀란 표정이었기 때문이다. 불길이 조종실을 뒤덮자 빌리는 왕복선이 폭발하거나 추락하는 줄 알았는지, 눈을 휘둥그레 뜨고 있었다. 맥은 얼이 빠진 듯한 빌리의 표정을 바라보면서 이를 관제소에 보고했다.

"여기는 맥 매커천, 맥 매커천이다. 빌리가 너무 놀라서 소변을 지리지는 않았는지 걱정이다. 기저귀는 확실하게 입혀놨겠지?"

"마음껏 싸도 언제나 뽀송뽀송한 상태를 유지할 것이다. '하기스'에서 특수 제작한 특대형 기저귀다, 오버." 관제소의 낮은 웃음소리가 들려왔다. 추진력의 70퍼센트를 담당하던 부스터통이 떨어져나가자 진동과 소음은 눈에 띄게 줄어들었다. 옅은 대기권에 진입한 것이다.

이제부터는 메인 엔진만이 왕복선의 모든 추력을 담당하게 된다. 고체 부스터가 분리되자 또다시 왕복선의 무게중심에 변형이 나타났다. 그러자 맥은 곧바로 메인 엔진의 측면으로 추력 편향을 제공해 왕복선의 자세를 다시금 바로잡았다. 동시에 하늘은 파란색에서 검은색으로 바뀌었다. 4분 37초가 지나자 좀 더 가속도가 붙었다. 왕복선이 버린 무게만큼 앞으로 나아가는 힘이 증가한 것이다. 6분 4초 후, 가속도가 붙으면서 중력가속도의 힘이 가파르게 상승했다.

계기판은 2.0G, 초속 4.0킬로미터를 가리켰다. 이에 계기판을 지켜보던 맥 매커천이 지상에 보고했다.

"여기는 맥 매커천. 왕복선의 기수 방향을 수직에서 서서히 하강시키겠다. 반복한다. 기수를 하강시키겠다." 맥은 관제소의 "확인, 시행하라"는 답변을 듣고 왕복선의 기수를 서서히 하강시켰다. 그러자 왕복선이 지구 표면과 수평 방향으로 가속도를 전환하기 시작했다. 수직으로 치솟던 왕복선이 거꾸로 뒤집힌 모습으로 비행 자세를 바꾼 것이다. 맥은 비행 자세를 전환한 뒤 고개를 들어 천장에 나 있는 창문을 바라봤다. 푸른 지구가 꿈틀거렸다. 7분 45초 후에는 엄청난 가속도가 붙었다. 드디어 중력이 왕복선을 포기했는지, 속도는 초속 6.5킬로미터까지 급상승했다. 중력 가속도 또한 3.0G까지 급상승했다. 8분 30초가 지나자 계기판에 커다란 변화가 나타났다. 초속 7.6킬로미터를 돌파하자 중력 가속도의 수치가 급속도로 떨어지기 시작한 것이다. 중력 가속도는 3초 만에 3.0G에서 0G로 바뀌었다. 계기판을 지켜보던 맥이 침착한 목소리로 말했다.

"여기는 페덱스1호. 메인 엔진 소화를 시작하겠다. MECO(Main Engine Cut-Off) 카운트다운. 3, 2, 1. 메인 엔진 컷오프."

그러고는 외부 연료통의 분리 버튼을 눌렀다. 그러자 덜컥하는 소리가 들리더니, 붉고 기다란 연료통이 우주공간으로 분리돼 날아갔다. 맥은 외부 카메라가 찍은 영상을 보면서 제대로 분리됐는지를 확인했다. 그다음 "연료통 분리 성공. 상태 양호" 하며 지상에 보고했다. 짜릿한 감각이 온몸을 훑고 지나갔고, 자잘한 이물질들이 선내에 떠다니기 시작했다. 비로소 미소 중력 세계에 진입하게 된 것이다.

맥은 "우리는 안전하게 우주에 진입했다. 지구는 오늘도 역시 아름답다" 하고 지상에 전했다. 그의 헬멧에 지상의 환호성이 길게 울려 퍼졌다. 지구의 환호성 소리와는 대조적으로 우주는 한없이 고요했다. 저 멀리 지구의 궤도를 돌고 있는 우주정거장의 모습과 지구의 아름다운 블루 라인이 그의 시선을 사로잡았다. 동시에 빌리 맥의 신음 소리가 선내에 들렸다. 그 소리가 들리자 맥 매커천은 얼굴을 살짝 찌푸리며 눈을 감았다. 그러고는 표정과 달리 착한 척, 가식적인 목소리로 입을 열었다.

"빌리, 비닐봉투에 얼굴을 바짝 들이대. 안 그러면 토사물이 비닐봉투 안에서 이리저리 튀어다닐 거야. 그러면 네 얼굴에 전부 묻겠지. 덩어리가 새어 나오지 않게 테두리를 바짝 밀착시켜. 괜찮아. 처음엔 다 그런 거야."

말은 들었는지 안 들었는지 그가 "우웨엑, 우욱" 해대는 소리가 그의 귓전을 두드렸다. 그 소리는 길게 이어졌다. 그는 생각했다. '아아, 저렇게 토하는데 입맛이 날까. 오늘은 뭘 먹지?'

4.
퍼스트 클래스

2020년 7월 8일

안나의 기억 속 파편

"뭘 드시겠어요?" 문화충격이었다. 메뉴가 다섯 가지나 되다니. 게다가 와인, 위스키는 기본이고 과일, 케이크, 초콜릿, 아이스크림, 라테, 에스프레소…… 그리고 양말과 안대, 화장품과 취침용 잠옷까지 준다. 종류만 많은 것이 아니라 맛과 품질도 확연히 달랐다. 경험을 해봤어야 알지…… 비행기를 탈 때마다 닭장 안의 닭처럼 사육당하는 느낌을 받았던 나는 충격을 받았다. 세상에, 퍼스트 클래스라니!

그래서 문제가 생겼다. 퍼스트 클래스 좌석의 편의시설들이 일반석과는 너무도 달랐다. 무엇인지도 모를 버튼이 많았고, 여기저기 미확인 설비들이 많이 숨어 있는 것처럼 보였다. (식판! 식판은 어디에 있지!?) 주변을 둘러보니 다들 자연스럽게 행동을 하고 있어서 나만 외톨이가 된 것 같았다. 아니, 촌년이 더 맞는 표현인 것 같다. 물리학자가 왜 그 모양이냐고? 어두컴컴하고 더럽고, 과자 봉투가 바닥에 난무하는 연구소에서 생활하던 내가 뭘 알겠나.

촌년처럼 보이지 않기 위해서는 공부가 필요하다. 나는 최대한 어색하지 않다는 표정으로 천천히 주위를 둘러봤다. 다른 사람들의 행동을 따라 해야 했다. 슬리퍼로 갈아 신고…… 좌석을 편안하게 뒤로 젖히고…… (어? 근데 버튼은 어디 있지?) 에잇! 도무지 모르겠다. 창피하더라도 안내서를 꺼내 정독을 해야겠다. 그래, 모르는 건 창피한 게 아냐! 나는 지성인이니까. 나는 남들이 마시는 샴페인을 한 잔 달라고 주문했다. 그 샴페인을 마시며 안내서를 꼼꼼하게 정독했다. 먼저 밝혀두는데, 나는 와인이나 샴페인에 약하다. 이상하게도 와인이나 샴페인만 마시면 스르륵 잠이 몰려오곤 한다. Zzzz…… 깨어나보니, 이용 안내서가 내 얼굴을 덮고 있었다. 코나 안 골았는지 몰라.

2020년 7월 9일

야호! 도착이다! 허리가 욱신거리는군. 비가 오려나? 나는 열세 살 때 미국으로 건너왔다. 부모님 두 분 모두 돌아가시고 난 뒤였다. 부모님은 크리스마스를 얼마 앞두고 차량 사고로 돌아가셨는데, 연말에 일어나는 차량 사고들의 대부분이 그렇듯, 음주 운전이 문제였다. 아빠와 엄마는 가정용 태양전지 사업을 했는데, 직원들과 송년회를 하고 돌아오는 길에 변을 당했다. 엄마는 운전대를 잡지 말았어야 했다. 나는 그 슬픔을 참을 수가 없었다. 그래서 할머니와 할아버지와 함께 미국으로 건너왔다. 부모를 잃은 슬픔이나, 하나뿐인 아들을 잃은 슬픔이나 그 슬픔의 무게는 매한가지였던 것 같다. 할머니와 나는 새로운 환경이 필요하다는 점에 대해서 무언의 합의를 했으니까. 그 후로 나는 다시는 이곳을 찾지 않았다. 지금은 뭐…… 나도 곧 40대에 접어든다. 서른일곱 살, 세월은 슬픔을 무뎌지게 만들기도 하고, 가끔은 사람을 언제나 유리한 행동만을 골라서 하게 만드는 교활한 여우로 만들기도 한다. 나는 지금 이곳에 왔다. 내 미래에 도움이 될 만한 선택을 한 것이다.

놀라움의 연속이었다. 퍼스트 클래스를 타고 온 것도 놀라웠지만, 인천공항에는 또 다른 놀라움이 기다리고 있었다.

"김안나 박사님?"

공항 로비에 있는 벽면 디스플레이에서 잠시 여행 정보에 대한 안내를 받고 있는데 누군가가 나를 불렀다. APCTP(아시아태평양 이론물리 센터)의 직원이라고 자신을 소개한 그는 서울에서의 안내를 맡는다고 했다. 그러고는 내 캐리어를 받아 들더니 미리 준비한 차량으로 안내했다. '슈퍼스타가 된 기분이군.' 쏟아지는 빗줄기 속에서 나를 기다리고 있던 차를 보자마자 들었던 생각이다.

후…… 그런데 리무진에도 설명서가 있을까?

2020년 7월 10일

굿모닝! 상쾌한 하루의 시작이다. 나는 지금 그랜드 하얏트 호텔의 스위트룸에 있다. 근데 스위트룸이 원래 이렇게 컸나? 원래 국제학회의 메인 강연자가 되면 이렇게 대우가 좋은가? 나의 스승인 토니에게 물어봐야겠다. 어쩐지 외국의 학회에 자주 다닌다 싶었다. 그러니 점점 머리가 벗어지지.

오랜만에 상쾌한 아침을 맞이했다. 그러나 매끄럽고 보드라운 새틴 재질의 이불이 나를 침대 속에 조금 더 붙잡았다. 밍기적거리면서 다리 사이에 이 아름다운 촉감을 좀 더 휘감고 싶은 기분! 오전엔 일정이 없기 때문에, 그렇게 밍기적거리다가 결국 우아하게 (이 부분을 강조하고 싶다!) 룸서비스를 주문했다. 스크램블드에그와 베이컨 두 쪽, 슈거파우더를 듬뿍 뿌린 프렌치토스트 한 쪽과 계핏가루를 뿌린 프렌치토스트 한 쪽, 블랙커피 한 잔과 암브로시아 샐러드까지. 배가 불러서 토스트를 남기긴 했지만 훌륭한 식사였다.

연구소를 생각하면 엄청난 호사를 누리고 있긴 하다. 브라이언과 나, 넬슨, 이렇게 세 명은 서로서로 돌아가면서 아침 식사 당번을 하고 있다. 당번이라고 해봤자 스탠퍼드 대학 구내 샌드위치 가게에서 커피와 참치 샌드위치를 사 오는 정도가 전부이긴 하지만. 나는 그 샌드위치가 신물이 났다. 그래서 언제나 식성 좋은 브라이언에게 절반을 쪼개서 나눠주곤 했다. 그렇다, 나는 팽창우주처럼 점점 빠른 속도로 확장돼가는 그의 뱃가죽에 일조를 하고 있는 것이다. 그는 내가 내 것을 나눠주는데도 불구하고, 자신이 당번인 날에는 샌드위치 가게에서 연구소로 걸어오는 도중에 무언가를 몰래 먹기도 했다. 그것을 지적하면 정색을 하며 이렇게 대답했다. "내가 누누이 말하지만, 난 지금 다이어트 중이라고! 안 먹었어."

이에 대한 넬슨의 반응 중 베스트는 이 말이었다.

"다이어트 중이라면서 샌드위치를 벌써 한 개 먹고 온 거? EU, 넌 정말 특수상대론적이야. 인간은 보통 운동량이 생기면 질량이 감소하는데, 넌 운동량이 생길수록 질량이 늘어나잖아. 너는 운동량이 생길수록 질량이 생겨서 무거워진다는 그 이론에 완벽하게 부합해. 넌 정말 우주 친화적인 천체물리학자야!"

식사를 마치자 전화가 왔다. 전화 속 남성은 자신을 지배인이라고 소개했다. 그는 식사는 어땠느냐고 물어보면서 예약 시간에 대해서 나에게 물어왔다.

"네? 예약이라니요?"

"손님께서는 저희 그랜드 하얏트 호텔 '더 스파'의 바디 트리트먼트 예약이 잡혀 있습니다. 몇 시로 예약을 해드릴까요?"

나의 우아한 답변은?

"얼마죠?"

유감스럽게도 그렇게 말을 해버렸다. 과도한 대우에 대한 원초적인 반사 본능이라고나 할까. '예약이 돼 있다고? → 뭔가 비쌀 것 같은데? → 이건 돈을 내야 하는 거라서 나중에 후회하게 되는 거 아냐? → 얼마죠?' 이런 반응이 우리 같은 서민들의 뻔한 공식이다. 그럼에도 이건 뻔해도 너무 뻔했다. 촌스럽게도 '얼마죠?'라니……
오, 이런 맙소사!

"계산은 이미 돼 있습니다만…… 손님께 예약돼 있는 코스의 비용을 물어보시는 겁니까? A코스 비용은 풀타임 90분에 56만 원입니다. 부가세는 별도입니다."

5…… 56만 원? 나는 귀를 의심했지만 방금 전의 '얼마죠?' 촌년 파문에서 헤어나온 지 얼마 안 된 터였다. 그래서 최대한 아무렇지 않은 척 말을 받았다.

"지금 준비해두세요."

아주 적절하고도 도도한 대답이라 생각한다. 나는 바로 내려가서 즐겁고 기쁜 마음으로 최고급 마사지를 받았다. 그 노곤하고 짜릿한 감각들이란…… '아, 그래…… 여기가 천국인 게야.' 내가 이런 대우를 받을 수 있을 만큼 성장했다는 사실에 자신이 자랑스러웠다. 돈은 많이 벌 수 없을지 몰라도 이런 게 물리학자가 누릴 수 있는 행복 중 하나 아니겠나.

서울 강연은 내가 묵고 있는 호텔의 그랜드 볼룸에서 진행됐다. 항우연(항공우주연구원), 수도권의 여러 대학과 학자들, 그리고 각기 다른 정부 과학처 산하의 연구원들, 그리고 박사과정을 밟고 있는 젊은 학자들이 참여했다. 어둑하고 커다란 홀 안에서 홀로 스포트라이트를 받는 기분이란…… 캬! 이런 짜릿한 흥분감은 평소에 숨어 있던 내 안의 에너지를 증폭시키는 듯했다.

서울 강연은 다행스럽게도 반응이 좋았다. 아니, 당연히 좋을 수밖에 없었다. 나는 그들의 욕구를 잘 파악했으니까. 청중의 관심은 나의 우주론이었다. 나는 내 관점들을 조리 있게 풀어나갔다. "사실, 그들은 강연 내용에 대한 정보를 대부분 알고 있어. 중요한 것은 그들의 니즈를 어떻게 충족시켜줄 수 있느냐, 이것이야. 지금 적용 가능한 이론과 기술들은 그들도 전부 알고 있거든. 그들이 원하는 건, 자신보다 권위 있는 사람이 나타나서 자신의 바람과 같은 의견을 이야기해주는 거지. 그러면 자신의 권위와 지식에 만족하려고 귀를 쫑긋 세우곤 한다네. 한마디로 '거봐, 내 말이 맞지?' 하는 생각이 들게 만들면 그 강연은 좋은 강연이 되는 거야." 지도교수였던 토니는 자신의 강연 비법에 대해서 이렇게 설명했다.

토니는 달변가였다. 자신의 품격을 높여주는 세련된 매너가 몸에 배어 있으며 정치적으로도 뛰어났고, 언제나 번뜩이는 아이디어로 가득 차 있는 뛰어난 학자였다. 그의 유일한 단점은, 단지 대머리가 돼간다는 점뿐이었다. 잘생긴 대머리 토니에게 감사의 축배를! 청중은 열렬한 박수를 치면서 나의 강연에 환호했다.

강연을 마치고 나는 나의 큼직한 스위트룸으로 돌아왔다. 잠시 후에 있을 몇몇 학자들과의 저녁 식사 때까지는 자유 시간이었다. 엄청난 주목을 받다가 나 홀로 큼직한 방에 있게 되자 표현하기 어렵게 허무했다. 절대적인 만족은 언제나 순식간에 지나가는 법이다.

"제길, 술이 필요해."

나는 엎드려 누운 채로 미니바에서 꺼내 온 위스키를 한 모금 입에 털어넣었다. 그러고는 노트북을 연결해 나의 강연 모습을 찾아봤다.

"음…… 나쁘지 않아. 토니에게 고맙다고 해야겠군. 그리고 다음 강연부터는 저 우스꽝스러운 스마트 안경은 벗든지 해야지 원……."

나는 화면 속에 보이는 나의 외모를 평가하며 혼자 낄낄거렸다. 왠지 모르게 띨빵하게 보이는 외모를 안경 탓으로 돌린 것이다. 나는 위스키를 한 모금 더 홀짝거리면서 혼잣말을 이어갔다.

"내가 저렇게 패션 센스가 없는 줄은 몰랐는걸. 어두운 배경에 통이 큰 검은색 정장이라니, 나 원 참! 장례식장 가셨어요?"

나는 나지막하게 중얼거렸다. 대상은 물론 화면 속의 나였다. 유치하긴 하지만…… 그래, 혼자서도 잘 놀았다.

그때, 누군가 방문을 두드리는 소리가 들려왔다. 방문을 열어보니 안내를 맡은 APCTP의 이성호 씨였다.

"일정이 바뀌었나요?"

나는 학자들과의 식사 약속이 변경된 거라 생각하고 그에게 물었다. 하지만 그의 대답은 여태껏 내가 들었던 말 중에 가장 놀랍고, 의외의 대답이었다. 나는 귀를 의심할 수밖에 없었다.

그가 당혹스러운 표정을 감추지 못하며 입을 열었다.

"네, 변경됐습니다. 대통령님께서 만나 뵙기를 청하셨습니다."

응?

5.
우주에서 눈물을 흘리면
어떻게 될까

2021년 7월 1일

소행성 포획 미션 1일 차(2), 맥 매커천

아아, 빌리, 지저스! 대체 아침에 뭘 먹었기에 떠다니는 토사물 덩어리에서 정어리 비린내가 나는 거야!? 우라질 영국 말라깽이 같으니라고!

소행성 포획 미션 2일 차

페덱스 1, 2, 3호기는 모두 안전하게 우주로 올라왔다. 2호기의 신민준과 아이오 타쿠미가 구토를 심하게 하느라 조금 문제가 있었지만 말이다. 둘 다 초짜 우주인이라서 내심 걱정했는데 그 정도면 다행이었다. 무사히 지구궤도에 안착한 왕복선들은 지구를 몇 바퀴 돌면서 지구궤도 탈출 속도인 초속 11.2킬로미터 이상으로 속도를 끌어올렸다. 그다음 나란히 궤도를 빠져나와서 편대를 이뤘다. 말이야 편대라지만 우리는 지금 각각 수십 킬로미터 이상씩 떨어져 있는 상태이다. 우주에 올라오자마자 남자끼리 팔짱을 낄 만큼 가까이 붙어 있어야 할 이유는 딱히 없다. 이 정도면 우주에서 적당하게 거리를 둔 것이라고 생각한다. 그리고 비행이 안정돼가면 서서히 편대의 간격을 좁혀갈 예정이다. 여기까지가 어제의 일들이다. 그리고 오늘 오전까지 푹 안정을 취했다.

이쯤이면 뉴스 인터뷰나 대통령과의 통화 어쩌고저쩌고 하는 판에 박힌 일과는 왜 없었느냐고 물어보는 사람도 있을 것이다. 우리는 지구 최초로 소행성을 포획하러 나선 위대한 도전자들이 아닌가. 이런 일과가 첫째 날에 없었던 까닭은 전적으로 구토 때문이었다. 우주인들의 60퍼센트 정도가 우주 멀미를 경험하기 때문에 우주로 올라온 우주인들 TV에 나설 형편이 못 된다. 우린 아이언맨을 좋아하는 어린이들의 슈퍼 히어로들인데 그런 꼴을 보일 수는 없다. 초짜들만 멀미를 겪는 것은 아니다. 나도 겪었다. 이번만큼은 무사히 넘어가나 싶었는데…… 빌리는 우주에 나와서 신이 났는지 열심히 꼼지락꼼지락거리면서 무중력 헤엄을 치고 다녔다. 여기까지는 참을 만했다. 초짜들이란 다 그런 거니까. 그러나 빌리의 배영은 내게 문제가 됐다. 빌리의 얼굴이 거꾸로 된 채 내 눈앞에서 둥둥 떠다니자 순간적으로 방향감각을 잃어버렸던 것이다. 덕분에 나는 왕복선이 핑글핑글 도는 느낌을 받으면서 구토를 하게 됐다. 오늘

오전에 겪었던 내 느낌을 한마디로 표현하자면 이러했다. "우……우…… 우웨엑!"

오늘 저녁에는 70년대 아폴로 우주선 시대처럼 우주 생방송이 예정돼 있다. 우주를 배경으로 한 예능인 셈이다. 잔뜩 들뜬 모습으로, "꺄악! 보이시나요? 저기, 저기, 죠기! UFO가 지구궤도를 돌고 있군요. 노란색의 작은 방울들이 엄청난 속도로…… 아! 이런, 지송, 지송! 빌리가 소변을 우주에 투척한 거였군요!" 대략 이딴 식으로 진행해야 할 것이다. 이런, 우주인 맙소사. 뭐 어쩔 수 없다. 이게 다 돈인데. 돈에는 국적도, 명예도, 이유도 없다. 단지 필요에 의한 수요만 있을 뿐이다.

나는 인류 역사상 가장 많은 돈이 필요한 남자다. 그것이 내가 이런 우스꽝스러운 우주 쇼 프로그램에 출연한 이유이다. 오늘은 페덱스 1호기의 방송 날이었고, 내일은 3호기, 모레는 2호기 순으로 방송이 잡혀 있다.

★★

광고가 끝나자 '미국인의 얼굴'이라 불리는 아나운서 존 굴드가 화면을 향해 미소를 지었다. 그는 평범한 소파에 편히 앉아 자신감이 넘치는 자세로 다리를 꼰 채 앉아 있었다. 그는 아나운서의 대표적인 표정 연기들 중 한 가지를 선택했다. 굉장히 흥미로운 것을 바라보고 있는 표정. 아나운서들의 대표적인 표정들은 다음과 같다.

1. 진지함. 2. 안타까움. 3. 고발하는 심정. 4. 흥미롭고 신비로움. 5. 희망을 주는 밝은 표정.

그는 뉴스의 내용에 따라서 대략 이 정도의 표정 연기 목록 가운데 한 가지를 선택하곤 했다. 그러고 나서 프롬프터에 쓰인 글을 잘 읽으면 좋은 아나운서가 될 수 있다는 것도 잘 알고 있었다. 중요한 것은 상황에 맞는 표정 연기와 그에 걸맞은 목소리 톤의 조절이었다. 그는 이런 기술들을 완벽하게 습득하고 이해했기 때문에 '미국인의 얼굴'이라는 애칭까지 얻었다. 오늘 그의 표정은 4번이었다.

"안녕하십니까. 시청자 여러분. 〈미국인의 아름다운 밤〉의 진행을 맡은 존 굴드입니다. 오늘 날씨가 상당히 더웠는데요, 여러분들께서는 어떠셨을지 궁금합니다. 조금 전 광고 속의 화성인도 무척이나 더웠는지 콜라를 벌컥벌컥 마시더군요. 저렇게 탄산음료를 마시고 우주공간에서 트림을 하지는 않을까 걱정이 됩니다. 무중력 공간에서 트림으로 추진력을 얻으면 위험하니까 말입니다."

그는 유쾌하게 시청자들의 주목을 이끌었다. 존 굴드는 방청객의 웃음소리가 멎기를 기다린 후 말을 이었다.

"오늘은 흥미로운 시간이 되실 거라 확신합니다. 어제 T 그룹에서 소행성을 포획하겠다고 우주왕복선 세 대를 띄워 보낸 사실은 잘 알고 계실 겁니다. 그래서 그분들이 너무 멀어지기 전에 인터뷰를 진행해볼까 합니다. 오늘은 먼저 페덱스1호의 맥 매커천 씨와 빌리 맥 씨와의 인터뷰를 진행하겠습니다. 기술이 발달했다지만 영상이 조금씩 끊기거나 늦어질 수도 있습니다."

그가 검지를 치켜세우며 다시 말을 이었다.

"그러나 채널은 고정하십시오. 왜냐하면, 내일 직장에서는 이 이야기가 대화를 주도하게 될 확률이 높으니까 말입니다. 바로 인터뷰 진행합니다. 페덱스1호, 페덱스1호! 들리십니까? 여기는 지구의 방송국입니다. 들리시면 응답 바랍니다. 페덱스1호, 응답하라."

2초가량의 짧은 침묵이 이어진 후 왕복선의 내부 모습이 화면에 나타났다. 그러나 화면은 텅 빈 조종실의 모습뿐이었다. 침묵이 이어졌다. 방청객이 술렁이기 시작했다. 화면에는 계속 아무런 움직임도 나타나지 않았다. 정적이 이어졌다. 능숙한 아나운서인 존 굴드도 예상하지 못한 일이었다. 그는 당황스러웠는지 입을 굳게 다물고 눈알을 굴리며 상황을 살폈다. 그는 현장의 스태프에게 어깨를 으쓱하면서 어떻게 된 상황인지를 물었다. 그때, 화면의 양옆에서 둥둥 떠다니는 발 한 쪽과 얼굴 하나가 화면의 중심부를 향해서 서서 날아오기 시작했다.

"서프라이즈!"

우주에서 온 첫 음성이 스튜디오에 크게 전송됐다.

"존 굴드 씨. 그 멘트가 마음에 안 듭니다. 출연하고 싶지 않게 만드는 대사였어요. 세상에! 우주 상황실에서나 쓰일 대사가 방송에서 나오다니요! 시청률 떨어지는 소리가 여기까지 들려 옵니다!"

얼굴부터 빼꼼히 내민 맥 매커천이 카메라에 얼굴을 들이대며 유쾌하게 말했다. 이어서 발바닥부터 화면에 등장했던 빌리 맥이 공중제비를 한 바퀴 돌면서 조종석에 착석하는 묘기를 보여주며 지구에 인사말을 건넸다. "안녕, 지구! 내 이름은 빌리 맥입니당. 나이는 마흔 살이고 지구에서 가장 멀어지고 있는 사람들 중 하나죠. 저는 지금 변비에 걸렸습니다앙. 만성 변비인데, 이게 우주비행사 선발 과정에서 좋은 평가를 받았답니당. 우주비행사를 꿈꾸는 분들께서 는 참고하시길."

그의 어눌한 영국식 사투리에서 이상한 진지함과 범상치 않은 정신세계가 함께 느껴졌다.

"네, 반갑습니다. 제가 너무 안일하게 대사를 준비했나보군요. 반성하겠습니다. 그런데 두 분 모두 굉장히 유쾌하신 것 같습니다. 보통 시청자분들께서는 진지하거나 비장한 모습들을 상상하고 계셨을 텐데요. 두 분 모두 건강해 보이셔서 다행입니다."

존 굴드가 말했다. 그는 약간의 전파 송수신 지체 현상이 있으니 되도록 길게 말을 주고 받으라고 주문받은 상태였다.

"이것 보세요, 존 굴드 씨. 우린 3년 가까이 우주에 나가 있어야 합니다. 3년 동안 진지하기만 하면 못 버틸걸요? 게다가 3호기의 댄 테일러는 벌써부터 난리입니다. 우주왕복선에는 교회가 없다고 말입니다. '오…… 지저스, 끔찍하군!' 하면서 말이죠." 맥 매커천이 댄 테일러의 굵은 목소리를 흉내 내며 너스레를 떨었다. 그러고는 깜짝 놀라는 표정을 지으면서 말을 이었다. "아! 이거 제가 댄 테일러의 방송 분량을 잡아먹은 것 같군요. 미안, 대니! 다른 말을 준비하게."

맥의 유쾌함을 빌리가 이어받았다.

"야! 끔찍한 건, 오늘도 네가 토했다는 거지. 설마 매일같이 토하는 건 아니겠지?" 그가 코를 부여잡으며 말을 이었다. "더럽겡."

이에 맥이 반박했다.

"이봐, 그건 잠깐 멀미를 느껴서 그런 거고. 너야말로 소리를 오염시키지 마. 적막한 우주에서 귀를 오염시키는 게 누군데 그래? 취미생활은 인정하지만, 왜 내가 독서할 때만 골라가면서 소리를 지르는데?" 그가 손으로 귀를 덮으며 말을 이었다. "네 기타 소리도 정말 최악이야!"

그러자 빌리가 반박했다.

"독서에는 음악이 필요한 법이징! 오히려 내게 고마워해야징, 이 토쟁이 자식아!"

"하하하! 두 분의 유쾌한 모습은 뭐랄까…… 리얼리티 시트콤을 보고 있는 것 같군요. 두 분 사이가 좋아 보이니 다행입니다."

존 굴드가 강하게 박수를 한 번 치면서 분위기를 전환했다.

"이번엔 말도 안 되는 프로젝트를 진행하고 계시더군요, 매커천 씨. 어떻게 된 겁니까?"

동시에 그의 표정이 '1번, 진지함'으로 전환됐다.

"이것 보세요, 굴드 씨. 영화 〈미션 임파서블〉에서 톰 크루즈가 임무에 실패한 적이 있던가요? 우리도 성공할 겁니다. 재수없게 불가능이니 뭐니 하지는 말아주세요. 다 가능하니 하는 겁니다. 오죽하면 제가 직접 소행성 배송에 나섰겠습니까? 이번 프로젝트는……."

맥은 화성 이주 프로젝트를 중단한 이유와 우주 엘리베이터 프로젝트를 시작하게 된 이유, 그리고 우주 엘리베이터를 만들어가는 과정에 대해서 간략하게 설명했다. 그리고 엘리베이터의 균형추를 확보하기 위해서 소행성을 배송하게 됐다는 설명도 덧붙였다. 그는 우주비행을 경험한 우주인답게 여유롭게 농담과 유머를 섞어가며 말을 했다.

"우주가 좋은 게 뭔지 아세요? 무중력상태에서는 몸의 내장들이 몸안에서 둥둥 뜨게 됩니다. 그러면 내장이 흉곽 윗부분으로 이동하게 되죠. 그럼 어떻게 되겠습니까? 중세 여성들이 코르셋으로 꽉 조여서 만들던 그런 아찔한 허리 라인이 만들어지는 겁니다."

그가 손으로 허리를 꽉 부여잡으며 말을 이었다.

"단점은 얼굴이 좀 붓는다는 겁니다. 우리는 그런 현상을 '츄파춥스'가 됐다고 표현하죠. 우주는 여성 친화적입니다. 우주로 놀러 오세요!"

반면 빌리 맥은 설명을 하는 데 약간의 어려움을 느끼는 듯했다. 느릿느릿한 말투로 설명을 하다가 번번이 말문이 막혔기 때문이다. 그는 나름대로 농담을 섞어가면서 말을 이으려고 했으나 그게 잘 되지가 않았다. 그가 쓰려고 하는 단어들이 방송용으로 부적합했기 때문이다. 단어 선택에 어려움을 느낄 때마다 그의 눈썹이 자연스럽게 찌푸려지곤 했다. 그러나 천문학자답게 소행성에 접근해가는 과정에 대해서는 조목조목 설명을 잘 이어갔다. 왕복선의 속도와 이동 거리를 계산해서 소행성의 궤적을 찾아가는 과정, 그리고 소행성을 지구로 가지고 오는 원리에 대해서 간략하게 설명했다. 하지만 어려운 설명을 쉽게 표현하려고 할 때마다 비속어들이 조금씩 새어 나오는 것은 어쩔 수가 없었다.

"두 분의 유쾌한 설명 잘 들었습니다. 굉장히 흥미로운 방법으로 소행성을 배송해 오시는군요. 소행성을 살살 달래가면서 궤도를 수정한다는 설명은 정말 인상적이었습니다."

존 굴드가 이번에는 5번, 희망을 주는 밝은 표정을 선택해서 말을 이었다.

"지금부터는 영국의 우주비행사인 빌리 맥 씨의 집으로 연결하겠습니다. 빌리, 가족분들이 기다리고 계셨어요."

화면이 연결되자 리포터가 그의 집에서 가족들을 소개했다. 그의 노부모님과 젊은 아내가 반갑게 손을 흔들며 나타났다. 노부모는 "우리가 네 아내를 잘 돌볼 테니 걱정하지 말거라" "영국인 특유의 개척정신을 잃지 말고 돌아오렴" "뉘 집 아들인지 참 잘생겼지요?" "우리 아들이 매우 자랑스럽지만, 걱정도 됩니다" 하고 말하며 눈물을 흘렸다. 리포터는 노부모님들과의 인터뷰와 통화 연결을 마치고 그의 젊은 아내와 인터뷰를 진행했다. 아내 역시, "벌써부터 자기가 그리워요" "내 생각이 날 때마다 노래해서, 그 노래를 지구로 전송해줘요…… 벌써부터 당신의 노래 소리가 그리워" "몸조심해야 해요, 알겠죠?" "오늘을 맨체스터가 리버풀을 이겼어요, 메롱!" "우리 괴짜 박사님, 사랑해" 같은 말들을 빌리에게 전했다. 20대 중반으로 보이는 젊고 아름다운 아내의 모습에 시청자들의 반응은 뜨거웠다. 피디는 프롬프터를 통해서 프로그램 홈페이지에 난리가 났다고 존 굴드에게 알렸다.

존 굴드는 시청자들의 관심을 놓치지 않았다.

"맥 부인, 한번 일어나셔서 남편에게 응원의 메시지를 보내주세요. 남편에게 아름다운 모습을 보여주십시오. 그 모습을 오랫동안 떠올릴 수 있게 말입니다. 아마 큰 힘이 될 겁니다."

빌리의 아내는 잠시 머뭇거리더니 노부모님들의 권유로 푹신한 의자에서 서서히 일어섰다. 그러고는 환하게 웃으며 화면을 향해 손을 흔들었다. 그녀의 밝은 표정과 행동에는 20대만의 아름다움이 고스란히 담겨 있었다. 그녀는 허리에 손을 얹고 몸을 한 바퀴 돌리더니 손 키스를 화면에 날렸다. 그녀의 늘씬하고 잘빠진 몸매가 시청자들의 관심을 끌기에 충분하다고 존 굴드는 생각했다. 그는 깊은 눈빛으로 화면을 응시했다. 능숙한 프로의 눈에 임신한 것으로 보이는 그녀의 몸이 보였다. 그는 카메라를 그녀의 배 쪽으로 클로즈업하라는 지시를 내렸다.

"부인, 정말 아름다우시군요. 저희 홈페이지가 난리가 났습니다. 너무 아름다우시다고요. 빌리 맥 씨가 우주에서 긴장을 하셔야 될 것 같습니다. 그런데 제⋯⋯" 그가 4번 표정으로 전환하며 조심스럽게 말을 이었다. "제 생각이 맞는다면, 배 속에 축복을 담고 계신 것으로 보입니다만."

빌리의 아내가 밝은 표정으로 말을 이어받았다.

"네, 5개월이 다 돼갑니다."

그런 다음 카메라를 정면으로 바라보면서 말을 이었다.

"빌리, 아기의 이름이 생각나면 지어서 보내줘요. 나중에 태어나면 아기의 동영상을 보내줄……."

그녀는 이제야 감정이 올라왔는지 입으로 흘러나오는 온갖 감정들을 손으로 막으며 눈물을 흘렸다. 말을 이으려고 했지만 감정이 벅차올라 더는 소리가 나오지 않았다. 하염없이 눈물을 흘릴 뿐이었다. 그녀의 시어머니가 의자에서 일어나 그녀를 다독거렸다. 그 장면을 지켜보던 빌리 맥은 화면 가까이 얼굴을 들이댔다. 카메라는 자연스럽게 그를 클로즈업했다. 그 역시 감정이 올라왔는지 아내와 함께 흐느꼈다. 그의 일그러진 얼굴이 화면에 가득찼고, 그 모습은 고스란히 시청자들에게 전송됐다. 시간이 지날수록 그의 흐느낌은 점점 고조돼 오열로 변해갔다. 그의 눈물인지 콧물인지 모를 액체들이 작은 구슬 모양으로 조종실 안을 떠다녔다. 그 맑은 액체들은 이리저리 찌그러지고 합쳐지면서 점점 하나의 물방울로 뭉쳐갔다. 물방울은 빌리의 뒤편에서 점점 일그러져갔다. 마치 빌리의 슬픔이라도 흡수하고 있다는 듯이. 지구에서 멀어져가는 사람들의 첫 메시지는 이렇게 마무리돼갔다.

그날따라 미국의 밤은 유난히 잔잔했다.

소행성 포획 미션 3일 차

아무래도 어제 방송이 마음에 걸린다. 우리에 대한 뉴스가 나올 때마다 어제 방송 장면이 무한 반복될 것만 같다. 왜 그런 거 있지 않은가. '자료 화면.' 게다가 저 얼빠진 모습들은 역사에 길이 남을 것이다. 우리가 달 표면에 발자국을 찍는 닐 암스트롱의 모습을 영원히 기억하듯이. 이런 얼빠진 장면들을 보면서 미래의 누군가는 말하겠지.

"저 어색한 미소의 츄파춥스는 대체 누구지?"

오늘 저녁에는 3호기의 인터뷰가 방송됐다. 책임감이 강하고 썰렁한 댄 테일러와 수다쟁이 아줌마 타입의 프랑스인 클레몽 마티유가 오늘의 주인공이었다. 대략 4~5초가량의 송수신 시간차가 방송을 방해했지만, 오히려 그런 점이 더욱 현장감 있게 방송을 살렸다. 댄 테일러는 여섯 살과 일곱 살짜리 딸들이 있는 딸바보 아빠였다. 그는 우주에 나오기 전에 딸들이 3년간 입을 옷들을 미리 쇼핑해줬다고 방송에서 밝혔다. 그러면서 "우리 딸들, 매년 옷들이 몸에 꼭 맞았으면 좋겠어. 사랑해, 우리 딸들! 그리고 여보, 미안해! 엉엉엉" 하며 눈시울을 적셨다.

나에게 대니의 눈물은 충격이었다. 저 친구는 우주에 자주 나온 숙련된 조종사란 말이다. 그가 저런 감성적인 우주 변태일 줄은 상상도 하지 못했다. 아무래도 5억 킬로미터가 넘는 비행 거리는 가족을 지닌 가장에게는 크나큰 장벽처럼 느껴…… 잠깐. 이런, 우라질. 그래, 우라질! 나도 아내가 있는 몸인데, 나도 울었어야 했나? 아내는 자신이 프로젝트 팀장이니 방송에 나오면 모양새가 빠질 거라고…… 아내가 메시지를 보내기 전에 내가 먼저 보내야겠다. 전직 바람둥이로서 그런 것쯤은 잘 알고 있다. 나는 예쁨받는 남편이고 싶단 말이다. 어디 눈에 비벼댈 양파라도 있는지 찾아봐야겠다.

소행성 포획 미션 4일 차

눈을 뜨자마자 상쾌한 통증으로 하루를 시작했다. 중앙 데크의 벽면에 고정된 취침 주머니에서 빠져나오면서, 나는 하루의 시작을 상쾌한 욕을 내뱉으며 시작했다.

농담이 아니다. 정말 그랬다. 눈을 뜨자마자 욕설을 퍼붓는다고 재수없게 생각할지는 모르겠지만, 이는 아주 자연스럽게 몸이 반응해 나오는 소리이다. 무중력상태에서는 등뼈 마디마디가 벌어져 3~4센티미터 정도 키가 커지곤 하는데, 이때 우주인은 척추에 우라질 통증을 느끼곤 한다. 무려 일주일 동안이나. 그렇다고 해서 거기가 늘어나는 것은 아니니 궁금해하지는 마시길.

나는 빠르게 식사를 했다. 순전히 아내보다 먼저 영상 메시지를 보내기 위해서였다. 아침 메뉴는 땅콩버터를 듬뿍 바른 토르티야였다. 이유는 따로 없다. 순전히 조리 시간이 가장 빨라서였다. 나는 최대한 빨리 먹고 아내에게 보낼 영상 메시지를 찍어야 했단 말이다. 아내가 자신을 그리워하면서 엉엉엉, 징징징 하지 않았다고 일장 연설을 하는 모습을 생각하니…… 입으로 들어가는지 코로 들어가는지도 모르게 식사를 끝냈다.

내 아내의 단점은, 말이 좀 길다. 물리학자답게 뭔가를 설명하려는 습관이 있다고나 할까. 아마도 사랑이라는 감정을 과학 이론으로 설명하려 들 게 분명하다. 그러므로 미리 예방을 해야겠다는 생각이 들었다. 난 정말 아내를 사랑하는 현명한 남편이다. 아침을 허겁지겁 먹는 소리에 잠이 깼는지 빌리가 일어났다. 여기서 일어났다는 말은, 취침 주머니에서 애벌레가 탈피하듯 빠져나왔다고 생각하면 될 것이다. 나는 빌리가 주머니의 벨크로를 찢고 나오자 발사 카운트를 세듯 3, 2, 1…… 하고 나지막이 숫자를 셌다. 역시 예감은 틀리지 않았다. 빌리도 눈을 뜨자마자 우주 통증을 호소했고, 나보다 욕설이 길었다. 음, 빌리를 잠시 소개하자면 '음…… 에…… 흠……'이라고나 할까. 왜 그런 놈들 있지 않은가. 뭐라고 딱히 꼬집어서 말하기 애매한 괴짜 또라이들 말이다. 유쾌한 성격을 지녔지만 농담을 하는 방식이 조금은 삐뚤어진 놈이다. 남의 험담 개그를 주로 한다. 문제는 그런 농담을 하는 자신이 웃긴다고 생각하는 것이다. 뭐 그런 것만 빼면 별다른 문제는 없는 편이다. 예를 들어 기타 치는 걸 좋아하지만 노래는 형편없더라, 프랑스인 혐오주의자더라, 지독한 변비가 있다더라, 이기주의자에 말라깽이라더라, 영국식 심한 사투리를 쓰고 리버풀 광팬이더라…… 등이다. 흠, 험난한 여정이 되겠군.

나는 빌리에게 영상 메시지 찍는 것을 도와달라고 부탁했다. 그러자 빌리가 한다는 소리가 "아내한테 보내는 거라고? 아내만 사랑한다고? 네가?"라며 여성 편력이 화려했던 나의 과거를 들먹이면서 비아냥거렸다. 나는 과거는 과거일 뿐이라고 대꾸했다. 물론 음란마귀 동영상은 제외다. 우주에서 야동은 소중하니까. 우리는 바로 촬영에 임했고, 나는 빌리에게 일상적인 모습을 연기해달라고 부탁했다. 먹고, 씻고, 노래 부르고 하는 모습들 말이다. 우리의 괴짜 연기자는 어찌나 열정적으로 촬영에 임했는지, 홀딱 벗고 물티슈로 샤워를 하려고까지 하는 투지를 보였다. 물론 나는 그에 걸맞은 투지로 그를 말려야 했다. 내가 뜯어말리자 그게 마음에 안 들었는지 빌리는 카메라에 손을 흔들며 이렇게 말했다.

"안녕? 이거 메리한테 보내는 거라고 했징? 안녕, 메리!"

이런 상큼한 센스쟁이 같으니라고. 어쨌든 영상 메시지는 유쾌하게 찍을 수 있었다. 물론 양파가 없는 관계로 징징징은 못 했지만. 그래도 아내보다 먼저 찍어서 보내고 나니까 안심은 된다. 이제 아내의 사랑이 듬뿍 담긴 답장이 오기를 기다리고 있다. 그러나 시간을 봤더니 내일이나 돼서야 사랑스러운 답장을 받을 수 있을 것만 같다. 오늘 저녁에는 2호기의 인터뷰가 있다. 신민준과 아이오 타쿠미의 차례였다. 나는 방송을 끝까지 보지는 않았다. 이제는 우리가 꽤나 멀리 날아왔는지, 서로 대화를 하려면 13초가량의 송수신 대기가 필요했다. 13초의 그 공백이 지루했다. 방송 내용도 전부 아는 얘기였다. 2호기엔 비밀이지만, 그 시간에 나는 책을 읽었다.

소행성 포획 미션 5일 차

만세! 아내에게서 답장이 왔다. 그래서 지금 엄청나게 설레는 마음으로 일지를 쓰고 있다. 어찌나 설레는지 선물 상자의 포장지를 뜯는 기분이 든다. 애교애교한 말투로 영상을 찍었으려나? 아내는 센스가 있으므로 음란마귀 동영상을 찍어서 보냈을 수도 있다. 검은 머리에 하얀 피부. 그리고 그윽한 갈색 눈동자는 정말이지 섹시하다. 지적인 섹시함이라고나 할까. 늘어지는 재즈 음악을 배경으로 속이 살짝 비치는 나의 화이트 드레스셔츠만 입고선…… 셔츠 아래로 아찔하게 미끄러지는 각선미를 선보이면서…… 단추를 하나하나씩…… 아아아, 제발. 이런, 얼굴이 붉어지는군. 지금 바로 틀어보겠다!

★★

맥 매커천이 동영상을 틀자 안나가 화면에 나타났다.

"야! 이 금발의 머저리 같은 바람둥이 자식! 너 일부러 그랬지? 엉? 어제 방송 말야! 미국인이 없다고 일부러 마지막 날 편성을 잡았냐고. 개자식! 아시아인 두 명을 그딴 식으로 대하다니. 아무리 시청률이 돈이라지만 어떻게 그럴 수가 있어? 대한민국에서 사람들이 얼마나 기대했겠느냔 말이야! 전파 송수신 대기시간이 13초라니. 아, 이런 우라질 열받네. 내가 왜 그 생각을 못 했을까? 물론 너는 그런 상황까지 예상했겠지. 돈 냄새 하나는 지구에서 가장 잘 맡으니까 말이야. 그렇다고 해서 어떻게 이럴 수가 있어? 우리나라도 돈 많이 냈다고, 이 머저리 자식아! 어떻게 그래? 내가 이 프로젝트를 맡고 있는데, 엉? 하! 프로젝트를 확 뒤집어버릴까보다. 지금 지구에서 대략 3백만 킬로미터 정도 떨어져 있지? 이 우라질 네 회사는 지금 내 손안에 있어! 알아? 하! 시청률 때문에 나를 배신하다니.

돈 때문에 나를 엿 먹이다니. 내가 우리나라에 얼굴을 못 들겠다, 쪽 팔려서! 너, 이거 보면 바로 답장 보내! 나 정말 화났⋯⋯."

소행성 포획 미션 5일 차(2)

어쩜 이렇게 욕을 하는 모습도 섹시할까? 남들은 어떻게 볼지 모르겠지만, 이런 모습이 내가 그녀를 사랑하는 이유다. 아, 참고로 어제의 편성은 나하고는 상관없다. 물리학자인 아내도 예상하지 못했던 부분을 내가 어떻게 예상했겠는가. 정말이다. 방송국의 편성국에서 그렇게 정했겠지. 편성에 따라서 들어오는 돈이 달라지니까. 음, 이럴 때가 아니다. 아내는 메시지 확인 시간, 그리고 재전송 시간까지 고려해서 나를 몰아붙일 것이다. 얼른 답장을 보내야겠다. 아아, 나 원 참. 우라지게 떨리는군. 지구의 모든 남편들이여! 힘내자고!

6.
우주 엘리베이터
프로젝트

2020년 7월 10일

안나의 기억 속 파편

떨린다. 정말 떨린다. 말도 안 될 정도로 떨린다. 대통령이라니. 나는 학자들과의 저녁 약속을 취소하고 이민호 대통령을 만나러 가는 중이다. 학회의 후원자 측에 감사의 인사부터 전해야겠다. 그들은 강연할 때의 내 패션이 촌스러워 보였는지 나에게 옷을 한 벌 보내왔다. 기가 막히게 타이밍이 좋았다. 대통령을 만나 뵙기에 내 옷은 너무나도 장례식장 패션이었으니까. 나는 후원자 측에서 보내온 아이보리 톤의 샤넬 트위드 원피스로 갈아입었다. 누가 고른 건지는 모르겠으나 나와는 비교도 안 될 정도로 패션 감각이 뛰어난 게 분명했다.

그런데 청와대로 가면서 곰곰이 생각을 해보니, 내가 대통령님을 만난다는 사실이 좀체 이해가 되질 않았다. 한국에는 가까운 사람도 없을뿐더러, 그렇다고 해서 내가 국가의 원수를 독대할 만큼의 거물급 물리학자도 아니다.

멋모르고 리무진에 올라탄 것이 후회됐다. 마음 깊숙한 곳으로부터 차가운 한기가 스멀스멀 기어 올라오는 것 같았다. 도살장행 급행열차를 탄 기분이었다. 본관 앞에서 보좌관이 나를 맞이하자 그에게 물었다.

"저…… 공식인가요, 비공식 만남인가요?"

나는 꽤 진지했다. 그러자 보좌관이 크게 웃었다. 가축들도 죽이기 전에 육질이 나빠진다며 안심부터 먼저 시키지.

"요즘 세상에 그런 게 어디에 있습니까. 청와대에서의 만남은 모두 공식입니다."

그는 나를 본관 2층의 백악실로 안내했다. 나는 떨리는 마음으로 문을 열고 들어섰다. 나의 우려와는 달리 대통령은 인상 좋은 아저씨 같은 얼굴로 나를 반겼다.

"아이고, 제가 실례를 범했습니다. 박사님께서 내일 밤에는 부산으로 내려가신다고 해서 이렇게 급히 모셨습니다. 제가 무례를 범한 것은, 청와대의 일류 요리사분들이 저를 대신해 보상해드릴 겁니다. 아무쪼록 편안하게 식사하시고 좋은 말씀 들려주십시오."

내가 황급히 답했다.

"아, 아닙니다. 갑작스럽긴 하지만 만나 뵙게 되어 영광입니다, 각하!"

나는 아직도 긴장을 풀지 못했다. 각하라니. 내 말에 푸근한 미소로 대통령이 답했다.

"오랜만에 오셨다고요? 소감이 어떠십니까? 아무래도 미국에서 떠오르는 유명한 물리학자이시라…… 아, 저기 박사님을 소개한 분이 오시는군요. 함께 프로젝트를 진행하기로 하셨다고요?"

대통령이 가리킨 문 쪽을 바라보자 맥 매커천이 빙긋 웃으며 다가왔다.

"반가워요, 김 박사. 편안하게 오셨어요?"

대체 재수없는 윙크는 왜 날린단 말인가.

식사는 매우 흡족했다. 대통령 말이 맞았다. 그 어떤 무례를 범했다 하더라도 용서받을 수 있을 만큼 맛있었다. 우리는 식사를 하면서 대화를 나누었고, 꺼져야 할 때와 닥쳐야 할 때를 잘 모르는 나는 대통령 앞에서 풍력 에너지에 대한 강의를 하고야 말았다.

"풍력은 세제곱에 비례해서 증가하니, 풍속이 두 배가 된다면 출력은 2 곱하기 2 곱하기 2, 즉 여덟 배나 증가하게 됩니다. 말하자면, 높은 구조물을 만들수록 출력이 증가하는데, 높이 만들수록 비용이 많이 든다는 뜻이기도 합니다. 우리나라는 산이 많고 삼면이 바다로 둘러싸여 있어서 해풍과 산을……."

어릴 적 할머니께서 가르쳐주시길, 우리나라에서는 겸손이 미덕이라고 했다. 아아, 이론물리학자의 직업병인 걸 어쩌겠는가.

나는 대화를 나누는 중간중간 금발 변태를 노려봤지만, 그러거나 말거나 그는 내가 모르는 무언가라도 알고 있다는 듯이 희미한 미소를 지으며 내 시선을 받았다. 정말이지 볼수록 아리송한 자식이다. 대통령이 원탁 위에 양팔을 올리면서 본론으로 들어갔다.

"아, 그리고 우주 사업에 대해서도 의견을 듣고 싶습니다만. 저는 국가의 부는 과학이 가져다주는 것이라고 믿습니다. 우리는 그렇게 발전해왔으니까요. 하지만 요새 젊은이들의 꿈에서 과학자라는 단어는 점점 사라져가는 것 같더군요. 재능 있는 친구들이 전부 노래하고 춤추길 좋아하니. 그래서 지금의 어린이들에게라도 과학의 씨앗을 심어주고 싶습니다. 우주 사업을 키워서 말입니다. 하지만 우리가 이 분야에 뒤쳐져 있는 게 사실입니다. 아시아도 유럽연합처럼 기술정보를 공유했으면 합니다만…… 그게 답이 안 나옵니다, 답이. 잘 아시다시피 우리나라와 중국, 일본이 기술과 자본을 공유하기에는 시간이 더 필요해 보입니다. 그리고 우리 기술이 제일 뒤처져 있는데, 그걸 공유하자고 하면 도둑놈 심보겠지요. 저라도 공짜로는 안 주겠습니다. 안 그렇습니까?"

뜬금없는 우주 얘기에 놀란 말투로 내가 대답했다.

"네? 네, 그렇죠."

대통령이 말을 이어갔다.

"우주 발사체도 쏴봤습니다. 그런데 로켓에 대한 기술은 줄 생각을 안 하더군요. 특히 러시아는 돈만 받아 갔어요. 기가 막히게 필요 없는 기술들만 전해주더군요. 누굴 우주여행객으로 아는지, 원……"

그 말에 맥이 빙긋 웃으며 나를 바라봤다. 그리고 대통령이 웃음을 멈추며 진지한 말투로 말을 이었다.

"그래서 두 분을 모신 겁니다. 사실, 매커천 씨의 제안이 마음에 듭니다. 뒤처졌던 기술을 한 방에 역전시킬 수 있겠더군요. 제 속이 전부 후련해지는 기분이었습니다. 매커천 씨가 그러시더군요. 김 박사님께서 이번 프로젝트의 기획자이시고 팀을 이끄실 거라고요. 그래서 묻겠습니다. 정말 우주 엘리베이터 그게 가능한 겁니까? 부탁드립니다."

그 말에 내가 조건반사적으로 대답했다.

"네, 됩니다."

어찌나 현기증이 나는지, 나는 잠시 말을 할 수가 없었다. 내 목소리는 중얼거림을 겨우 면한 수준이었다. 뭍에 올라온 붕어처럼.

2020년 7월 11일

어제 대통령과 대화를 하고 난 뒤, 나의 기분은? 개자식 맥 매커천! 사실은 좋아서 펄쩍, 팔짝, 폴짝, 훌쩍 뛰고 싶은 심정이었다. 하지만 놀라웠던 만큼 기분도 더러웠다. 나와 상의도 없이 저 꼴리는 대로 추진한 것 아닌가. 이 정도 표현이면 순화된 표현이라고 생각한다.

대통령은 정치적으로 해결이 어려운 문제를 민간기업의 힘을 빌려서 타개해보고자 했다. 한마디로 '참여 안 하면 너만 손해!' 프로젝트에 먼저 뛰어듦으로써, 다른 나라들도 참여하도록 유도한 것이다. 게다가 맥 매커천은 이렇게 말했다.

"과연 그럴까요? 그것만 보자면 그럴 수도 있겠죠. 하지만 군복에 별을 단 깡통들 생각은 다를 겁니다. 그들은 경쟁 국가들이 '과학 목적'이라고 하는 말을 절대로 믿지 않거든요. 우주 엘리베이터가 완공되는 순간, 그들은 그것이 전쟁 목적으로 쓰일 거라고 확신할 겁니다."

나는 그 말을 듣고 나서야 깨달았다. 첫째, 우주 엘리베이터 프로젝트가 정말 가능할 수도 있겠구나. 둘째, 저놈이 그냥 금발 바보만은 아니었구나. 셋째, 어쩌다보니 저놈 호텔방까지 들어와 있군. 뭐?! 내가 왜 여기 있어? 나는 흥분을 가라앉히고 여기에 온 과정을 떠올려봤다. 우리 두 사람은 청와대에서 나온 뒤, 호텔 스카이라운지에 있는 바에서 다시 만났다. 궁금한 게 너무나도 많았으니까. 하지만 오늘은 금요일이었고 불타는 저녁을 보내려는 이들이 많았다. 그런 시끄러운 자리에서 할 이야기들은 아니었다. 그래서 그가 자기 방으로 가자고 유혹했다. 아니, 제안했다⋯⋯.

그의 방에 들어서자마자 나는 분노를 터뜨렸다.

"야, 전부 설명해봐! 네가 왜 여기에 있고, 대통령과의 만남은 또 뭐고, 상의하지도 않았던 엘리베이터 건은 또 뭐야? 이 양아치 같은 놈아!"

이건 내 마음의 소리고, 실제로는 조금 순화해서 내뱉긴 했다. 내가 다혈질이기는 하지만, 나는 지성인이다.

"학회 강연, 원피스, 리무진, 퍼스트 클래스, 스위트 룸."

그가 이렇게 말하며 빙긋 웃으며 말을 이었다.

"눈대중으로 대충 사이즈를 골랐지만, 원피스가 잘 어울리시는군요. 리무진은 한국에 좋은 것이 없더군요. 미안합니다. 퍼스트 클래스 좌석은 편안하셨습니까? 마사지는 괜찮더군요. 저도 받아봤습니다. 방은 제 방과 같은 걸로 준비하라고 했습니다."

그제야 모든 상황들이 파악됐다. 그가 학회를 후원했고, 나를 메인 강연자로 초빙한 것이었다. 나는 그 이유를 묻고 싶었지만, 그가 계속 말을 이어갔다.

"사실, 박사님 말씀이 맞습니다. 저 역시도 화성 이주에 대한 딜레마에 빠져 있었어요. 가끔씩 로켓들이 공중폭발을 할 때면, 제 꿈도 '펑' 하고 터져 나가는 기분이 들곤 했죠. 그런 의미에서 대통령님께 '지구 최고의 폭죽 전문가'라고 소개해주신 표현, 아주 마음에 듭니다. 아, 일단 한잔하시겠습니까?"

그가 소파에 앉길 권했다. 그러고는 술잔에 브랜디를 따랐다. 그가 브랜디 글라스를 내밀 때까지 잠시 동안의 정적이 흘렀다.

"자! 편하게 말해봅시다. 저는 박사님을 뵙고 판단했습니다. '아! 이 정도로 거친 성격과 도덕성이면 충분하겠구나!' 하고요."

그가 놀리듯 피식 웃었다.

"지금 상황에 농담이 나오세요?"

"믿거나 말거나."

그가 장난스러운 표정을 짓더니 진지한 목소리로 말을 이었다.

"저는 그때 진지하게 화성 회의론에 빠져 있었습니다. 제 평생의 꿈이었는데도 말입니다. 우주비행사가 되고 나서야 서서히 깨달았죠. '우주는 빌어먹게 인간을 싫어하는구나' 하고 말입니다. 저는 직접 화성에 건너갈 생각으로 우주비행사가 된 건데, 우주에 나가보니 도리어 점점 두려워졌습니다. 화성 이주까지 몇 번의 로켓을 쏴야 하며, 화성에서의 건강, 심리상태, 식량문제…… 대규모 이주를 생각해보니 답이 안 나오더군요."

그가 바닥을 보며 잠시 말을 줄였다. 그런 다음 브랜디를 한 모금 들이켰다. 그러자 그의 표정이 브랜디의 향만큼이나 묵직하게 변했다. 그는 또 표정을 바꾸며 농담처럼 말을 툭 던졌다.

"근데, 격식 좀 풀게요. 어차피 함께 일하게 된 마당에."

"하! 어이가 없네. 누가 함께 일한대요?"

그러자 그가 얼굴을 들이밀면서 내게 말했다.

"제 방까지 들. 어. 오. 신. 거. 면…… 한다고 봐야죠."

그가 야릇한 표정으로 말을 마쳤다. 어찌나 히죽거리는지 얼굴이 찌푸려질 정도였다. 그 말뜻을 뒤늦게 이해한 내가 으르렁거렸다.

"개자식!"

"그래, 그거야! 편하게 가자고. 한국식으로 따져도 내가 두 살 위더라고."

어처구니없는 그의 행동에 당황했지만, 그렇다고 해서 이런 상황에 굴할 나도 아니었다. 나 역시 바로 응수했다.

"좋아. 그래서?"

그와 나눈 대화의 요점은 이러했다.

그는 화성 이주의 대안을 찾아보기 시작했고, 그때 내가 제안을 해왔던 거란다. 그래서 나에 대한 정보를 얻기 위해서 나를 테스트한 것이고. 그리고 내 입으로 말을 하긴 좀 그렇지만, 나를 처음 만난 순간 보물을 발견한 해적이 된 듯한 기분이 들었다고 한다. 그리고 나를 선택한 이유가 네 가지가 있었는데, 1. 제안을 했으니 잘 알 테고. 2. 길게는 20년가량이 걸릴지도 모르는 프로젝트에 늙은 권위자를 뽑는 도박을 하긴 싫었고(그의 말을 빌리자면, 프로젝트 추진 중에 책임자가 사망할지도 모르는 늙은이를 뽑는 것은 빌어먹을 도박이란다). 3. 그래서 젊은 학자군을 찾아봤더니, 허풍쟁이거나 야망이 없는 사람이었고, 4. 마지막이 가장 중요한데, 내가 자기처럼 우주를 사랑하는 사람이라나 뭐라나…… 아무튼 그래서 나를 살펴봤더니, 다른 것들은 차치하더라도 다른 유명한 학자들을 리드할 커리어가 부족해 보였다고 한다. 그래서 그 권위를 조금씩 만들어주기 위해서 나를 내세웠던 것이고. 동시에 아시아 국가들의 투자를 받기 위해서 물밑 작업을 하러 직접 온 것이라고 한다. 그의 말로는,

"내가 온다고 하면 아시아 태평양 지역 과학계의 거물들이 참여할 테니까. 이 프로젝트가 돈이 한두 푼 드는 일이 아니잖아? 그래서 각국의 이해관계들을 좀 이용했지. 나는 투자에 가장 적극적일 지역을 찾았고, 그게 바로 아시아 지역이었어. 서로 좋은 파트너가될 수 있으니까."

그는 내게 윙크를 하면서 동의의 뜻을 물어왔다.

"그리고 내가 너와 함께하기로 결정한 이유가 또 있어."

"뭔데? 말해봐."

공허한 표정으로 내가 물었다.

"너, 우주 엘리베이터가 계획의 끝이 아니지? 난 사업가야. 이런 냄새는 기가 막히게 잘 맡아."

"아, 그건…… 아직 검증된 것도 아니고…… 구상 중일 뿐이야."

힘없는 목소리로 내가 말했다. 그러자 그가 대답했다.

"풀죽은 모습이 너답지 않다? 말해봐. 그게 제일 궁금했어."

그의 말에 내가 덤덤하게 답했다.

"우리 팀의 넬슨, 브라이언과 함께 구상하고 있는 게 있어. 우주 엘리베이터를 세우고 난 뒤에 무엇을 할 것인가에 대해서. 승강기로 우주여행을 한다? 우주에서 우주선을 조립해서 탐사를 한다? 내 생각에 이런 것들에는 한계가 명확하게 보여. 우리를 태양계에 한정하는 일이야. 그래서 내 상상은 '그렇다면 생명이 살기 척박하고 지적 생명체가 우리 말고는 없는 태양계를 벗어나려면 어떻게 해야 할까?'에서 시작됐어. 가장 먼저 해야 할 일은 중력의 정복이었지. 그게 엘리베이터이고 말이야. 일단 건설이 되면, 우주로 재료를 나를 거야. 달에서 기본 모형을 제작할 거니까. 달의 표면에서."

"그 모형물이 뭔데? 칼 세이건이 말한 160킬로미터 크기의 램제트 엔진? 아니면, 태양풍을 이용한 거대한 우주 돛단배?"

"아니, 그런 탈것이 아냐. 일단 한잔 마시자. 술이 필요해."

나는 브랜디를 한 모금 마시고는 입안에서 굴려 향을 음미했다. 하지만 말을 잇기에는 한 모금의 술이 더 필요했다. 그래서 뜨거운 기운이 채 가시기도 전에 한 모금을 더 입안에 털어넣었다.

"하! 살 것 같네. 좋아, 일단 약속부터 해. 진지하게 듣겠다고."

"뭘? 나 진지해. 말해, 얼른."

"허무맹랑한 소리라고 비판하지마. 이론적으로 가능한 거니까."

그가 피식 웃으며 답했다.

"알겠어. 너도 알지만 내 사고방식 역시 허무맹랑하잖아."

그의 말에 정색하며 내가 말했다.

"농담하지 말고. 약속해, 얼른."

"나 참…… 약속! 됐지?"

그가 특유의 웃음으로 말했다.

"좋아. 이제부터 맥이라고 할게. 참고로 난 사람에게 별명 붙이길 좋아해. 언제 호칭이 바뀔지 몰라. 후…… 좋았어, 맥. 초대형 입자가 속기를 달의 표면에 지을 거야. 그리고 그걸 이용해 우주를 찢는 거지. 평행 우주를 여는 거야."

7.
친환경 우주선
보호막

2021년 7월 7일

소행성 포획 미션 7일 차, 맥 매커천

내 우주비행 경력에서 최고의 위기를 맞이한 것 같다. 나는 지금 이륙과 착륙을 할 때나 입는 압력복을 만지작거리고 있다. 외부 환경을 차단하고 자체적 호흡이 가능한 압력복을 점검하면서 일지를 쓰고 있다는 말이다. 나는 극한의 환경을 견뎌내야만 한다. 그러므로 이 압력복의 생명 유지 장비와 헬멧이 필요한데…… 아아, 어디서부터 설명해야 할지 모르겠다.

우리 우주인들은 우주 방사선에 노출돼 있다. 이는 성말이지 치명적인데, 우주 방사선은 림프종, 백혈병, 암, 정신질환같이 섹시한 질병들을 유발할 수 있다. 이것을 방어하는 데는 탄화수소가 제격이다. 그런데 왕복선 외부를 탄화수소로 감싸자니 무게가 문제가 됐다. 우리는 우주에 3년이나 머물러야 했고, 그만큼의 보급품을 싣기 위해 쓸모없는 무게들을 전부 줄여야만 했다. 왕복선 외부에 탄화수소를 두르는 건 당연히 부담됐다.

그러나 최첨단 기술을 자랑하는 우리 T 그룹은 해결책을 찾아냈다. 게다가 무려(이 부분을 강조해달라) 우주 친환경적인 방식이기까지 했다. 이 얼마나 대단한 업적인가. 아무튼 연구원들이 찾은 방법은 이러했다. 무게에 대한 부담을 줄이면서 우주 친환경적인 보호막을 만들 수 있는 방법은, (기대하시길!) 우리의 똥을 이용하는 것이다. 나도 안다. 지금 황당해하는 당신의 표정 말이다. 이 사실을 처음 들었을 때 나의 반응도 그랬으니까. 하지만 방어 효과는 뛰어나다고 하니까, 비전문가인 당신에게 똥으로 보호막을 만들 예정인 전문가인 내가 이 과정에 대해 설명하겠다. 우주공학 기술이 다수 포함돼 있으니 이에 대한 지식이 부족한 사람은 그냥 대충 훑어보기를 권장하겠다.

1. 똥을 싼다. 2. 그 똥은 왕복선 중앙 데크 아래층으로 모이게 된다. 3. 똥을 일주일간 모은다(3년이면 무려 262.8킬로그램이다). 4. 모아둔 똥 무더기에 살균제를 넣어서 밀가루를 반죽할 때처럼 손으로 잘 섞는다(이걸 안 해주면 배설물 속의 박테리아들이 똥을 소화시켜서 가스를 배출하게 된다. 방귀처럼 말이다). 5. 살균된 똥을 먹는다(농담이다!). 다시 5. 살균된 똥을 벽돌 모양으로 잘 다듬는다. 6. 벽돌 모양으로 잘 다듬어진 똥을 건조기에 넣는다. 7. 똥이 벽돌이 된다. 8. 그 똥 벽돌을 특수 비닐팩에 넣어 밀봉한다(이 과정 때문에 살균제를

넣어 잘 반죽하는 것이다. 안 그러면 가스가 배출돼서 비닐팩이 터질 수가 있다). 9. 왕복선 선내의 좌측 벽면 패널을 뜯어낸다. 10. 똥 벽돌 주머니를 잘 넣어서 닫는다. 11. 좌측 패널을 다 채우면, 우측 패널도 동일한 방법으로 채워 넣는다. 12. 똥을 만지작거리게 해준 연구진에게 ^_^ㄴ를 힘껏 날려준다.

대충 이런 식이다. 이제 내가 왜 이렇게 호들갑을 떨고 있는지 이해가 되는가? 아직도 이해가 되지 않는다고? 그럼 조금 더 말이 길어지겠다.

1. 참고로 나는 광장공포증과 결벽증이 있다. 사람 많고, 더러운 것을 참지 못한다는 말이다. 2. 하지만 이상하게도 우주에 나오면 좀 나아진다. 지구에서는 사람이(내가) 환경을(깨끗한) 만들었지만, 우주에서는 환경이(더러운) 사람을(나를) 만들었다. 나는 우주에서 깨끗한 척하는 빌어먹게 더러운 놈이다. 3. 나는 '4번. 똥 무더기에 살균제를 넣어 손으로 잘 섞어준다'를 걸고 벌였던 빌리와의 단판 승부에서 패배했다. 4. 고로 깨끗한 척하는 더러운 나는, 똥을 주물럭거려야 한다. 5. 이런 우주인 맙소사!

이래서 내가 압력복을 입네, 마네 했던 것이다. 주물럭거릴 때 물컹거릴 느낌과 냄새를 완벽하게 차단시켜주니 그렇게 고민을 했던 것이다. 이제 나의 기분이 조금은 이해가 될는지 모르겠다. 하여튼 일지를 쓰다보니까 똥을 주물럭거릴 용기가 조금은 생긴 것 같다. 일단 부딪쳐보겠다.

우웩, 성공한 것 같다. 근데 이 찜찜한 기분은 대체 뭐람?

나는 가장 먼저 콧구멍을 막아줄 코마개를 챙겼다. 싱크로나이즈 드 스위밍 선수들이 착용하는 그것 말이다. 그렇게 코를 틀어막은 다음 중앙 데크의 바닥 패널로 향했다. 그러고는 패널 옆의 발 고정대에 발을 넣어 몸을 고정한 다음 바닥 패널의 고정 핀을 옆으로 젖혔다. 그러자 딸깍하는 소리와 함께 패널이 옆으로 열렸고, 창고의 어두운 구멍이 나를 맞이했다.

좁다랗고 어두운 공간들이 그러하듯, 이 창고도 더러운 것들이나 시끄러운 설비들을 모조리 때려 박아놓은 형태이다. 나는 쓰레기 수집 장치를 지나쳐 배설물 수거 장치를 향해 몸을 날렸다. 배설물 수거 장치는 투명한 글로브 박스처럼 생겼는데, 구멍에 장갑이 있어서 안에 있는 배설물을 만질 수 있게 돼 있다. 우리는 그것들을 눈으로 보면서 섞어야 했고 뭉쳐야 했다.

나는 압축 마개를 열어서 그 구멍으로 액체 살균제를 뿌렸다. 조그만 구멍을 열었을 뿐인데 심각한 냄새가 코를 습격했다. 코마개로 코를 막았음에도 별다른 효과가 없는 듯했다. 그다음 정면에 뚫려 있는 구멍을 향해서 양손을 쑥 집어넣고는 살균제와 덩어리를 모아 열심히 주물렀다. 장갑이 있었기에 망정이지, 안 그랬다면 심리적 트라우마가 생길 법한 촉감이었다. 나에게도 인권이라는 게 있단 말이다. 그 찰진 느낌이란!

그래서 내가 뭘 했는지 아는가. 놀라지 마시길. 나는 저것들을 예쁘게 뭉쳐서 얼굴 모양으로 빚어놓았다. 눈, 코, 입 구멍까지 뚫었다.

그래, 눈사람을 만들듯이. 모양이라도 예쁘면 조금이라도 덜 역겹지 않겠는가. 작품의 이름은 이러했다.

빌리 맥의 우주적 고뇌를 담은 얼굴 조각상.

소행성 포획 미션 8일 차

아내와 주고받은 메시지를 공개하겠다. 송수신의 시간차는 대략 20초가량이었다.

> 아내: 축하해! 우리 우주 변태!
>
> 나: 사랑해가 아니고? 보고 싶어, 글래머! 근데 뭘 축하해?
>
> 아내: 어제 똥 반죽했다며? 우웩, 손톱에 똥 꼈을라.
>
> 나: (답장 안 함)
>
> 아내: (2분 후) 왜 말이 없어? 뭘 하고 있던 중이야?
>
> 나: (답장 안 함)
>
> 아내: (5분 후) 왜 말이 없냐고. 아, 내가 놀려서 그렇구나? 알겠어. 미안. 더러운 거 못 참는 성격인 걸 알면서 놀렸네. 충격과 상심이 컸구나? 내가 미안해. 사랑해. 보고 싶다.
>
> 나: (7분 후) 사진 파일 보냈어. 이메일 열어봐.
>
> 아내: 자기 사진 보낸 거야? 귀여운 변태 같으니라고. 난 동영상이 더 좋아. 얼른 감상해서 소감을 말해줄게. 기다려. (1분 후) 죽여버릴 거야, 우주 변태! 대체 이게 뭐야??

나: 내 작품 ^__^ 작품 이름은 빌리 맥의 우주적 고뇌를 담은 얼굴 조각상. 그놈의 개똥 같은 성격을 진짜 똥으로 표현한 작품이지. 어때? 사랑하는 나의 글래머!

아내: 내가 이런 놈하고 결혼을 했다니! 사랑한다는 말 전부 취소야! 어떻게 똥으로 저렇게 장난을 치냐? 더럽게. 얼굴이 둥둥 떠다니니깐 더럽다 못해 섬뜩하다. 우웩!

나: 미안. 나는 저걸 만지작거려야 했다고. 정신적 충격이 컸나봐. 그래도 기왕 할 거면 재미를 찾아야지. 그래서 가끔식 저렇게 똥 아트를 해보려고. 여보님도 만들어줄게. 기대해.

아내: (답장 없음)

나: (2분 후) 여보?

아내: (답장 없음)

나: (5분 후) 여보? 우리 글래머?

아내: (답장 없음)

나: 알겠어. 자기는 만들지 않을게. 내일 또 연락하자. 수고해.

아내마저도 똥을 만지작거린 나를 이렇게 생각한다. 본인이 시켜놓고 요따위로 나오면 정말이지 곤란하다. 난 예쁨받는 남편이고 싶단 말이다. 자꾸 이런 식이면 아내의 얼굴 조각상도 만들어볼 생각이다. 그리고 아내에게 응가응가 벽돌을 보여줬더니 메주같이 생겼다면서 자꾸 웃어댄다. 대체 메주가 뭐람? 놀리는 거겠지?

소행성 포획 미션 9일 차

　우주에서의 생활이 어느 정도 안정됐다. 우리는 일주일 동안 우주 적응기를 거쳤다. 적응기라고 해봐야 특별한 건 없다. 먹고 싶을 때 먹고, 하고 싶은 걸 하고, 아무 때나 잠을 청하면 되는 거였으니까. 우주에 나오게 되면 적응기가 필요하다. 식사부터 배설, 날아다니는 법, 씻는 법, 잠을 자는 방법까지 새로 배워야 한다.

　이제부터는 우리의 일상생활에 공식적인 업무가 추가된다. 엔진 상태 점검(컴퓨터 화면을 매섭게 노려보면 된다), 각종 생명 유지 시스템 점검(컴퓨터 제리에게 말로 묻는다), 식사, 운동, 배변, 응가응가 벽돌 제조, 업무 보고, 청소…… 감옥 같은 알루미늄 깡통 속에서 하루하루를 살아가는 게 우리의 일인 셈이다. 즉, 생존하는 데 필수적인 모든 행동들이 우리에게는 가장 중요한 업무가 된다. 그리고 앞으로는 정기적인 업무들도 예정돼 있다. 앞서 말했던 응가응가 벽돌 제조는 일주일 간격으로 만들도록 규정돼 있다. 또한 2주일에 한 번씩은 인간 모르모트가 돼야 한다. 우리는 미래의 심우주 여행을 위한 살아 있는 실험체이다. 눈의 초음파 영상을 찍어서 지구에 전송해 줘야 하고(시신경, 각막, 수정체 등에 변이가 일어나는지), 망치처럼 생긴 골드만 압평 안압계로 안압을 측정해서 보내야 한다. 그리고 심장, 척추, 다리, 손뼈의 초음파 사진들도 여러 장 찍어서 보내줘야만 한다. 근육량과 골밀도가 얼마나 줄어드는지 확인하기 위해서이다.

　4주일에 한 번씩은 두개골을 만지작거려야 한다. 두개골은 조종실 뒤에 있는 서랍 속에 자리잡고 있는데, 꺼낼 때마다 으스스한 느낌이 들 것 같아서 우리는 그것을 '서랍 속의 그녀'라고 부르기로 했다. 여자라고 생각하면 그나마 좀 나을까 싶었다. 이 서랍 속의 그녀 내부에는 방사선량 측정계가 달려 있다. 측정계가 측정한 방사선량을 토대로 우리의 뇌에 침투하는 방사선량을 측정하는 것이다. 이것은 두 달 간격으로 누적된 데이터를 기록하고 초기화하면 된다.

대충 이런 업무들이 우리가 해야 할 일들이다. 모든 스케줄은 지구에서 체크해 지시를 내린다. 우리는 그저 지구에서 보낸 스케줄표를 받아 들고선 말단 직원처럼 시키는 것만 하면 된다. 직원들의 지시를 받는 회장이라니, 아이러니하지 않은가? 우주에서 갑부인 척하다가는 우주에서 표류되기 십상이다.

오늘의 일지를 종료하겠다.

★ ★

맥 매커천이 조종석에 앉은 채로 컴퓨터 제리에게 명령했다.

"제리, 다른 왕복선들과 연결해줘."

그러자 잠시 후, 조종석 화면에 우주인들의 얼굴이 하나둘씩 나타났다. 우주인들이 화면에 모두 나타나자 그가 나지막이 말했다.

"화면에 고추들만 가득하니 반갑다고는 하지 않을게."

그러자 그들의 낮은 웃음소리가 들려왔다. 맥은 그들의 웃음소리가 끝나기 전에 말을 이었다.

"전달 사항이 있어. 오늘은 우주인으로서의 진정한 첫 임무가 있는 날인 거, 다들 알고 있지?" 그가 카메라에 얼굴을 들이밀며 속삭이듯 말을 이었다.

"똥이나 만지작거리는 거 말고 말이야."

그들 모두 피식 웃었다. 그러고는 "네, 대장" 하고 응답했다. 그러자 맥 매커천이 사뭇 진지한 표정으로 말을 이어갔다.

"민준, 댄, 준비됐지? 모두 내 카운트에 맞춰서 이온엔진을 활성화한다. 반복한다. 내 카운트에 맞춰서 이온엔진을 활성화한다. 5, 4, 3, 2, 1······ 엔진 스타트."

그가 이온엔진을 활성화하자 왕복선의 꼬리에 위치한 이온엔진의 노즐에서 사파이어색 빛이 분사됐다. 작은 힘들이 쌓이고 쌓여서 엄청난 속도를 낼 수 있게 만들어주는 이온엔진은 우주비행에 대한 새로운 가능성을 열어줬다. 하지만 느리고 꾸준한 추진력을 사용하다보니, 즉각적인 힘을 쏟아내는 기존의 화학연료 엔진보다는 추진력과 위치에 대한 계산이 훨씬 복잡한 편이었다. 따라서 분사에 약간이라도 시간차가 생기면 왕복선들의 궤도 간격에 많은 차이를 불러올 수 있었다. 이온엔진이 활성화되자 맥 매커천은 조종간의 화면에 나타난 엔진의 상태를 체크했다. 컴퓨터 제리는 왕복선이 초당 0.1센티미터씩 가속되고 있음을 알려왔다. 궤도와 기속도의 상태 모두 정상이었다.

"여기는 페덱스1호기. 성능 정상. 2, 3호기 보고하라."

이에 민준이 특유의 낮은 목소리로 응답했다. "2호기. 정상."

댄 테일러도 보고를 해왔다.

"3호기. 성능 정상."

그들의 보고를 받은 맥 매커천이 대답했다.

"뭐야, 버튼 하나 누르는 일로 왜 이렇게들 폼을 잡아? 허세 부릴 시간이 있으면 EMS(Electrical Muscle Stimulus) 슈트를 입고 운동이나 하든지."

그가 농담을 건넸지만 이번에는 아무런 반응이 없었다. 첫 임무가 너무 허무하게 끝나버린 탓이다. 그도 그럴 것이, 앞으로 수개월 동안 우주인다운 비행 관련 업무는 없기 때문이었다. 좁은 왕복선 안에서 수감자와 다를 바 없는 시간이 이어질 터였다. 모두에게 침묵이 흘렀다. 맥은 적막한 시간을 벗어나기 위해 창밖을 내다봤지만, 창밖이야말로 침묵의 고향이었다. 왠지 모를 먹먹함이 그들의 가슴에 맴돌았다. 빌리 맥이 입을 열었다.

"아무튼 정확한 타이밍에 분사 버튼을 누르느라 수고들 했엉."

그는 몇 번 박수를 치며 말을 이었다. "분위기가 싸할 땐, 이 노래가 짱이지!" 하며 선내에 노래를 크게 틀었다. 영화 〈그리스〉의 OST 〈그리스 라이트닝〉이었다. 음악이 흘러나오자 빵! 하는 소리와 함께 존 트라볼타의 목소리가 울려 퍼졌다. 이 노래는 그들이 훈련을 받을 때 우주 해적단의 노래라며 선정한 팀의 주제가였다. 그들은 조금씩 가사를 개사했고, 이제는 완전히 가사를 바꿔 그들만의 노래로 만들었다. 음악은 침묵에서 그들을 해방시켰다. 그들 모두가 옅은 미소를 짓더니, 이내 노래를 따라서 흥얼거리기 시작했다. 그렇게 음악은 시작됐다.

8.
떠다니는 게
초콜릿 케이크인 줄 알았는데

2021년 7월 10일

소행성 포획 미션 10일 차, 맥 매커천

아아, 너무 아프다. 운동을 하는데 우라지게 아파서 징징거리고 있다. 우리는 EMS 슈트를 입고서 운동을 하는데, 이것은 쉽게 말하자면 입는 전기 고문 장치라 할 수 있다. 전신 수영복처럼 생긴 EMS 슈트에는 곳곳에 전기 자극 센서들이 달려 있다. 그 센서들에서 나오는 전기 자극이 우리의 근육을 자극하고 경직시켜서 강제로 우리를 운동하게 만든다. 어찌나 아픈지 슈트를 입고 30분간 부들부들 떨다보면 이런 생각이 들곤 했다.

'토머스! 닭튀김을 하듯 센서를 네 거시기에 붙여버릴 테다!'

이게 다 순전히 무게 때문이었다.

오죽하면 3년 동안 눌 똥의 무게까지도 고려했겠는가. 속옷도 20

일에 한 장씩만 입기로 한 마당에 트레드밀이 웬 말이겠는가. 우주 기술 연구소장 토머스 뮬러는 EMS 슈트를 반대하는 나에게, "왜요? EMS 슈트가 공간과 무게를 얼마나 줄여주는데요. 옷 한 벌만 실어 놓으면 운동이 해결되니까요. 그냥 그걸로 운동하세요!" 하며 웃었 더랬다. 나는 "놀리냐? 얌전한 줄 알았다만, 하여튼 그건 안 돼. 절 대!" 하고 대꾸했다. 하지만 토머스는, "돼요. 돼! 돼! 돼!" 그렇게 빌 어먹게 반기를 들더니, "될 거예요. 이미 설치한걸요! 운동 열심히 하세요, 매커천 씨!" 하며 쐐기를 박았다.

끝까지 토머스를 말리지 못했던 게 후회된다. 다른 우주인들도 우라지게 아프다고 불만이 폭주하고 있으니, 우주 해적단의 선장인 내가 나서서 해결해야겠다는 생각이다. 영상 메시지로 협박하면 뭔 가 해결책을 찾아주지 않겠는가. 당장 시도해보겠다.

럴수, 럴수, 이럴 수가. 거시기에 센서를 붙여버리겠다는 나의 협 박에 이런 답변이 돌아왔다. '전 그걸 거시기에 붙이기 싫어요. 그러 니 해결 방법을 가르쳐드릴게요. 매커천 씨. 혹시, 왕복선 편의시설 사용 안내서는 읽어보셨나요? 컴퓨터 제리에 분명히 넣어뒀는데. 안 읽어보셔서 그런 말씀을 하시는 거겠지요. 사용 안내서를 읽어 보세요!' 그래서 파일을 찾아 읽어봤다.

EMS 슈트의 전기 자극 강도 조절법: 왕복선 내부의 컴퓨터에게 이렇 게 명령하십시오. "제리, EMS 슈트의 강도를 낮춰." 혹은 "제리, EMS 슈트의 강도를 올려."(자극 강도는 10단계입니다.) 우리는 버튼 한두 개의 무게도 줄이는 훌륭한 연구소임을 알려드리는 바입니다. 열심히 운동하시길. 참, 2~3단계 강도는 전기 마사지 기능입니다. 몸이 쑤실 때 애용하시길.

EMS 슈트에도, 내장된 조그만 기계에도 강도 조절 버튼은 없었다. 강도를 조절할 수 있었다니…… 그것도 목소리로 편하게. 토머스에게는 천재라고 칭찬했다. 천재 또라이들에게는 실력을 인정해주는 것이 가장 효과적인 선물이니까.

소행성 포획 미션 42일 차

몇몇 검진과 검사를 하느라 알찬 오전 시간을 보냈다. 인간 모르모트 역할을 했으니, 수고했다는 의미에서 나 자신에게 특별식을 선사했다. 바로 초콜릿 케이크. 나는 그래서 달달한 초콜릿 케이크를 우물우물 먹으면서 일지를 쓰고 있다. 행복이라는 게 정말로 별것 아닌 것이 이렇게 '모양만 초콜릿 케이크' 하나에도 정서적 포만감을 느끼고 있으니 말이다. 엄마는 병원에 가기 싫어하던 어린 나에게 "진료가 끝나면 초콜릿 케이크 사줄게. 그러니 의사 선생님 말씀 잘 들을 거지?"라고 하면서 협상론의 기초를 자연스럽게 습득하게 했다. 그런데 방금 전에 '모양만 검진'을 하고 나자, 나이가 마흔에 가깝고 심지어 우주에 있는데도 초콜릿 케이크가 생각이 나는 걸 보면…… 정말이지 습관이라는 건 무서운 것 같다. 어쨌든 부스러기 하나도 남김없이 모두 흡입 흡입…… 잠깐만, 일지를 쓰면서 먹다보니 케이크를 조금 흘렸나보다. 저 멀리 EMS 슈트 근처에 손가락 굵기만 한 케이크 조각이 둥둥 떠다니고 있다. 이렇게 칠칠맞아서야…… 초콜릿 케이크는 소중하니까 떠다니는 조각들을 모조리 흡입 흡입 하고 오겠다! 잠시 기다리시길.

소행성 포획 미션 42일 차(2)

맙소사! 저건 케이크가 아니었다. 저건 빌어먹을 탈주범이다. 저걸 흡입할 생각을 했었니. 이런, 우주인 맙소사! 나는 초콜릿색 덩어리가 떠다니고 있기에 내가 흘린 케이크인 줄 알고서 다가갔다. 입을 쫙 벌린 채 그것을 흡입하려고 말이다. 그런데 가까이 다가가 보니까 냄새가 조금 이상했다. 고약한 냄새가 물씬 풍기기에 자세히 살펴보니…… Shit! 그래, 말 그대로 똥 덩어리였다. 우리는 떠다니는 똥을 '탈주범'이라고 부른다. 변기에서 탈출한 고약한 놈이라는 뜻이다.

아무래도 똥 됐다.

이것이 내가 심사숙고해서 내린 결론이다.

똥 됐다. 왕복선 선내에 똥 자루가 가득찼지 싶다. 얼마나 탈출했는지 확인하고, 탈주범들을 제거하겠다. 빌어먹을.

9.
우주를 사랑하는
남자와 여자

2020년 7월 11일

안나의 기억 속 파편

오후가 되자 나는 그와 함께 그의 전용기에 올랐다. 맥이 자신도 부산에 가겠다고 한 것이다. 창밖을 내다보고 있는데 맥이 다가와 말했다.

"와인 한잔할래?"

"고맙지만, 난 와인 못 마셔. 이상하게 와인을 마시면 심장이 터질 것 같이 두근거려서."

"그래? 그럼 샴페인?"

"샴페인도 똑같아. 잠들기 좋은 술이지."

"안타깝군. 좋은 와인이 있는데."

"근데, 맥, 기업의 CEO라는 사람이 안 바빠? 부산에 왜 내려가고 그래?"

"회사 일은 다 알아서 돌아가. 내가 우주비행 훈련을 받으러 가도 잘 돌아가거든. 아, 그리고 난 지금 매우 바쁜 상황이야."

"바빠? 전용기 안에서 와인이나 홀짝거리는 풋내기가 아니고?"

내가 트집을 잡자, 맥은 와인을 홀짝거리면서 대꾸했다.

"사람이 참 부정적이네."

"난 당신 같은 사람이면 전용기 안에서 업무를 처리하고…… 뭐, 화상회의를 진행한다거나 하는 창조적인 일들을 할 줄 알았지. 영화에서처럼."

"영화? 어떤 영화? 어제 영화 같은 거 잘 안 본다고 하지 않았어?"

그가 물었다.

"응. 잘 안 봐."

"에이…… 거짓말! 가만 보면 많은 비유가 영화에서 나오던데? 따지고보면 나는 영화 속의 인물하고 별로 다르지 않아. 사업가. 우주비행사. 잘생긴 미남. 토니 스타크!"

"하! 너 근데, 진짜 몰라서 그런 말을 하는 거야?"

"뭘? 토니?"

"그래. 내가 보기엔 바람둥이 이미지 때문에 그렇게 부르는 것 같던데. 돈 많은 바람둥이."

"여자들한테 인기가 많은 건 사실인데 뭐. 개의치 않아."

그가 빙긋 웃으며 말을 이었다.

"그리고, 나는 지금 매우 바빠. 내 인생에서 가장 큰 도전을 함께

할 사람에 대해서 평가하고 있는 중이라고."

"정색하기는. 근데 평가받는다고 하니까 기분이 나쁜걸?"

"아, 그래. 평가라는 단어는 취소. '알아가는 중'으로 정정할게. 근데 무슨 여자가 그렇게 입이 거칠어? 그것도 지적으로 생긴 아름다운 여자가."

나는 발끈하며 으르렁거렸다.

"하! 거칠면 안 돼? 지금 여자라고 편견을 갖는 거야?"

"아니, 아니…… 그건 아니지. 휴, 어려운 여자군. 또다시 정정. '무슨 여자가 그렇게'에서, '무슨 학자가 그렇게'로. 됐지?"

"응. 그래, 고마워. 푸하하!"

나는 크게 웃고는 말을 이었다.

"사실, 입이 거친 거 나도 알아. 그리고 영화를 많이 본 것도 맞고. 어릴 때 미국에 왔을 때 영어를 못 했거든. 그래서 영어를 익히려고 영화나 드라마를 많이 봤는데, 그 내용들이 죄다 범죄, 스릴러 장르였어. 그러다보니까 자연스럽게 욕부터 배우게 되더라고."

"많이 본 영화가 〈여인의 향기〉지? 알 파치노."

"하! 어떻게 알았어?"

내가 물었다. 그러자 피식 웃으며 그가 대답했다.

"방금 했잖아. '하!' 알 파치노가 몇몇 영화에서 많이 쓰던 표현이지."

"와…… 눈치 빠른 거 봐. 이럴 땐 사업가 같다니까. 예리해가지고는. 그건 그렇고, 아시아태평양 이론물리 센터는 아직 규모가 작지 않아? 굳이 후원을 맡은 이유가 뭐야?"

"재정 확보 측면에서 아시아태평양 지역의 정치권과 연결되려면 이만한 기회도 없지. 말했잖아. 내가 온다고 하면 각 나라의 과학계에서 힘 좀 쓰는 사람들이 올 거라고. 그리고 무엇보다 가장 큰 이유는 인력 확보야. 너도 알다시피 미국이나 유럽권의 학계는 정치적인 실타래도 엉켜 있지만, 파벌도 만연해 있어. 그러다보니 서로 지지하는 세력들이 달라서 인력 확보가 힘들거든. 아시아태평양 지역은 과학적 중립 세력이라고 할 수 있지. 국가 간의 정치가 얽혀 있긴 하지만. 뭐, 그거야 내가 뒤에서 풀면 되는 거고. 내 전문이니까."

"맞아. 잘 아네. 서로가 지향하는 목표가 너무 명확하다보니까 오래전부터 갈라지기 시작했어. 그들과 다른 의견이라도 나오면 돌파구를 찾기 힘든 게 현실이지. 과학의 '지적 미덕'은 사라진 지 오래야. 그러다보니 정체기에 빠져든 모양이야. 학자들이 발표하는 논문이라는 게 대부분 진보를 증명하는 게 아니라, 과거를 단단하게 묶기 위한 덫에 빠져버린 거지. 과거의 증명을 위한 증거의 제시. 지금 팰로앨토의 실리콘밸리에 위기가 온 것도 비슷한 이유잖아. 무어의 법칙을 맹신해서 지금의 위기가 온 거지. 뭐 어쩌겠어. 더는 회로소자를 작게 할 수가 없는데. 기술의 발달이 있을 거라고 그냥 믿기만 했던 자만의 결과지. 이렇게 가다가는 2~3년 안에 실리콘밸리가 녹아버리지 않겠어?"

그러자 맥이 흥미진진한 표정으로 말했다.

"음…… 좋은 생각인데? 그럼 실리콘밸리가 녹아야겠네."

"뭐? 그럼 너도 타격을 받지 않겠어?"

"타격을 받겠지. 근데 거꾸로 생각해봐. 무어의 법칙이 종료돼서 실리콘밸리가 동력을 잃게 된다고. 그러면 거기서 일을 하던 우수한 인재들은 다 어디로 가지? 내 말은, 우주 사업이 민간기업화에 성공하려면 가장 중요한 게 뭘까? 바로 우수한 인재야. 그렇게 되면 우리는 인재 양성에 투자를 하지 않고도 국가 차원의 재원을 흡수할 수 있게 되는 거지. 거의 공짜로 말이야. 음, 방금 든 생각인데 손해보다 이득이 더 클 것 같아."

그가 크지는 않지만 긴박한 목소리로 말했다.

"역시! 불꽃놀이를 많이 해본 사람답게 인재의 중요성을 잘 아는구나? 이런 말 할 때 보면 냉정하고 날카롭다니까…… 사업가답네."

"놀리는 거지? 난 전용기 안에서 와인이나 홀짝거리는 풋내기가 아니라니까. 나름 바쁘다고."

"알겠어. 인정해줄게. 쿨한 척하더니만…… 하여튼, 이번에 부산에서 학회를 마치면 내가 관광시켜줄게. 일을 함께하게 된 기념으로. 어릴 때 아빠가 데려가던 곳이 있어. 옛날 그대로 보존돼 있더라고. 활기가 넘치는 곳이야."

2020년 7월 12일

내 강연은 벡스코의 오디토리움에서 있을 예정이었다. 도착해서 연단에 미리 서보니 배를 든든하게 채우고 오길 잘했다는 생각이

들었다. 최대 4천 명이 들어올 수 있다는 오디토리움의 규모가 나를 압도했다.

진행자가 청단에게 나를 소개했다. 강연을 몇 번 해보긴 했지만 이렇게 긴장되기는 처음이었다. 마치 거대한 대극장에서 초연을 하는 풋내기 배우가 된 기분이었다. 하지만 그 떨림도 그리 오래가지는 않았다. 나를 비추는 조명의 온기가 부드럽고 따뜻하게 몸을 감싸줬기 때문이다. 덕분에 나는 편안하게 내 안에서 대기하고 있던 단어들을 내뱉을 수 있었다.

나는 우주 과학의 이론적 발전은 여러 가지가 나오고 있으나, 새로운 이론의 양에 비해 실질적 탐사가 가로막힌 현실에 대해서 먼저 강조했다. 이론의 병목현상에 대해서 말이다. 그리고 그에 대한 해결 방안으로 우주 과학의 새로운 도전자들이 필요하다고 청단을 설득했다. 아시아태평양 지역의 우리들이 그 새로운 도전자들이 돼야 한다고. 하지만 이 지역은 아직 걸음마를 걷고 있는 단계라고 했다. 그리고 그 걸음마를 빠르게 떼기 위해서는 개별적인 발전이 아닌 국제적인 협력과 연합이 필요하다고 강조했다.

"마지막으로 어떤 멋있는 말을 할까 고민을 했습니다. 제 이야기를 할까 합니다. 저는 어릴 때 부모님을 여의고 조부모님과 함께 새로운 세상에 가서 살게 됐습니다. 그리고 얼마 지나지 않아서 이 세상에 완전한 외톨이로 남게 됐죠. 외로움은 거대한 구멍과도 같아서, 마음속에 한번 자리를 잡자 좀처럼 빠져나가지를 않았습니다. 그렇게 마음속에 자리잡은 채로 제게 남아 있던 기억의 밝은 파편들을 모조리 앗아가려고 했습니다. 제 삶이 빠르게 침식당하는 기분이었습니다. 저는 누군가의 도움을 간절히 바랐습니다. 그렇게 짙은 폭풍 속을 위태롭게 떠다니고 있는데, 어디선가 미약한 불빛이 저를 인도하기 시작했습니다. 마치 어둠 속의 희미한 등대처럼 말이죠. 그 등대의 이름은 칼 세이건이었습니다. 그는 저를 빛으로 안내한 이 말이 떠오릅니다. '이 광막한 우주에 우리만 존재한다면, 그것은 엄청난 공간의 낭비다.' 세상은 우리를 기다리고 있습니다. 감사합니다."

나는 강연을 마치고 연단에서 내려와 자리에 앉았다. 다음 강연자는 호주의 잭 콜백 박사였다. 다음 강연을 위해 무대가 재정비되고 있었다.

"뭐야…… 맥?"

그가 무대의 중앙으로 터벅터벅 올라가더니 연단에 올라섰다. 그러고는 자신을 소개했다.

"안녕하세요, 여러분. T 그룹의 맥 매커천입니다. 먼저 다음 차례이신 잭 콜백 박사님께 양해를 구하겠습니다."

그가 마이크 높이로 고개를 낮추며 말을 이어갔다.

"제가 누군지 모르시는 분들은 지금 스마트폰이나 안경을 통해서 검색해보시길 바랍니다. 연관된 검색어에 사업가, 우주개발 사업가, 전기차, 바람둥이, 우주비행사, 토니 스타크…… 뭐 이런 것들이 나타날 겁니다. 하지만 그것들은 전부 삭제하시고 우주개발 사업가만 남겨두시길 바랍니다. 저는 사실 이 자리에 올라올 생각이 없었습니다. 식사와 숙소를 제공하는 사람이 올라와봤자 칭찬과 박수밖에 는 얻을 게 없다는 것을 잘 알기 때문이죠."

그러고는 양손에 V 자를 그리며 두 팔을 높이 치켜들었다. 그러자 그의 대답에 호응이라도 하는 듯 커다란 박수 소리가 오디토리움에 울려 퍼졌다. 그는 박수가 멎기를 잠시 기다렸다가 말을 이어갔다.

"아, 제가 이 자리에 올라온 것은 여러분께 제안을 하기 위해서입니다. 저는 꿈을 이루기 위해 화성 이주를 추진해왔습니다. 그리고 많은 성과를 내기도 했지요. 하지만 그렇게 로켓을 쏘다보니 느낀 점이 있습니다. 이런 방식의 우주 진출은 생명을 담보로 하는 거대한 폭죽 쇼가 될 수도 있겠다고 말이죠. 여러분들은 제가 날려먹은 테스트용 로켓들을 지켜보면서 이렇게 말씀하셨을 겁니다. 공중에서 터져 나가는 불꽃 쇼를 감상하시면서 말이죠. '거봐! 내 저럴 줄 알았어! 머저리 같은 자식!' 음, 터져 나가는 로켓을 보는 일은 끔찍했습니다. 제 꿈이 산산조각 나는 느낌이었으니까요. 심한 압박감과 불안감을 느끼곤 했습니다. 정말입니다. 그래서 결심했습니다. 그리고 이 자리에서 가장 먼저 밝히겠습니다. 저는 지금부터 화성 이주 계획을 접겠습니다. 제 오랜 꿈을 포기하겠습니다."

그의 말에 청단이 웅성거렸다. 잠시 쉬고 있던 카메라가 끊이지 않는 섬광을 내뿜기 시작했다. 나 역시도 당황스럽기는 매한가지였다. 소란이 소강상태로 접어들자, 그는 연단의 마이크를 뽑아 들고 청단을 향해 걸어 나왔다. 그러고는 말을 이었다.

"저 맥 매커천과 T 그룹은, 조금 전 강연을 마치신 김안나 박사님을 필두로 신설 팀을 만들겠습니다. 화성 이주를 포기하는 대신 다른 방법을 통해 우주로 향할 것입니다. 그 방법은 우주로 향하는 가장 싸고 안전한 길이 될 것입니다. 그 길은 바로, 우주 엘리베이터입니다. 지금까지 계획만 하고 있던 다른 기업이나 국가들과는 달리 빠른 시간 안에 팀을 구성하고 재원을 확보할 것입니다. 그래서 수년 안에 우주로 향하는 밧줄을 매달겠습니다. 물론, 제 힘만으로는 부족하다는 점을 잘 알고 있습니다. 그렇기 때문에 여러분들의 많은 참여와 협력을 바라는 바입니다. 감사합니다."

오디토리움은 다시 섬광으로 가득찼다. 나는 멍한 표정으로 그 장면을 지켜봤다. 그의 행동과 목소리는 나에게 폭풍과도 같은 열정을 다시금 일깨웠다.

2020년 7월 13일

나는 학회가 끝나고 그에게 화를 냈다. 그는 분명히 내게 프로젝트에 대해서 당분간 비밀로 해달라고 했었다. 자신이 물밑 작업을 하고 난 뒤에 발표를 하는 게 낫겠다고 말이다. 그래서 그에게 아무런 상의도 없이 그딴 식으로 마음대로 할 거면, 나는 빠지겠다고 말했다. 그러자 맥의 답변은 이러했다.

"연설이 훌륭하더라고. 청중과의 공감대가 형성됐어. 그것을 놓치기 싫었어. 그뿐이야. 내 사업가적 감각이 이 기회를 놓치지 말라고 하더라고. 뒤에서 진행하는 것보다 빠를 것 같아. 아주 잘했어!

훌륭해!"

　나는 칭찬에 약한 속물이다. 그의 칭찬에 날름 화를 풀어버렸다. 그러고는 기분이 좋아져 국제시장까지 구경시켜줬다. 국제시장에 들어서자 그의 표정은 경직됐다. 나중에 알게 된 사실이지만 그는 혼잡스러운 장소나 깔끔하지 못한 것에 대한 심한 거부감이 있었다. 나는 그 이유를 여러 번 물어봤는데, 돌아가신 자신의 부모님 때문이라고만 할 뿐 굳게 입을 다물곤 했다. 나는 더 이상 그에 대한 질문을 하지 않았다. 아무튼 그 찜찜해 보이던 표정이 밝아지는 데까지는 오랜 시간이 필요하지 않았다. 녹두 빈대떡을 한 입 베어 먹는 순간부터 그의 표정이 백팔십도로 달라졌다.

　"오…… 젠장! 더럽게 고소하고 맛있네. 이거, 이거 이름이 뭐라고 했지?"

　그는 내가 주는 음식들을 곧잘 받아먹었다. 유부전골, 떡순이, 튀김, 매운 순대볶음…… 게다가 어릴 적 내가 제일 좋아했던 비빔당면까지! 그는 내가 가르쳐준 방식대로 비빔당면을 먹으면서 맛에 감탄했다.

　생각보다 매운 음식도 잘 먹는 그의 표정은 무척이나 귀여워 보였다. 더운 날씨에 매운 음식을 먹으면서 땀을 뻘뻘 흘리던 모습이란! 나는 어릴 적 나를 바라보던 아빠의 표정으로 그를 바라보면서 미소를 지었다. 마지막으로 디저트 삼아 우린 씨앗 호떡을 먹었다. 방금 나와서 뜨거웠지만, 그는 개의치 않고 한 입 크게 베어 물며 말했다.

"오, 젠장! 이건 분명 마약을 넣었을 거야!"

1층 커피숍에 모닝커피를 마시러 나온 그의 안색이 좋지 않았다. 마치 운명을 두려워하는 표정 같다고나 할까. 얼굴이 하얗게 질려 있는 그에게 내가 물었다.

"맥, 표정이 왜 그래? 얼굴이 말이 아닌데?"

하지만 그는 입을 굳게 다물 뿐, 내 질문에 이리저리 대답을 회피했다. 그래서 나는 그가 좋아하는 이미지인 '쿨하다'를 강조하면서 다시 물어봤다.

"뭔데 그래? 궁금해 죽겠네. 이 모습은 '쿨'하지 않은데?"

그제야 '쿨한 그'가 입을 열었다.

"한국인들은 괜찮아? 음식들이 대부분 맵던데. 한국 사람들은 이걸 어떻게 매일 겪는 거지? 아, 영혼이 빠져나가는 고통이었어……."

우리는 잠시 걷기로 했다. 소화가 되면 조금 나을 것 같다고 그가 칭얼거렸기 때문이다. 웨스턴조선 호텔 옆에 나 있는 동백섬 산책로는 참으로 아름다웠다. 새벽에 조깅을 할 때와는 또 다른 풍경이었다. 축축한 날개에 생명의 빛을 받은 날벌레들과 곤충들, 울창한 나무들, 푸른 바다, 저 멀리 보이는 광안대교 그리고 여름을 슬기는 관광객들. 한여름이라 후덥지근했지만 산책을 하기에 그리 나쁘다는 생각이 들지는 않았다. 소나무가 무성한 산책로를 지나자 탁 트인 바다가 모습을 드러냈다. 그곳에는 전망대가 있었고, 우리의 발

걸음은 자연스럽게 바다에 이끌려 그곳으로 향했다.

"그나저나 궁금한 게 있어. 물어봐도 돼?"

나는 그의 대답을 듣지도 않고 말을 이었다.

"첫째, 왜 억만장자가 경호원이나 비서도 없이 다녀?"

그가 답변했다.

"그거야 비서는 스마트폰이 비서 노릇을 하니까 밖에서는 필요가 없잖아. 그리고 경호원은, 커다란 덩치가 졸졸 따라다닌다고 생각해봐. 얼마나 거추장스럽고 답답하겠어? 나는 그런 거 싫어."

그 말에 나는 의심 어린 눈초리로 바라보며 다시 물었다.

"아닌 것 같은데. 경호원이 있으면 여자들이 접근하길 꺼려할 것 같아서가 아니고?"

나의 예리한 질문에 터져 나오는 그의 소리.

"아이고…… 배야! 아이고!"

엄살은…… 내 말이 맞는군, 저 바람둥이 자식. 나는 질문을 이어갔다.

"둘째, 기업 이름이 왜 T야?"

내 질문에 그가 빙긋 웃으며 대답했다.

"너 모델 T라고 알아?"

"모델 T? 아니, 모르겠는데."

"포드가 만든 세계 최초의 대량생산 자동차야. 포드는 이 자동차로 시대의 흐름을 바꿨어. 한 시대의 아이콘이 된 거지. 지금 봐도 아름다움을 지닌 자동차야. 나도 내 사업들이 모델 T의 업적을 닮고 싶은 마음에 그렇게 이름 지은 거야. 전기자동차, 화성 탐사, 개발 중인 인터넷 렌즈…… 뭐 이런 것들이 대중화돼서 시대의 아이콘이 되자는 의미지. 세 번째 질문도 있어?"

"응. 당연히 있지. 대체 전기차와 태양광발전에 사업을 집중한 이유가 뭐야? 이것들이 미래 지향적 사업인 것은 알겠는데, 좀 그렇잖아. 아직은 한계가 있으니까. 사업 홍보도 그래. 전기차라고 친환경적인 것도 아닌데 그렇게 홍보하고 있잖아. 지금의 전력 생산 비율이 석유 33퍼센트, 석탄 25퍼센트, 천연가스 20퍼센트, 핵에너지 7퍼센트, 나머지 15퍼센트가 생물자원과 수력, 그리고 나머지 0.5퍼센트가 태양에너지더라고. 아냐?"

"와우! 그걸 수치까지 다 알고 있어?"

"회피하지 말고. 난 부도덕한 회사의 프로젝트는 맡고 싶지 않아."

"음…… 우리가 그렇게 부도덕한 기업은 아니야. 물론 배터리의 감가상각 비용이며 전기는 어디서 오는가에 대한 정보를 가린 것은 인정하겠어. 포장이 좀 되기는 했지. 음……."

나는 그가 말을 잇기를 기다리며 잠깐의 정적을 허용했다. 그는 미간을 살짝 찌푸린 채 고민하더니 바다를 그윽하게 바라보면서 말을 이었다.

"처음 만났을 때 네가 태양광발전의 단점을 얘기했지? 전송 과정의 전력손실량을 들먹이면서. 그리고 사막에 도시를 만들어서 팔 거냐고 말이야. 그때 조금은 뜨끔하긴 했어. 만들긴 만들 거였으니까. 물론 사막이 아닌 화성이었지만 말이지."

그는 잠시 말을 줄이더니, 깊은 눈으로 나를 바라보면서 말을 이었다.

"어릴 적부터 내 꿈은 화성에 집을 짓고 사는 거였어. 인류를 구할 새로운 개척지를 개발하겠다는 영웅적인 심리도 아니고, 단지 내 꿈이었을 뿐이야. 언젠가는 누군가 화성에 이주를 할 텐데 그게 나였으면 하는 생각이 머릿속에서 떠나지를 않더라고. 나는 뭔가를 원하면 반드시 해야 마음이 편하거든. 근데 막상 실행을 하다보니까 느껴지는 게 있었어. 그건 바로, '난 우주를 사랑한다'더라고."

그는 뭔가 겸연쩍었는지, 자신의 턱을 손으로 쓰다듬으며 다시 말을 줄였다. 그의 눈에서 평소와는 다른 깊이감이 느껴졌다. 나는 그 잠시 동안의 정적에서 그의 진솔함을 느낄 수가 있었다. 그가 말을 이어갔다.

"아이작 아시모프, 아서 클라크, 칼 세이건…… 난 우주를 사랑했던 그들의 글을 읽으며 자랐어. 그들이 원했던 대로 우주에 대한 사랑의 씨앗이 내게도 전해졌던 거지. 나는 단지 씨앗만 받는 것이 아니라 직접 그 씨앗을 재배해서 내 손으로 열매를 따고 싶었어. 그뿐이야. 우주에 대한 꿈을 좇다보니까 우주만큼 일이 커져버리긴 했지만."

어쩌면 그때가 맥에 대한 감정이 호감으로 바뀐 첫 번째 계기였는지도 모르겠다. 접근하는 방법은 달랐지만 우리에겐 우주를 사랑한다는 공통분모가 있었다. 나는 학문적으로 접근했고, 그는 현실적인 사업으로 접근했을 뿐이다. 그때 그의 순수한 꿈을 느꼈다. 나는 그의 순수한 열정에 미소를 지었다. 저 멀리서 불어오는 바닷바람에 그의 금빛 머리칼이 더욱 매력적으로 흩날렸다. 나는 그의 순수한 미소를 바라보며 입맞춤을 하고 싶었다. 그의 눈이 바다와 같이 푸르고 깊어 보였다.

10.
건강에는
이상 없음

2021년 8월 11일

소행성 포획 미션 42일 차(3), 맥 매커천

　교활한 탈주범들은 눈에 잘 띄지가 않았다. 우리를 요리조리 피해 다녔는지 이곳저곳에서 검거됐다. 나와 빌리는 탈주범들을 포획할 봉투를 들고선 구석구석을 살펴봤고, 도합 열두 개의 크고 작은 탈주범들을 체포할 수 있었다. 환풍구와 벽면 틈새, 그리고 혹시 몰라서 공기 필터까지 빼내서 확인했으니 더는 없을 듯싶다. 아마도.

　다행인 점은, 똥의 조직 상태가 단단했다는 것이다. 덕분에 공기 순환장치의 여과기에는 들러붙지 않았던 것 같다. 만약 조직이 연약해서 들러붙었다면 여과기의 틀 안으로 따뜻하게 데워진 공기가 주입되면서 탈주범이 건조됐을 테고, 공기의 압력으로 잘게 부서지기 시작해서 대기순환시스템에 침투했을 것이다. 대기순환기는 왕복선 선내의 공기를 흡입, 배출해서 대기조절기로 보내준다. 그리고 대기조절기는 받은 공기를 분석해서 산소와 질소, 이산화탄소의 농도를 조절한다. 이것이 왕복선의 대략적인 대기순환 시스템이다. 쉽게 말해서, 그렇게 되면 탈주범이 가루가 돼서 미세한 분진 형태로 공기 중에 떠다녔을 것이고, 나와 빌리는 아무것도 모른 채 사이좋게 똥먼지들을 코와 입으로 마셨을 거라는 말이다.

아아, 우주인 맙소사! 아무튼 해결은 된 것 같으니 안심하련다. 이쯤 되면 탈주범들이 어떻게 나타났을지가 궁금해질 것이다. 그 이유를 이해하려면 우리의 변기 시스템에 대해서 알아야 한다. 그러니 설명을 들으면서 우리가 변기에 앉아 볼일을 보는 모습을 머릿속에 그려보길 바란다. 지구의 변기는 보통 물을 내려서 오물을 내려보내지만, 무중력에서는 물이 흐르지 않기 때문에 우주의 변기는 공기를 사용해서 오물을 처리한다. 마치 진공청소기처럼 말이다. 소변은 깔때기가 끼워져 있는 호스에 볼일을 보고, 대변은 변기 의자에 나 있는 10센티미터 가량의 좁은 구멍에 조준하도록 돼 있다. 변기에는 몸을 고정시킬 수 있는 스프링 장치가 설치돼 있다. 변기의 구멍이 작은 까닭은 순전히 공기 흡입의 강도를 높이기 위해서이다. 아무래도 구멍이 넓으면 오물이 흡입되는 강도가 약해지지 않겠는가. 그 때문에 우리는 작은 구멍에 조준하는 방법을 철저하게 훈련받았다. 연습용 변기 아래 달려 있던 카메라로 구멍에 조준이 잘됐는지 촬영까지 해가면서 말이다. 실수로 발사 각도를 잘못 맞추기라도 한다면 오늘과 같은 참사가 벌어지게 되는 것이다. 아니면 공기 흡입구의 입구가 더러워지면서 공기구멍이 막히는 거고. 음, 우주에서 볼일을 보는 모습이 머릿속에 그려지는가. 어쨌든 누군가 조준에 실패를 했으니 탈주범들이 생겨난 것이다.

왕복선에는 두 명밖에 없으므로 용의자는 역시 둘로 좁혀진다. 물론 나는 절대로 아니라는 점을 밝혀두는 바이다. 게다가 범인이 빌리라는 강력한 증거도 있다. 빌리는 누구나 잘 아는 만성 변비 환자이고, 탈주범들의 조직은 변비쟁이들의 그것이었다. 게다가 우주에서 변비쟁이들은 볼일을 볼 때 15~40분 정도 힘을 주곤 하는데, 그렇게 오래 걸리다보면 아무래도 조준을 하는 집중력이 흐트러지지 않겠나. 명사수들은 원샷 원킬이다. 그러니, 빌리 지저스! 오늘은 빌리를 실컷 놀려줄 생각이다. 소중한 초콜릿 케이크를 먹다가 입맛을 망쳤으니, 저 괴짜 녀석은 놀림받아 마땅하다.

소행성 포획 미션 42일 차(4)

젠장, 빌리를 놀리려고 갔다가 본전도 못 찾았다. 방금 전에 일지를 마무리 짓고 빌리를 놀리러 중앙 데크에 갔더니, 빌리가 환한 표정으로 나를 맞이했다. "찾았다!" 하고 외치면서 말이다. 내가 "뭘 찾았는데?" 하고 묻자 한다는 소리가, "탈주범! 오호호!" 그렇게 의기양양하게 웃음을 짓더니 "어디서 찾은 줄 알엉? 넌 상상도 못 할걸?" 하며 나에게 말했다. 내가 어디였냐고 묻자 빌리는, "맥……" 이렇게 평소답지 않게 목소리를 깔았다. 그러고는 "오늘 밤엔 편히

자도록 해. 네 취침 주머니 안에 쑥 박혀 있더라고! 오호호!" 하며 도리어 나를 놀려댔다. 이런, 우라질레이숀. 아무래도 창고에 내려가서 조각상을 하나 만들어야겠다.

소행성 포획 미션 50일 차

좋은 아침! 방금 전에 눈을 떴는데 오늘따라 왠지 기분이 상쾌하다. 뭔가 찌뿌듯하던 느낌들이 전부 사라져버린 느낌이다. 그러다 보니 너무 일찍 일어난 것 같다. 빌리는 아직 자고 있고, 시간은 아직 새벽 4시이다. 그래서 아내에게 모닝 메시지를 보낸 다음 이렇게 일지를 쓰고 있다. 쓰다보니 소변이 마렵다. 우주에서는 무중력 때문에 방광이 가득 차야지만 신호를 느끼기 때문에 아침에 일어나도 그다지 마렵지가…… 윽, 설명은 그만! 방광이 터질 것만 같다. 다시 오게 ㄷㅏ.

소행성 포획 미션 50일 차(2)

오 마이 갓! 이게 대체 뭐람?

소행성 포획 미션 50일 차(3)

시원하게 좆 됐다. 이것이 한참 동안이나 팬티를 들고 고민을 때려본 결론이다. 더 이상 표현할 방법이 생각나질 않는다. 말 그대로 좆 됐다. 이렇게 일지를 쓰는 와중에도 허망한 느낌일 뿐이다. 일어나보니 마법처럼 좆 돼 있었다. 이것은 곧 있으면 마흔 살이 될 남자가 아직도 생생하게 살아 있다는 증거일지도 모른다. 이것은 새파랗게 어린 시절의 추억으로만 존재할 줄 알았던, 바로 그것이다. 이것은 우주에서 50일째 생활하는 우주인들의 자연스러운 현상일지도 모른다. 그야말로 내 인생에서 두 번째 겪게 된 황망한 경험이었다. Fuck, 대충 감을 잡았을 테니 이런 생리학적 현상에 대해서 연구하길 바란다. 혹시라도 나의 기분에 대해서 질문을 하거나 느낌을 묻는 사람이 존재한다면, 내가 아내를 걸고 맹세하겠다. 왕복선에 홀로 실어서 명왕성까지 날려보낼 것이라고. 혼자 비행하다보면 느끼는 게 있을 것이다. 경험이 최선이다.

아침식사로 고추냉이를 곁들인 새우 칵테일을 먹을 생각이다. 새우는 고단백이다. 왠지 그래야 할 것 같다. 그리고 나는 막힌 코를 뻥 뚫어주는 고추냉이를 아주 좋아한다. 기억하라, 고추냉이다.

소행성 포획 미션 73일 차

이제는 아무렇지도 않다. 빌리에게 가위바위보를 져도 말이다. 오히려 창고에 내려가서 응가응가 벽돌을 주물럭주물럭거리는 일이 기다려지기까지 한다. 환경에 적응했다고나 할까. 아무튼 우주에서의 생활이 무척이나 심심하다보니까 그렇게 됐다. 아까 낮에도 창고에 내려가 나의 귀여운 응가들을 쪼물딱거렸다. 어제 살균제를 넣어서 반죽을 시켜놓았으니, 오늘은 그 덩어리를 책 한 권 크기의 모양 세 개로 잘 다듬어줄 차례였다. 나와 빌리의 일주일치 응가는 책 세 권 분량인 셈이다. 그러고 나서 잘 다듬은 응가응가 벽돌을 건조기에 넣고 하루 동안 건조했다. 나는 이제 이런 과정들을 무표정한 얼굴로 콧노래까지 부르면서 작업하는 경지에 이르렀다. 나는 우주 긍정왕이다.

요새 〈왕좌의 게임〉을 시즌1부터 보기 시작했다. 감독이 아주 작정을 했는지 1편부터 여배우들을 훌딱훌딱 벗겨버린다. 몸매들이 아주…… 드라마를 보다보니까 이런 생각이 들었다. 왕복선에 칵테일 새우를 조금 더 실어놓았으면 좋았을 것 같다는 생각 말이다. 으으으…… 이건 우리끼리 비밀로 하자. 아내에겐 비밀이다. 우주에서 딱히 할 일도 없고 하니 이제부터 여배우 팬질을 시작해보려고 한다. 일단, 금발의 대너리스, 너로 정했다!

소행성 포획 미션 102일 차

어쩌면, 어쩌면, 어쩌면…… 아니다. 생각해보니 이 일로 죽지는 않을 것 같다. 세균에 감염되서 죽게 될지도 모른다는 생각이 잠시 들었었지만, 돌이켜서 생각해보니 세균은 거의 존재하지 않았을 거라는 확신이 든다. 참고로 말하겠는데, 나는 지구에서 결벽증이 있던 남자이다. 공동으로 사용하는 엘리베이터의 버튼만 눌러도 세균이 손에 묻을까봐 두려워서 손을 씻어야 마음이 편했던 남자란 말이다. 그러다보니 광장공포증이 생겼던 것이고.

나는 빌어먹을 똥 가루를 흡입해버린 것 같다. 이것이 종합적인 상태 점검을 마친 후에 내린 최종적인 결론이다. 그러니까 내부의 벽면 패널 안에 넣어둔 응가응가 보호막이…… 터져버렸다. 그래도 다행인 점은 생각보다는 덜 더러웠을 거라는 것이다. 살균제를 골고루 섞어놨으니 생각보다는 세균이 적었을 테다. 하지만 그렇다고 해서 똥 가루를 흡입했다는 사실이 달라지는 것은 아니다. 지금 나와 빌리는 잔뜩 엿을 먹은 상태이다. 이 엿의 이름은 '박테리아 방귀스'이다. 응가 벽돌 하나에 살균제가 골고루 섞이지 않았는지, 벽돌의 포장팩이 후끈하게 터져버렸다. 말 그대로 후끈하게 터져버렸고, 표면의 일부분이 분진의 형태로 선내의 공기에 유입됐다. 우리의 갖가지 고문(독극물, 마사지, 열, 산소 결핍 고문)을 받으면서도 살아남다니.

이놈들이 살균이 덜 됐는지, 포장팩 내부에서 증식하면서 가스를 내뿜어 터져버린 것이다. 포장팩이 터진 것은 새로운 응가 벽돌을 만들고 나서야 알게 됐다. 벽돌을 배치하려고 벽면 패널을 열었을 때 알게 됐다는 말이다. 대략 난감한 상황이었다. 터진 시기는 길게 잡아 일주일 전이다. 나와 빌리는 오랜만에 협동심을 발휘해서 터진 포장팩을 처리했다. 빌리는 터진 포장팩을 큼직한 지퍼백에 밀봉했고, 나는 진공청소기를 가져와서 주변에 흩어져 묻어 있던 잔재들을 청소했다. 내가 청소기를 돌린 자리는 빌리가 알코올

솜으로 닦아서 마무리했다. 그러고 나니까 비주얼은 한결 나아졌다. 공기 중에 떠다니는 가루들을 처리할 방법도 고민해봤지만 쓸데없는 생각이었다. 미세한 먼지들을 어떻게 청소한단 말인가. 그래서 ARMCR에 물어봤지만, 아내 역시 어깨를 으쓱할 뿐이었다. 아내는, "비행 의학관 글러브 박사의 말에 따르면 건강에는 이상이 없을 거래"라면서 우리의 마지막 방법을 승인해주지 않았다. "일정의 초반부니까 최대한 자원을 아껴야 하지 않겠어? 그냥 좀 참아, 우리 멋쟁이" 하고 말했다.

아내가 멋쟁이라고 말해주는데 별수 있겠는가. 그래서 일단 참아보기로 했다. 나는 귀가 얇은 그런 멋진 남자다. 아무튼 선내의 공기가 대기순환기에 흡입될 때 공기 필터에 분진이 걸러질 테니까 기다려보란다. 지구에서 시키면 그냥 하는 거다. 나의 아내가 연구소의 대장이라서 믿는 것이다. 언제나 그렇듯, 아내의 말은 언제나 옳다. 나의 아버지는 항상 엄마 말을 무시하곤 했는데, 그러다가 결국 두 분 모두…… 후, 가뜩이나 우울한데 지금은 그 생각을 하지 않는 편이 나을 것 같다. 일지를 종료하겠다.

소행성 포획 미션 103일 차

ARMCR에서 어제의 상황을 분석해서 보냈다. 아내는 "왕복선의 표면 온도가 최적의 환경을 제공해준 것 같아"라고 말했다. 아내의 말을 종합해보면 다음과 같다. 박테리아들이 서식하려면 크게 세

가지 조건이 필요하다. 먹잇감(똥), 산소(밀봉을 했지만 그래도 미량의 산소가 존재한다), 그리고 온도. 살균제가 골고루 섞이지 않은 응가 벽돌 팩은 모든 조건이 충족돼 있는 상태였다. 여기서 아내는 왕복선의 표면 온도에 주목했다. 왕복선의 외부 온도는 판이하게 다르다. 태양빛을 받는 쪽은 외부 표면의 온도가 섭씨 120도가량에 이르고, 반대로 태양빛을 받지 못하는 표면의 온도는 섭씨 −130도에 달한다. 비행 궤적상 태양빛이 왕복선의 좌측 표면을 비추고 있으므로, 우리는 우주 방사선을 막기 위해서 응가응가 보호막을 선내의 좌측에 배치했다. 아무리 최고의 단열 시스템을 선체에 적용한다 할지라도, 완벽한 단열이라는 건 열역학상 가능하지 않다. 그렇다보니까 우리가 응가 보호막을 넣고 있는 패널 안은 선내의 온도보다는 뜨끈뜨끈할 수밖에 없었다. 오히려 적당한 열 차단이 박테리아들이 좋아하는 따뜻한 온도를 형성한 것이었다. 그러니 이것들이 행복한 환경을 만나자 축제를 벌이며 번식을 왕성하게 했던 것이다. 만약 반대편 패널 안이었다면, 패널 안의 온도가 매우 차가웠을 터라 박테리아들이 번식하기에는 힘들었을 거라고 한다. 그래서 아내는 "이왕 이렇게 된 거, 부위별로 선내에 침투하는 방사선량을 측정해서 방사선 보호막을 다시 재배치하자. 방사선 수치 탐사기로 수치를 측정해서 보내줘. 그럼 우리가 방사선 수치와 표면 온도를 고려해서 위치를 계산해볼게. 최적의 위치에 배치하면 그래도 좀 낫지 않겠어?" 하고 메시지를 보내왔다.

제길슨…… 진작 좀 말해주지. 그래서 시키는 대로 꼬리를 살랑 살랑 흔드는 착한 우주인인 나는, RaDi-N이라는 측정기를 이용해서 구역별 방사선량을 측정했다. 사용 설명서에 따라서 폴리머 겔이 든 시험관들을 왕복선 곳곳에 배치했고, 그러자 마법이 일어났다. 눈에 보이지 않는 중성자들이 시험관을 때려대면서 버블 디텍터들이 반응하기 시작한 것이었다. 기체 거품이 뽀글뽀글 올라왔고, 나는 측정기가 그 순간을 계측한 데이터를 기록해서 지구에 전송했다. 보낸 내용은 외계어로 쓰여 있었기 때문에 평범한 외계인인 나는 정확한 내용을 알 수가 없었다.

아내는 도대체 어느 행성에서 지구로 왔을까? 내일은 아내가 외계어를 지구의 언어로 번역해서 나에게 알려줄 것이다. 그러면 빌리와 나는 협동해서 웅가웅가 벽돌들을 재배치할 예정이다. 한 명이 중앙 데크의 벽면 패널을 뜯고 벽돌을 밀어서 던져주면, 다른 한 명이 받아서 슝슝슝 딱! 끝! 하면 된다. 힘겹게 일을 할 필요가 없다. 우린 슈퍼 우주인인데. 지구의 나약한 인간들이여. 우리의 힘을 찬양하라!

소행성 포획 미션 118일 차

망했다. 빌리에게 나의 헤어스타일을 맡기는 게 아니었다. 저 거지같은 말라깽이 자식이 나의 아름다운 금발을 덤 앤 더머 스타일로 만들어버렸다. 일단 진정하자. 리더는 부하들의 장점을 찾아줘야 하는 법. 열받는다고 성질을 부려봤자 지나간 일은 심연 속에 휩쓸

118

려 돌이킬 수 없는 존재일 뿐이다. 일단 헤어스타일에 장점이 있는
지부터 찾아보자. 그래, 일단 찾아보는 거다. 그래서 나는 지금 노트
북에 있는 카메라로 나의 변화된 헤어스타일을 꼼꼼하게 살펴보고
있다. 이렇게 보다보면 뭔가 미학적인 장점이 발견되지 않겠는가.
그 때문에 모니터를 열심히 노려보는 중이다. 아, 제길! 당분간 우주
인증샷은 포기해야겠다. 아무리 좋게 보려고 해도 〈스타트렉〉의 스
팍으로밖에는 보이지가 않는다. 스팍 놈의 헤어스타일. 그게 바로
지금의 나다. 내일 아침에 일어나면 플로비를 이용해서 머리카락을
짧게 다듬어야겠다.

  이발기인 플로비에는 진공청소기 기능이 있다. 잘만 하면 머리카
락이 도망다니지 않게 혼자서도 머리를 다듬을 수도 있을 것 같다.
만약 빌리가 나에게 자신의 헤어스타일을 맡긴다면 생각해둔 것이
있다. 바로 〈엑스맨〉의 자비에 교수 스타일이다. 확! 밀어버리는 거
다. 남김없이!

11.
제길,
돌아버리겠군

2021년 11월 10일

소행성 포획 미션 133일 차, 맥 매커천

    요즘 들어 빌리의 표정이 무척 행복해 보인다. 시간만 나면 동영상을 찍어달라고 난리다. 자신이 기타를 치면서 이상한 노래를 부르는 모습을 말이다. 빌리의 주장에 따르면, 우주에서 제작한 우주 태교 음악이란다. 아내의 출산 예정일이 한 달가량 남았다면서 저 난리를 피우고 있다. 덕분에 나는 빌리의 전속 카메라맨 노릇을 하고 있다. 빌리에게 카메라를 고정해놓고서 찍으라고 말할 수도 있겠지만 그러지는 않았다. 가뜩이나 노래 실력도 형편없는데 화면이라도 재밌어야 하지 않겠는가. 영상이 재밌으려면 화면 사이즈를 자주 바꿔야 한다. 이건 순전히 배 속에서 노래를 듣고 있을 아기를 위해서이다. 아기가 빌리의 노래를 들으면 이렇게 생각하지 않겠나.

"지저스! 이건 소음이야! 우주 소음! 저 소리를 듣지 않기 위해서라도 후딱 세상에 나가야겠어! 그리고 대체 음담패설은 가사에 왜 집어넣은 거람?! 엄마, 보청기 준비해둬요. 귀가 썩어가는 느낌이야!"

그냥 그렇다는 거다. 그나저나 빌리가 아빠가 된다니 굉장히 기쁘고 부럽다. 이래서 부모들이 자신의 인생에서 가장 큰 보물을 자신을 쏙 빼닮은 아이라고 꼽는 것 같다. 내가 지구에 남겨놓은 재산은 우주에서 아무런 가치도 없지만, 빌리는 자신의 유전자를 남겨놓지 않았는가. 빌리는 나보다 가치 있는 인간이었다. 괜히 우울해지는군.

소행성 포획 미션 137일 차

매운 음식을 먹어야겠다. 정신이 확 들 정도로 매운 음식. 맛에 대해서 아내에게 배운 게 있다. 기분이 꿀꿀해지거나 스트레스를 받을 때는 매운 음식을 먹어야 한다는 것이다. 그래, 떡볶이를 먹어야겠다. 다진 소고기 고추장 볶음도 추가로 섞어서 아주 맵게. 이전까지는 몰랐는데 한국의 음식은 우주에서 꽤나 매력적인 맛이다. 자극적인 매운맛이 많기 때문인데, 우리 우주비행사들은 코가 항상 막혀 있다보니까 뭘 먹어도 밍밍하게 느껴서 이런 자극적인 맛들을 매우 사랑하게 된다. 나는 치약 튜브처럼 생긴 볶음 고추장 소스를 매우 사랑하게 됐다. 입맛도 찾아주면서 온몸에 활력을 돌게 한다. 내가 매운 음식을 먹어야겠다고 생각한 이유는 이러하다. 〈왕좌의 게임〉 시즌 3에서 내가 밀고 있던 롭 스타크가 어이없게 죽어버렸다. 작가인 마틴 영감은 정말로 뒤통수치기의 달인 같다. 시즌마다 주인공인 것 같으면 어김없이 죽여버린다. 설마 나의 사랑스러운 '삼룡이 어미' 대너리스도? 시즌 4로 넘어가기 전에 마음의 준비를 해야 할 것 같다. 스트레스를 미리 해소해야겠다는 말이다. '삼룡이 어미'만은 절대 안 된다.

★★

빌리 맥은 중앙 데크의 화물칸 조종간 앞에서 노트북을 들여다보고 있었다. 그는 바닥에 나 있는 고정대에 발을 걸어서 몸을 고정해놓은 상태였다. 노트북에선 그가 직접 부른 데이비드 보위의 〈라이프 온 마스〉가 흘러나왔다. 그는 동영상을 편집하는 중이었다. 아내에게 들려주고 싶은 마음에 그의 손가락이 바쁘게 움직였다. 곧 태어날 아기를 생각하면, 그는 아내에게 들려주고 싶은 노래들이 너무나도 많았다. 그렇게 편집 작업을 하고 있는데 화물칸 조종간에 달린 스피커에서 맥 매커천의 목소리가 들렸다. 맥은 "이봐, 빌리. 소리 좀 줄여주겠나. 빌리, 소리 좀 줄여" 하고 말해왔다. 빌리가 고개를 돌려 뒤를 돌아보자, 저 멀리 조종실에서 맥이 전자책을 손에 들고선 흔들었다. 하긴, 소리가 크긴 했다. 왕복선의 설비들에서 울리는 웅웅웅거리는 백색 잡음들을 지우느라 노트북의 볼륨을 최대치로 올려놨던 것이다. 백색 잡음은 노래의 시작부터 끝까지 베이스로 깔려 있었고, 그 소리는 노래의 분위기를 음침하게 만들었다.

그는 대답 대신 손가락을 오케이 모양으로 만들어 응답했다. 그런 다음 볼륨을 절반으로 줄였다. 그러자 뒤에서, "고마워!" 하고 외치는 소리가 들려왔다. 빌리는 다시 모니터로 시선을 돌렸다. 하지만 작업을 하던 흐름이 깨지자 집중력이 흐트러졌는지, 조금 전까지는 느끼지 못했던 신체적 변화가 느껴지기 시작했다. 대변을 봐야 한다는 조기 경보였다. 그는 눈알을 굴리며, '오오, 이 지긋지긋하게 더부룩한 느낌에서 드디어 해방인가?' 하고 생각했다. 그는 편집 작업을 멈추고 근처에 있는 화장실로 향했다. 나흘째 소식이 없었던 터라 기뻤는지, 그의 움직임이 사뭇 경쾌했다. 빌리는 화장실의 커튼을 젖히고 들어가서 변기 뚜껑을 열어젖혔다. 그러자 윙윙윙거리는 변기 구동 소리가 들려왔다. 구멍으로 흡입을 시작한다는 소리였다. 그는 평소처럼 마음속으로 열을 셌다. 변기 뚜껑을 열고난 10초 후에야 흡입이 정상화되기 때문이다. "3, 2, 1……" 그에게 마지막 3초는 악몽처럼 길었다.

"제로."

그가 카운트를 종료하면서 바지를 무릎까지 끌어내렸다. 그때였다. 윙윙윙하던 규칙적인 소리가 위이이잉거리는 불규칙한 소리로 바뀌더니, 끝으로 향할수록 소리가 불안정하게 변했다. 그러고는 별안간 덜컥덜컥하는 소리가 묵직하게 들렸다. 왜 그런 소리 있지 않은가. 세탁기가 탈수할 때 세탁통이 회전으로 덜컥거리는 소리 말이다. 덜컥거리는 소리는 점점 커져갔고, 동시에 빌리 눈의 흰자위도 점점 커져만 갔다. 빌리는 경악에 찬 표정으로 얼어붙고 말았다. 어찌나 놀랐는지 무릎까지 내렸던 바지를 다시 끌어올릴 생각조차 하지 못했다. 그 상태로 그의 몸이 조금씩 위로 떠올랐다. 그렇게 멍한 자세로 공중에 떠 있는데 빌리의 표정에 변화가 나타났다. 누릿한 냄새가 풍겨왔다. 그는 한쪽 눈썹을 구부리면서 '이게 무슨 냄새지?'라고 생각했다. 그러고는 코를 킁킁거렸다. 코가 막혀 있는 상태라서 그런지 냄새를 제대로 맡을 수 없었다. 빌리는 손가락을 입에 넣어 침을 잔뜩 묻힌 다음 양쪽 코에 쑤셔넣었다. 콧구멍이 축축하면 그나마 좀 나을까 해서였다.

코가 축축해지자 냄새를 맡을 수 있었다. 모터가 과열되어 타고 있는지 누릿한 냄새가 서서히 올라왔다. 타는 냄새는 점점 짙어져 갔다. 냄새가 짙어질수록, 그의 표정은 가을의 끝자락에 서 있는 사내의 표정처럼 점점 더 황망해져만 갔다. 그는 열려 있던 뚜껑을 힘없이 덮었다.

★ ★

맥은 팔베개를 하고 누워서 전자책을 보고 있다. 푹신한 소파의 안락함은 아니었지만, 모든 공간이 무중력의 침대였다. 팔다리를 뒤척이면 그 움직임을 따라서 끈적거리듯 미끄러져 솟구치는 혈류의 느낌이 저릿하게 느껴졌다. 보이지 않던 속박에서 벗어난 심장이

게으름을 피운 것이다. 심장도 나른했고, 맥도 나른함을 느꼈다.

그는 스티븐 킹의 『별도 없는 한밤에』를 읽으며 우주의 한기를 고스란히 느끼고 있었다. 살인마들의 살인 방법도 여러 가지였지만, 그 동기도 참 여러 가지라고 그는 생각했다. 맥은 아내를 살해한 남편과 그의 아들이 허둥대는 장면을 보면서 낮은 웃음을 지었다. 그렇게 웃고 있는데 저 멀리서 빌리가 욕설을 퍼붓는 소리가 들려왔다. 빌리는, "이런 망할! 씹! 씹!" 하며 소리쳤다. 맥은 무슨 일인가 싶어서 중앙 데크로 몸을 돌렸다. 하지만 중앙 데크에 빌리는 없었다. 어디로 갔는지 욕설만 울려 퍼지고 있을 따름이었다. 맥은 귀를 쫑긋거리며 소리의 근원지를 찾아 몸을 움직였다. 중앙 데크 후미의 화장실이 소리의 근원지인 듯싶었다. 맥은 벽면에 붙어 있는 고정대를 손으로 잡아당기고는 쭉 하고 몸을 날렸다. 그러고는 화장실 앞의 고정대를 붙잡아 몸을 정지시킨 뒤, 화장실의 커튼을 홱 열어젖혔다. 그러자 빌리가 변기에 손가락질을 하면서 온갖 저주를 퍼붓고 있는 모습이 눈에 들어왔다. 그 모습을 본 맥이 말했다.

"이봐, 영국산 또라이. 대체 무슨 일이야?"

그러자 빌리가 대답했다.

"지미럴, 변기가 맛탱이가 갔엉."

빌리는 맥의 황당해하는 시선을 의식하고 그제야 무릎까지 내렸던 바지춤을 추켜올렸다.

"그러고보니까 타는 냄새가 자욱한데. 어떻게 된 거야?"

그의 질문에 빌리는 빠르게 상황을 보고했다. 맥은 입술을 굳게 다문 채 묵묵히 빌리의 말을 들었다. 변기 수리는 일상적인 일이었지만, 이번만큼은 흡입구가 막히는 따위의 작은 고장이 아니었다. 변기의 모터가 망가졌다면 화장실의 변기 시스템을 전부 뜯어내야 할 터였다. 그는 '사고는 저 또라이가 치고, 고생은 내가 대신하겠군'이라고 생각했다. 왕복선의 편의시설 수리 담당은 맥 매커천이 맡고 있었기 때문이다. 맥은 마음을 비우고 빌리에게 말했다.

"급하면 아폴로 배변 봉투를 일단 이용해, 빌리. 나는 이 상황을 보고해서 수리 방법을 물어볼 테니까."

그런 다음 조종실로 몸을 날렸다. 그의 뒤에서 "아아! 엿 같은 아폴로!"라고 외치는 빌리의 소리가 들려왔다. 조종실로 온 맥은 이 상황을 ARMCR에 보고했다. '팰로앨토. 문제가 생겼다. 변기가 고. 장. 났. 다.' 지구와의 전파 송수신 시간은 3분 40초였으므로 답변이 오려면 최소한 5분 이상이 필요했다. 잠시 기다리는 동안 그는 읽던 책을 마저 읽기로 했다. ARMCR에서도 문제를 심각하게 받아들였는지 답변이 오는 데에는 생각보다 시간이 오래 걸렸다. 책을 28페이지 정도 더 읽고 있는데 메시지의 수신음이 들렸다. 메시지를 열어보니 비행 감독관 겸 ARMCR의 캡콤을 맡고 있는 존 쿡이었다. 그는 맥이 가장 신뢰하고 의지하는 동료 우주비행사였지만, 이번 임무를 앞두고 심장에 이상이 발견돼서 비행에 나서지 못했다. 그래서 미안한 마음에 시간이 날 때면 캡콤 역할도 자청해서 맡고 있는 중이었다. 맥은 그를 아폴로 시대의 아우라가 남아 있는 몇 안 되는 우주비행사라고 생각했다. 터프하고 용감한, 그리고 얼마 남지 않은 진정한 미국의 카우보이라고. 비행 의학관은 그의 비행이 취소된 그날부터 쿡의 눈빛을 제대로 받아내지 못하고 있다.

맥, 토머스와 그의 팀원들과 상의를 했네. 아무래도 변기를 뜯어내야 할 것 같다고 하네. 뜯어서 안에 흡착된 오물들을 제거해야 할 것 같다고 말일세. 흡착된 오물들이 전기장치들을 과열시켰을 확률이 높다고 말야. 정황상 모터가 망가졌다면 흡입 소리가 나지 않았어야 하는데, 흡입 소리가 있었으니 그나마 다행이 아닌가. 모터의 여분은 한 개인데 우리의 일정은 아직 초반부잖나. 지금 토머스가 변기의 분해 동영상을 제작 중일세. 정확한 상태를 알기 위해서 뚜껑을 열었을 때의 동영상을 찍어서 보내달라고 하네. 동영상을 보내고 오늘은 일찍 쉬도록. 내일은 아침부터 수리를 시작해야 하니까 말이야. 이상.

쿡의 메시지를 읽은 맥은 조종실의 서랍을 열어서 카메라를 챙겨들었다. 그런 다음 몸을 날려 다시금 화장실로 향했다. 화장실 앞에 몸을 멈춰 세운 그는 가려져 있던 커튼을 획 하고 열어젖혔다. 그러고는 나지막이 욕설을 뇌까렸다.
"염병…… 돌아버리겠군."

12.
소행성
AC5680

2020년 7월 14일

안나의 기억 속 파편

"이제 돌아가면 어떻게 진행이 될까요? 뜨거운 엉덩이님?"

돌아오는 전용기 안에서 좌석을 뒤로 젖히며 내가 물었다. 그러자 맥이 눈알을 굴리며 대답했다.

"뜨거운 엉덩이라니, 나 원 참! 일단 돌아가면 사업 참여가 가능한 여러 국가들과 기업들을 분류할 거야. 1, 2, 3등급으로. 그리고 등급별로 높은 순서부터 내가 직접 접촉을 할 거고. 그래서 투자 비율과 권리들을 정리해서 딜을 성사시켜야지. 아마 올해 말이면 프로젝트가 시작될걸?"

"그게 그렇게 빨리 진행이 될까? 투자 비용이 어마어마할 텐데."

"각 정부의 대통령이나 총리들도 임기가 정해져 있어. 그들의 특징은 자신의 임기 내에 성과를 남기고 싶어한다는 거지. 일종의 업적 같은 거."

자신감이 넘쳐나는 말투로 그가 말을 이어갔다.

"게다가 각국의 과학 자문들이 우리를 돕게 될 거야. 이 프로젝트의 성사 가능성에 대해서 계산기를 돌리고 있겠지. 하지만 그건 중요하지 않아. 네가 더 잘 알겠지만, 학자들은 자국의 과학 수준이 다른 나라들에게 밀리는 것을 싫어하는 습성이 있잖아. 게다가 우리에겐 군복에 별을 달은 얼빠진 군인들도 있고. 그건 그렇고, 엘리베이터 위치는 어디가 좋을까?"

"음…… 보통은 호주 대륙 서해안이나 페루 해안에서 500미터 정도 떨어진 인도양이 최적지라고들 해. 근데, 난 그게 맞나 싶어."

그러자 그가 흥미롭다는 표정을 지으면서 내게 물었다.

"이유가 뭐야?"

"네가 조금 전에도 말했잖아. 군복에 별을 단 사람들. 참여국들을 제외한 경쟁국들이 가만히 둘까 걱정이 되는 거지. 테러의 표적이 되기가 쉽잖아. 그래서 말인데, T 그룹 본사 근처가 좋겠다는 생각이 들어. 테러의 안정성, 각종 인프라, 국제적인 역학 구조 같은 것들을 고려해서 말이지."

그가 '딱' 소리가 날 정도로 손가락을 튕기며 말을 받았다.

"그래, 잘 파악했어. 네 생각도 나와 같구나. 그나저나 조만간 연구소를 본사에 만들 거야. T-MARS 연구소를 개조해서. 따로 필요한 게 있을까?"

"일단 연구소는 천장이 높아야 해. 어느 연구소에서는 천장 높이를 3미터로 높였는데, 그 후로 노벨상 수상자를 다섯 명이나 배출했대. 그 후로 천장을 높이는 게 미신처럼 번지고 있어."

나의 말이 점점 빨라졌다.

"그리고 조명에도 신경을 써야 해. 파장이 푸른빛에 가까워질수록 암기력이 좋아지고, 붉은빛에 가까워질수록 창의성이 좋아져. 7000캘빈 색온도에서는 암기나 수리 능력을 향상하는 베타파가 30퍼센트 증가한다는 보고가 있고, 3000캘빈 색온도에서는 예술 감각을 향상시키는 SMR파가 25퍼센트…… 블라블라블라블라……."

나도 안다. 흥분하면 말이 길어진다는 사실을. 나의 말을 듣고 있는 그의 눈빛이 새벽녘의 안개 속을 걷고 있는 사내의 눈빛처럼 몽롱해져만 갔다. 그러나 나는 멈추지 않았다.

2020년 7월 15일

현실은 암담했다. 인간은 정말 교활한 것 같다. 아니, 난 교활한 년이다. 요 며칠 최고의 대우를 받으며 생활했다고 벌써 그 생활에 몸이 적응해버렸다. 나의 연구소에 복귀하며 든 생각이다. 열 평 남짓한 작은 방. 몇 개의 책상들과 컴퓨터. 그리고 어지러이 흩어져 있는 책들. 게다가 창문엔 암막 커튼을 쳐놓아서 실내는 동굴처럼 어두침침했다. 어찌나 어두운지, 연구소에 들어서는 순간 눈은 제 기능을 하지 못하게 된다. 어둠에 적응을 하려면 시간이 필요했다.

이 방에는 책상 세 개가 중앙에 정삼각형 모양으로 배치돼 있다. 그 가운데 공간에 있는 커다란 스탠드가 이 방의 유일한 광원이었다. 전구에는 일본식 둥근 갓이 씌워져 있었는데, 우리는 그 전등을 우리의 항성이라고 부르곤 했다. 우리는 어둠을 사랑했다. 우리는 다스베이더들이다. 청소를 게을리한 연구소 바닥에 뭐가 펼쳐져 있는지는 아무도 알지 못했다. 이것이 스탠퍼드 대학의 한쪽 귀퉁이에 자리잡은 우리 연구소의 모습이다.

"하나…… 둘…… 셋! 안녕, 다스베이더들!"

나는 언제나 카운트를 세고 들어간다. 바닥에 펼쳐져 있는 미확인 물체들을 피하기 위한 나만의 방식이랄까. 나는 바닥에 펼쳐진 물체들을 요리조리 피하며 안으로 들어갔다.

"예! 캡틴! 잘 왔어. 우리가 얼마나 기다렸는지 모를 거야."

넬슨이 나를 반겼다.

"그래 잘 왔어. 보고 싶었어. 근데 손이 가볍……다?"

브라이언이 내 손을 바라보면서 말했다.

"이봐! EU! 보자마자 그러기야? 미안. 정신이 없었어."

내가 환하게 웃으며 말했다.

"그래. 건강해 보이니 다행이네. 강연장에서 어떻게 된 건지 말 좀 해줘. 궁금해 죽는 줄 알았어. EU, 초코파이는 사 올 줄 알았는데 아쉽긴 하다. 그치?"

넬슨이 말했다.

"하! 왠지 나보다 연구소의 간식에 관심이 더 많은 것 같은데? 하긴, 우리가 그렇지 뭐. 하여튼 많은 소식이 있어. 좋은 소식과 나쁜 소식. 어떤 것부터 들을래?"

내가 캐리어를 구석에 처박아두며 말했다.

"좋은 소식은 네가 왔다는 거고, 나쁜 소식은 간식이 없다는 건가? 농담이야. 나쁜 것부터 말해줘."

브라이언이 말했다.

"EU! 넌 살을 뺌과 동시에 유머감각도 좀 높여야겠어. 로봇처럼 농담 수치를 증가시킬 수 있으면 얼마나 좋아! 아무튼, 그래 나쁜 것부터 말해줘."

넬슨이 말했다.

"좋아. 나쁜 소식은, 정든 우리의 보금자리를 떠나야 한다는 거야."

"왜? 연구 성과가 좋지 않다고 나가래?"

브라이언이 물었다.

"그럼 좋은 소식은?"

넬슨이 물었다.

"좋은 소식은…… 어디 굴러다니는 술 없어?"

나는 빈 잔에(씻은 거겠지?) 위스키를 한 잔씩 부어주며 말했다.

"빌어먹게 좋은 소식은…… 그동안 고생했어, 애들아. 우주 엘리베이터 구상을 현실화시킬 수 있게 됐다는 건 뉴스를 봐서 알 거야. 그게 진짜로 현실이 됐어. 올해 말부터 시작할 거고, 곧 T 그룹 본사에 연구소를 만들어 이전할 거야. 그래서 말인데, 당연한 얘기겠지만 너희들 모두 참여할 거지?"

그러자 브라이언이 말했다.

"조건이 있다고 말해줘."

"뭔데? 연구소의 기본 조건은 내가 말해놨어."

"그런 거 말고. 첫째, 구내식당은 고층부를 이용할 수 있어야 해. 정말 좋다더군. 둘째, 내 두뇌가 포도당을 원할 때 바로바로 섭취할 수 있어야 해. 간식들이 항시 구비돼 있으면 좋겠어. 셋째! 이게 핵심이야. 연구원들은 최대한 여자였으면 좋겠어. 아무래도 미인들을 보면 집중이 잘되거든."

브라이언의 말에 내가 넬슨에게 말했다.

"고장인가? 윌, 해결해줘."

눈알을 굴리면서 넬슨이 말했다.

"EU, 지금 바로 농담 지수를 10퍼센트로 낮춰!"

2021년 8월 10일

안나 독립 만세! 우리의 연구소가 마련됐다.

창밖을 내려다보던 나는 하늘을 바라보며 더 높은 곳을 바라봤다. 그런 다음 내가 있는 방을 돌아봤다. 그렇게 방을 멍하니 지켜보니 날아가버릴 것 같았던 현실감이 다시금 돌아오기 시작했다. 그리고 새롭게 바뀐 환경과 책임들이 서서히 눈에 들어오기 시작했다. 나는 지금 71층 높이만큼 꿈에 다가와 있었다.

창문에는 디스플레이 기능이 있는지 낙서가 군데군데 있었다. 창밖에 펼쳐진 태양 발전소를 배경로 그려진 몇몇 로켓들, 계산을 하다가 만, 반쯤은 지워진 공식들. 날아가고 있는 로켓의 우측 상단에는 하늘에 떠 있는 진짜 태양이 눈에 들어왔다. 눈을 돌려서 내부를 둘러보자 푹신한 의자들, 그리고 로봇 팔이 배치된 작은 주방, 스탠딩 미니바, 스탠딩 원형 테이블, 클래식한 전축 따위가 보였다. 이런 설비들은 방 분위기를 모던한 카페나 휴게실처럼 보이게 만들지 연구소처럼 보이게 만들지는 않았다.

중앙으로 트여 있는 유리문 밖으로는 중앙관제실과 각종 설비, 그리고 각 연구실로 향하는 계단이 자리잡고 있다.

"이거 너무하는 거 아냐?"

들뜬 목소리로 넬슨과 브라이언이 유리문을 밀고 들어왔다.

"여기 영화 세트장 같다고! 대단해. 정말 모든 게 갖춰져 있어."

넬슨이 말했다.

"71층부터 73층까지 뚫어놔서 더 그렇게 보여. 중앙 계단 위로 가봤어? 우리 세 명의 이름이 달린 연구실이 있더라고! 난 내 방에 아무도 들어오지 못하게 할 거야!"

브라이언이 평소와는 다르게 심각한 표정으로 말했다. 그러고는 서 있기가 힘들었는지 푹신한 의자에 걸터앉았다.

"여기 전망이 정말 좋네. 어두운 곳을 좋아하지만 높은 곳도 좋은데? 안 그래?"

넬슨이 창가로 향하며 말했다. 그는 햇살의 따사로움에 기지개를 활짝 폈다.

"그건 그렇고, 지원자가 생각보다 많아서 문제야."

브라이언이 투덜거렸다.

"가급적 빠른 시간 내에 추려서 인터뷰를 진행하자. 여러 분야의 전문가들이 필요하잖아. 너무 멀리 있으면 화상 인터뷰라도 진행하고. 그리고 각 참여국들에서 필수적으로 배정하는 학자군은 따로 분류해야 할 거야. 우리가 선별할 연구진과 분야가 겹치지 않도록. 그래야 효율적인 인적 배치가 이뤄지지 않겠어? 아무튼 탄소나노튜브 케이블 제조가 중요하니까 좀 더 효율적인 방법으로 길게 만들 수 있는 친구들을 중점적으로 찾아보자고. 지금의 방식은 조금 더 딘 감이 있어. 알겠지, 다스베이더들?"

"라저!"

2020년 10월 21일

함께 일을 하면서 맥이 생각보다 대단한 리더라는 점을 인정할 수밖에 없었다. 금발 머저리라고 불렀던 내 자신이 머쓱해질 정도로, 그는 타고난 리더였다. 가끔씩 나사가 풀린 듯이 행동하긴 하지만 확실한 것은 그가 점점 잘생겨 보인다는 것이었다. 남자는 일에 대한 열정이 넘쳐날 때가 가장 멋져 보이는…… 아니다. 취소하겠다. 저 멀리 대외투자 모금 팀의 여직원과 희희낙락거리는 모습이 눈에 들어왔다. 예쁘장한 여자만 보면 환장을 하는군.

맥은 열린 마음의 사업가였다. 벌써 각 나라별로 딜을 성사시켰고, 그러다보니 우리는 연구소의 인재 풀을 거의 다 채울 수 있었다. 일처리 하나만큼은 정말 빠르고 정확했다. 우리가 NASA 같은 거대한 공룡과 다른 점은 비교적 덩치가 작아서 빠르고 유연하다는 점이었다. 그렇다보니 벌써 우리는 1차적인 계획들을 수립하여 프로젝트를 시작할 수 있었다. 세상일이란 게 가끔은 후다닥 툭툭 하면서 눈 깜짝할 사이에 이루어질 수도 있다는 것을 이번 기회에 몸소 체험하게 됐다. 미래는 정말 모를 일이다. 오늘은 모두 모여 1차 계획안을 발표하는 날이다. 발표는 연구소의 중앙에 위치한 우주 관제소에서 이루어지는데, 관제소라고는 하지만 평소에는 대회의실로 이용되고 있다. 맥의 아이디어로 그렇게 만들어놨다고 한다.

71층부터 73층의 중앙에 트여 있는 공간에는 거대한 모니터가 자리잡고 있다. 그리고 이 모니터를 중심으로 관제소가 위치했다. 그야말로 거대한 화면이었는데 브라이언이 다른 용도로도 쓰일 수도 있음을 보여줬다. 아마 NASA이었다면 절대로 하지 못했을 행동이었다. 그는 연구소 이주 첫날 아무 거리낌 없이 영화를 틀어서 감상했다. 〈2001 스페이스 오디세이〉를 우주 관제소의 초고화질, 초고가 스크린으로 감상한 그의 한마디. "와우, 몰입감 죽이는데? 뭘, 영화 끝나고 게임 한판 어때?"

스크린의 정면으로는 1백여 석의 좌석들이 배치돼 있다. 아니, 숨어 있다는 표현이 적절하겠다. 마치 사분음표를 뒤집어놓은 것처럼 생긴 이 의자들은 평소에는 통행에 지장이 없도록 바닥에 박혀 있었다. 그러다가 필요할 때만 바닥에서 쏙 하고 솟아나 자신들의 역할을 했다. 이곳을 중심으로 각 층에 여러 파트의 연구실이 있었기 때문에 중앙에 바로 모여서 회의를 하기에는 편리했다. 최소한 고루한 느낌의 국회의사당같이 엄숙한 분위기가 아니어서 좋았다.

맥은 이런 환경에 개방적인 자신의 이념을 입혀놓았다. 예를 들어 연구원들이 회의에 참석한다고 치자. 그러면 로봇들이 그 의자 사이사이를 돌아다니면서 음료를 제공했다. 스타워즈의 R2D2를 닮은 녀석들이 쟁반을 들고 다니면서 말이다. 그 녀석의 쟁반 위에는 샴페인, 콜라, 오렌지주스, 소다수 따위가 놓여 있었는데, 가장 인기가 좋은 음료는 샴페인이었다. 우리 프로젝트 팀의 분위기를 대변하는 음료라고나 할까.

내가 방송으로 회의의 시작을 알리자 사람들이 빠르게 대회의실에 모여 각자 준비한 자료를 발표하기 시작했다.

"맥, 오늘은 우리가 가장 먼저 해야 할 일들에 대해서 얘기를 할 겁니다. 우리는 6만 킬로미터에 달하는 탄소나노튜브 케이블의 제작 기간이 3년 반가량 걸린다고 판단했어요. 2024년 초나 2024년 말까지는 케이블을 완성할 수 있을 겁니다. 역사상 가장 긴 케이블이죠. 그 전에 여러 방면에서 이뤄야 할 세부 사항들을 정리했습니다. 여러 안건들이 나왔지만 우리가 가장 먼저 시작해야 할 일은 균형추의 확보입니다. 우주에서 무게중심축을 잡아줄 균형추가 없으면, 그저 우주에서 둥둥 떠다니는 밧줄에 불과할 테니까요. 그래서 그 균형추를 무엇으로 정할지 여러 가지 후보들을 고민했습니다.

우주선을 여러 번 쏴서 거대한 원형 추를 제작하는 방안이 있었고, 아니면 그 우주 발사체들을 여러 대 결합해서 균형추를 만들자는 방안도 있었고, 지구궤도에 있는 우주 쓰레기들을 수거해서 만들자는 방안도 있었지요. 하지만 가장 경쟁력이 있는 후보는 바로 소행성의 포획이었습니다. 가장 저렴했고, 게다가 그로 인해서 얻을 수 있는 과학적 이득을 놓칠 수가 없었어요. 브라이언?"

비대한 몸집의 브라이언이 흐름이 끊기지 않도록 자신이 준비한 영상을 스크린에 띄어놓았다. 화면에는 푸른 지구가 거대하게 등장을 하더니, 점점 비율이 작아지면서 태양계의 일부 구간이 나타났다. 그는 태양계의 여러 구간들을 순간순간 확대해가면서 여러 소행성들을 간략하게 소개했다.

"이건 너무 작아서 땡. 이건 질량이 너무 가벼워서 땡!"

땡 소리와 함께 화면 속의 소행성들이 폭파됐다. 그는 후보 소행성을 폭파시킬 때마다 모종의 쾌감을 느끼는지, 빙긋 웃어가며 소행성에 핵폭탄을 던져대고 있었다.

"제가 이 많은 소행성들 중에서 뽑은 것은 바로 이 녀석입니다. 궤도상으로나 크기와 질량을 봤을 때, 균형추로 쓰기에 적합하지요. 지구와 화성 사이를 지나칠 소행성인 AC5680. 어서 와, 납치범들에게 얼굴을 보여주렴."

브라이언은 지구와 화성 사이의 공간을 화면에 띄운 후 순식간에 한 지점을 확대해서 소행성 하나를 보여줬다. 그러자 광막한 공간 속에 외로이 떠 있는 돌덩이 하나가 모습을 드러냈다. 지름 250미터 정도로 추정되는 소행성 AC5680이었다.

"모습이 고구마 같지요? 이 고구마가 유리한 점은 지구의 입장에서 볼 때 보이는 면적이 넓다는 겁니다. 세워져 있는 모양이라고 할까요. 그래서 우리가 꾀어내기에도 수월합니다. 질량, 크기 같은 것들은 덤이라고 할 수 있지요."

브라이언이 더는 서 있기가 힘든지 의자에 걸터앉으며 말했다.

"브라이언, 수고했어. 소행성을 포획해서 데려올 방법에 대해서도 여러 의견들을 모아봤습니다. 우주선을 여러 대 동원해서 포획망을 이용해 끌어오는 고전적인 방법, 소형 우주선을 충돌시켜서 그 반발력으로 방향을 조절하는 방법 등이 있었습니다. 하지만 우리의 선택은 이것입니다. 백상욱 박사님?"

브라이언의 바로 다음이어서 그런지 MIT 출신의 백 박사는 무척이나 왜소해 보였다. 그는 많은 사람들 앞이라 약간은 긴장을 했는지 안경을 고쳐 쓰면서 꾸벅 인사를 했다. 자신이 준비한 영상을 브라이언의 영상에 덧입히면서 그가 설명을 시작했다.

"안녕하십니까, 백상욱입니다. 에…… 저는 파괴적이거나 소모적인 방법 말고 다른 방식을 제안합니다. 우리에게는 세 대의 우주선이 필요합니다. 에…… 먼저 세 대의 우주선이 소행성과 랑데부를 합니다. 그리고 소행성의 적도를 기준으로, 음…… 우주선들이 삼면으로 둘러싸는 거죠. 에……."

긴장을 해서 목이 말랐는지 그는 샴페인을 한 모금 마셨다. 그렇게 알코올이 들어가자 말이 한결 부드러워졌다.

"그 후 우주선들을 서로 연결합니다. 그 연결된 케이블로 소행성에 흰색의 특수 페인트를 뿌립니다. 자동차의 자동 세차기에서 세척액을 뿌리듯이 말이죠. 단, 우리가 원하는 지점에만 분사해야 합니다. 그렇게 되면 태양에서 나온 빛이 소행성에 부딪치면서 튕겨져 나가게 됩니다. 이 광자들이 튕겨져 나가는 힘으로 서서히 소행성의 궤도를 수정할 수 있게 되는 겁니다. 너무 많은 궤도 수정이 일어났다 싶으면 검은색 페인트를 뿌려서 수정을 하면 됩니다. 케이블에 달려 있는 페인팅 머신이 움직이면서 궤도 변경에 필요한 부분만 페인팅을 하는 것이지요. 궤도를 정확하게 잡은 후에는 우주선 두 대가 도킹을 시도합니다. 미리 만들어둔 도킹포트에 말입니다. 도킹을 한 후에는 역추진 분사를 통해 지구궤도에 복귀하게 됩니다."

화면에는 그의 설명과 동시에 이 포획 과정의 영상이 나타났다. 먼저 소행성에 우주선 편대가 진입하고, 서로의 몸통을 연결해서 페인팅을 하는 모습이 나타났다. 페인팅 머신이 케이블을 따라 이리저리 이동하면서 궤도 수정을 위한 작업들을 해나갔다. 그렇게 흰색으로 칠해진 소행성에 광자들이 날아와 부딪쳤다. 그 힘은 소행성의 궤도를 서서히 수정했다. 그리고 페인트의 색상이 바뀔 때마다 광자가 소행성을 때리는 힘과 각도가 변해서 궤도를 또다시 수정할 수 있는 모습도 보였다. 이런 일련의 배송 과정이 간략한 영상으로 소개됐다.

"박사님 감사합니다. 맥, 이 방법이 가장 합리적이고 덜 소모적인 방법이에요. 다른 설명이 필요한가요?"

이에 그가 대답했다.

"아니. 아주 재밌는 방법이군요. 확실히 군인들처럼 충돌시키고 때려부수지 않아서 좋습니다. 뭐든지 꾀어 올 때는 서서히, 그리고 부드럽게 해야 완전히 내 것이 되는 법이니까요."

그런 다음 무언가에 홀린 듯한 표정을 지으면서 읊조렸다.

"서서히…… 천천히…… 부드럽게……."

나중에 알게 된 얘기지만, 그는 우리의 소행성 포획 과정에서 돈을 봤다고 한다. 그것도 어마어마한 금액을. 어떤 소행성은 백금으로 이루어져 있기도 한데 그 가치는 무려 5조 달러에 달한다. 그는 우리의 소행성 포획 과정에서 그 가능성을 봤고, 그 자리에서 소행성 배송 사업을 구상했다고 한다. 정말이지 돈 냄새를 맡는 재주 하나만큼은 인정해줘야 한다.

13.
내일은
변기 수리를 해야 함

2021년 11월 16일

소행성 포획 미션 139일 차, 맥 매커천

    살다 보니 별걸 다 보게 된다. 아까 본 장면은 아마 내 인생에서도 길이 남을 명장면이 될 듯싶다. 아무래도 우주는 짜증 나게 넓으니까 지구보다는 볼거리가 많은 것 같다. 예를 들면 찌찌가 여덟 개인 외계인이라든지, 『어둠의 왼손』에서처럼 성별이 중성인 불쌍한 종족이라든지, 바퀴벌레 외계인이나 모든 여인네의 얼굴이 마고 로비 수준인 아름다운 행성이라든지. 내가 본 게 이렇게 깜찍한 모습이었다면 얼마나 좋겠는가. 그런데 나는, 아아아, 빌리가 응가를 누는 모습을 보고야 말았다.

    화장실로 향한 나는 아무런 생각 없이 커튼을 휙 하고 열었다. 중요한 건 정말 아무런 의도가 없었다는 점이다. 커튼을 열자 빌리가 너무나도 인상적인 모습으로 똥을 싸지르고 있었다. 강아지가 응가를 눌 때처럼 뒷다리를 앞다리 쪽으로 당겨서 발사 자세를 잡는 모습으로 말이다. 게다가 무중력상태인지라 공중에 둥둥 떠 있었단 말이다. 그뿐만이 아니다. 엉덩이에 붙어 있는 아폴로 배변 봉투는 또 어떻고. 빌어먹을 빌리의 엉덩이는 나를 향해 떠 있었는데 몇몇 덩어리가 투명한 봉투 안에서 이리저리 튀어다니고 있었단 말이다. 또한 그 순간에 새로운 아이 한 덩어리도 세상에 모습을 드러내고 있었으니…… 아아, 우주인 맙소사. 상상이 되는가. 당신이 식사 시간 바로 직전에 이 일지를 읽게 되기를 몹시 바라는 바이다.

내 입에서는 당연히 욕지거리가 튀어나왔고, 빌리의 입에서는 더욱 험악한 외계 언어가 쏟아졌다. 뭐, 이해는 됐다. 민감한 상황에서 상대방의 손에 카메라가 들려 있었으니. 문제는 이것이 끝이 아니었다는 점이다. 빌리는 분노로 가득찬 얼굴로 몸부림을 쳐댔고, 당연히 그 몸부림에 그의 엉덩이에 붙어 있던 아폴로 배변 봉투가 떨어져 날아갔다. 이번에도 똥 됐다. 다수의 탈주범들이 탈출하는 모습이 나의 눈앞에서 펼쳐졌다. 왕복선은 똥 됐다. 이것이 내 눈앞에서 펼쳐졌던 오늘의 모습이다. 후…….

일단 눈에 보이는 탈주범들은 모두 검거해놓았고, 내일은 변기 수리를 해야 함.

나는 이제 일찍 자겠음.

다들 똥 꿈 꾸시길.

소행성 포획 미션 140일 차

눈을 뜨자마자 목이 마르고 배가 고팠다. 난 빌리처럼 아폴로 배변 봉투를 이용하고 싶지 않았다. 그래서 사건 이후로 음식과 물은 입에도 대지 않았다. 부끄럽지만 기저귀도 이용했다고 용기 내서 밝혀두는 바이다. 소변 수집 장치는 콘돔형과 기저귀형 두 가지가 있는데, 나는 콘돔형을 이용하지 않는다. 그런 디자인에는 그에 걸맞은 쓰임새가 있는 법이다. 나는 그렇게 믿는다.

소변을 보고는 토머스가 보내준 변기 수리용 동영상을 확인했다. 이건 뭐 수리가 아니라 대공사 수준이었다. 화장실의 한쪽 바닥을 전부 들어내야만 했다. 과정이 복잡하기에 모니터를 옆에 두고 동영상을 보면서 하나씩 해결해야겠다는 생각이 들었다. 그리고 실제로 그렇게 했다.

작업은 빌리의 기상 직후부터 시작됐다. 우선 우리는 변기의 수리를 위한 장비를 챙겼다. 전동 스패너, 망치, 덕트 테이프 따위의 연장들과 장갑과 마스크, 그리고 고글을 챙겨 썼다. 장갑은 더러운 오물을 만져야 하니 라텍스 장갑을 꼈고, 고글과 마스크는 누적된 오물들이 눈, 코, 입으로 들어갈까봐 착용했다. 여기는 오물들이 둥둥 떠다니는 꿈과 환상이 가득한 나라니까.

나는 동영상을 한 장면씩 멈춰가면서 작업을 진행했다. 먼저 전동 스패너를 이용해 변기의 고정용 바닥 볼트를 풀었고, 그 볼트를 빌리에게 넘겨줬다. 변기를 해체시킬 때마다 나오는 부속품들을 파트별로 구분해서 봉투에 따로따로 보관해야만 했다. 아무래도 부속품들이 둥둥 떠다니다가 사라져버리기라도 한다면 그야말로 똥 되는 일이 아니겠는가. 볼트를 넘겨주자 빌리는 그것을 봉투에 담아 두었고, 그런 다음 벽면 벨크로에 붙어 있는 모니터를 조작해 동영상을 틀었다. 한 장면이 끝나자 빌리는 정지 버튼을 눌렀다. 나는 그 동영상을 보고는 창고로 연결된 흡입 배관 라인과 변기의 본체를 분리했고, 또한 고정 볼트를 빌리에게 넘겨줬다. 이 과정은 계속해서 이어졌다.

어쨌든 이런 지루한 과정이 한 시간 30분쯤 이어지자 변기는 완전히 해체됐고, 나의 오른쪽 엄지발가락에는 물집이 잡혀 있었다. 집중을 하느라 발고정대에 피부가 쓸리는 줄도 몰랐던 것이다. 해체하고보니 노스트라 토머스의 예언은 적중해 있었다. 역순환이 되지 않도록 설계를 했다지만, 배설물 보관 장치로 완전히 흡입되지 않았던 미세한 오물들은 막지 못했던 것이다. 둥둥 떠다니는데 별 수 있겠나. 전기장치와 모터, 그리고 흡입구에 진한 갈색 형태의 오물들이 잔뜩 들러붙어 있었다. 마치 설탕이 프라이팬에 녹아서 타버린 것처럼 말이다. 그 들러붙은 오물들이 전자 장비와 모터에 과열을 유발했다. 어찌나 노릇하게 잘 구워졌는지 이것들을 긁어내는데 고생깨나 했다. 나는 만능형 도구인 맥가이버 칼로 들러붙은 오물들을 긁어냈다.

민감한 전자 장비와 회로들을 망가뜨리지 않게 긁어내는 건 여간 힘든 일이 아니었다. 내가 긁어낸 오물들은 빌리가 진공청소기를 이용해서 빨아들였다. 그는 아폴로 배변 봉투의 경험자답게 진지한 자세로 작업에 임했다. 평소의 괴짜 같은 모습은 보이지 않았다. 그는 평소와는 다르게 묵묵히 나의 손을 거들었다. 그렇게 두 시간이 넘도록 아등바등하면서 오물들을 제거했고, 한 시간 만에 해체했던 변기를 재조립할 수 있었다. 조립 과정이 마무리돼가자 해냈다는 성취감과 기쁨이 커져만 갔다. 우리는 빌어먹을 변기 수리를 해냈다! 만세! 야호……일 줄 알았나? 과연, 조립이 끝나자마자 성취감과 동시에 나에게 또 하나의 감각이 느껴지기 시작했으니…….

어릴 때 다들 이런 경험 한번쯤은 해봤을 것이다. 집에 가는 길에 뭔가 마려운데 꾹 참는, 그리고 집에 다가갈수록 그 불길함이 강렬해지는 느낌. 그러다가 집이 보이기 시작하면 느껴지는 커다란 안도감. 그리고 그 안도감이 불러일으키는 집 바로 앞에서의 대참사. 그렇다. 나의 부교감신경들이 기능을 제대로 하기 시작했다. 상관은 없었다. 나는 마지막까지 잘 견뎠고, 이제 전원을 연결해서 변기 뚜껑을 열어보는 검사만 남았으니까. 우리는 이 영광의 순간을 다른 왕복선들과 지구와 함께 나누기로 마음먹고, 뚜껑을 열어서 변기가 재작동하는 모습을 동영상으로 찍어서 보내주기로 했다. 나는 뚜껑을 여는 영광을 아폴로 배변 봉투 체험자인 빌리에게 양보했다. 내가 카메라를 들고 빌리에게 말했다.

"빌리, 지금 찍고 있어. 이 기쁨의 순간을 한마디로 표현해봐!" 그러자 빌리는, "글쎄…… 뭐라고 해야 하낭. 아 몰랑! 아폴로, Fuck! 봉투, Fuck! 그딴 건 필요없엉!" 대충 이딴 식으로 말했다. 이무튼

146

변기 수리가 완료되자마자 빌리는 평상시의 모습을 바로 되찾았다. 그러고 나서 그는 환하게 웃으며 변기 뚜껑을 열었다. 우리는 카메라로 그 장면을 초고화질로 촬영하고 있었다.

아아, 이 영광스러운 순간이여! 빌리가 뚜껑을 열자 내가 뭐라고 했는지 아는가.

"팰로앨토. 문제가, 문제가…… 생겼다. 난…… 똥이 마렵다."

아아, 저 우라질 변기가 작동하지 않았다. 덕분에 나의 부교감신경들은 점점 제 기능을 하기 시작했고 나는…… 나는…… 후, 정말이지 나 정도 되니까 버텨낸 것이다. 나는 빌리에게 아폴로 봉투를 가져다달라고 점잖게 말했다. 아주 나지막하게.

"빌리! 그 빌어먹을 아폴로 주머니…… 좀 가져다……줘. 얼른!"

소행성 포획 미션 141일 차

오늘은 모든 게 귀찮기 때문에 짧게 일지를 쓰겠다.

변기: 배송관을 뽑아서 뚫어놓았음. 아무래도 빌리의 단단한 똥이 배송관에 걸려서 굳어버렸던 것 같음. 그리고 그 똥에 내 연약한 조직의 똥이 유입, 뭉쳐지면서 굳어진 참사였음. 배송관의 중간이 완전히 막혀 있었음.

아폴로 봉투: 성공적. 다만 영혼까지 탈탈 털린 기분임. 저건 정말로 아니라고 봄. Tip. 중절모 모양의 아폴로 봉투에 양말을 넣었더니 소변을 봐도 소변이 튀질 않음. 기저귀 패드처럼 소변을 양말이

흡수함. 양말의 재활용은 아폴로 배변 봉투로!

정리: 변기는 소중함. 우주에서 인간다움을 유지시켜줌. 변기 개발자에게 노벨평화상을!

소행성 포획 미션 148일 차

요즘 들어서 무척이나 우울하다. 책을 보고 영화를 보고, 심지어 음란마귀 동영상을 봐도 이 우울함은 가시질 않았다. 그래서 어제 밤에 잠을 자기 전에 곰곰이 생각을 해봤다. 왜 이렇게 우울해졌을까, 하고 말이다. 뭐, 답은 뻔했다. 지구가 그립기도 했고, 중력이 그립기도 했고, 딱히 할 게 없어서 심심하기도 했으니까. 하지만 가장 큰 이유는 빌리가 빌어먹게 부러웠기 때문이었다. 빌리는 요새 하루 종일 싱글벙글이다. 곧 태어날 아기 때문이다. 어찌나 싱글벙글한지 나의 짓궂은 장난에도 언제나, '하하호호히히'였다.

나는 무심결에(정말이다) 똥반죽으로 곧 태어날 아기의 얼굴을 빚어서 빌리에게 보여줬다. 보여주는 순간 아차 싶었지만 그의 반응은 역시나 '하하호호히히'였다(사실 그럴 줄 알고 있었다). 그게 문제였다. 빌리가 행복해하는데 나는 행복할 일이 없으니 우울한 것이다.

외로운 우주에 있다보면 새 생명의 축복이 더욱 크게 느껴지기 마련이다. 그래서 지금 반성 중이다. 어떻게 이런 몹쓸 생각을 했는지. 나 원 참, 축하하기는커녕 빌리가 부러워서 우울해하다니. 오늘은 빌리를 열심히 도울 생각이다. 그래야 할 것만 같다.

소행성 포획 미션 149일 차

정말로 진지하게 뭔가 방법을 찾아봐야겠다. 이 상태로는 정말이지 심심해서 미쳐버릴 것 같다. 뭔가 알차고 재밌게 시간을 보낼 일들이 필요하다. 나뿐만이 아니라 다른 왕복선들의 동료들도 심심하다고 난리가 났다. 리더는 조직의 일거리를 찾아줘야 하는 법. 우리 우주 해적단의 즐거운 항해를 위해서 고민을 때려봐야겠다. 중세의 선원들은 선장이 못 미덥거나 너무 항해가 길어지면 무료해져서 반란을 일으키지 않나. 덜덜덜…… 아무래도 참고 서적을 살펴봐야겠다. 그래서 오늘 저녁에는 『원피스』를 보면서 루피의 항해 리더십을 배울 생각이다. '고잉 메리호'에는 언제나 즐거움이 가득하다!

소행성 포획 미션 150일 차

빌리의 표정: (^_^)v

나의 표정: (-_-)ㅗ

어젯밤에 잠을 자기 전에도 그의 기분은 최고였는지, "이봐, 맥. 자나?" 하고 물어왔다. 내가 아니라고 말하자 그는, "오호호! 다행인걸. 저 소리 들리징? 우리 아기에게 저 소리를 안 들려줬더라고. 우주왕복선이 아기를 축하해주는 소리 같지 않나?" 그러더니 선내에 조명을 켜면서 한다는 소리가, "우주의 요람 소리 같아" 하고 말했다. 이에 위의 표정이던 나는 당연히 "오! 좋은 생각이야. 아기가 좋아하겠군" 하고 말하면서 침낭 주머니에서 빠져나왔다. 그러고는 "카메라가 어디 있더라?" 하고 말했다.

같은 소리, 다른 느낌. 나는 마음속으로, '요람 같은 소리하고 자빠졌네. 내 귀에는 귀신이 나올 것처럼 을씨년스럽게 들리는구먼' 하고 생각했다. 내가 너무한다고는 생각하지 마시길. 생각만 그랬다는 말이다. 실제로는 기가 막히게 밝은 표정으로 열심히 촬영했으니까.

사실 저 소리는 내 느낌이 더 맞을 것이다. 저 소리는 왕복선이 아프다고 우는 소리지, 아기의 요람을 흔들어줄 때 삐걱거리는 예쁜 소리가 아니란 말이다. 삐거어어억…… 딸깍, 쿠우우우웅…… 끼리리리릭…… 선내에 있다보면 들려오는 소리다. 태양빛을 받는 면과 받지 않는 면의 온도는 무려 섭씨 250도가량이나 차이가 난다. 그러다가 빛이 때리는 방향이 바뀌게 되면 금속들이 수축과 팽창을 반복하면서 저런 소리가 나곤했다. 저 소리는 이렇게 극과 극의 온도차 속에서 왕복선이 질러대는 비명 소리요, 왕복선이 나의 우울함을 공유해주는 소리일 뿐이었다. 거대한 뱃고동 소리와도 비슷했고, 또한 코끼리가 우는 소리와도 비슷하게 들렸다. 저런 소리를 어떻게 긍정적으로 생각할 수가 있는지, 우주 긍정왕인 나로서도 도무지 이해가 되지 않는다. 아무래도 빌리가 '우주 긍정왕' 왕좌의 게임에서 내게 승리를 거뒀지 싶다. 패자는 이제 그만 물러나련다. 이제 나에겐 니코 로빈과 나미가 있다. 그러니 대너리스 정도야 뭐…… 깔끔하게 포기하겠다.

14.
빌리의아기

2021년 12월 4일

소행성 포획 미션 157일 차, 맥 매커천

아무래도 방법을 찾은 것 같다. 대원들이 재미있게 시간을 보낼 수 있는 방법 말이다.

★★

화면에 페덱스1, 2, 3호기의 우주인들이 모두 모여들었다. 무료한 생활 탓인지 예전과는 달리 다들 무표정한 모습이었다. "내가 모두 모은 이유는⋯⋯." 맥 매커천이 입을 열었다. 그는 잠시 말을 멈추더니 화면을 보면서 얼굴을 찌푸렸다.

"오, 이런 우주인 맙소사! 민준, 어쩌다가 그 지경이 된 거야?"

그도 그럴 것이 민준의 머리카락이 잔뜩 떡 진 상태였다.

"대체 언제 샴푸한 거야? 너 우리 중에서 깔끔함이라면 나와 쌍벽을 이뤘잖아."

그의 말에 민망했는지 민준이 어깨를 살짝 으쓱했다.

"우린 규정대로 씻었어요. 머리색이 검은색이라 티가 많이 날 뿐이죠, 대장."

아이오 타쿠미가 민준을 변호했다.

"어쩐 일이시죠?"

민준이 물었다.

"다들 심심하다면서. 왕복선끼리 편을 먹고 체스나 한 판씩 두자고." 그러자 화면에서, "아, 그건 너무 지겨워요" "내기를 할 게 없으니까 재미없어" "맞아. 벌칙도 못 주고!" 같은 볼멘소리가 들려왔다. 그 소리가 줄어들자 조종석에 몸을 기대며 맥이 말했다.

"승부욕이 나질 않으니까 긴장감이 떨어진다, 그거잖아. 그럼 벌칙을 주면 어떨까?"

말을 마친 맥 매커천의 입가에 옅은 미소가 번졌다.

"어떻게 말입니까?"

3호기의 클레몽 마티유가 이해가 안 된다는 듯 눈을 껌벅거렸다. 사실 체스나 카드 게임을 하면서 벌칙을 주려는 시도는 몇 번이나 있었다. 하지만 벌칙의 대부분이 승자가 직접 하는 것이 아니라 걸린 사람의 왕복선 동료가 대신해주다보니까 금방 흥미를 잃었던 것이다. 딱밤을 먹여도 승자가 직접 때리질 못하니 뭔가 아쉽기만 했다.

그리고 흥미가 사라지자 이에 대해서 깊이 고민하는 사람도 없었다.

"EMS 슈트를 이용하려고."

맥이 고개를 화면으로 들이밀며 말을 이었다.

"승부에서 지면, 조종석 앞에서 슈트를 입고 벌칙을 받는 거지. 부들부들의 강도는 상대방이 직접 조절하면 되잖아. 안 그래?"

맥이 말을 마치자 화면이 조용해졌다. 다들 그 모습을 머릿속에 그려보고 있는 중이었다. 그러다가 휘파람 소리가 나더니 "난 찬성!" 하는 소리가 들려왔다. 댄 테일러였다. 그가 입을 떼기가 무섭게 여기저기서 동의하는 목소리들이 들려왔다.

"좋아! 그럼 모두 동의한 걸로 생각할게."

맥이 조금은 짓궂은 목소리로 바꿔서 말을 이었다.

"그럼…… 오늘은 맛보기로 한 판씩만 해볼까?"

그의 말에 모두 미소와 함께 고개를 끄덕였다.

"좋아! 그럼 슈트 가져와서 다시 모이도록!"

효과는 확실했다. 다들 전기 고문을 받지 않으려는 긴장감이 조성됐다. 게임에 진 사람의 아쉬운 탄성이 화면 속에서 울려 퍼졌고, 이긴 사람들의 환호성도 길게 이어졌다. 벌칙을 받는 사람의 비명 소리가 들리면, 하던 게임을 중단하고 모두 화면에 모여들어서 그 모습을 구경했다. 그러고는 벌칙받는 사람의 이름을 모두 함께 연호했다.

빅매치는 빌리와 클레몽의 승부였다. 이 프랑스인과 영국인은 사뭇 진지하게 체스 게임에 임했다. 박빙의 승부가 이어졌지만 결국 빌리의 승리로 마무리됐고, 클레몽은 화면 앞에 슈트를 입고 나타나 빌리의 벌칙을 기다렸다. 그러고는 잠시 후 털기춤을 추면서 허공에서 허우적거리기 시작했다. 전기 자극의 강도가 파장의 굴곡처럼 널을 뛰었는지 중간중간 "야! 이! 아파 죽겠……" "아아아아아!" "너 바로 다시 한 판……" "으으으으으!" "지금 웃으니까 좋지? 웃음이 나오……" 같은 소리가 그의 입에서 쏟아져 나왔다. 이에 빌리는 만족스러운 미소를 지으며 〈서핑 유에스에이〉를 크게 틀어놓았다. 그러자 다시 한 번 이를 지켜보는 이들의 웃음소리가 크게 번져갔다. 그들은 그야말로 오랜만에 실컷 웃고 떠들 수 있었다.

선내에 메시지 수신음이 들려왔다. 이 수신음은 맥 매커천에게 메시지가 왔다는 소리였다. 그는 시끄러운 조종실에서 벗어나 중앙 데크로 몸을 향했다. 그런 다음 자신의 노트북을 열어서 도착한 메시지를 열어봤다. 아내였다. 그의 얼굴에 방금 전의 격한 미소와는 다르게 부드러운 미소가 가득 번졌다. 그는 아내의 사랑이 담긴 글을 기대하면서 메시지를 열었다. 하지만 메시지는 그의 기대와는 다르게 짧고 간결했다. 그리고 아내가 짧게 쓴 문장은 그의 표정을 한순간에 바꿔놓았다. 그는 눈을 돌려서 다시 한 번 읽어봤지만, 짧은 문장에서는 악몽 같은 무게감이 느껴질 따름이었다. 문장을 다시 읽은 그의 눈이 심장처럼 두근거리기 시작했다. 그는 내용이 맞는지 다시 한 번 확인해보고 싶었는지, 나지막한 목소리로 그 문장을 따라 읽었다.

"빌리 씨 아기가 유산됐어."

15.
왜 우주선을 굳이
왕복선 모양으로 만들어?

2020년 10월 25일
안나의 기억 파편

　세상일은 아무도 모른다는 게 정말인 듯싶다. 연구소를 꾸려서 프로젝트의 기본 틀을 만들고, 소행성 포획의 계획까지 결정하고 나자 모든 일들이 일사천리로 진행됐다. 내가 소행성을 포획할 우주선을 논의하고 있을 줄 누가 알았을까. 나는 얼마 전까지만 해도 퍼스트 클래스 좌석에서 이용 안내서를 읽으며 잠이 들던 촌티 나는 학자였을 뿐이다.

　모든 일들이 순탄하지만은 않았다. 브라이언이 선택한 소행성 AC5680을 포획해 오려면 시간이 문제였다. 태양을 타원형 궤도로 돌고 있는 이 소행성은 지구의 태양 공전궤도와 가장 가까운 근지점일 때의 거리가 1.5AU였고, 가장 먼 원지점일 때의 거리는 3AU

나 됐다. 호만궤도상 가장 가까운 근지점일 때를 노리는 것이 이상적인데 그러기에는 시간이 빠듯했다. 그 시점이 내년 7월이었기 때문이다. 우주인들을 선별하고 훈련시킬 시간도 빠듯할뿐더러 우주선을 그때까지 준비하는 것은 불가능했다. 느긋하게 준비해서 포획을 하면 되겠지만, 그러기에는 근지점일 때의 유혹이 너무나도 강렬했다. 포획 완료 시점이 3년에서 길게는 8년까지 차이가 날 테니까 말이다. 천천히 진행해볼까도 생각해봤지만, 그럴 때마다 우주선에까지 T-MARS라고 이름을 붙인 맥의 기업 이념이 나를 노려보는 듯했다. 오죽하면 시간은 화성이라고 정의 내리지 않았겠는가. 우리는 NASA처럼 세금으로 돌아가는 기업이 아니다. 투자국들과 스폰서 기업들이 좋아할 리가 없었다.

내일은 근지점의 유혹을 충족시킬 수 있는 방법이 있는지 회의를 해봐야겠다. 세상일은 모를 일이다. 어디서 우주선이라도 뚝하고 떨어질지 말이다. 뭐, 너무 늦어진다 싶으면 방법이 없는 것은 아니다. 과학적 이득과 경제적 이득을 포기하면 된다. 돈지랄 로켓 쇼를 수없이 반복해서 우주 발사체들을 서로 엮어버리면 되긴 한다. 하지만 그 방법은 맥이 백 퍼센트 반대할 것이다. 이미 소행성 포획 사업에 눈을 뜨지 않았나. 이제 맥에게 소행성 포획은 어부들을 유혹하는 세이렌과도 같을 것이다. 고로, 근지점의 시기를 놓치지 않을 방법이 필요하다.

2020년 10월 26일

자리가 사람을 만든다는 말이 실감난다. 내가 기업과 스폰서들의 눈치를 볼 줄 그 누가 알았을까. 난 닥쳐야 할 때와 꺼져야 할 때를 모르는 과감한 여자란, 아니, 과감한 여자였단 말이다. 아무튼 고민을 해봤다.

'화성 이주용으로 개발 중이던 우주왕복선을 개조할 것.'

T-MARS의 제트추진연구소에는 개발 중이던 우주왕복선이 네 대가 있다. 원래는 2023년 화성 이주를 목표로 제작 중이던 우주선이었는데, 우주 엘리베이터 사업이 시작되면서 제작이 잠시 중단됐다. 그렇다보니 내년 7월까지 사용 가능한 우주선 목록에서 자연스럽게 제외됐다. 하지만 곰곰이 생각을 해보니 화성 이주용 왕복선의 미완성 상태는 전혀 문제가 될 것 같지가 않았다. 왕복선이 미완성 상태인 이유는 착륙용 로켓엔진 때문이었다. 왕복선은 기본적으로 동체가 양력을 받을 수 있게 만들어진 리프팅 바디기인데, 이 리프팅 바디는 지구의 대기권에 진입할 때 동체가 양력을 받아 글라이딩 착륙을 할 수 있게 만든다. 그러나 이 시스템은 대기가 희박한 화성에서는 무용지물이었다. 따라서 화성에 왕복선이 착륙을 할 때는 착륙용 로켓엔진이 따로 필요했다. 그래서 기존의 궤도 왕복선 외형에 착륙용 로켓엔진 기술을 더하려다 보니까 미완성 상태로 남아 있었던 것이다.

그렇다면 여기서 자연스럽게 떠오르는 질문. '아니, 그럼 왜 우주선을 군이 왕복선 모양을 본떠 만들어? 로켓 형태로 만들어서 지구에 착륙을 할 때도 착륙용 로켓엔진을 쓰면 되잖아. 안 그래?' 맞는 말이다. 하지만 외형이 왕복선 모양인 것에는 그만한 이유가 있었다. 첫째는 그렇게 만든다면 연료의 적재 공간 부족으로 일회용 우주선이 된다는 점이다. 착륙과 상승에 필요한 연료의 양은 비등한 수준이다. 그렇기 때문에 중력이 지구보다 작은 화성에서는 어찌어찌 착륙과 이륙까지 할 수가 있을 것이다. 그렇지만 중력이 큰 지구에 귀환할 때는 어떻게 착륙을 할 텐가. 소유스 우주선처럼 캡슐 형태로 분리해서 낙하산을 펼칠 수밖에 없을 것이다. 이런 식의 일회용 우주선은 지구와 화성을 여러 번 오가면서 대규모의 자원을 화성으로 나를 맥의 구상에서 크게 벗어나게 된다. 그리고 잘 알겠지만, 일회용은 뭐든지 비싸다.

둘째. 이게 핵심이다. "멋지잖아. 안 그래?" 맥이 궤도 왕복선의 외형을 원했기 때문이다. 궤도선의 모습이야말로 자신의 로망이었다나. NASA의 궤도 왕복선을 타고 화성을 오가는 것이 어릴 적 꿈이었다는 맥의 소망은 바꿀 수가 없었다고 한다. 개발 비용을 움켜쥔 사람이 직접 왕복선을 타고 화성으로 향할 꿈에 빠져 있었기 때문에, 왕복선의 외형만은 아무도 바꿀 수가 없었단다. 약간 황당한 이유였긴 하지만 이해하련다. 누구에게나 로망은 있으니까. 뭐, 대략 이런 이유들 때문에 개발 중이던 왕복선의 제작이 잠시 늦춰지고 있었다.

하지만 우리의 소행성 포획 계획에서는 착륙용 로켓엔진 따위는 필요가 없다. 즉, 우주에서 튼튼하기만 하면 된다. 그리고 기존의 궤도 왕복선의 외형을 기반으로 만들었다면 더욱 좋은 셈이 될 것 같다. 화물 적재 칸과 로봇 팔, 그리고 장기간의 우주비행을 위한 설비를 실을 공간이 충분할 테니 말이다. 잘만 하면 별다른 선체의 개조가 필요 없을지도 모른다는 생각이 든다. 물론 제트추진연구소에서 가능성의 여부를 판단해야겠지만 말이다. 문의를 해뒀으니 며칠 안으로는 해답이 나올 것이다. 좋은 답변이 나오길 바라고, 바라고, 또 바란다.

2020년 10월 27일

왕복선을 사용할 수 있다면 문제가 될 만한 점이 있다. 그것은 바로 각 왕복선이 고립된 채로 비행한다는 것이다. 한 대의 왕복선에 몇 명이나 탈지는 지켜봐야겠지만 끽해야 2~3명의 우주비행사가 탈 것이다. 넉넉하지 않은 공간에서 3년여 동안 같은 얼굴을 본다고 상상해보라. 끔찍하지 않을까. 아무리 금슬 좋은 부부라 하더라도 결국엔 우주에서 이혼하고 말 것이다. 위험하게 우주유영을 하지 않고도 자유롭게 서로 왕복선을 오갈 방법이 있다면 그나마 좀 나을 것 같다. 이곳저곳을 다니면서 고립감도 피할 수 있고 말이다. 우주정거장의 도킹 모듈처럼 왕복선들을 연결해서 활용할 수 있는 방법을 생각해봐야겠다.

오늘은 탄소나노튜브 케이블 팀, 소행성 포획 팀, 건설 로봇 팀, 3D 프린터 팀, 천체역학 팀에게 우라지게 시달렸다. 연구소장 자리는 나를 보수적인 성향으로 만들고, 진보적인 성향의 몇몇 학자들은 보수적인 나를 물고 뜯지 못해서 난리다. 아아, 일단 잠을 좀 자야겠다. 이런 고민을 하기에는 너무나도 피곤한 하루였다.

2020년 10월 28일

꿈에서 좋은 생각이 떠올랐다. 그것은 바로 왕복선을 로봇 팔로 연결하는 것이다. 그러니까 화물칸에서 뻗어 나온 기다란 로봇 팔들을 연결해서 일종의 연결 틀을 만드는 것이다. 그 틀을 캔버스 재질로 감싸 원통형 통로를 만들면 된다. 원통형 통로를 화물칸 내부에 있는 에어록과 연결하면 우주인들이 우주왕복선을 오갈 수 있게 된다.

이렇게 기분 좋은 상상으로 하루를 시작했지만 그 기분이 오래 가지는 못했다. 양치를 하고 리스테린으로 가글을 하고 나니까 낙관적이기만 했던 몽롱한 정신이 현실감을 되찾았다. 만약 만들어서 연결한다고 치자. 왕복선끼리의 상대 속도 변화로 연결 통로가 부러지면 어떡하지? 에어로크는 우주에 노출될 테고, 그 사실을 모르고 내부 해치라도 열게 되는 날엔…… 그리고 혹시라도 내부 해치가 망가지기라도 한다면? 뭘 어째, 다 죽는 거지 뭐. 에휴…… 불가능한 생각은 아니지만 그렇다고 실행에 옮기기에는 리스크가 너무 크다. 예전의 나였다면 밀어붙였을 테지만, 프로젝트를 이끌고 있는 나는 무척이나 보수적인 성향이 됐단 말이다. 꿈에서는 안전해 보

였을지 몰라도 현실로 돌아와서 생각해보면 완전하지 못한 생각들
이 너무나도 많다. 역시나 이불 밖은 위험하다.

2020년 10월 29일

금발 변태의 표정이 수상하다. 원래 이상한 놈이긴 했지만 근래
에 들어서 표정이 더욱 수상해 보인다. 뭐랄까, 나를 바라보는 표정
이 수줍어 보인다고나 할까. 하긴, 착각일 것이다. 여성 편력에 있어
서 전투적인 유전자를 지닌 저놈이 여자에게 부끄러운 감정을 느낄
리가 없다. 그러고 보니 요새 금발 변태와 여유로운 대화를 나눠본
지가 꽤 된 듯하다. 나도 바빴지만 맥도 엄청나게 바쁜 상태인 듯했
다. 무인 자동차의 상용화가 코앞으로 다가왔고, 우주 엘리베이터의
투자국들과 마지막 조율을 앞두고 있기도 했다. 그리고 얼핏 듣기
로는 인터넷 렌즈의 상용화에도 매달리고 있다고 들었다.

오늘은 건축공학 팀과 주로 대화를 나눴다. 안건은 주로 우주 엘
리베이터 승강장 건설과 그 주변 인프라에 집중됐다. 승강장 건설
은 쉬울 줄 알았으나 실상은 그렇지가 않았다. 엄청나게 긴 케이블
을 고정시킬 지지대를 만들고, 사고가 나서 케이블이 끊어지는 사
고가 났을 때의 안전 기술 확보는 생각처럼 쉬운 일이 아니었다. 건
축공학 팀은 낚싯대의 릴처럼 케이블을 빠르게 감아서 안전하게 회
수할 방법을 얘기하는데 그게 가능할지는 잘 모르겠다. 나의 머리
는 각 팀별로 제안한 안건들로 인해서 과부하가 걸려 있는 상태다.

왠지 왕복선의 사용이 가능한지를 알게 될 때까지는 머리가 굳어 있을 것만 같다. 지금 나의 가장 큰 관심사는 왕복선, 왕복선, 그리고 또 왕복선이다. 어쨌든 주변 인프라로 우주 스테이션 건설을 위한 선적장과 3D 프린터를 이용한 스테이션 부품 공장 등이 필요하다. 다행인 점은, 주변의 태양광발전소에서 생산된 전력을 무한대로 뽑아 쓸 수 있다는 점이었다. 엘리베이터 구동에는 엄청난 전력이 소모될 텐데 그에 대한 전력 공급은 해결된 셈이었다.

소회의실에서 열린 회의는 나의 과격한 반응으로 종료됐다. 건축공학 팀이 발전소 너머로 건설될 건물들을 창문에 그려넣으며 말했다.

"그래서 말입니다. 모든 건물들의 완공 소요 시간은 5년입니다, 박사님. 생각보다 빠르지요?"

그 말을 듣고 난 후의 자동적인 나의 반응.

"뭐라고요? 저 빌어먹을 건물들이 5년이나 걸린다고? 염병할! 3년으로 줄여요! 2억 3천만 킬로미터 떨어진 돌덩이를 주워 오는 것도 3년이라고요! 3년! 나 원 참. 어이가 없네!"

2020년 11월 1일

설레발은 언제나 위험하다. 하지만 설레발은 다가오는 미래를 대비할 수 있는 원동력이 되기도 한다. 그렇기 때문에 지금은 설레발을 좀 치련다.

"아아아아아! 왕복선! 왕복선! 대체 가능한 거야, 아닌 거야!"

지구의 태양 공전궤도와 소행성의 태양 공전궤도 사이에는 늘 상대적인 위치 변화가 일어난다. 그렇기 때문에 왕복선 발사의 황금 시기인 내년 7월을 놓치게 된다면 소행성의 포획 시점은 상대적으로 늘어날 수밖에 없다. 성격이 급한 나로서는 미치고 환장할 노릇이었다. 그러다보니 요새 나의 머릿속은 쌔끈한 왕복선의 모습으로 가득했다. 그래도 모든 일은 가능하다는 전제하에 대비를 해둬야 하지 않겠나 싶었다. 대비를 해야 그만큼의 시간을 절약할 수 있다. 꿈만 꾸는 자는 언제나 속도에서 뒤쳐지기 마련이니까.

그러니 장기간의 우주여행에서 문제점이 될 만한 것들을 생각해보겠다. 식량문제나 엔진의 추진력 문제, 그리고 복잡한 궤도 역학 따위의 문제는 내 분야가 아니니 일단 제외하겠다. 내 관심사는 얼마나 안전하게 임무를 수행할 수 있는지에 대한 것이다. 가장 큰 문제가 될 만한 것들은 우주인들이 무중력 공간에서 장시간 생활을 한다는 점. 그리고 고에너지 입자들. 그러니까 헬륨 원자핵, 중성자, 양성자들이 우주인의 몸을 수없이 때린다는 점을 들 수 있겠다. 그리고 장기간의 항해로 노후화된 왕복선의 부품 교체 및 수리 정도가 되지 않을까 싶다.

먼저 중력의 문제부터 고민해보겠다. 중력이 사라지면 근육의 손실이 진행되고 골다공증이 생기게 된다. 사실 근육의 손실은 (화성에 착륙해서 중력에 저항하는 것이 아니기 때문에) 우리의 임무에는 큰 문제가 되지 않는다. 어차피 무중력에서는 누구나 손가락으로 피아

노를 들어 올리는 슈퍼맨이 아닌가. 그러나 골다공증은 다르다. 근육의 손실과는 달리 골다공증은 정말로 심각한 문제를 일으키게 된다. 골다공증이 일어나면 뼈에서 빠져나간 칼슘이 혈액 속으로 유입되기 시작한다. 이 고칼슘혈증은 여러 가지 임상적 문제를 유발하는데, 이와 관련된 대표적인 질병은 다음과 같다. 변비, 긴뼈들의 통증, 신장결석 그리고 정신병적 우울증. 여기서 우리는 정신병적 우울증에 주목해야 할 필요가 있다. 가뜩이나 우주 방사선들이 머리를 때려대는데 그 증상까지 나타나면 더욱 위험에 빠지게 된다.

그래서 나는 예방주사를 놓기로 했다. 정신질환에 예방주사가 웬말이냐고 묻는 사람들에겐 이렇게 말을 하고 싶다. '약이란 게 꼭 먹거나 주사해야 약이야?' 영화 〈스페이스 오디세이〉의 56분 6초 장면을 보면(조심하시길, 나는 초 단위까지 기억하는 여자다) 이런 장면이 나온다. 회전하는 선내에서 발이 붙은 채로 뛰어다니는 장면 말이다. 그렇다. 왕복선 내부에 인공중력 구간을 만드는 것이다.

하지만 지금은 그렇게 큰 우주선을 제작할 수 없으므로 다른 방법을 생각해봤다. 그것은 바로 선내에 팔이 짧은 원심분리기를 설치하는 것이다. 우주에서 중력을 예방약처럼 하루에 한 번씩 복용해도 된다는 개념이다. 대략 3미터 크기의 원심분리기를 이용해서 처방용 인공 중력인 3G가량을 만들어내서 말이다. 계산을 해보니 3G를 만들어내려면 초당 0.7바퀴를 회전시켜야 했다. 그러니까 한시간 동안 중력 처방을 받는 사람이 회전하는 횟수는 2400뱅글뱅글……

왕복선들을 로봇 팔로 연결해서 원심력을 만들어볼까도 생각해 봤지만, 내년 7월까지 그에 따른 구조적 결함을 해결할 수는 없을 것 같다. 그리고 그렇게 연결하면 우주선의 모양이 삼각김밥 같지 않겠는가. 왕복선이 로봇 팔로 이어져서 만들어진 흰색 테두리는 '밥'이고, 뻥 뚫린 가운데의 우주는 '김'이고, 김에 붙은 소금은 반짝이는 '별들'이라고 치면 딱일 것 같다. '지구 최초의 인공중력 우주선 삼각김밥 1호!' 대략 난감한 이름이다. 삼각김밥 1호도 깔끔하게 포기하련다.

2020년 11월 2일

오랜만에 집에서 잠을 잤더니 피곤하다. 업무에 시달리는 30대 중반의 독신녀들이라면 말하지 않아도 눈치를 챘을 것이다. 집이 직장보다 더럽다는 사실 말이다. 화학 공장 수준의 오염도라고나 할까. 때문에 오랜만에 집에 들어선 나는 미간을 찌푸릴 수밖에 없었다.

"이게 무슨 냄새야!"

피곤함에 절어 있던 나는 온갖 욕설을 퍼부으며 냄새의 근원지를 찾아 헤맸다. 썩어 들어가는 냄새의 원인은 우유였다. 아침에 시리얼을 먹다가 그냥 나온 것이었다. 먹다가 무슨 생각이라도 했었는지 시리얼 그릇에는 퉁퉁 불은 채로 굳어버린 알갱이들이 가득했다. 가끔씩 겪는 일이긴 했지만 이렇게 썩어 들어갈 때까지 방치해둔 적은 처음이다.

아무튼 냄새가 지독했다. 나는 창문을 열어서 환기를 하고, 냄새가 진동하는 오염 물질들을 변기에 넣어 뚜껑을 닫고 물을 내렸다. 그리고 그 씻기가 두려워 보이는 플라스틱 시리얼 그릇을 지퍼락에 넣어 밀봉하는 데 성공했다. 그러고는 쓰레기통에 던져버렸다. 방독면을 쓰고 설거지를 할 수는 없었다. 그리고 난 뒤, 나는 (믿어지지 않겠지만!) 청소기를 돌렸다. 환기를 시키는 김에 먼지 청소까지 해야겠다는 생각 때문이었다. 아아, 이렇게 팔자에도 없는 집안일을 하다보니 평소보다 더 피곤했다.

아무튼 오늘은 우주 방사선 방어에 대해서 고민해보겠다. 회의를 열어서 함께 고민하면 좋을 테지만 지금은 그럴 수가 없었다. 왕복선이 사용 가능한지를 알아야 사업 진행을 할 수 있다. 빌어먹을 제트추진연구소에서는 아직도 답을 주지 않았다. 그래도 물어볼 사람이 없는 것은 아니다. '다스베이더' 넬슨 스미스에게 의견을 물어보는 것이다. 입자물리학 전공이니 나보다는 더 잘 알 것이다. 넬슨은 유럽 입자 물리학 센터(CERN)에 파견을 가 있었기 때문에 문자메시지로 물어봤다.

-윌, 거긴 어때? 뭣 좀 물어보려고.

-원데?

-소행성 포획을 할 때 말이야. T-MARS의 우주왕복선을 이용하면 될 것 같거든. 그래서 말인데, 우주 방사선을 막을 방법이 없을까 해서. 좋은

생각 있어?

　-우와, 킹왕짱인데! 잠깐만. 고민해볼게.

　-응. 그래. 고민해봐. 나는 케이블 팀하고 회의 좀 하고 올게.

회의가 끝날 즈음 넬슨에게서 메시지가 도착했다.

　-Shit.

염병할? 똥? 회의 중이던 나는 넬슨의 말뜻을 이해할 수가 없었다. 똥이라고만 보냈으니 알 턱이 없지 않겠나. 궁금함을 견디다 못한 나는 회의가 끝나자마자 넬슨에게 전화를 걸었다. 지금으로서는 욕을 한 건지, 똥이라는 건지, 해결하기가 어려워서 나온 감탄사인지 알 수가 없었다.

"회의 끝났어? 말 그대로 똥이라고."

"똥? 그게 무슨 말이야?"

내가 어이없다는 표정으로 되물었다. 그러자 넬슨이 대답했다.

"응. 똥. 왕복선 안에서 해결할 수 있을 게 뭐가 있을지 고민했거든. 왕복선 외부를 전자 코일로 둘러싸서 자기장 방어막을 펼칠 수 있는 게 아니잖아. 기술도 안 되고, 무게도 엄청나고. 납으로 방호 구역을 만드는 건 말도 안 되는 일이야. 우주정거장에서는 지구의 자기장에 보호를 받아서 가벼운 방사선뿐이잖아. 그때는 납이 도움이 되긴 해. 근데 우리는 무거운 입자들을 막아야 하잖아. 금속은 무거운 입자들이 쪼개져서 더 위험할 뿐이야. 고로 다른 게 필요해."

"좋아. 해결했구나? 그래서 답이 똥이야?"

똥을 입에 담기에는 부적절한 표정이었지만 환하게 내가 물었다.

"응. 무거운 입자들을 막기에는 탄소와 수소가 좋잖아. 물이 좋기는 한데, 우주선은 무게가 생명 아니겠어? 그래서 우주인들이 안에서 볼일 본 것들을 재활용하자는 거지. 방법은 간단해. 모아서, 말려서, 배치하면 돼. 아! 말릴 때 주의해야 할 점은, 겉은 바삭, 속은 촉촉하게 구워야 한다는 거야. 똥에도 수분이 많으니까 그걸 이용해야지. 그치, 캡틴?"

그의 말에 환하게 웃으며 내가 말했다.

"겉은 바삭, 속은 촉촉이라, 치킨이냐! 하여튼, 넌 천재야, 윌!"

넬슨의 아이디어를 듣자 오랜만에 머릿속이 시원해졌다. 머리가 똥으로 자극을 받자(틀린 말은 아니잖아!) 추가적인 생각이 들기 시작했다. 우주 방사선을 막아줄 똥을 폴리에틸렌 재질로 감싸는 것이다. PVC(이른바 비닐)도 고에너지 입자들을 방어하는 데 효과가 있다. 왕복선 외부에서 쪼개진 고에너지 입자들을 폴리염화비닐이 한 번 걸러주고 겉은 바삭, 속은 촉촉한 똥들이 한 번 더 방어해주는 것이다! 근데, 똥을 어떻게 겉은 바삭, 속은 촉촉하게 굽지? 연구소의 수석 요리사인 피트 씨에게 물어봐야겠다. 그의 미디엄레어 스테이크는 엄청나게 바삭바삭 촉촉하다.

아아, 똥까지 활용하려던 나의 계획은 수포로 돌아갔다. 제트추진연구소에서 연락이 왔다. 내년 7월까지는 왕복선의 안정성을 보장할 수 없어서 왕복선을 사용할 수가 없다고 한다. 지금까지 행복한 고민을 하게 해줬던 왕복선에게 고마웠다는 말을 전하고 싶다.

16.
빌리는
조울증에 걸렸다

2022년 1월 6일

소행성 포획 미션 190일 차, 맥 매커천

　오늘은 별것도 아닌 일을 가지고 ARMCR에 욕설을 퍼부었다. 욕을 한 바가지나 퍼부었더니 조금은 개운한 기분이 든다. 분명히 머스터드소스 튜브를 꺼내 들었는데 케첩이 나오니까 화가 치밀어올라 참을 수가 없었다. '케첩이 잘못했네. 왜 남의 집에 들어가 있는 거야!' 하고 넘어가면 될 일을 가지고 그 난리 블루스를 떨었다. 상황이 창피한 관계로 내가 내뱉었던 욕설은 언급하지 않겠다.

　요새 스트레스를 많이 받다보니까 풀 곳이 필요했다. 우주비행사들은 우주에서 받는 스트레스를 관제소에 욕을 하며 풀곤 한다. 우리들만의 전통이랄까. 뭐 목숨이 걸려 있다보니까 관제소의 직원들도 그러려니 하는 분위기이긴 했다. 그것도 그들의 주요한 업무이다. 하지만 그들에게 미안한 건, 미안한 것이다. 일지를 쓰기 전에 미안하다는 메시지를 보냈다. 잘못한 걸 바로잡기엔, 내일은 언제나 늦는 법이니까. 사과할 줄 아는 용기야말로 진정으로 고귀한 행동이라 하지 않나. 우주의 생활은 지독하게 외롭고, 따분하고, 우울하다. 아무래도 빌리의 상태가 좋지 않기 때문에 그런지 더욱 그렇게 느껴진다.

빌리의 상태는 아기가 유산된 이후로 점점 악화돼갔다. 비행 의학관 글러브의 말에 따르면, 우주에서 아기를 잃었다는 심리적 충격에 고칼슘혈증과 우주 방사선이 복합적으로 작용한 결과란다. 그는 아무것도 아닌 일에 들떠서 기쁨을 표출했고, 때로는 분명히 기분 좋을 일에도 분노를 표출하거나 슬퍼했다.

빌리는 우주 조울증에 걸렸다. 그리고 그의 옆에 있는 나는······ 일지를 종료하겠다.

★ ★

맥 매커천은 모아둔 배설물에 살균제 처리 과정을 마치곤 창고에서 올라왔다. 빌리에게는 비교적 간단한 업무인 두개골에 침투된 방사선량 체크를 맡겼다. 그가 생각하기에 빌리는 따분한 일에 집중할 만한 상태가 아니었다. 그렇다보니 웬만한 일들은 그가 도맡아서 하고 있던 중이었다. 창고에서 올라온 그는 뭔가 잘못되고 있다는 것을 곧바로 직감할 수 있었다. 타는 냄새가 선내에 가득했다.

"이게 무슨 냄새지?"

그가 코를 킁킁거리며 말을 이었다.

"어이, 빌리! 이게 무슨 냄새야? 너 지금 어디야?"

그러자 빌리의 흥얼거리는 노랫소리가 들려왔다. 아델의 〈롤링 인 더 딥〉이었다. 그는 귀를 기울여 소리가 나는 쪽을 두리번거리면서 살펴봤다. 역시나 화장실 방면이었다. 그는 근처의 화장실 방면으로 이동해 화장실의 커튼을 차르륵 열어젖히며 말문을 열었다.

"야, 빌리! 너 대체 뭘 하는……."

빌리를 보게 된 맥은 순간적으로 말문이 턱 하고 막혀왔다. 그도 그럴 것이 빌리는 무릎까지 바지를 내린 상태였고, 자신의 페니스를 손에 들고 있는 소변 흡입기 튜브에 깊숙이 넣어둔 상태였기 때문이다. 그리고 분리된 소변 깔때기는 빌리의 머리 위에서 둥둥 떠다니고 있었다. 맥은 미간을 찡그리면서 크지는 않지만 긴박한 목소리로 그에게 물었다.

"대체 뭘 하는 거지?"

그러고는 두통을 멈추려는 듯이 손가락을 모아 미간 사이를 짚었다. 그러자 부르던 노래를 멈추며 빌리가 대답했다.

"뭘 하긴. 보면 몰라? 열심히 물 빼고 있잖앙."

그의 목소리가 사뭇 경쾌했다.

맥은 한참 동안이나 그 모습을 바라본 후에야 상황을 파악할 수 있었다. 그는, '소변 흡입기는 진공청소기. 그리고 진공청소기 구멍에 페니스를 넣으면…… 맙소사! 펠라치오를 받는 느낌이 나겠군!'

하고 사태를 파악했다. 그가 그렇게 생각하면서 몽롱한 눈빛으로 눈알을 굴리고 있는데 빌리가 감탄스러운 말투로 입을 열었다. "오오오, 이……" 그가 코와 미간을 순간 찡그렸다.

"아아아, 미쳐버리겠고만!"

그의 입에서 감탄사가 길게 이어졌다. 맥은 한숨을 길게 내뿜었다. 그는 가슴에 텅 빈 느낌이 날 때까지 호흡을 내쉬면서 황망한 표정으로 빌리의 자위를 쳐다봤다. 그러고는 잠시 후, 어깨를 토닥거려줄 때나 나올 법한 말투로 그에게 말했다.

"이봐, 변태. 빨리 끝내고, 잘 마무리한 다음에 나와. 어차피 소변기는 고장 난 듯하니까."

말을 마치자 그의 손이 커튼을 가리기 위해서 힘없이 움직였다.

소행성 포획 미션 193일 차

빌리는 항상 바쁘다. 어찌나 바쁜지 하루에도 여러 가지 일들을 하느라 정신이 없다. 예를 들면 왕복선 후미의 에어록2에 가서 기타와 함께 신나게 노래를 부른다든지, EMS 운동은 건너뛰고 음악을 크게 틀어놓은 채 무중력 댄스로 운동을 대신한다든지, 아니면 아내에게 보낼 영상 메시지를 찍는 일에 하루 종일 몰두하기도 한다. 90년대 시트콤을 틀어놓고선 슬피 우는 일도 있었다.

나는 이런 빌리의 상황을 존중한다. 우주에서 가장 행복한 아빠에서 추락하게 된 빌리의 슬픔은 본인이 아니고서는 짐작조차 하지 못할 일이겠지만. 나는 빌리가 조울증으로 겪는 감정의 진폭만큼, 기쁨과 슬픔의 진폭도 비례할 것이라고 생각한다. 우주에서 육아를 하게 된 기분이지만, 그 정도는 이해하련다.

하지만 오늘 일만은 참아줄…… 아니다. 참겠다. 변기가 고장 난 일이 어디 한두 번이었는가. 고장이 나면, 그저 고치면 된다. 소변 흡입구를 이용해서 자위를 하다가 소변기를 망가뜨린 것쯤이 뭐 대수겠는가. 빌리의 페니스가 소변 흡입구를 막은 상태였기 때문에 소변기의 모터가 과열된 것 같다. 그 결과 내부에서 모터가 타들어가면서 누릿한 냄새가 퍼졌다. 아무래도 진공청소기처럼 쭉 하고 공기를 빨아들이는 느낌에 황. 홀. 하. 게. 좆. 됐. 지. 싶. 다. 얼마나 좋았으면 모터가 타들어가는 것도 몰랐을까.

충격적인 장면을 목격했으므로 소변기 수리는 내일로 미루겠다. 나에게도 인권이란 게 있다. 앞으로 그러지 않겠노라는 확답을 받았지만 나의 일거리가 한 가지 더 늘어난 것만은 분명하다. 그것은 바로 '화장실 간 빌리를 감시하기'. 환장하겠군.

빌리는 나와의 '우주 변태' 왕좌의 게임에서도 승리를 거두었다. 이놈의 창의성은 정말이지…… 대박이다. 빌리의 조울증 상태가 얼른 낫기를 바란다. 그렇지 않는다면, 나의 우주 생활에 어둡고 무거운 먹구름이 끼게 될 것이다.

소행성 포획 미션 194일 차

소변기 수리. 성공적. 죽겠음…… 몸을 쭈그린 채 혼자서 작업을 했더니 오래 걸렸음. 허리가 아주…… 타버린 모터를 교체했고, 소변기 튜브 입구에 들러붙은 오물들을 제거했음. 진짜 더러웠음! 그 우라질 오물의 정체는 빌리의 정액이었음. 모터가 과열되면서 뜨거워진 열기에 노출이 됐는지 굳어 있었음. 찐득한 촉감이 아주…… 딱 빌리를 죽이진 않을 정도만 역겨웠다고 말해두겠음. 그야말로…… 좆같음. 허리가 끊어질 것 같으니 좀 쉬어야겠음. 일지를 종료하겠음.

소행성 포획 미션 200일 차

아아, 망할! 아직도 허리가 끊어질 듯이 아프다. 진통제도 먹어보고 허리에 파스도 붙여보고 EMS 슈트로 마사지도 받아봤지만 아무런 효과가 없었다. 이럴 땐 따끈한 물을 받아놓은 욕조에 몸을 담그는 것만큼 그리운 것이 없다. 하긴, 열두 시간 동안 허리를 굽힌 채로 작업을 했으니 아프지 않을 수가 있겠나. 강조하는데, 나니까 이 정도다.

좋은 소식이 있다. 오늘부터 소행성과의 랑데부를 위한 감속이 진행됐다. RCS 분사를 통해 왕복선의 기수를 반대로 돌렸고, 이제는 왕복선의 엉덩이가 소행성을 향한 채 불을 뿜어내고 있다. 소행성을 마주 보게 될 날이 정말로 얼마 남지 않았다.

소행성을 따라잡아 바다의 해적들처럼 포획, 납치, 공갈, 협박해서 지구로 끌고 가는 거다.

★★

우리 글래머에게

나야. 이렇게 저렇게 생활하다보니까 당신한테 편지 쓰는 것을 며칠 건너뛰었어. 미안해. 당신이 내가 빌리 때문에 고생한다고 걱정하는 것 같아서 이렇게 답변을 보내. 사실 빌리를 어떻게 대해야 할지 잘 모르겠어. 당신 말대로 강제적인 방법을 써서라도 약을 복용시켜야 하는지 고민이 돼. 나는 우주비행사들이 흔하게 겪는 조증 정도로 생각했거든. '며칠 지나면 낫겠지' 하고서 말이야. 그런 증상이라면 내 경험상 약은 도움이 되지가 않더라고. 글러브의 말대로 아이를 잃은 심리적 충격에, 우주 방사선, 고칼슘혈증이 복합적으로 작용해서 그런 증상을 보이는 거라면 어떡하지? 정말이지 그것은 아니길 바라. 약을 권해보기는 했는데, 그게 통할 것 같지가 않아. 무척이나 부정적인 반응을 보이더라고. 감정이 점점 더 널뛰는 것 같았어. 내가 약을 권했더니 복수를 하려고 하더라고.

오늘은 내가 운동을 마치고 땀을 닦아내고 있는데, 빌리가 나한테 물을 건넸어. 투명한 용기에 두 개로 나눠서. 방금 나온 신선한 물이라나…… 아무튼 그거 알지? 연료전지에서 나온 물은 곧바로 먹기가 좀 그런 거. 요오드 성분이 섞여 있어서 물 색깔이 누리끼리하잖아. 냄새도 그렇고. 두

개 모두 그 색깔이었어. 그런데 나보고 둘 중 하나를 고르라고 하더라고. 함께 마시자고. 뭐 운동을 마친 후라 목이 마르기도 했고, 녀석의 행동이 기특하기도 해서 고마운 마음으로 하나를 골라서 마셨지. 근데 그랬더니 빌리의 표정이 이상하게 일그러지더라고. 나중에 알았는데, 둘 중 하나에 자신의 소변을 섞었던 거였어. 내가 운 좋게 물을 집어 들었던 거고. 빌리가 물을 안 마시기에 대충 감이 오더라고. 아무튼 빌리를 잘 설득해서 약을 복용시켜야겠어.

점점 더 감당이 되지가 않아. 가장 좋은 건 그의 아내에게 부탁해서 약을 권해달라고 부탁하는 방법이 될 것 같아. 빌리도 아내를 끔찍하게 사랑하니까. 그런데 아내가 젊다보니까 그런 상황을 어떻게 받아들일지가 또 걱정이야. 이건 고민을 좀 더 해봐야겠어. 당신도 고민해줘. 빌리의 조울증 증세는 절대로 그의 탓이 아니야. ARMCR에도 그 점을 명확하게 알려줘. 아직은 우주 생리학에 무지한 인류의 잘못이고, 알면서도 위험한 상황에 노출시킨 나의 잘못이야. 여섯 명의 모든 우주인들도 누구나 빌리처럼 정신적으로 고통을 받을 수 있었던 거잖아. 단지 빌리가 운이 없었을 뿐이지. 그러니 빌리의 정신이 안정될 때까지 최선을 다해서 도울 생각이야. 내가 불편하고 짜증 나는 것쯤은 빌리가 받는 고통에 비하면 아무것도 아닐 테니까. 그리고 지금 이 우주에서 내가 의지할 사람은 빌리밖에 없잖아. 안 그래? (삐치지는 마. 내 사랑은 당신뿐이니까.)

그리고 무엇보다도, 나는 후회하는 남자가 되고 싶지는 않아. 아, 그건 그렇고 인터넷 렌즈에 당신이 붙인 이름은 정말 훌륭해! 깜짝 놀랐어. 빛을 삼키는 블랙홀의 반대로 빛을 뿜어낸다는 의미의 화이트홀. 정보를 쏟아낸다는 의미로 지은 거 맞지? 그런 생각은 어떻게 했어? '화이트홀 렌즈' 아주 마음에 들어. 그대로 이름을 쓰는 걸로 하자. 사흘 후면 소행성이 눈앞에 보이기 시작할 거야. 당신이 고생이 많았어. 나를 신경쓰랴, 지구에서 우주 엘리베이터 인프라 구축하랴 동분서주했잖아.

'광막하고 고요한 우주에서 소행성을 직접 목도하게 된 최초의 우주인들, 소행성과 최초로 랑데부를 성공한 우주인, 최초로 소행성의 궤도를 변경시킨 우주인, 최초로 소행성 배송에 성공한 우주인, 최초로 소행성과의 도킹에 성공한 우주인……'

나는 이런 가슴 벅찬 날들을 위해서 지금껏 살아왔어. 이런 날들을 맞이할 수 있게 배려해줘서 고마워. 모두 당신 덕분이야. 그런데 웃긴 게 뭔 줄 알아? 심우주에 대한 많은 기대를 품고서 어둠 속으로 나왔는데, 정작 지금 이 순간에는 당신이 그리울 뿐이라는 거야. 당신이 그리워. 중력장의 방정식과 정반대로, 지구에서 멀어져갈수록 당신에 대한 그리움은 점점 커지고 무거워지더라고. 당신을 혼자 남겨두고 온 것이 후회가 돼.

내가 이기적이었던 것 같아. 당신한테 몹쓸 짓을 한 것 같아. 미안해. 그리고 몸 건강히 돌아갈 테니까 너무 걱정하지 마. 나는 한번 뱉은 말은 어떻게 해서든 지키잖아. 돌아가서 당신의 그림자가 돼줄 테니, 너무 염려하지 말 것. 도착하면 당신의 속옷이 핑크 망사였음 좋겠어. 내 취향 잘 알지? 사랑해, 당신만을.

당신의 영원한 우주 변태

17.
초당 5센티미터로
아주 조심스럽게 접근 중

모든 시선이 대형 스크린으로 향했다. 대형 스크린의 분할된 화면으로 1호기의 맥 매커천, 2호기의 신민준, 3호기의 댄 테일러가 보였다. 그들은 각자 상황을 보고하며 소행성과 동일한 궤도에 진입했음을 알렸다. 조종실에서 육안으로도 소행성이 보이기 시작했다. 그들은 조심스럽게 궤도를 따라서 접근 중이었다. 그러나 이 상황은 대략 12분 전에 일어난 일이었다. 안심할 수는 없었다.

안나는 비행 감독관 쿡, 그리고 운행 경로를 분석하는 우주역학 담당관인 브라이언과 함께 회의를 가졌다. 그들은 통신 전송 시간을 고려해서 일어날 수 있는 사고들에 대한 대처 방안을 상황별로 분류했다. 하지만 워낙 시간차가 있는 상황이다보니, 사고에 대한 실시간 통제권은 맥 매커친에게 있었다. 그렇다보니 상황별 프로토콜을 지겹도록 반복하여 정리하는 것만이 이들이 할 수 있는 일의 전부였다. 우주에서는 무슨 일이 벌어져도 놀라운 일이 아니다, 하는 생각만이 실패에 대비하는 최소한의 보험이라는 것을 그들은 잘 알고 있었다.

★★

"정말 대단하군. 실제로 눈앞에 소행성이 있다는 게 믿기지가 않는데?"

3호기의 클레몽 마티유가 말했다.

"진입 경로는 파악했어? 결과가 어때?"

맥이 물었다.

"네, 그런데 문제가 좀 있어요. 소행성에게 딸린 자식들이 몇 있네요. 여기서 눈으로는 안 보였던 파편들이 주변에 퍼져 있습니다."

클레몽 마티유가 말했다.

"아까는 깨끗하다고 하지 않았어?"

"그랬죠. 근데 아까는 우리의 궤적에 파편들이 숨어 있어서 안 보였던 것 같아요. 파편들은 지금 우리 시야에서 우측 방면으로 편중돼 있어요."

이에 맥이 물었다.

"우려할 정도야?"

"많지는 않아요. 지름이 50센티미터에서 5미터 미만인 파편들이 일곱 개가 있습니다. 나머지들은 그냥 부스러기 안개 수준이고요."

클레몽 마티유가 답했다. 맥이 다시 물었다.

"그래도 쉽지만은 않겠네. 좋아, 방법은?"

"팰로앨토. 문제가 생겼다."

말을 마친 클레몽 마티유가 어깨를 으쓱했다.

"좋은 생각이군. 어차피 이런 상황은 예상했잖아. 훈련도 받았고."

"그렇죠. 데이터를 지구에 전송할까요?"

"그래, 보내줘. 수고했어. 좋아! ARMCR에서 해결 방안을 보내줄 때까지 개인 정비 시간들을 가지도록 해. 우주유영 담당자들은 우주복 관리 잘해놓고. 특히 민준, 우주유영은 처음이지? 김 서림 방지제로 헬멧 바이저를 잘 닦아놔. 크리스 해드필드의 교훈 알지?"

"김 서림 방지제가 눈에 들어간 거 말이죠?"

민준이 말했다.

"응, 그래. 많이 따가워."

"어떻게 아세요?"

"나도 우주유영을 처음 할 때 경험했거든. 김 서림을 막아보겠다고 방지제를 잔뜩 뿌렸더니 말이야. 눈이 따가워서 아무것도 안 보이더라고. 그래서 내가 어떻게 한 줄 알아?"

맥이 카메라에 얼굴을 들이밀면서 낮고 퀴퀴한 목소리로 말했다.

"어쩌긴 뭘 어째. 살려달라고 비명을 질러댔지. 내가 가서 구했어.

나중에 헬멧을 벗겨보니까 헬멧 안에 눈물방울이 가득 떠다니더군. 눈은 시뻘겋게 충혈돼 있었고."

3호기의 댄 테일러가 피식 웃으며 말했다.

"그래. 댄이 날 살려줬지. 사실 쪽팔려서 말하지 못했던 것도 있어."

"뭔데요?"

민준이 물었다.

"무섭더라고. 소변 수집기가 고맙더라. 지리지 않게 조심하게."

맥이 다시 한 번 카메라에 얼굴을 들이밀면서 퀴퀴한 목소리로 경고하듯 말했다.

★★

ARMCR은 고요했다. 그 고요함은 스크린에 나타난 소행성 AC5680의 근접 촬영 사진 때문에 깨졌다. 안나는 사람들로 북적이는 ARMCR을 둘러봤다. NASA만큼 많은 인원들은 아니었지만 T-MARS 소속의 관제소 팀원들은 저마다 맡은 일들을 하느라 분주하게 움직이고 있었다. 마치 지금 이 순간을 위해서 살아온 사람들처럼.

안나가 비행 감독관인 쿡에게 고개를 끄덕이자 그 역시 끄덕임으로 대답을 대신했다. 그는 와이어리스 마이크를 자신의 입 방향으로 올렸다. 그러고는 입을 열었다.

"좋아. 모두들 주목."

그의 말에 부산스럽게 움직이던 사람들의 움직임이 멈췄다.

"랑데부하는 왕복선에 충격을 줄 만한 파편이 일곱 개인 것은 모두들 봤으니 알 거다. 우주역학 시뮬레이션팀은 사용 가능한 진입 경로들을 모조리 시뮬레이션해서 가장 적합한 경로를 찾도록. 시간은 얼마나 걸리지?"

"어…… 20분, 20분이면 충분합니다."

그는 쿡의 물음에 바로 대답했다.

"좋아. 결과가 나오는 대로 보고해. 비행 조정관?"

"네!"

"엔진 담당과 더불어 이온엔진의 가장 이상적인 추력을 계산하고, 왕복선들의 OMS(궤도 기동 시스템)와 RCS(자세 조정 분사 시스템)에 이상은 없는지 체크하도록. 비행 운영관?"

"네!"

"로봇 팔 훈련 성적이 가장 좋은 사람이 누구지?"

"2호기의 아이오 타쿠미입니다."

"좋아. 2호기를 우측 방면으로 배치시키고, 시스템 시뮬레이션 팀에 합류해서 시뮬레이션 프로그램 제작에 도움을 주도록. 파편을 밀쳐내는 데 왕복선 한 대면 충분하겠지?"

"네. 가능할 겁니다."

"그래. 한번 자리 잡으면 위치 수정은 힘드니까, 웬만하면 한 대로 해결할 수 있게 진행하도록. 우주역학 담당관?"

"네!" 브라이언 스미스가 답했다.

"왕복선들이 위치 선정에 실패할 때를 대비한 궤도 수정안을 준비하고, 로봇 팔이 밀쳐낸 파편들의 예상 경로 또한 추적할 수 있게 대비하도록. 왕복선이 평행으로 자리 잡을 예상 시간은?"

"음…… 대략 서른한 시간입니다."

"좋아. 우주역학 담당도 파편을 밀쳐내는 3D 시뮬레이션 제작에 먼저 투입된다. 파편들을 밀쳐낼 최적의 각도를 찾아오도록. 시스템 시뮬레이션 담당?"

"네!"

게임 제작 전문가인 미츠키 나나미가 답했다.

"아직도 엉덩이가 의자에 붙어 있을 수가 있나? 팀들을 이끌고 빨리 시뮬레이션을 제작하도록. 아이오 타쿠미에게 스물네 시간 정도는 훈련 시간을 줘야 한다. 비행 의학관은 우주유영에 대비할 우주인들의 바이탈 사인을 잘 체크해서 EVA(우주유영) 컨디션이 되는지를 체크하도록. 자! 빠르게 움직이자. 호명되지 않은 부서는 나와 함께 편대의 상황들을 주시, 해결한다. 이상."

그의 말에 ARMCR이 빠르게 호흡하기 시작했다.

★ ★

"이제 좀 감이 오네."

조종석에 앉은 타쿠미가 시뮬레이션 고글을 벗으며 말했다.

"그래? 내가 왕복선을 90도 회전해서 올라가는 건 어떨까? 자세 조정 분사기로 자세를 뒤집어서 말이야. 왕복선의 배 부분이 소행성을 향하게 해서 아래부터 올라가면서 파편들을 해치우는 거지."

민준 역시 고글을 벗으며 말했다.

"그게 나을 것 같아요. 흉, 중간에 있는 파편으로 향할 때 아슬아슬했지요? 날개와 충돌할 뻔했던 것 같은데."

타쿠미가 말했다. 그는 언제부턴가 민준을 '흉'이라고 부르고 있었다. 민준이 정확한 발음을 몇 번이나 가르쳐줬지만 타쿠미에게 정확한 발음은 힘들어 보였다.

"응. 파편끼리의 간격이 너무 좁더라고. 아무래도 그게 낫겠지? 소행성과 너무 근접해야 하는 게 위험하긴 하지만."

"흉, 자신 있지요?"

타쿠미가 오른손으로 엄지를 척 내밀며 물었다.

"연습해봐야지. 배 부분에 있는 실리카 내열 타일이 손상되지 않도록 말이야. 미소 파편들 때문에 로봇 팔 회전 제어기(RHC)와 평행이동 제어기(THC) 조작에는 문제가 없을까?"

"글쎄요. 화물칸 문이 열려 있는 상태니까 제어기의 레일에 미소 파편들이 낄 수도 있겠네요. 그건 직접 해봐야 알죠, 뭐. 시뮬레이션이 그것까지 구현할 수는 없으니까요."

"그래, 그렇겠지. 규정상 세 번 연습해야 하잖아. 첫 번째 훈련은 없던 걸로 하자. 실패했잖아. 3연속 성공할 때까지 연습하자."

"흉은 너무 빡빡해요. 잠깐 쉬었다가 해요. 간식도 좀 먹고요."

타쿠미가 좌석 벨트를 풀며 말했다. 그는 조금은 지겨웠는지 가부좌를 튼 상태로 몸을 빙글 회전시켰다.

"야! 타쿠미. 내가 조종실에서 그러지 말라고 했잖아. 그러다가 계기판이라도 잘못 건드리면 어쩌려고 그래? 스트레스를 풀고 싶으면 EMS 슈트라도 입어."

이에 타쿠미가 볼멘소리로 대답했다.

"에…… 우리 다섯 시간 가까이 집중한 거 알죠, 흥? 흥은 잘생겼지, 몸 좋지, 능력 있지…… 다 가졌는데 너무 진지해요. 너무 진지하고 조심성이 많다고요! 나 아니었으면 또 누가 흥을 버텨냈겠어요?"

"내가 테일러 씨보다 진지해? 그래도 내가 더 유쾌하지 않나?"

민준도 역시 볼멘소리로 대꾸했다. 그러나 그의 낮은 목소리는 그의 의도와는 달리 또 다른 진지함을 유발했다.

"농담인 거죠? 아, 몰라 몰라. 내가 보기엔 흥 목소리가 문제예요. 듣기에는 좋은데 너무 재미가 없어! 연습 그만할래요. 흥이 파편에 포지션을 잡고 로봇 팔을 조종해요. 내가 로봇 팔 끝에 매달린 채로 돌덩이들을 밀어낼게요. 안 해!"

타쿠미가 조종석 후미로 몸을 던져 중앙 데크를 향해 날아갔다.

★ ★

"시뮬레이션 스코어가 어떻게 돼?"

안나가 브라이언 스미스에게 커피를 건네며 물었다.

"뭐야, 이거. 크림과 설탕이 안 들어가 있잖아."

브라이언 스미스가 투덜거렸다.

"넌 좀 블랙으로 마실 필요가 있어, EU! 스코어가 어떻게 되냐고."

"나쁘지 않아. 첫 번째는 실패했고 나머진 모두 성공했어. 왕복선이 소행성에 다가갈수록 미소 파편들이 잘 보이더라고. 그래서 시뮬레이션에 미소 파편들을 계속 추가해줬는데도 잘해내더라고. 문제없을 것 같은데?"

"그래? 다행이네. 너 잠은 좀 잤어?"

안나가 물었다.

"아니. 계속 프로그램 업데이트에 참여해서 못 잤지. 상관없어. 우주인들이나 푹 자야지. 나야 전부 끝나고 자면 돼. 그러기 위해선 에너지가 필요해. 블랙커피 말고 달달한 카페라테로."

그가 커피를 안나에게 밀어내며 말했다.

"이그…… 알겠어. 설탕 잔뜩 넣어다 줄게."

"오셨습니까, 박사님."

비행 감독관 존 쿡이 다가오며 말했다.

"아, 네. 좀 주무셨어요?"

안나가 물었다.

"네. 저도 잠깐 눈 좀 붙이고 오는 길입니다."

"방금 근접 촬영 영상을 보니까 생각보다 미소 파편들이 많던데요? 자갈만 한 것들도 꽤 있고요. 괜찮을까요?"

안나가 물었다.

"네. 생각보다 많더군요. 하지만 왕복선의 접근 속도로는 본체가 손상을 받지는 않을 겁니다. 기껏해야 싸라기눈이 차체에 부딪치는 정도가 되겠지요. 문제는……."

"내열 타일이겠지요."

안나가 말했다.

"맞습니다. 우주선 아래쪽의 내열 타일이 손상을 받을 수도 있겠더군요. 아무래도 도자기 재질이다보니 깨지기가 쉬우니까요. 뭐, 약간의 손상은 괜찮다지만 너무 많은 손상을 받으면 지구에 재진입 시 대기에서 선체가 불타버릴 겁니다. 조심해야지요."

"방법이 없을까요?"

안나가 살짝 미간을 찌푸리며 물었다.

"하하하. 걱정하지 마세요. 맥은 안전하게 돌아올 겁니다. 기수를 아래로 내리고 왕복선의 윗면이 진행 방향으로 향하게 자세 제어를 하도록 지시했습니다. 그러면 부딪치는 쪽이 윗면이 되겠죠."

존 쿡이 피식 웃으며 말했다.

"그럼 다행이고요."

안나는 피식 웃으며 안도했다. 그런 안나의 마음을 아는지 모르는지 브라이언 스미스가 소리를 질렀다.

"저기, 안나. 커피가 식을 것 같지 않아? 설탕을 넣으면 상대적으로 빨리 식어버린다고!"

★ ★

맥은 조종실의 전방 창문을 통해서 소행성 AC5680을 바라봤다. 고요하게 눈앞에 떠 있는 소행성은 사실 시속 10만 8천 킬로미터의 속도로 비행 중이었다. 눈앞에 보이는 소행성의 모습이 생각보다 거대하다보니 자신들이 이 거대한 돌덩이를 정말로 지구에 배송할 수 있을지 의문이 들 정도였다. 그가 가벼운 탄식과 함께 화면에 있는 댄 테일러에게 물었다.

"댄, 지금 소행성과의 상대속도가 어떻게 되지?"

3호기의 댄 테일러가 대답했다.

"초당 5센티미터로 아주 조심스럽게 접근 중이지."

"남은 거리는?"

"가만 보자…… 대략 100미터가 조금 넘는군."

이에 맥이 한숨을 쉬며 대꾸했다.

"완전히 지렁이가 기어가는 속도네. 지구에서 안전하다고 허용한 범위가 어떻게 돼?"

"음…… ARMCR에서는 초당 10센티미터까지 허용했어. 속도를 더 올리면 내열 타일에 손상이 올 수 있다고 판단했나봐."

이에 맥이 대답했다.

"그래. 안전이 중요하지. 떨어지는 낙엽도 피할 노인네들 같으니라고."

그의 말에 화면 속의 모두가 키득키득거렸다. 웃음이 잦아들자 맥 매커천이 다시 말했다.

"좋아, 우리의 애타는 마음도 몰라주는 노인네들 말을 따라주자고. 안전하게 하자. 속도들을 올려. 컴퓨터에게 이온엔진으로 초당 10.1센티미터까지 접근 속도를 올리라고 명령해둬. 다들 자신들의 포지션과 임무는 숙지했겠지만 규정상 다시 한 번 읊겠다. 1호기인 우리는 소행성의 앞쪽으로 자리 잡는다. 2호기는 현재 우리의 시야 우측 아래로 위치를 잡는다. 3호기는 소행성의 좌측 중앙에 자리 잡아서 대기한다."

맥 매커천이 빠르게 말했다. 왕복선들이 추력 수정을 완료하자 그가 다시 말을 이었다.

"먼저 태양전지들을 접어 화물칸으로 들이겠다. 3, 2, 1…… 1호기. 패널 수거 완료. 상황 정상. 보고하라."

"2호기, 정상. 수거 완료." 민준이 보고했다. "3호기, 정상. 수거 완료."

댄 테일러가 보고했다.

"좋아. 만약의 사태에 대비해서 우주유영을 바로 할 수 있게끔 우주복을 준비하도록. 아직 입지는 마. 옛날처럼 감압 적응 시간이 필요 없잖아. 비싸게 주고 사 온 신상품이야."

맥의 말에 다시 한 번 작은 웃음이 번졌다.

"준비됐으면 시작하겠다. 이온엔진 점화 카운트다운. 소행성 포획 위치 확보를 위한 분사. 5, 4, 3, 2, 1, 엔진 스타트."

그와 동시에 왕복선 세 대의 후미에서 파란색 사파이어빛이 서서히 분출됐다. 그 힘에 왕복선들이 조금씩 조금씩 가속도를 얻으며 소행성의 파편 구름을 향해 나아갔다. 암석과 얼음 결정 같은 것들로 이루어진 파편 구름이 태양빛을 받아서 빛으로 일렁거렸다. 잠시 후, 각 왕복선들의 자세 조정 분사를 시작했다. 그러고는 각자의 포지션으로 천천히 이동했다. 82분이 지나자 왕복선 내부에서 타닥탁, 통 하는 소리가 들려왔다. 소행성의 미소 파편들이 왕복선 선체에 부딪치는 소리였다. 그 소리는 봄비가 내리는 소리와도 비슷했다. 그들의 귀에 우주 빗소리가 들려왔다.

★ ★

"그래. 서서히. 서서히…… 좋아. 파편1 제거를 위한 위치 확보 완료. 타쿠미, 파편과의 상대속도를 완전히 제거했어. 위치는 어때?"

민준의 말과 동시에 2호기의 전후좌우에서 자세 조정 분사가 이뤄지면서 선체의 윗면이 파편1 앞에 자리 잡았다. 2호기의 머리 위에 1미터 크기의 소행성 파편이 위치했다.

"좋아요, 흥. 화물칸 문을 개방하겠습니다."

중앙 데크의 뒤편에서 아이오 타쿠미가 말했다. 그는 화물칸 앞에 위치한 화물 조작기를 통해 화물칸을 개방했다. 화물칸 문이 열리면서 앞에 나 있는 창문을 통해 우주가 눈에 들어왔다.

"개방 완료. 외부 영상을 제 화면에 전송해주세요. 로봇 팔 작동 시작합니다. 로봇 팔 카메라 촬영 시작."

타쿠미는 외부 영상과 창문. 그리고 로봇 팔에서 촬영한 영상을 바탕으로 로봇 팔을 조종하기 시작했다. 회전 제어기와 평행이동 제어기를 조종하자 관절 세 개가 달린 기다란 로봇 팔이 천천히, 그리고 조심스럽게 움직였다. 화물칸의 레일을 따라서 평행이동을 한 로봇 팔이 조심스럽게 파편에게 다가갔다. 그는 한 동작 한 동작에 정신을 집중했다. 파편에 다가갈수록 그의 눈동자는 창문과 로봇 팔의 영상, 그리고 외부에서 찍은 전체 영상을 확인하기 위해서 쉴 틈 없이 움직였다.

"1미터…… 50센티미터…… 20센티미터…… 10센티미터…… 로봇 팔 접근 완료. 파편을 밀어내겠다."

타쿠미가 말했다. 실수로 파편을 밀어내는 각도가 어긋나게 되면 그 파편이 다른 파편들과 충돌하거나, 아니면 로봇 팔이 밀어내는 힘에 파편이 부서지면서 화물칸 내부에 결정적인 손상을 입힐 수도 있음을 타쿠미는 잘 알고 있었다. 그런 까닭에 타쿠미는 온 정신을 집중해서 조종간을 움직였다. 태양전지들이나 화물칸 문의 개폐 시스템이 망가지기라도 한다면 큰일이었다.

"로봇 팔 접근 완료. 밀어내겠다."

타쿠미가 조종간을 조종하자 로봇 팔의 굽어 있던 관절들이 서서히 펴졌고, 소행성의 파편을 밀쳐내기 시작했다. 파편은 조금씩 멀어져갔다.

"파편1 제거 완료. 성공적. 로봇 팔을 거두어들이고 화물칸을 닫겠다."

잔뜩 진장했던 타쿠미는 이제야 여유롭게 발고정대에서 발을 빼내고 뒤 공간에 몸을 맡겼다. 몸을 맡기자 무중력이 그의 긴장감을 풀어줬다. 타쿠미는 안도의 한숨을 내쉬고는 눈을 감고 평온함을 느꼈다.

★ ★

"수고했어. 잠시 쉬었다 하는 게 어때?"

맥 매커천이 2호기의 민준에게 말했다.

"아닙니다. 타쿠미가 흐름을 이어서 빨리 끝내고 싶다네요."

민준이 말했다.

"그래. 편할 대로 해. 어차피 파편이 두 개밖에는 안 남았으니까. 타쿠미는 뭐 해?"

"눈이 피곤하다고 잠시 눈을 감고 있습니다. 다섯 시간 동안 집중하느라 피곤했나봐요."

"그럴 만도 하지. 눈알을 얼마나 이리저리 굴렸겠어. 하여튼, 잘하고 있어. 너도 왕복선 조종 실력이 많이 늘었더라고."

"연습한대로 하는 거죠, 뭐. 왕복선끼리 케이블로 연결하는 일은 내일 하는 겁니까?"

"응. 오늘은 너희가 파편들을 정리하고 포지션을 잡는 정도에서 끝내려고. 1, 3호기는 위치를 잡고 대기하는 것까지 마쳤지만 말이야."

"이거 이거 무언의 압박이 느껴지는데요? 최대한 빨리 끝내겠습니다."

"눈치는 빨라가지고. 아냐, 농담이야. 천천히 안전하게만 끝마치게. 서두르지 말고."

"네. 그래야지요. 이번에 제거할 파편이 가장 어려운 것 같아요. 크기가 50센티미터밖에 안 되니까요. 타쿠미가 로봇 팔로 작업해보고, 정 어렵겠다 싶으면 제가 나가서 제거하겠습니다. 로봇 팔 끝에 발을 고정시켜서요. 해보셨죠? 어떻습니까?"

"그냥 하면 돼. 뭐 어렵다고. 로봇 팔 끝에 발만 잘 고정하면 돼. 나머진 타쿠미가 로봇 팔을 조종해서 파편에 접근시켜줄 테니까. 굳이 잔소리를 좀 하자면 우주복을 입을 때 조심해. 급한 마음에 대충 입지 말라고. 헬멧을 잠글 때는 '딸깍' 소리가 두 번 나야 하는 거 알지?"

"아뇨, 몰랐는데요? 정말입니까? 농담이시죠?"

민준이 한쪽 눈썹을 구부리며 물었다. 이에 맥이 대답했다.

"응? 연습 많이 했잖아. 왜 모르는 척해?"

"아뇨, 정말 몰랐습니다. 그냥 나갔다가 죽을 뻔했어요. 고마워요. 덕분에 살았습니다."

"정말 몰랐어?"

맥 매커천의 낮은 목소리가 마지막 단어에서 급히 올라갔다.

"아뇨, 농담이지요."

민준이 피식 웃으며 말했다.

"나 원 참. 무슨 농담이 그렇게 진지해. 너는 농담을 하기에는 목소리가 너무 진지해. 싱거운 자식. 나가게 되면 우주복의 통신케이블도 잘 확인해. 통신케이블이 헬멧의 목 부분과 우주복의 연결 고리에 끼면 통신이 안 될 수도 있으니까. 농담하는 걸 보니까 신났구먼? 오랜만에 일다운 일을 하고 있으니까 말이야. 너무 들뜨진 말게나. 수고해."

"네. 대장."

★ ★

여섯 번째 파편을 제거하자 ARMCR의 분위기는 한결 더 가벼워졌다. 아이오 타쿠미가 파편을 처음 밀쳐낼 때는 긴장감이 감돌았다. 모두들 예측 가능한 변수들을 대비하려고 해결 방안책들을 쏟아냈으니 말이다. 소행성에 근접하는 기술이 보기에는 쉬워 보일지 몰라도 생각보다 복잡한 기술이 필요했다. 또한 각종 변수들을 계산해야 하고 엄청난 시간과 자본을 쏟아붓는 일이었기 때문에, 파편들을 하나씩 하나씩 제거할 때마다 긴장감이 감도는 것은 당연한 일이었다. 인류 최초로 유인우주선이 소행성의 궤도를 추적해 날아가서 랑데부를 성공하는 역사적인 순간이 아닌가.

그러나 여느 인간들이 늘 그렇듯, 이들에게도 마지막까지의 깔끔한 마무리는 어려운 일이었다. ARMCR에 낙관적인 분위기가 감돌았다. 담배를 피우러 자리를 비우는 사람들도 생겨났고, 가볍게 샴페인을 마시며 수다를 떠는 사람들도 있었다. 고국의 기자들에게 인터뷰를 요청받은 사람들은 샤워실에서 찾아볼 수 있었다. 며칠째 씻지 못한 채로 카메라 앞에 설 수는 없기 때문이었다. 일곱 번째 파편을 남겨둔 이곳의 분위기는 마치 지금이라도 서류들을 뿌려대면서 환호성을 지를 만반의 준비가 돼 있는 듯했다. 관제소의 무질서는 점점 더 심해졌다.

비행 감독관인 존 쿡은 이런 분위기를 참을 수가 없었다. '실패는 대안이 아니다'라고 말했던 아폴로 13호의 비행 감독 진 크랜즈의 영향을 받고 우주인의 길을 걸은 그였다. 이렇게 산만한 분위기는 그의 우주비행 철학에 위배되는 일이었다. 그가 움직이기 시작했다. 존 쿡은 굳은 표정으로 ARMCR의 방송용 스피커의 볼륨을 최대치로 올렸다. 그리고 마이크를 바닥에 내려놓고 방금 마신 커피 잔을 그 옆에 힘껏 집어던졌다. 커피잔이 깨지는 날카로운 소리가 스피커를 통해 울려 퍼졌다. 그와 함께 끼익거리는 하울링이 울렸다. 정적이 흘렀다. 시간이 정지한 듯 사람들의 움직임이 순간 멈췄다. 모든 시선이 존 쿡에게 향하자 그는 말했다.

"아직 임무가 끝난 게 아니야, 이 머저리들아. 저 돌덩이 하나도 아직 남아 있고, 왕복선끼리 케이블도 연결해야 한다. 절반은 끝났나? 아주 빌어먹게 가관이군!"

그는 아직 화가 덜 풀렸는지 옆에 지나가던 로봇을 경악에 찬 얼굴로 걷어차버렸다. 쓰러진 로봇과 함께 유리잔들이 깨지는 소리가 들려왔다. 그가 의도한대로 ARMCR의 공기는 다시 얼어붙었다. 그 어떤 소리도 들리지 않았다. 그들은 미동조차 하지 않았다. 성당 신

부님의 성스러운 말씀을 기다리는 신자들처럼. 의도한 만큼의 긴장감과 정적이 흐르자 존 쿡이 입을 열었다.

"저들에게 사고가 나면 그것은 최소한 12분 전의 과거에 일어난 일이다. 우리가 엉덩이를 붙인 채 대기하지 않는 이상 저들의 사고에 즉각 대응을 할 수 있는 가능성은 희박해진다. 곧 너희들의 집중만이 프로젝트를 성공시키고 저들의 위험을 최소화할 수 있는 것이다. 우리에게 낙관은 결코 대안이 될 수 없다. 알겠나?"

그의 목소리가 사람들의 귓가에서 진동했다. 그때였다. 어디선가 날카로운 경고음이 들려왔다. 스크린에서 빨간 경고 문구가 빠르게 깜박거렸다. 존 쿡은 어느 얼간이가 자신의 일갈에 놀라서 비상 버튼을 잘못 누른 거라고 생각하고 자신 때문에 다시금 긴장감이 돌고 있다며 스스로 만족했다. 그는 조금 더 몰아붙여서 통제권을 완벽하게 손에 넣기로 마음먹었다. 그가 다시 외쳤다.

"어떤 얼간이가 비상 버튼을 눌렀나! 어!?"

그의 목소리에 경고음이 더해져 더욱 날카롭게 울려 퍼졌다. ARMCR에 소란스러운 침묵이 이어졌다. 누구도 경고음에 대응하지 못한 채 얼어붙어 있었다. 경고음이 울려 퍼지면 왕복선에 이상이 생겼는지 확인하거나 오작동 여부를 확인해야 했지만 아무도 선뜻 나서지 못했다. 서로의 눈치만 살피는 상황이 이어졌다. 날카로운 소리가 모두의 귓전을 때리며 정신을 혼란스럽게 만들었다. 연구소 전역이 이 기분 나쁜 소리에 전염됐다.

"일단 누가 저 빌어먹을 소리부터 꺼!"

존 쿡이 명령했다. 누군가 경고 벨소리를 껐자 무거운 침묵이 엄습해왔다. 차가운 공기가 ARMCR을 가득 메웠다. 짧은 시간이지만 영원 같은 고요함이 이곳에 맴돌았다. 그 정적 속에서 어디선가 탁탁거리는 소리가 들려왔다. 그 소리는 점점 커졌다. 그것은 구두굽이 내는 소리였고, 사람들은 누군가 점점 속도를 올리면서 뛰어오고 있음을 알 수 있었다. 그 소리가 급하게 가까워졌다. 이윽고 소리는 72층 코너를 돌아 계단으로 뛰어 내려왔다. 마침내 소리의 주인공이 모습을 드러냈다. 연구소장 김안나 박사였다. 그녀가 중앙계단을 뛰어 내려오면서 모두에게 외쳤다. 그녀의 목소리에는 정적을 일깨우는 힘이 깃들어 있는 듯했다.

"뭣들 하고 있어요? 지금 2호기에 사고가 나서 경보가 울린 건데!"

ARMCR이 순간 분주해졌다.

18.
우주가
좆나게 아름다워요

2022년 2월 17일

소행성 포획 미션 232일 차, 맥 매커천

처음엔 정신 나간 놈의 헛소리인 줄로만 알았다. 아무래도 저놈은 궁시렁거리는 것을 좋아하니까. 왕복선 후미의 창문에서 소행성을 바라보던 빌리가 나에게 말했다.

"오호호! 좋았엉. 팔 하나를 분리시켰구멍! 멋진데!"

그 말에 진정성이 숨어 있을 줄은 짐작조차도 하지 못했다. 당신이라면 조울증에 걸려서 정신 나간 놈이 저런 말을 했는데 믿을 수 있겠는가? 그러나 빌리의 말이 헛소리가 아니었음은 10초 만에 알 수가 있었다.

컴퓨터 제리의 화면에 경고등이 깜빡거렸고 경보음 또한 동시에 울리고 있었다. 2호기의 상태를 나타내는 화면에 빨간색 경고등이 현란하게 깜박거렸다. 경보음은 내 귀를 어지럽혔다. 2호기에 문제가 생겼다. 그와 동시에 조종실의 창문 밖 저 멀리 뭔가 지나가는 광경을 볼 수 있었다. 기다란 게 다리같이 생긴 흰색 물체. 맙소사! 로봇 팔이었다. 나는 2호기와의 통신을 활성화해서 민준에게 말을 걸었다.

"여기는 1호기 맥 매커천. 맥 매커천이다. 민준 어떻게 된 거야, 괜찮나?"

민준의 목소리에서 살인 사건을 신고하는 사람 같은 긴박감이 느껴졌다.

"신민준입니다. 2호기에 사고가 생겼습니다. 타쿠미가 밀쳐낸 직경 5미터 정도의 소행성 파편이 쪼개진 듯합니다. 쪼개지면서 생겨난 파편이 로봇 팔을 강타했고, 그 충격으로 로봇 팔에 손상이 온 듯합니다. 선내의 기압 등 내부 컨디션이 일정한 것으로 보아 선체에 큰 손상은 없어 보입니다. 구체적인 손상 여부는 컴퓨터 마리오가 체크 중입니다. 정확한 피해가 밝혀지면 바로 보고하겠습니다."

"내 눈앞으로 로봇 팔이 지나갔어. 로봇 팔 전체가 부러진 걸로 봐서는 파편이 화물칸에 충돌했지 싶네. 손상 정도를 파악하고 나에게 보고하도록. 이상."

나는 이 상황을 ARMCR에 보고했다. 그리고 잠시 후 2호기의 민준에게서 보고를 받았다.

"신민준입니다. 마리오의 점검으로는 로봇 팔의 손실 말고 별다른 선체 손상은 없는 듯합니다. 아무래도 파편의 강도가 매우 불안정한 상태였나봅니다. 쿠키같이 약한 부분이나 균열이 있던 지점을 로봇 팔이 건드린 듯싶습니다. 다만……."

"너희가 살아 있으니 됐어. 그냥 말해."

내가 말했다.

"네. 화물칸 문도 정상적으로 닫았고 선체에 별다른 손상은 없습니다. 하지만 컴퓨터 마리오는 우주공간에 노출된 부위가 있다고 하는군요. 아무래도 EVA를 통해서 눈으로 직접 확인해야 할 것 같습니다. EVA를 허락해주십시오."

민준이 말했다.

"네가 할 거지?"

"네. 타쿠미가 책임감을 느끼는지 본인이 우주유영을 하겠다고 나섰지만 제가 말렸습니다."

"그래, 타쿠미의 심박수가 매우 불안정해. 네가 나가서 확인해줘. 나가는 김에 아랫면도 촬영해서 나에게 사진을 보내줘. 로봇 팔이 부러졌으니 아랫면을 확인할 방법이 없잖아."

"네. 알겠습니다. 대장."

"아, 잠깐! 에어록2를 이용해서 나가. 어차피 화물칸 내부에 있는 에어록1을 이용할 필요가 없잖아. 로봇 팔을 잃었으니 로봇 팔에 매달려서 점검할 수도 없으니까. 그리고 어차피 화물칸 문까지 닫혀 있는 상태를 살펴야 하잖아. 에어록2로 나가서 제트팩을 이용해."

"네. 그럼."

나는 ARMCR에 이 상황을 다시 보고했다.

★ ★

ARMCR의 혼란은 맥의 새로운 보고로 잠시 사그라들었다. '직경 5미터 크기의 파편이 로봇 팔에 의해서 쪼개졌고, 그 쪼개진 파편이 화물칸과 충돌하면서 로봇 팔이 부러졌다'는 정보를 접했을 때만 해도 ARMCR의 분위기는 급격하게 어두웠다. 곳곳에서 양손을 머리에 얹으며 탄식을 쏟아내는 사람들이 생겨났다. 그러나 잠시 후 '다행히 선체에 큰 이상은 없어 보인다. 다만 컴퓨터의 분석에 의하면 왕복선에 우주공간으로 노출된 부위가 있다고 한다. 그것에 대해 정확하게 살펴보기 위해서 신민준에게 EVA를 하도록 지시했다'라는 보고가 이어지자 안도의 한숨이 쏟아졌다.

맥의 메시지가 종료되자 쿡이 움직였다. 그는 강한 어조로 관제실을 지휘했다.

"좋아! 모두들 잘 들어. 최소한 20분 전의 상황이니 지금 어떻게 상황이 변했는지는 모른다. 각 파트별로 최악의 상황을 가정해서 해결 방안들을 구상해서 보고하도록. 기술 팀은 충돌로 인해서 선체에 구멍이 생겼다고 가정하고 해결 방안을 구상하고, 비행 의학관은 2호기의 바이탈 사인을 체크해서 그들의 상태를 면밀하게 체크하도록. 계기 및 통신 파트는 원격으로 통신 장비에 손상이 생겼는지 체크한다. 그리고 비상 경로 유도 담당은 왕복선이 불능 상태에 빠졌다고 가정해서 우주인들의 탈출 계획을 빠르게 보고하도록. 비행 운영 팀과 비행 조정관은 컴퓨터에 나타나는 기계적 이상은 없는지를……."

쿡의 지시에 ARMCR이 숨가쁘게 움직였다.

★ ★

거친 호흡 소리가 들려왔다.

"여기는 EVA2, EVA2 신민준이다. 지금 에어록2를 통해서 빠져나왔다. 카메라를 활성화하겠다."

왕복선 후미의 연료실 앞에 나 있는 해치를 통해 민준이 모습을 드러냈다. 원래는 가능한 한 화물칸 내부에 있는 에어록1을 통해 나오는 것이 규정이었다. 로봇 팔 끝에 발을 고정한 뒤 우주유영을 해서 제트팩 연료를 최대한 아끼기 위해서였다. 하지만 지금은 그럴 필요가 없었고, 민준은 등 뒤에 제트팩을 착용한 상태로 우주에 나섰다.

"먼저 이온엔진 쪽과 OMS, 후방 RCS, 방향타와 동체 보조날개를 살펴보겠다."

민준이 외부 고정대를 손으로 번갈아 잡아가며 이동하기 시작했다.

"알겠어요, 흥."

타쿠미가 답했다.

"좌측 방향타 이상 없음. 동체 보조날개로 이동 중."

다시 한 번 민준이 고정대를 이용해 몸을 움직이며 말했다.

"확인. 화면으로도 이상 무."

타쿠미가 말했다.

"동체 보조날개도 이상 없음. 화면상으로는 어때?"

"확인. 화면상 이상 무."

"알겠다. 엔진 쪽을 점검하겠다."

민준이 고정대를 조심스럽게 밀면서 손을 놓았다. 그러고는 제트 팩을 이용해 균형을 잡아 엔진 쪽으로 몸을 향했다. 커다란 팔걸이 의자와도 비슷한 모습의 제트팩 이곳저곳에서 요란하게 분사가 이루어졌다.

"OMS, RCS 이상 없음. 이온엔진도 눈으로는 손상된 곳이 없어 보인다. 정밀한 화면 촬영을 위해서 한 바퀴 둘러보겠다."

민준이 제트팩 컨트롤 스틱을 조심히 다루며 엔진 주변을 크게 한 바퀴 돌아 영상을 전송했다.

"확인. 화면 정상. 이상 없는데요, 흠."

타쿠미가 화면을 보며 말했다.

"EVA2? 뭐가 그렇게 진지해. 생애 첫 EVA에 나섰으면 초짜처럼 행동해야지. '8개월 만에 밖에 나오니 행복하다.' '자유로운 느낌이 황홀하다.' 아니면 '왕복선을 등지고 바라본 별들이 좆나게, 빌어먹게 환상적이다.' 이런 말들을 쏟아내야 정상 아닌가, 민준?"

맥이 끼어들어 무전을 통해 말했다.

"대장. 그러고는 싶지만 지금은 점검이 시급해서……."

민준이 말했다. 이에 맥이 민준의 말을 자르며 대답했다.

"좆까, 지랄하고 있네. 닥치고 뒤로 돌아서 별들을 봐. 1분 주겠다.

명령이야."

"하지만…… 네, 대장."

민준이 대답하며 몸을 뒤로 회전했다. 그러자 태양을 등진 그의 눈에 별들이 쏟아져 들어왔다. 찬란한 별들은 왕복선 안에서 볼 때와는 또 다른 느낌이었다. 138억 년의 아름다움 앞에서 그는 굴복했다. 그는 자신도 모르게 눈물을 글썽거렸다.

"오…… 이런……."

민준이 탄식을 내뱉었다.

"어때? 소감이. 느낌을 한번 말해봐."

맥이 부드러운 목소리로 말을 건넸다.

"우주가…… 흐읍…… 우주가…… 흐읍! 우주가 내 눈 안에 있습니다. 뭐랄까…… 우주가 좆나게 아름다워요. 빌어먹을! 빌어먹게 아름다워요!"

감정에 도취된 민준이 멍하게 말했다.

"그래. 자네의 어휘력으로 봐서는 역시 시인이 될 소질은 없는 것 같아. 우주를 본 소감이 딱 평균적인 어휘력이야. 좆나게. 빌어먹게. 역시 우주는 시인이 와야 제대로 이야기될 수 있을 것 같군."

맥이 웃으며 말했다. 그다음 다시 말을 이었다.

"자네 지금 우나? 흐느끼는 소리가 나는데?"

"그러네요. 눈물이…… 왜 나올까요……."

"거봐. 내가 그러기에 헬멧 바이저를 잘 닦아두라 했잖아. 김 서림 방지제로 잘 닦아두라고 말이야. 나도 처음에 울었어. 나도 모르게.

눈물이 안쪽 유리를 타고 돌아다니다가 내 눈에 다시 들어오더라고. 장력 때문인지 눈물끼리 뭉쳐버릴걸? 내가 그래서 고생했던 거야. 김 서림 방지액이 눈에 들어가서."

잠시 침묵이 흘렀다.

"왜 말이 없어?" 맥이 물었다.

"감상하려고요. 1분 주신다고 하셨잖아요."

"인마, 지난 지가 언젠데. 너무 많이 보면 바람나서 집에 돌어가기 싫어져."

"네, 대장. 타쿠미, 본체를 확인하기 전에 아랫부분부터 확인하겠다. 내열 타일이 검은색이니 카메라의 해상도와 색감, 밝기를 조정해."

민준이 몸을 한 바퀴 회전해서 왕복선의 아래로 날아갔다. 제트팩의 분사 구멍들에서 짧은 분사들이 계속 이어졌다.

"네. 영상 조정 완료. 잘 보입니다."

타쿠미가 말했다.

"좋아. 앞쪽으로 이동하겠다."

민준이 앞으로 나아갔다.

"이동 완료. 아랫면은 영상으로 상태를 확인하길 바란다. 위로 이동하겠다. 흰색에 맞춰서 영상을 재보정해."

"보정 완료. 이동해요, 흥."

그와 동시에 민준이 조종실 창문을 지나 위로 올라갔다.

"손이라도 흔들어주고 가지…… 어떻게 그냥 가요, 흥?"

타쿠미가 말했다.

"그럴 여유가 어디 있어? 대충 봐서는 전방 RCS도 이상이 없고 외부에도 별다른 손상이 없어 보이는데? 본체와 날개 쪽을 확인하겠다."

"확인. 이동하세요."

민준은 조종실 위편에 나 있는 고정대를 손으로 잡아 주위를 자세하게 살펴가면서 화물칸 쪽으로 이동했다. 손상은 없는지 눈으로 확인해가면서 중간 지점까지 이동한 그는 화물칸의 경계선에 멈춰서서 양쪽 날개의 상태를 점검했다.

"여기는 EVA2. 외부에 손상 흔적은 없는데? 화물칸 안을 둘러보겠다. 타쿠미, 화물칸 문을 개방해줘."

"네. 화물칸 문 개방."

거대한 화물칸 문이 양쪽으로 벌어지면서 개방됐다. 문이 완전히 열리자 민준이 화물칸 안으로 들어가면서 말했다.

"다행히 태양전지 패널들과 고이득 안테나는 이상이 없어 보인다. 다만 우측 우주 방열기에 충돌 흔적이 눈에 들어온다. 타쿠미, 보여?"

"네, 확인. 잠시만요. 우주 방열기에 대한 시스템 검사를 할게요. 기능에는 이상이 없는데요? 어차피 방열기는 내부 문이라 외부에 노출되는 부분도 아니고요."

"알았어. 케이블과 도킹 포트 설비, 페인트 분사기에도 손상은 없어 보인다. 에어록1 해치도 이상은 없고…… 가만! 타쿠미, 보여?"

"뭐 말이에요?"

"문제를 찾은 것 같은데? 왕복선 우측 방면을 봐. 맨 앞쪽 화물칸 문과 개폐 실린더 사이에 뭔가 끼어 있잖아."

"확인. 아, 그러네요. 소행성 파편인가?"

타쿠미가 화면에 얼굴을 들이밀며 눈을 가늘게 뜨고 말했다.

"그래. 그런 것 같아. 우주 방열기에 파편이 충돌하면서 저기에 박혀버렸나봐. 딱 충돌 지점과 일직선으로 일치하네."

"그러네요, 흠. 그래서 문이 닫혔는데도 센서가 오작동을 했나봐요."

타쿠미가 응답했다.

"여기는 EVA2. 문제를 발견했다. 파편을 제거하겠다."

"좋아, 승인. 후딱 치워버려."

민준은 조종실 방면 화물칸의 마지막 개폐 실린더를 향해 서서히 몸을 이동했다. 그러고는 허리에서 1미터가량의 와이어를 뽑아 화물칸 벽면에 안전고리를 연결했다. 몸을 고정한 그는 개폐 실린더와 문 사이에 껴 있는 팔뚝만 한 파편을 양손으로 잡아당겼다. 그가 힘을 써서 끙끙거리는 소리가 무전기를 통해 전해졌다. 그러나 단단하게 박혔는지 파편은 꼼짝도 하지 않았다. 다리를 벽면에 대고 힘껏 밀며 당겨봤지만 소용없있다. 그렇게 몇 번 시도를 해본 뒤 그가 말했다.

"이거 안 뽑히는데? 타쿠미, 방법이 없을까? 전동 드릴이라든지."

"에…… 저도 그 생각을 해봤는데요, 흠…… 그 방법은 마지막에 안 되면 하는 걸로 해요. 괜히 센서에 충격이 가서 수리가 커질 수 있어요. 당기는 방향을 바꿔서 다시 시도해보세요."

"그래. 알겠어."

민준이 호흡을 가다듬으며 말했다.

민준은 안전고리를 풀고는 조종실 쪽 벽으로 바짝 붙었다. 방향을 바꿔서 당기기에는 줄이 짧았기 때문이었다. 대신 파편을 손으로 잡아서 몸을 고정시키고, 옆쪽 벽면을 발로 밀면서 힘껏 잡아당겼다. 효과가 조금 있었다. 파편이 뽑히지는 않았지만 조금씩 들썩거리기 시작했다. 민준의 호흡이 가빠졌다. 하지만 파편은 들썩거리기만 할 뿐 꼼짝도 하지 않았다. 힘에 부쳤는지 파편 당기기를 잠시 멈춘 그는 호흡을 가다듬으면서 타쿠미에게 말했다.

"조금은 들썩거린 것 같은데? 다시 시도해볼게."

"네, 흥. 슈퍼맨 민사마 화이또!"

타쿠미가 밝은 목소리로 민준을 응원했다. 민준은 다시 벽면을 발로 밀면서 힘껏 잡아당겼다. 끙하며 힘을 쓰는 소리가 길게 이어지면서 우주복이 허용하는 한 최대로 몸을 뒤로 젖혀 파편을 잡아당겼다. 이번에는 효과가 있었다. 두께에 비해 비교적 긴 모양이었던 파편이 순식간에 반으로 부러지면서 뽑혀 나온 것이다. 그러나 문제를 해결했지만 유쾌할 수만은 없었다. 파편을 잡아당기던 팔이 파편이 부러지자 뒤로 밀리면서 문제를 일으킨 것이다. 그의 왼쪽 팔꿈치가 제트팩의 조종 스틱과 크게 충돌하면서 제트팩의 한쪽 분사가 길게 이어졌다. 그 바람에 안전고리를 풀었던 민준은 빠르게 뒤로 날아가며 몸이 한쪽으로 치우친 채 균형을 잃고 마구 회전하기 시작했다. 더불어 회전하던 몸체가 화물칸 벽면에 충돌하면서 그는 방향감각을 아예 잃어버렸다. 민준은 소행성 AC5680을 향해서 다이빙 선수처럼 회전하며 날아갔다. 그의 시선은 점점 어지러워져만 갔다. 왕복선은 점점 멀어져갔고, 그는 계속 회전하며 소행성 근처에 있던 일종의 먼지구름까지 헤치며 날아갔다. 그러자 그의 우주복에서 마찰로 인한 정전기가 발생했고, 정전기는 주변의 먼지구름들을 끌어당겨 그의 우주복과 헬멧에는 먼지 가루들이 흡착됐다. 그의 시야는 점점 더 어두워져갔다. 아득했고 막막한 기분이 그의 온몸 구석구석 퍼졌다. 민준은 무기력했다. 아무것도 할 수가 없었다. 모든 게 순식간에 일어난 일이었다. 자신이 우주 어디론가 떨어지는 느낌이었다. 시큼한 느낌이 목구멍 너머로부터 느껴졌다. 그 느낌은 비록 짧은 찰나였지만 강렬했다. 민준은 헬멧 안에 그대로 구토를 할 수밖에 없었다.

그의 의식이 점점 멀어져갔다. 민준은 회전, 공포, 추락, 아득함을 마지막으로 느끼며 점점 의식을 잃어갔다. 그의 우주복 컴퓨터가 이상을 감지하고 소리를 냈다. 하지만 민준은 그 소리조차 들을 수가 없었다. 삐삐삐삐 하는 소리만이 헬멧 안에서 맴돌았다. 동시에 긴 터널의 끝에서 순백색의 빛이 조그맣게 보이는 듯했다. 그 빛은 점에서 시작해 점점 커졌다. 순식간에 어둠을 밀쳐낸 순백의 빛은 그의 몸을 덮쳤다. 그러고는 왕복선에서 점점 멀어져갔다.

EVA2의 경고음이 2호기의 조종실에도 울려 퍼지고 있었다. 타쿠미는 급격하게 오르다 급격하게 떨어지는 민준의 생체 신호를 지켜보면서 우윳빛처럼 얼굴이 하얘졌다. 그가 두려움에 짓눌린 얼굴로 소리쳤다.

"EVA2!? EVA2!? 흥! 들려요?? 흥!"

찰나였다. 모든 인간들에게 다가오는 악몽들이 늘 그렇듯, 이곳에서 벌어진 악몽 또한 찰나의 순간이었다. 악몽 같은 일들은 언제나 고요하게 숨을 죽인 채 인간의 뒤를 덮친다. 아무런 경고 없이, 아무런 신호 없이, 아무런 소리 없이. 그리고 가끔은 아무런 고통도 없이. 그나마 우주의 악령은 민준에게 자그마한 자비를 베푸는 듯했다. 그는 아무런 고통조차 느끼지 못할 테니까. 찰나의 순간이니까. 타쿠미는 절규하듯 민준을 향해 소리를 질렀다. 그의 의식이 돌아오길 바라면서. 이것 말고는 아무것도 할 수 없었다. 타쿠미의 목소리가 무전을 통해 메아리처럼 울렸다. 그와는 반대로 우주는 고요했다. 아무런 일도 없었다는 듯이.

소행성 포획 미션 232일 차(2)

민준이 EVA를 시작한 후부터 나는 천천히 우주복을 챙겨 입기 시작했다. 민준이 우주 도취증에 걸릴까 걱정됐다. 그러던 중에 민준의 당황한 목소리가 무전으로 들려왔고, 뒤이어 타쿠미의 비명이 헬멧 안에서 메아리쳤다. 나는 서둘러서 에어록1을 빠져나왔다. 밖으로 나오자마자 빙글빙글 회전하면서 날아오는 민준을 발견할 수 있었다. 어찌나 빠르게 회전하던지 소행성 AC5680과 그대로 충돌할 기세였다.

다행인 점은 민준이 나와 가까운 쪽으로 날아오고 있다는 것이었다. 만약 반대 방향이었다면 나는, 아니, 우리는 그를 백 퍼센트 잃었을 것이다. 그를 발견하자마자 나는 그가 날아오는 궤적을 대충 예상해서 그 방면으로 몸을 던졌다. 추진력을 얻기 위해 에어록의 입구를 힘차게 걷어찼다. 그러자 나의 몸이 민준을 향해서 날아갔다. 제트팩을 이용해서 조금 더 추진력을 얻어냈다. 그러자 어찌어찌하면 민준을 잡을 수도 있겠다는 느낌이 들었다. 그러나 이동하는 동안 좋지 않은 메시지가 나의 눈에 들어오기 시작했다. 나의 헬멧 바이저에 투사된 민준의 생체 신호가 급격하게 나빠졌던 것이다. 그의 혈압과 맥박이 한순간 증가했다가 급속도로 떨어져갔다. 아마도 급격한 회전을 하면서 의식이 멀어졌던 것이리라. 그것은 회전을 하고 있는 그를 나 혼자만의 힘으로 제어해야 한다는 뜻이기도 했다. 그야말로 난감한 상황이었다.

나는 제트팩의 컨트롤 스틱을 있는 힘껏 잡아당겼다. 그러자 제트팩의 모든 구멍에서 거침없는 분사가 일어났고, 그로 인해 나와 민준의 간격은 빠르게 좁혀졌다. 그러나 문제가 생겼다. 그의 회전 속도가 생각보다 빨랐던 것이다. 그와의 상대속도를 맞추는 데까지는 성공했지만, 뭘 어떻게 해야 할지 떠오르지가 않았다. 그렇게 나는 대책 없이 그에게 다가가고 있었다.

선내에서 내 모습을 봤는지 타쿠미가 길게 외쳤다.

"대장! 회전을 하세요! 회전을 해서 상대속도를 맞추세요!"

그의 목소리가 헬멧 안에서 천둥 치듯 울려댔고, 나는 그의 말에 본능적으로 반응했다. 제트팩의 한쪽 컨트롤 스틱만 길게 잡아당기자 오른쪽 방향에서만 분사가 이뤄졌고, 내 몸이 민준과 같은 방향으로 회전하기 시작했다. 효과가 있었다. 민준의 회전 잔상이 조금씩 사라져갔던 것이다. 그렇지만 갑작스러운 회전에 약간의 현기증이 느껴지기 시작했다. 나는 더 이상의 회전속도를 올리지 않기 위해서 잡아당겼던 컨트롤 스틱을 놓았다. 그런 다음 민준의 안전고리를 잡기 위해 힘껏 손을 뻗었다. 하지만 안전고리를 잡기는커녕 애써 다가섰던 그의 몸통을 밀어버리고 말았다. 그가 나보다는 빠르게 회전했던 터라 헛손질을 해버린 것이었다. 그의 안전고리가 허리춤에서 이리저리 꿈틀거렸고, 그는 그렇게 나에게서 조금씩 멀어져갔다. 그러나 나는 포기하지 않았다. 눈알과 오른손을 빠르게 돌리면서 민준과의 회전속도를 맞추려고 노력했다. 그렇게 눈알을 굴리자 회전하는 초점이 맞춰지기 시작했고, 이윽고 춤을 추듯 꿈틀거리던 안전고리까지도 정지한 듯 볼 수 있었다. 그러고는 안전고리를 손에 움켜쥐었다.

나는 그의 안전고리를 쭉 잡아당겨서 내 우주복에 있는 고리에 재빨리 연결했다. 그다음 컨트롤 스틱을 살짝 튕겨 비행 궤적을 틀었다. 고백하건대, 정말이지 아슬아슬했다. 방향을 틀자 시커먼 벽이 내 옆을 음산하게 스쳐 지나갔다.

나는 회전을 제어한 후, 2호기의 에어록으로 향했다. 그다음 에어록의 해치를 닫고 내부를 가압했다. 그러자 곧바로 타쿠미가 내부해치를 열고 다가와 나를 거들었다. 나와 타쿠미는 민준의 우주복을 벗겨내고 천장을 발로 밀면서 심폐소생술을 했다. 잠시 후, 민준이 가벼운 신음 소리와 함께 정신을 차렸다.

소행성 포획 미션 234일 차

원래는 어제 왕복선들을 케이블로 연결할 계획이었지만, 민준의 사고로 인해서 계획을 하루 늦췄다. 우주인들의 심리적 안정이 필요할 것 같다는 ARMCR의 판단 때문이었다. 그저께의 경험을 겪고 하게 된 생각이 있다. 죽음은 언제든지 찾아올 수 있는 낯선 이방인이라는 생각 말이다. 죽음은 그렇게 멀리 존재하지 않았다. 하지만 죽음이라는 악몽 같은 무게감에 짓눌려 더 큰 악몽들을 이끌어내지는 않을 것이다. 얼른 긍정적인 생각을 되찾아야 한다. 악몽은 시간이 지날수록 자라나기만 하니까.

나와 2호기의 민준, 3호기의 댄 테일러가 오늘의 임무에 나섰다. 우리는 에어록1을 통해 우주로 빠져나와 화물칸에 준비돼 있던 케이블을 서로 연결했다. 나는 2호기, 민준은 3호기, 댄은 1호기로 향해 날아가서 화물칸에 케이블을 연결했다. 그러고는 케이블카처럼 생긴 네모난 페인트 분사기를 케이블에 매달았다. 이제 이 분사기들이 케이블카처럼 케이블을 달리면서 소행성에 하얀 옷을 입혀줄 것이다. 이제 진정한 의미의 소행성 배송이 시작됐다.

　우리의 우주유영은 오전 8시에 시작해서 네 시간이 걸렸다. 나는 우주복을 벗고 조종실로 돌아와 오후 1시 30분까지 식사 시간을 가진 것을 지시했다. 잠깐 휴식을 취한 다음 대원들을 조종석에 재소집했다. 그러고는 페인트 분사기를 동시에 작동했다.

　"소행성 궤도 수정을 위한 페인팅 카운트다운. 3, 2, 1. 분사."

　페인트 분사기가 케이블을 위를 빠르게 달리며 흰색의 특수 안료를 소행성에 거침없이 분사했다. 페인트는 소행성에 흡착돼 소행성의 표면에 옷을 입혔다.

　기기들이 한 바퀴 왕복하자 내가 말했다.

　"소행성 표면 이동을 위한 자세 조정 분사를 시작하겠다. 준비가 됐으면 응답하라. 1호기 준비 완료. 2호기?"

　"고!"

　민준이 답했다.

　"3호기?"

　"고!"

　댄 테일러가 응답했다.

　"좋아. 확인. 자세 조정 분사 카운트다운. 3, 2, 1. 분사."

　나의 신호와 동시에 아랫면의 RCS 분사 구멍들에서 분사가 시작됐고, 더불어 수평 균형을 잡기 위한 측면 분사도 수차례 이뤄지면서 편대가 상승했다. 세 대의 왕복선이 소행성의 상층부를 향해 평행을 이뤘다. 1차 궤도 수정 임무가 완료됐다. 성공적으로 임무를 완료하자 컴퓨터 제리가 다음과 같은 정보를 알려줬다.

"다음 궤도 수정을 위한 페인팅 예상 시점은 72일 16시간 후입니다. 72일 16시간 후입니다. 궤도 수정 시스템을 완료하겠습니다."

아아, 너무 길다. 그때까지 뭘 하지?

19.
내가 저
바람둥이 자식을……

2020년 11월 7일

안나의 기억 속 파편

드디어 우주왕복선들을 사용할 수 있게 됐다. 인간사가 다 그러하듯, 가끔은 불확실성을 밀어붙여야 할 때도 있는 법이다. 맥은 그냥 밀어붙였다. 내가 왕복선에 대해 말을 꺼내자 그는 바로 제트추진연구소에 전화를 걸어 문제를 해결했다.

"뭐야? 그냥 쓰면 되잖아? 안 그래? ……뭐라고? 내년 7월까지는 도저히 안전성을 보장 못 하겠다고? ……아니, 그럼 대체 지금까지 뭘 한 거야? 화성까지 못 가고 있던 게 왕복선에 착륙용 로켓엔진을 추가하지 못해서였다며. 어차피 소행성 잡으러 가는 데 착륙용 엔진은 필요가 없잖아, 안 그래? ……뭐? 기존의 왕복선들보다 더 길고, 크고, 무거워서 안정성을 테스트해봐야 한…… 나 참, 어이가 없네! ……빌어먹을! 그딴 소리는 역사에서 2등들이나 지껄이던 소리야! 뭐가 안 돼서…… 또 뭐가 안 돼서. 나 원 참! 환장할 노릇이군! ……됐고! 테스트는 많이 해봤잖아. 내가 직접 타봤으니 그건 잘 알아. 너흰 역사에 남을 튼튼하고 빠른, 아주 훌륭한 왕복선을 만든 게 맞아. 그러니까 내년 7월까지 8개월 남았어. 그때까지 문제없이 만들어놓길 바라…… 내가 T-MARS가 뭐라고 했지? ……그래, 시간은 곧 화성이야. 시간은 완벽을 기다려주지 않으니까 말이야. 시간이 지나봤자 그때 가면 또 새로운 기술이 나와서 뭔가 아쉬울 뿐이야. ……그래, 응, 그래. 알겠어. 김안나 박사에게는 내가 따로 말을 전할게. 아마 굉장히 만족하고 고마워할 거야. ……응. 아냐 아냐. 미안하긴. 내가 밀어붙인 건데, 내가 미안하지…… 그래. 며칠 안에 찾아갈게. 수고하라고."

이 모습을 옆에서 지켜보던 나의 기분. 1. 야호! 2. 하느님, 부처님, 알라님, 예수님, 그 외 모든 신 만세! 3. 쪼았어! 이제 구상했던 우주 연결 통로와 뱅글뱅글 2400, 겉은 바삭, 속은 촉촉 같은 것들을 적용할 수 있는지 알아봐야겠군. 4. 짜식, 생각보다는 쓸 만한데? 5. 그리고 화끈하게 밀어붙이는 게 매력적이고…… 내 스타일이야!

2020년 11월 15일

얻는 것이 있다면 포기해야 하는 것들도 생기기 마련이다. 우주 기술 연구소장 토머스 씨와 회의를 한 결과 나는 몇 가지 나의 구상들을 포기해야만 했다. 우주 연결 통로를 포기해야 했고, 뱅글뱅글 2400 역시 눈물을 머금고 포기해야만 했다. 안타까운 일이었다. 그때까지 기술의 안정성을 확보하면서 왕복선의 무게까지 줄이기에는 시간이 너무 촉박하다고 했다. 기존에 있던 설비들을 추가하고 보수하는 것만으로도 시간이 매우 부족하다는 토머스 씨의 설명이었다. 하긴, 너무나도 당연한 말이었다. 이상과 현실은 엄연하게 다르니까.

나는 이상과 현실을 냉정하게 구분해야 하는 위치에 있다. 의욕이 너무 앞섰다. 좀 더 보수적인 생각이 필요하다. 나는 조직의 리더니까. 뭐, 그래도 완전하게 허탕을 친 것만은 아니었다. 인체의 배설물을 재활용한 우주 방사선 보호막 구상은 그대로 적용하기로 했으니까 말이다. 지금은 그 정도로 만족하련다. 나는 지금 왕복선들을 사용하게 된 것만으로도 매우 만족한다. 또한 이것들 말고도 고민하고 회의를 진행할 일들이 산더미다. 포기할 것들은 미련을 갖지말고 깔끔하게 포기해버리자.

2020년 11월 20일

역시 맥은 속전속결이다. 맥이 소행성 포획을 위한 우주비행사 선발을 거의 완료했다고 알려왔다. 며칠 만에 어떻게 선발하느냐고 물을 수도 있겠지만, 남은 기간 동안 우주인을 훈련시켜야 하는 걸 고려하면 빠를수록 좋았다. 그리고 빠른 데에는 이유가 있었다. 우주인 선발에도 정치적, 경제적인 상황들이 껴 있었다. 맥은 가장 많은 투자를 한 몇몇 나라들에 우주인 선발 지원 우선권을 줬다. 이걸 우선권이라고 해야 하나? 그러니까 가장 많은 투자를 한 나라들에게 우주비행사 파견 티켓을 먼저 살 수 있게끔 한 것이다. 그리고 금방 팔아버렸다. 그것도 아주 비싼 금액으로. 우주 개척의 새로운 시대를 맞이할 상징성의 획득은 각 나라들에게 꿀까지 바른 솜사탕처럼 달콤하게 보였을 테다. 그러다보니 경쟁이 이루어져서 비싸게 그리고 빨리 선발할 수 있었다. 맥은 파견 신청을 한 나라들 중, 투자 금액과 훈련 중인 우주비행사가 있는지를 고려해서 선발을 마무리했다. 왕복선 사용 결정 후, 정확히 열흘 만에 내린 과감한 결론이었다. 1차로 선발된 우주비행사들의 국가와 훈련 기관은 다음과 같았다.

댄 테일러(미국, NASA, T-MARS)

클레몽 마티유(프랑스, ESA)

빌리 맥(영국, ESA)

신민준(대한민국, 항우연, NASA, 특이 사항: 달 탐사 훈련 중)

이이오 타쿠미(일본, JAXA)

맥 매커천(미국, NASA, T-MARS)

뭐? 맥 매커천? 그의 이름을 우주비행사 선발 명단에서 확인한 순간 이상하게도 나의 심장은 두근거렸다. 그가 3년간 멀리멀리 떠난다고 생각하니 가슴 한구석이 아려왔다. 머릿속이 텅 빈 것만 같았다. 나는 명단이 적혀 있는 서류를 한참 동안이나 멍하니 손에 들고 바라봤다. 이제야 맥에 대한 나의 감정이 그저 괜찮은 정도보다는 크다는 것을 알 수 있었다. 그렇다. 난 저 빌어먹을 바람둥이 자식을 좋아하나보다. 근데 왜? 일단 마음을 진정시킬 술이 필요하다.

2020년 12월 4일

내가 말했던 우주인의 3대 위험 요소를 기억하는가? 장기간의 무중력 노출로 인한 고칼슘혈증, 고에너지 우주 방사선에 대한 노출, 그리고 장기간의 항해 중 노후화된 왕복선의 유지 및 보수가 가장 큰 위험이 될 것이라고 했던 것 말이다. 그중에서 항해 중 망가진 부품 교체 및 보수에 대한 확실한 답을 찾지 못했다. 사흘 전에 나는 제트추진연구소장 제프리 삭스 씨와 만나 그 문제에 대해 회의를 했다. 그는 굴러온 돌(물론 나)을 그다지 좋아하는 분위기는 아니었지만, 그래도 우리는 답을 찾았다. 3D 프린터기를 이용해서 대체할 수 있는 부품은 현장에서 조달하자는 것이었다. 물론 민감한 전자부속품이나 열에 민감한 엔진 부품 따위는 대체하지 못하겠지만, 그래도 그게 어딘가. 일반적인 보수에는 큰 도움이 될 듯했다.

우리는 연구소의 우주 스테이션 부품들을 담당할 프린터 팀에게 맡길지, 아니면 외부 업체를 따로 정할지 나중에 이야기를 해보자고 하고 회의를 마쳤다. 아무래도 건설 전문 팀이다보니 왕복선 부품 제작까지 맡기는 것이 애매하긴 했다. 그래서 찜찜한 기분이 들었는데, 정말 애매한 상황이 벌어지고야 말았다. 소문이 어떻게 난 건지 이틀 동안 나에게 이곳저곳에서 연락이 오기 시작했다. 연락이 온 곳은 일본, 독일, 대한민국, 호주, 대만의 각 정부 과학처였다. 모두 자신들의 나라에서 기술 지원을 하겠다고 문의를 해왔다. 나는 보수적으로 변해가며 체득한 가장 효율적인 답변을 했다.

"알겠습니다. 긍정적인 방향으로 고려해보겠습니다."

깔끔한 답변이다. 과거의 공격적인 나였다면 미끼를 덥석 물고 일일이 모든 답변을 해서 일을 더욱 꼬이게 만들었을 테다. 근데, 왜 이렇게들 적극적이지? 머리를 굴려봤지만 도무지 이유를 모르겠다. 요새 신경쓸 일들이 많아서 그런지 머리가 도통 돌아가지가 않는다. 그 상황 속에서 또 다른 전화 한 통을 받았다. 대통령이었다. 대통령은 나에게 이렇게 말했다.

"김 박사. 그 부품 제조 프린터 기술 지원을 우리나라가 했으면 합니다. 안 되겠습니까?"

그리고 대통령님의 전화까지 받게 된 애국자의 당연한 반응은 이랬다.

"네, 대통령님. 제가 추진해보겠습니다. 걱정하지 마십쇼."

아, 몰라! 왜 저렇게들 난리지? 오늘은 맥주나 두어 캔 정도 마시고 푹 잠을 자야겠다. 요새 잠을 못 잤더니 머리가 너무 무겁다.

2020년 12월 5일

대통령에게 뱉은 말을 어떻게 취소하지? 이놈의 입이 문제다. 그렇게 조심한다고 했건만 홀랑 말을 내뱉어버리다니. 난 이런 정치적인 상황에는 아직 멀었나보다. 눈을 뜨자마자 나의 입에서는 이런 소리가 흘러나왔다.

"헉! 젠장! 어떡해!"

부품을 만들기 위해서는 정확한 치수가 기입된 부품 설계도가 필요하다. 3D 프린터는 모델링, 프린팅, 피니싱의 세 가지 과정을 거치게 되는데, 나는 우주선에서의 모델링 과정은 3D 스캐너를 이용해서 입체 설계도를 작성할 거라고 생각했더랬다. 그런데 망가진 부품을 제작한다는 사실을 까마득하게 잊고 있었던 것이다. 어쩜 이렇게 멍청하고 단순하게 생각할 수가 있지! 망가진 부품은 입체 스캐너로 찍어봤자 망가진 부품일 뿐이다. 그럼 어떻게 제작을 해야 할까? 당연히 그게 안 되면 모델링 프로그램을 이용해야 한다. 즉, 설계도가 필요하다는 말이다. 내가 바보가 된 부분이 바로 이거였다. '왜 이렇게들 3D 프린터에 적극적이야?' 말이다. 부품 제작을 위한 3D 프린터의 기술 협약은, 왕복선 설계도의 유출로 바로 이어진다. 전체 설계도를 얻게 될 테니까 말이다. 공짜로 최신형 우주왕복선의 설계도를 얻게 된다는 말이다.

나는 이제야 대통령까지 나섰던 이유를 깨닫게 됐다. 홀랑 대답을 해버렸으니 어디 가서 벽 보고 손이라도 들고 있어야 할 판국이다. 이마에는 포스트잇을 붙이겠지? '죄목: 기술 스파이' 아무리 내가 국가를 위한다지만 이건 정말 아니다. 다른 사람의 꿈에서 시작된 기술을 함부로 빼돌릴 수는 없는 법이다. 모르는 척하고 우리나라의 발전을 위해서 눈감았다고 치자. 그러면 우리나라 과학기술자들의 발전에 도움이 될까? 전혀 그렇지 않다.

　나는 우리나라의 나로호 발사 당시 사진 몇몇 장을 봤다. 사진 속 모습은 몇 년간 고생했던 과학기술자들이 서류를 날리면서 기뻐하는 모습이 아니었다. 사진들 속에는 웬 국회의원 배지를 가슴에 단 정치인들이 전면에 나와 있었다. 그것도 말끔하게 정장을 입은 채로 말이다. 그러고는 어색한 박수와 경직되고 단정한 자세로 자리에 앉아서 어색한 미소와 함께, 찰칵! 흥분해서 말도 제대로 안 나오는군. 내가 우리나라에 있었다면 그 황당한 광경들을 목격했겠지? 방금 낳은 새끼를 주인에게 빼앗겨버린 어미 개의 표정으로. 그렇게 사진 뒤편에 조그맣게 찌그러진 채로. 우라질! 절대 그런 꼴은 보기가 싫다. 노력한 자들이 어미 개의 슬픈 표정을 지을 수는 없는 법이다. 내가 설계도를 빼돌려봤자 위선자들의 홍보에나 이용될 것이 아닌가. 진정한 발전이 있으려면 그만큼의 과정과 노력, 투자가 필요한 법이다. 그런 방식은 발전에 전혀 도움이 되지 않는다. 그리고 난 이곳에서 매우 행복하다. 이곳에서 찌든 땀냄새를 동료들과 함께 마시면서 환호하는 행복을 누리는 것에 충분히 만족하고 있다. 나를 인정해준 맥을 배신하고 싶지 않다. 그리고 무엇보다도, 내 과학적 양심이 그걸 허락하지 않는다. 일단 용기를 가지고 대통령에게 전화를 해야겠다.

2020년 12월 6일

살 떨리는 경험이었다. 나는 어제 대통령에게 다짜고짜 안 된다고 통보를 했다. 내부의 연구소에서 자체적인 개발하기로 했다고 하면서 말이다. 어찌나 떨리던지 우주비행사들의 호흡법인 '할딱할딱' 호흡법을 따라 해야만 했다. 이게 전부 함부로 확언을 해버린 것에 대한 대가였다.

어찌됐건 이제 해야 할 일이 생겼다. 그것은 바로 이 상황을 맥에게 보고하는 것이다. 기술 유출을 막으려면 자체적인 3D 프린터 기술을 보유해야 한다. 그가 이런 상황들을 이해하고 승인해야 외부에서 전문가를 영입하든지 할 것이다. 그래서 나는 날름, 그리고 쪼르르 75층에 올라가 그에게 보고했다. 이에 대한 그의 반응은 이러했다.

"역시, 내가 사람 보는 눈 하나만큼은 타고났다니까! 지켜줘서 고마워. 잘했어."

그의 눈에는 수줍음이 담겨 있었다. 그렇게 잠시 땅을 쳐다보던 그가 내게 말했다.

"근데, 한국에서 정치인들이 어쨌기에 그렇게 광분을 한 거야?"

나는 새끼를 뺏겨버린 어미 개의 심정이었을 과학자들의 슬픔을 설명했다. 더불어 참고 사진까지 보여주면서 말이다. 사진을 본 맥은 깔깔깔 웃으며 이렇게 말했다.

"뭐야, 이거? 하하하! 노인정에서 컨트리 송 공연을 보는 노인네들 같잖아! 이게 정말 발사 성공 사진이야? 이런 맙소사! 저희들도 알긴 아는가본데? 이러고 있을 자격이 없다는 거 말이야. 그러니 저렇게 썩은 표정으로 웃는 게 아니겠어? 이거 정말 대박이다."

그러고는 사진 속 인물들의 행동을 마임으로 따라 하기 시작했다. 먼저 오른손으로 넥타이를 곱게 매는 행동을 하더니 너무 목을 죄었는지 숨이 막힌다는 익살스러운 표정을 지었다. 그러고는 7 대 3 가르마를 곱게 만들어냈다. 그 모습 그대로 모범적인 자세로 의자에 앉으니 정말 우스꽝스럽게 보였는데 맥은 거기서 멈추질 않았다. 양손을 무릎에 다소곳이 얹은 채 허리는 반듯하게 쭉 폈다. 그렇게 자세를 잡은 뒤, 어색하고 어설픈 표정으로 김치! 양손은 영혼이 없는 듯 박수를 치면서 말이다. 게다가 그의 입꼬리는 양쪽 볼에 경련이 일어날 정도로 위로 치세워져 있었다. 그의 볼이 파르르…… 정말 잘 표현했군.

그의 마임을 보며 한참이나 웃던 나는 역시 마임으로 그의 행동에 응답했다. 입꼬리를 잔뜩 아래로 늘어뜨리고, 허탈한 표정을 지으면서, 양팔과 어깨를 아래로 축 늘어뜨려 중력에 맡긴 채, 초점 없는 눈빛으로 어딘가를 멍하니 바라보고 있는 표정. 표현력이 조금 떨어지긴 했지만 내가 말했던 어미 개의 심정을 표현한 것임은 충분히 알 수 있을 듯했다. 내 마음을 본 맥도 환하게 웃었다. 한참을 웃던 내가 그에게 말했다.

"고마워. 덕분에 동료들과 환호하는 기쁨을 누릴 수 있게 됐어. 고마워. 날 믿어줘서. 고마워. 난 지금 매우 행복해. 정말이야."

내가 그에게 진심을 다해 말했다.

그리고 그가 조심스레 답했다.

"연말에 계획 있어? 별다른 계획 없으면 함께 뉴욕이나 갈까? 여기는 겨울 느낌이 별로 없잖아…… 데이트 신청, 이렇게 하는 거 맞지?"

2021년 1월 1일

눈을 뜨자 관자놀이를 바늘로 찔러대는 듯한 통증이 느껴졌다. 머리가 깨질 듯이 아팠고 한없이 무거웠다. 주위를 둘러보니 어딘가 낯설었다. 나는 이불을 살짝 들춰 내 몸을 바라봤다. 알몸이었다. 그다음, 아니겠지 하는 마음으로 내 옆을 돌아봤다. 오 마이 갓…… 나는 동그랗게 눈을 뜬 채로 기억을 더듬었다. 그러자 점점 하나의 그림이 그려지기 시작했다.

1. 나는 그와 함께 인파가 가득한 타임스스퀘어를 구경하면서 돌아다녔다. 그러나 광장공포증이 있는 맥의 표정은 점점 어두워졌다. 2. 우리는 사람들로 북적이는 거리에서 빠져나와 맥이 예약해둔 한국식 퓨전 레스토랑에 들어갔다. 3. 우리는 와인과 함께 맛있는 음식들을 먹으며 즐거운 시간을 보냈다. 그래, 아이스 와인. 분위기에 취해서 홀짝거렸지. 4. 낭만적이고 재미있는 대화들이 오갔던 것 같다. 기억이 가물가물하지만 대체적으로 그랬다. 5. 새해맞이 카운트다운이 시작되자 그가 나에게 말했다. "한 해의 시작을 함께해줘서 고

마워. 그리고 사랑해." 그러고서 무슨 펜던트를 내 목에 걸어줬던 것 같은데…… 아, 그 블랙홀같이 생긴 펜던트! 가운데 커다란 흑진주가 달려 있고, 그 주변으로 작은 다이아몬드들이 토성의 고리처럼 띠를 두르고 있는. 그래, 그거다. 〈인터스텔라〉의 '가르강튀아 블랙홀'처럼 생긴. 6. 그리고 그가 말했지? 그윽한 눈으로 나를 바라보면서, "나랑 함께해줄래?"였던가? 아니면, "나랑 결혼해줘"였나. 아니면, "처음 본 순간부터 운명이라고 느꼈어. 사랑해"였나. 아무튼 비슷한 말이었다. 7. 그리고 내가 말했나? 아냐, 내가 키스를 했다. 분위기 좋게 취해가지고는. 그러고는 행복감에 빠져들어서 와인을 좀 더 홀짝거렸다. 8. 어?!

아무래도 어젯밤 그와 잠을 잔 것 같다. 와인이 문제다. 기분에 흠뻑 취해서 홀짝거렸으니…… 그리고 프러포즈를 받은 것 같다. 나 역시 사랑에는 젬병이지만, 바람둥이인, 아니, 바람둥이였던 그도 진정한 사랑에는 젬병이었던 것 같다. 뭐랄까, 기억 속에 남아 있는 맥의 프러포즈는 뭔가…… 그래, 한없이 어색했다. 다섯 살짜리 아이의 풋풋한 사랑 고백 같았다고나 할까. 정확한 기억은 없지만 대충 그랬던 것 같다. 아무튼 얼핏 기억하기로는 평생 바람피우는 일 없이 나만 바라보겠다고 맹세했던 것 같다. 아닌가…… 내가 시킨 건가? 뭐 상관은 없다. 그렇게 만들면 되니까.

나 역시 그를 사랑한다. 눈을 떠서 어제의 상황이 인지되지 않았을 때 잠시 당혹했던 건 사실이다. 그러나 어젯밤 그의 진심들이 하나로 모이자 공허하던 나의 가슴이 따스한 햇살로 가득 메워졌다.

심장이 힘껏 펌프질하기 시작했다. 온몸에 행복이 구석구석 스며들었다. 나는 그 행복감에 그를 부드럽게 뒤에서 끌어안았다. 그리고 그의 가슴으로 손을 뻗어 좀 더 몸을 밀착했다. 그의 심장 소리가 들려왔다. 그의 심장이 나와 같은 리듬으로 두근거리고 있었다. 나는 그의 목덜미에 코를 묻고 그의 체취를 느꼈다. 그러고는 그의 뺨에 부드럽게 키스했다. 그가 환하게 미소 지으며 잠에서 깨어났다. 나의 입술이 부드럽게 애무하며 다가오는 그의 입술을 허락했다. 우리는 다시 하나가 돼 움직이기 시작했다. 새벽과는 달리, 모든 것들이 느껴지기 시작했다. 그렇게 우리의 이야기는 시작됐다.

근데 자기, 지금 내 안에 있는 느낌은 어때?

20.
푹 자고 나면 좀
나아지지 않겠나

2023년 3월 17일

소행성 포획 미션 626일 차(2), 맥 매커천

지금 내 느낌이 어떻냐고? 좆같다. 축축한 게 빌어먹게 후끈거리는 느낌이다. 미안하다. 하지만 어쩔 수가 없었다. 이해하시길. 나는 지금 좆나게 아프니까. 빌리에게 박치기를 당한 부위가 우라지게 아프다. 게다가 터진 코피는 멈출 기미가 보이지 않는다. 콧구멍을 막아놓은 거즈가 찜찜하게 축축하다. 거울을 보니 내 코는 코주부 안경에 달린 코처럼 퉁퉁 부어올라 있었다. 환장할 노릇이군. 빌리는 케이블타이로 묶어둔 상태다. 꼼짝 못하게 결박시켰으니 오랜만에 마음 편하게 일지를 쓰도록 하겠다.

그동안 일지를 쓰지 못했으므로 간략하게 그간의 여정을 설명하겠다. 1년의 여정이니 잘 살펴보기 바란다. 먼저 그간 일지를 쓰지 못했던 이유부터 밝히겠다. 바빴다, 그것도 엄청나게. 빌리의 뒤치다꺼리를 하느라 하루 종일 매일매일.

기본적인 생활은 예전에 일지에 쓴 내용과 비슷하다. 먹고, 싸고, 운동하고, 똥을 주물럭거리고, 우주 방사선 보호막을 배치하고, 왕복선의 점검 및 수리를 하고, 골밀도 측정 및 안압 검사를 하는 일련의 일들 말이다. 우리는 마치 좁은 어항 속에서 노니는 작은 금붕어가 된 기분이었다. 왕복선의 한정된 공간 속에서 똑같은 행동들을 무한 반복하며 살고 있으니. 어쨌든 우리는 그간 금붕어처럼 살았다. 딱 미치지 않을 정도까지만.

기본적인 생활을 제외한 우주인으로서의 업무는 왕복선당 한 명이 사고에 대비해서 우주유영을 준비하고는 버튼을 누르는 일 몇 번뿐이었다. 버튼을 누르면 페인트 분사기가 컴퓨터가 설정한 분사 각도 그대로 소행성에 페인트를 뿌려서 흡착시켰다. 그 뒤에 우리는 왕복선의 자세 조정 분사를 통해 왕복선을 상승 및 하강시켰다.

선외 활동은 딱 한 번 있었다. 먼저 민준이 선외 활동을 통해서 소행성의 몇몇 표면 일부를 채취했고, 그다음 도킹 포트를 설치하기 위해 지질학적 특성을 분석했다. 그렇게 소행성 몇 군데의 강도 및 성분을 조사한 후, 우리는 밖으로 나가 소행성의 적도 근처 양쪽으로 도킹 포트를 설치하는 데 성공했다.

어렵지 않은 작업이었다. 먼저 왕복선이 소행성으로 근접해 편대의 배치를 수정했다(삼각형에서 화살촉 모양으로). 그다음 로봇 팔에 발을 고정하고 선외 활동을 나갔다. 그러고는 드릴을 이용해 소행성 표면에 일종의 홈을 파냈고, 도킹 포트를 소행성 표면에 유도한 뒤, 장비에 내장된 작살을 이용해 소행성 표면에 장비를 고정시켰다. 그 뒤, 세 명의 제트팩을 이용해 소행성 표면과의 평형을 제어했고, 뚫어놓은 구멍에 도킹 포트를 끼워 맞췄다. 나머지 작업은 타쿠미가 장비에 내장된 굴착 설비를 원격으로 조종해서 완전히 마무리했다. 모든 작업은 중성 부력 풀장에서 훈련했던 그대로였다. 일지를 쓰다보니 드디어 코피가 멈춘 것 같다. 일단 진통제인 비코딘도 좀 먹고 퉁퉁 부은 코에 얼음찜질이라도 좀 해야겠다. 조금 후에 다시 오겠다.

소행성 포획 미션 626일 차(3)

바보 같으니라고. 아무래도 머리를 맞아 정신이 나갔나보다. 내가 얼음찜질이라도 좀 해야겠다고 말하지 않았는가. 왕복선에 얼음은 없다. 냉동고가 없으니 얼음도 없을 수밖에. 우주에서 얻어터진 놈의 애교로 봐주시길.

그래도 코가 부러지지는 않은 것 같다. 다행이다. 퉁퉁 부은 상태로 왼쪽으로 살짝 휘어져 있었는데, 거울을 보면서 코를 살살 흔들어주니 다시 원상태로 돌아왔다. 어릴 적 아버지에게 많이 맞아봤던 내 경험상 붓기가 빠지면 괜찮을 듯싶다. 통증도 진통제를 먹고 나니 한결 나아졌다.

위에 썼던 글을 다시 보니 그간 있었던 일에 대한 대략적인 설명은 됐지 싶다. 다만, 빌리의 조울증은 점점 더 심해졌다. 글러브 박사가 조울증 치료제인 에티졸람을 복용할 것을 권했지만 빌리는 한사코 말을 듣지 않았다. 빌리는 감정이 느껴지는 그대로 행동하는 것 같았다. 기분이 좋으면 뭔가(물티슈 같은 것들)를 마구잡이로 뽑아대면서 허공에 흩날리고 노래를 불러댔다. 화가 나면 벽면에 부착된 벨크로를 손가락으로 긁어 떼어내기도 했고, 나에게 날아와 얼굴을 들이밀고 온갖 욕설들을 퍼붓기도 했다. 기타를 치면서 노래를 부르다가 갑자기 소리 내어 꺼이꺼이 목놓아 우는 것쯤은 양호한 편이었다. 적어도 어지럽히거나 피해는 주지 않으니까. 그리고 3호기의 클레몽 마티유에게 욕설을 퍼부으면서 싸우기도 했고, 소변 흡입기에 페니스를 깊게 쑤셔넣고선 아델의 〈롤링 인 더 딥〉을 흥얼거리면서 자위를 즐기기도 했다. 나는 그의 기분을 맞춰주면서 상태가 좋아지기를 기다려왔다. 정말이지 우주에서 비글을 키우는 기분이었다. 나는 그가 어질러놓은 선내를 말없이, 그리고 묵묵히 청소하며 지냈다. 이제 왜 그동안 일지를 쓰지 못했는지 이해가 되는가. 정말이지 말도 못 하게 힘들었다.

빌리의 조울증이 우주 방사선이 머리를 때려서인지, 우주에서 아이를 잃은 심리적 충격 탓인지, 아니면 고칼슘혈증이 정신질환을 유발해서 그런 건지는 잘 모르겠다. 비행 의학관 글러브는 아이를 잃은 충격과 고칼슘혈증이 정신질환을 유발했을 거라고 추측할 뿐이었다. 방사선 수치 측정상 그 수치는 점점 줄어들었고, 나머지 우주인들의 정신 건강 상태는 상대적으로 양호했으니까.

빌리는 나와 쿡의 명령 따위는 들은 척도 하지 않았다. 운동을 하라고 명령을 내리면 가운뎃손가락을 내밀고 혀를 날름거리며 조롱했다. 그 결과 빌리의 근육량과 골밀도는 심각하게 감소했고, 식사까지도 제멋대로여서 상태는 더욱 나빠져만 갔다.

그는 갈수록 해골처럼 변해갔다. 빌리의 사진을 깃발에 프린팅하면 정말로 우주 해적단의 해적 마크로 어울릴 정도였으니까. 아니면 무덤에서 기어나온 구울이나 피라미드의 미라 같다고나 할까. 아무튼 이마에 탈모도 진행되면서 빌리의 외모도 성격만큼이나 많이 변해버렸다. 대충 이 정도면 지금까지의 빌리의 상태는 설명이 된 것 같다. 이게 빌리를 비난하고자 쓰는 글도 아닐뿐더러 고자질하려고 쓰는 보고서도 아니니 말이다.

빌리가 저렇게 된 것은 순전히 내 책임이다. 내가 그를 프로젝트에 포함시켰고 이 프로젝트의 선장이기도 하니까. 나는 책임을 남에게 떠넘기는 어리석은 행동은 하고 싶지 않다. 불편하더라도 남은 여정에 책임을 다하겠다. 죽을 뻔했으나 이렇게 살아서 지금 일지를 쓰고 있지 않은가. 그거면 된 것이다. 이 정도면 빌리는 충분히 고통받았고, 충분히 모멸감을 느꼈다. 이 정도면 됐다.

소행성 포획 미션 626일 차(4)

그러고보니 내게 우주에서 지구인 최초 구타를 당하게 했던 사건의 내막을 안 적었군. 코피가 터진 손도끼 만행 사건의 경위는 이러했다. 우리는 궤도 수정을 위해 페인팅 임무를 준비하고 있었다. 그리고 혹시 모를 사고에 대비해서 왕복선당 한 명씩 우주유영을 준비하고 있었다. 당연히 빌리를 내보내고 싶지 않았기에 내가 EVA에 대한 사전 준비를 해둔 상태였다. 그러나 빌리는 본인이 나가고 싶다고 우겼고, 나는 당연히 거절했다. 아무래도 빌리는 이에 불만을 품고 있었던 것 같다. 그러나 고양이 발끝에 숨겨진 날카로운 발톱처럼 한껏 예민해진 불만을 숨겨놓은 채 불만을 표출시킬 때를 기다렸던 것 같다. 나는 그것도 모르고 얌전해진 빌리를 조종석에 앉혀놓고 편대를 지휘했다. 내가 편대원들에게 명령했다.

"소행성 궤도 수정을 위한 페인팅. 3, 2, 1, 분사!"

이와 동시에 빌리가 외쳤다.

"3, 2, 1, 발사!"

처음에는 내 카운트를 따라서 외치는 줄로만 알았다. 그러나 그 카운트에 실제로 자세 조정용 분사가 될 줄은 꿈에도 몰랐다. 갑작스런 측면 분사로 인해서 왕복선이 꾸르릉 소리를 내며 뒤틀렸다. 왕복선끼리 연결해놓은 케이블이 팽팽해지면서 내는 소리였다. 그 충격으로 인해서 왕복선이 삐삐삐거리는 요란한 경보음과 함께 시뻘건 경고등을 번쩍였다. 갑자기 모든 게 아수라장이 됐다. 하지만 다행스럽게도 왕복선 선체에 큰 손상은 없는 듯했다. 벽면 어딘가가 뚫려서 내가 우주로 빨려나가지는 않았으니까.

빌리는 오케스트라 지휘자의 손놀림처럼 고요하게 움직였다. 더 큰 악몽의 다음 악장을 지휘하는 것처럼 서서히, 느리게, 부드럽게 시작하다가 빠르게. 빌리는 이 정도로 만족하지 않았는지 이번에는 OMS 엔진의 분사 버튼을 향해 손을 뻗었다. 나에게는 다음 버튼으로 향하는 빌리의 손가락이 슬로모션처럼 고요하게 보였다. 나는 본능적으로 조종석의 벨트를 풀어 빌리에게 날아갔다. 저걸 누르면 보나마나 이 기나긴 여정도 끝장일 테니까. 순간적인 추력을 얻게 되면 결과는 뻔했다. 나는 빌리의 손을 잡으며 행동을 저지했다. 그러나 무중력상태에 놓인 나는 조종석에 고정된 빌리의 힘을 당해내지 못했다. 빌리가 휘두른 팔에 아무런 저항도 하지 못하고 조종실의 뒤쪽 벽에 처박혀버렸다. 나는 벽면과 충돌한 뒤 다시금 조종석의 전면부로 튕겨져 나갔다. 팔꿈치의 자신경 부위가 부딪쳤는지 오른팔이 칼로 베인 것처럼 욱신거렸다. 이와 동시에 다시 빌리의 손이 OMS 분사 버튼으로 향했다. 나는 반사적으로 소리를 질렀다.

"제리! 모든 엔진 시스템을 다운시켜!"

내 말이 끝나기가 무섭게 빌리의 손가락이 버튼을 눌렀다. 잠시 영원 같은 침묵이 이어지는 듯했다. 비상벨이 시끄럽게 울어대고 있었지만 상관없었다. 내 귀에는 오직 빌리가 누른 딸깍하는 소리만이 들려올 따름이었다.

한 번이 아니었다. 그는 연속적으로 빠르게 버튼을 눌러댔고, 내 귀에는 연속으로 버튼을 누르는 그 딸깍딸깍딸깍 소리가 베토벤의 〈운명〉 교향곡처럼 들려왔다. 다행히 빌리의 바람은 이루어지지 않았다. 나의 목소리에 우선적으로 반응하게 돼 있는 제리가 제 몫을 해낸 것이었다. 제리는 순식간에 엔진의 모든 시스템을 다운시켰다.

나는 몸을 추슬러 곧바로 빌리에게 날아갔다. 그러고는 빌리의 조종석 벨트를 풀었다. 나의 뇌는 장식품이 아니란 말이다. 나는 욕설을 퍼붓고 있는 빌리의 몸을 껴안아 들어올렸다. 그러고는 서로 얼굴을 밀어젖혔다. 그 힘으로 우리는 팽글팽글 회전했고, 나는 그 틈을 타서 빌리의 팔을 끌어안았다. 이로써 빌리를 제압했다고 생각했고, 그렇게 믿었다. 그러나 빌리의 머리 또한 장식품이 아니었다. 사로잡힌 빌리는 이마를 내 안면에 힘껏 내리박았다. 그러자 엄청나게 묵직한 통증이 느껴지더니 다음 박치기를 준비하는 빌리의 얼굴이 눈에 들어왔다. 시뻘건 경고등의 점멸 속에서 유령 같은 빌리의 얼굴이 더욱 도드라져 보였다. 빌리의 얼굴은 그야말로 광대의 모습이었다. 슬픈 피에로 분장을 한 채로 웃고 있는 광대 말이다. 다시 생각하니, 엄청나게 아프다. 개자식……

이렇게 페덱스1호기의 난장판이 시작됐고, 나는 가까스로 민준의 도움을 받아 그를 결박했다. 빌리의 정신은 초신성이 폭발하듯 슬픔과 분노라는 중성자만 남긴 채 이렇게 분열됐고, 그 결과 오늘의 충동적인 사고가 일어난 것이다.

나는 아직 답을 모르겠다. 빌리를 어떻게 대해야 할지 말이다. 지구에서는 지금 그 논의가 이루어지고 있을 것이다. 그러나 우주항공 역사상 최초로 벌어진 이번 사건에 대해서 의견들이 분분할 것이다. 그러나 중요한 것은 어떻게든 빌리를 도와줘야 한다는 것이고, 그 역할과 책임은 나에게 있다는 것이다. 너무 어렵게 생각하지는 않을 작정이다. 오컴의 면도날 법칙은 이번에도 적용될 테니까. 때로는 간단한 생각과 긍정적인 유머가 답이 되고는 한다.

일단 잠을 좀 자야겠다. 푹 자고나면 좀 나아지지 않겠나. 일지를 종료하겠다.

21.
빌리,
조금만 더 버텨주렴

2023년 3월 18일

소행성 포획 미션 627일 차, 맥 매커천

　왕복선은 많이 아팠는지 밤새도록 구슬프게 울어댔다. 끼이이익, 구우우웅, 철커억거리는 스산한 비명 소리. 나는 그 비명 소리 덕에 잠을 설쳤고, 몽롱한 정신으로 아침을 맞이하게 됐다. 일어나보니 반대편 취침 주머니에서 섬뜩한 눈빛으로 노려보고 있는 빌리를 발견할 수 있었다. 그는 뭔가를 갈구하는 눈빛으로 나를 바라보았다.

　빌리는 케이블타이로 손과 발이 묶인 채 침낭 주머니에 처박혀 있었다. 입은 덕트 테이프를 붙여서 막아뒀고, 몸통은 침낭 주머니의 벨크로로 고정시켜둔 상태였다. 그러니 혼자서는 아무것도 할 수 없었다. 그렇다면 저 눈빛은……

　"그래, 방광이 터질 것 같다는 눈빛이겠지. 미안, 빌리. 아파서 그 생각을 못 했어. 기다려봐."

얼마나 마려웠을까? 적어도 열네 시간은 참았을 텐데. 하지만 나는 빌리의 소변을 어떻게 처리해야 할지 도무지 감이 오질 않았다. 그래서 진통제부터 한 알 입안에 털어넣은 뒤, 저 말썽꾸러기의 소변을 어떻게 받아야 할지 잠시 고민을 때려봤다. 어떻게 하면 저놈의 페니스를 만지지 않고도…….

"음ㅇㅇㅇ음응ㅇㅇㅇ음!"

더는 참기가 힘들었는지 빌리가 막힌 입으로 소리를 질러댔다. 그래서 나는 빌리를 침낭 주머니에서 꺼내 화장실로 데리고 갔다. 그러고는 라텍스 장갑을 낀 채로 저 빌어먹을 놈의 바지를 끌어내려서 끔직한 물건을 손으로…… 소변 흡입기가 빨아들인 것을 확인하고 기저귀를 입혔다고만 말하겠다. 그다음 다시 침낭에 묶어뒀다.

방금 든 생각인데, 앞으로의 여정이 정말로 험난할 것 같다. 저놈의 페니스를 만지지 않을 방법은 없을 것 같다. 게다가 대변은 또 어떻게 처리해야 한단 말인가. 아폴로 봉투를 엉덩이에 붙여야 할 텐데, 그러려면 저놈의 바지를 내려야 할 테고, 그렇게 되면 저놈의 항문 앞에 내 얼굴이…… 그러고는 조심스럽게, 그리고 똥이 새어나가지 않도록 아폴로 봉투를 엉덩이에 밀착시켜야…… 배변이 끝나면 저놈의 항문을 바라보면서 물티슈로 닦아줘야…… 물티슈를 잡은 내 손에는 물이 묻을 테고, 저놈의 똥에서 나온 세균이 금세 내 손으로…….

아아, 대충 계산해봐도 4백 일이 넘게 남았다. 그럼 4백 일 동안이 짓거리를 해야 한다는 것인가. 상상만 해도 가슴속에 먹구름이 가득 차는 기분이 든다. 위기다. 뭔가 방법을 찾아야만 한다.

혹시 오컴의 면도날 법칙을 아는가? 오컴이라면 이렇게 말했을 것이다.

"뭘 그렇게 걱정하나? 한 가지 방법으로 해결이 된다면 다른 논리들을 고민할 필요가 없잖나. 안 그런가? 가장 간단한 방법으로 모든 더러움과 짜증을 피할 수 있지 않은가. 자넨 이미 알고 있네. 알고 있어. 모든 걱정들을 피할 수 있는 방법은 바로, 저 빌어먹을 놈을……."

나의 내면과 나의 입이 동시에 말했다.

"죽여버려!"

정말 간단하군.

소행성 포획 미션 630일 차

오컴의 말은 옳았다. 가장 편안한 방법은 빌리를 죽이는 게 맞다는 생각이 든다. 괜히 살려둬서 오늘도 지랄 같은 이 짓거리들을 하고 있다. 정말로 환장할 노릇이다.

내가 왜 이렇게 흥분하느냐고? 하긴, 남의 똥구멍에서 볼일이 끝났는지 30분 동안이나 지켜본 적이 없으니 그럴 수밖에. 그리고 덩어리들이 가득한 봉투를 만지작거리면서 남은 뒤처리를 해보지 않았으니 그럴 수도. 음식을 기껏 떠먹였더니 내 얼굴에 뱉어버리는 꼴을 보지 못했으니 이해하지 못할 수밖에. 자근자근 오래 씹어서 침으로 걸쭉하게 반죽이 된 음식물이 뺨에 날아와 찰싹 달라붙어버리는 그 개 같은 느낌을 모르니 빌리를 옹호할 수도. 위로인지 칭찬인지는 모르겠지만 민준과 타쿠미는 나를 이렇게 불렀다.

"와…… 정말 보살이네, 보살."

빌리의 입은 덕트 테이프로 계속 막아둘 수밖에 없었다. 뚫린 입에서 계속 욕설이 나오니 어쩌겠나.

나는 선한 사람일수록 악의 유혹을 더욱 많이 받는다고 생각한다. 어차피 인간의 인생사에서 겪게 되는 사건들이라고 해봐야 대부분 비슷할 테고, 악에 길든 사람일수록 선과 악에 대한 갈등에 무뎌져 있을 테니까. 갈등이 적을수록 스스럼없이 자신의 이득만을 챙길 수 있다. 그것이 그들이 악하지만 잘 살 수 있는 이유이다. 그리고 지금, 빌리가 여태 살아 있는 이유이기도 하다. 갈등이 계속 샘솟는 것을 보니 아직까지는 내가 올바른 길을 가고 있다는 생각에 안심이 된다. 분노는 이미 일어난 일에 대해서 아무런 도움이 되지 않는 법이다. 지금은 빌리에게 에티졸람을 먹여야겠다는 생각이 들 뿐이다. 먹일 방법을 생각해보겠다.

소행성 포획 미션 631일 차

어제저녁에는 일과를 마치고 영화 한 편을 봤다. 〈그린 마일〉을 본 사람이라면 아마도 이 장면을 기억할 것이다. 와일드 빌이라는 미치광이 죄수가 먹던 음식을 퉤하고 뱉어서 명중시킨 후 기뻐 날 뛰는 장면 말이다. 그와 비슷한 일이 나에게도 일어났고, 빌리는 내가 떠먹여주는 음식을 족족 뱉어내고 있다. 앞으로는 고글을 낀 상태로 밥을 먹일 생각이다. 뱉은 덩어리가 눈에 맞아서 고생깨나 했으니까.

나에게도 '존 커피'의 능력이 있었으면 좋겠다는 생각이 든다. 그러면 빌리의 정신이 멀쩡해질 텐데…….

소행성 포획 미션 633일 차

아아, 만세! 드디어 빌리가 조울증 약인 에티졸람을 복용했다. 안 먹겠다고 바동바동 버티기에, 나는 침낭 주머니 위에 카메라를 설치하면서 빌리를 협박했다.

"너 계속 이런 식이면 카메라를 설치해서 네가 하는 짓들을 전부 촬영할 거야. 그리고 네 악행의 하이라이트만 편집해서 네 아내한테 보내줄 거고. 엑기스만 모아서 보게 되면 아내가 널 어떻게 생각할까? 그렇게 할까? 싫으면 앞으로 약을 복용하겠다고 맹세해. 아니면 할 수 없고."

그러자 빌리는 막힌 입으로 소리를 지르면서 부들부들 떨었고, 나는 그의 입에서 테이프를 떼어내 그의 의사를 들을 수 있었다. 게. 임. 오. 버. 약을 먹으면 차분해지는 데 많은 도움이 될 것이다.

가끔은 설득보다 협박이 필요할 때가 있는 법인데, 지금까지 그걸 왜 몰랐을까. 나는 아버지에게 그 사실을 배웠다. 어린아이에게 협박은 설득보다 효과적이라고. 그게 사실일 줄이야.

소행성 포획 미션 635일 차

효과가 있는 것 같다. 약을 먹기 시작하자 빌리의 상태가 조금은 나아졌다. 어둠속의 부엉이처럼 묘한 초점을 뿜어대던 그의 눈빛이 조금은 침착하게 변해가는 게 보인다. 하지만 글러브는 나에게 거기에 대해 반응하지 말라고 했다. 빌리의 태도가 조금 나아지더라도 무관심한 표정과 행동으로 대하라는 것이다. 그에게 어떠한 감정적 동조도 하지 말고 일정하게 거리를 유지하라고 했다. 욕설에 반응하면 관심을 받기 위해서 계속 그럴 수 있고, 착한 태도를 보인다고 해서 동조하면 결박된 상태에서 벗어나기 위해 거짓 감정을 드러낼 수 있다고 말이다. 나는 알겠다고 대답했다.

요 며칠 최대한 무반응으로 빌리를 대했더니 느끼게 된 것이 있다. 사고를 치면서 어질러놓기만 하던 빌리였지만, 그래도 그런 빌리가 그립다는 사실 말이다. 화도 나고 몸도 피곤하게 했지만 그래도 빌리는 나의 외로움을 공유하던 고마운 대화 상대였다. 그렇다 보니 잠시라도 빌리의 목소리를 듣고 싶었다. 그래서 입을 막아놨던 덕트 테이프를 잠시 떼어줬다. 그러자 빌리가 말했다.

"미안해. 내가 왜 그랬나 싶어. 너만 피곤하게 만들고 말일징."

그의 눈빛에서는 전기의자에 앉은 사형수의 마지막 진솔함이 담겨져 있는 듯했다. 사람들을 똑바로 쳐다보지 못하면서 파르르 떨리는 눈동자. 나는 빌리에게 왜 그런 행동을 했느냐고 물어봤다. 그러자 그가 바닥에 눈을 내리깔며 떨리는 목소리로 답했다.

"집에…… 가……고…… 싶었엉. 그뿐이었어……."

미치광이에게도 생각지도 못한 그만의 이유는 있는 법이었다. 이유 없는 결과란 없으니까. 결박당한 그의 몸이 파르르 떨리면서 그의 눈에서 포도알 같은 둥근 눈물이 뭉쳐지고 있었다. 나는 티셔츠를 끌어올려 그의 눈물방울을 닦았다. 그러고는 빌리를 조용히 끌어안았다.

소행성 포획 미션 650일 차

빌리의 상태는 점점 좋아지고 있다. 이제는 떠먹여주는 대로 잘 받아먹고 약도 꼬박꼬박 잘 복용한다. 그리고 글러브의 말대로 상태가 좋을 때는 30분씩 대화도 하고 있다. 빌리를 위한 건지 나를 위한 건지 모를 정도로 대화는 즐겁다. 빌리가 점점 차분해지는 것이 느껴진다. 그러나 왠지 모르게 나까지 침착해진다. 기분이 한없이 가라앉기에 아내에게 물어봤더니, 잠시 후 그럴 수도 있다는 답변이 돌아왔다. 빌리의 땀과 함께 빠져나온 약 성분이 물 환원기의 시스템에 녹아들어서 나에게 영향을 끼치는 것이란다. 땀에서 나온 약 성분이 이 정도 효과를 내니, 약을 직접 먹는 빌리의 상태가 호전되는 것도 이해가 된다.

빌리, 조금만 더 버텨주렴.

소행성 포획 미션 662일 차

빌리에게 자꾸 미안하다는 생각이 든다. 내가 예전에 왕복선의
변기 시스템까지 설명하면서 빌리가 범인일 거라고 써놓지 않았나.
내 착각이었다. 빌리가 결박된 상태인데도 탈주범들이 또다시 나타
났다. 내일은 변기의 역류 억제용 뚜껑을 손봐야겠다.

소행성 포획 미션 670일 차

왕복선이 슬슬 늙어가는 것 같다. 변기 고장도 점점 잦아졌고, 오
작동으로 밝혀지긴 했지만 얼마 전에는 엔진 온도 감지기에 이상이
생겼다는 비상 신호가 나타나기도 했다. 이 밖에도 여러 장비들에
서 노후화 징후가 서서히 나타난다. 오늘은 물 환원기의 여과기 필
터를 교체했다. 나는 바닥 패널을 뜯고 창고로 내려가 여과기 필터
를 빼냈다. 필터기 틀과 필터에는 찐득하고 누리끼리한 오물이 잔
뜩 들러붙어 있었다. 그 모습은 마치 싱크대의 거름망에 찌꺼기들
이 박혀 있는 모습과도 같았다. 냄새는 뭐, 망가진 변기에서나 날 법
한 냄새였다.

나는 필터기 틀에서 필터를 분리하기가 두려웠다. 더러운 틀과
필터를 만져야 하는 건 둘째치고, 필터를 빼면서 들러붙은 오물들

이 튀어나올까봐 덜컥 겁이 났다. 여과기는 원심력을 이용해서 유입된 액체에서 1차적으로 오물들을 걸러주는데, 저건 소변 같은 액체들에서 걸러진 부산물들이 쌓이고 쌓여서 모인 더러움의 결정체였다. 저기서 걸러진 액체가 증류를 통해서 순수한 물로 정수돼 나오는 것이고. 필터를 빼다가 튀어나와 둥둥 떠다닐 저 파편들을 전부 어떻게 치운단 말인가. 그건 말도 안 되는 행위이다. 그래서 그냥 버렸다. 필터기 틀은 재사용해야 함에도 불구하고 봉투에 담아서 말이다. 재사용하기에는 너무나도 더러워 보였다.

그래서 나는 곧바로 무중력에서도 제작이 가능한 3D 프린터를 이용해 필터 틀을 만들었다. 제리에게서 설계도를 넘겨받아 창고에 있던 프린터를 사용해 필터를 곧바로 제작할 수가 있었다. 필터 틀의 설계도를 입력하자 프린터 헤드의 펜같이 생긴 노즐에서 열경화성 소재, 그러니까 일종의 플라스틱 실이 노즐의 높은 온도에 녹아 나오면서 금세 페트병 네 개 크기의 틀이 완성됐다. 길쭉한 원통 중앙에 또 다른 원통형 필터틀이 붙어 있는 형태였다. 그러고는 여분의 필터를 가져와 필터 틀에 끼워넣은 뒤 창고를 빠져나왔다.

그러고보니 필터 교체는 쉬운 편이라 빌리에게 맡겼던 생각이 난다. 과연 빌리는 필터 교체를 했던 것일까?

소행성 포획 미션 673일 차

빌리가 묶인 지도 거의 50일이 다 돼간다. 50일간 결박당한 채로 모든 걸 통제당하는 느낌은 어떨까? 식사도 누군가 떠먹여줘야 먹을 수 있고, 배변 활동도 누군가가 도와줘야 할 수 있지 않은가. 자유의지에 대해서 완전하게 통제당하는 느낌은 어떨까?

사실 지금까지 그 생각은 미처 하지 않았다. 그저 치우고, 먹이고, 긁어주고, 피가 잘 통하게 마사지를 해주고, 약을 먹이고, 씻겨주고…… 내가 이렇게 빌리를 위해서 했던 모든 일들만이, 그리고 그런 일련의 행위를 하는 나만 힘들고 스트레스를 받고 있다고 생각했다. 입장을 바꿔 생각을 해보니 빌리가 참 대단하게 느껴진다. 나라면 참아낼 수 있을까? 나는 그러지 못했을 것이다. 점점 더 미쳐가고 있겠지…….

글러브의 원격 진료로 빌리의 상태는 점점 더 좋아지고 있다. 좋아지고 있는 것이 확연하게 느껴질 정도다. 눈빛도 정상으로 돌아왔고, 말투도 이제는 거의 정상으로 되돌아왔다. 이제 얼마 남지 않은 것 같다. 끝이 보이는 듯하다. 빌리…… 파이팅!

소행성 포획 미션 680일 차

오늘 아침 비행 의학관이 빌리가 안정적인 상태가 됐다고 확진을 내렸다. 결박당한 지 54일 만의 일이다.

나는 묶어둔 케이블타이를 풀어주면서 빌리를 끌어안았다. 근육량이 어찌나 줄었는지 마치 수수깡을 더듬는 것 같은 느낌이 들었다. 빌리의 어깨에서 기쁨과 미안함이 섞인 감정이 느껴진다. 빌리는 내 품에 안긴 채 어깨를 들썩거리며 흐느꼈다. 나는 그런 빌리를 꼭 안아주면서 그를 축하했다. 그러자 빌리가 말했다.

"미안해…… 그리고 고맙군. 넌 내 은인이야."

22.
모든 준비는
완벽하게 끝냈음

2021년 1월 3일

안나의 기억 속 파편

"우리 결혼식은 어떻게 할까?"

팰로앨토로 돌아오는 전용기 안에서 맥이 물었다.

"꿈도 꾸지 마. 결혼이 장난인 줄 알아?"

그와 마주 잡고 있던 손을 빼면서 내가 말했다. 그러자 그가 좌석 팔걸이를 올리고 내 무릎에 몸을 눕혔다.

"왜? 난 빨리 하고 싶은데. 그리고 시간도 별로 없잖아, 자기야."

"그게 문제야. 어떻게 결혼하자마자 우주로 갈 생각을 해?"

내 볼멘소리에 그가 장난 섞인 말투로 말했다.

"그럼 결혼하기 싫다는 거야?"

"응. 절대, 확실하게, 하늘이 무너져도. 지구에 살아서 돌아올 때까진 꿈도 꾸지 마. 누굴 우주에서 남편을 잃은 과부로 만들······."

"절대 그럴 리 없어. 반드시 살아 올 거야. 그리고 그런 소리 하지 마."

내 말을 자르며 그가 몸을 일으켰다. 그러고는 무심한 표정으로 옆에 있던 샴페인을 한 모금 마시고 입안을 헹구더니 꿀꺽 삼켰다. 그와 동시에 양손의 검지가 양쪽 귓구멍을 두어 번 가볍게 후벼댔다. 이에 살짝 민망한 표정으로 내가 말했다.

"그래, 미안. 그런 말 안 할게. 근데 왜 그렇게 우주에 나가려고 해? 나중에 가도 되잖아."

그러자 그가 말했다.

"어릴 때부터의 꿈이었다고 했잖아. 그런데 자기 때문에 화성 이주 사업을 취소했으니까 그 대신 소행성을 포획해 오기로 마음먹은 거지."

"내 핑계 대기는······ 그게 전부야?"

"아니, 우주비행사들이 가장 이루고 싶은 게 뭔지 알아?"

나는 대답 대신 고개를 갸웃거렸다. 그러자 그가 팔짱을 낀 뒤 부드러운 목소리로 말을 이었다. 그의 목소리에는 나지막한 떨림이 묻어 있었다.

"가장 이루고 싶은 건, 역사에 우리의 이름을 남기는 거야. 최초의 심우주 비행사, 최초의 화성인, 최초의······ 이런 수식어들 말이지. 남들한테는 이상하게 보일지 몰라도 우리는 그런 수식어에 목숨을 거는 족속들이야. 우주복에 차 있는 공기만큼이나 허풍으로 가득

찬 바보들이지. 최초의 수식어가 눈앞에 있는데, 남들한테 뺏길 수
는 없는 노릇이잖아. 생각만 해도 피가 끓는데, 그러지 않겠어?"

그러고는 싱긋 웃으면서 다시 말을 이었다.

"자기가 지구에서 날 지켜줘. 조심해서 다녀올게."

꿈이라고 하는데 말릴 방법이 있을 리가 없었다. 이에 나는 알겠
다고 대답하면서 한 가지 조건을 내밀었다.

"자기가 갈 때 말리지 않을 테니까, 내가 갈 때도 날 붙잡지 마. 나
도 언젠가는 어디론가 가게 될 거야. 알겠지?"

그가 입을 떼기도 전에 나는 말을 이었다.

"그게 언제냐고 물을 생각이지? 절대 안 가르쳐줘. 비밀이야."

나는 진심이었다.

2021년 1월 5일

이제 나는 법적으로 아줌마가 됐다. 결혼식을 하네 마네 하면서
이틀간 툭탁거리긴 했지만 결국 우리는 혼인신고를 먼저 하는 것으
로 합의를 봤다. 결혼은 3년간 미루기로 했다.

우리 둘 다 가족이 없는 만큼 이런 충동적인 결정에 브레이크 페
달을 밟아줄 사람은 없었다. 하지만 충동적이라고 해서 후회한다는
말은 결코 아니다. 남들이 보기에는 우리의 사랑이 과정도 없고 로
맨틱해 보이지 않을 수도 있지만, 그런 드라마 같은 로맨스에 신경
이 쓰이지는 않는다. 우리에게는 우주가 로맨스이다. 그리고 우주라

는 서로의 꿈이 드라마 같은 매개체가 된 셈이다. 그러니 뭐가 더 필요할까.

게다가 사랑에 젬병인 우리 두 사람에게 로맨스와 그런 과정들은…… 역시 무리다. 정말 무리였다. 두 사람 모두 팔자에 일이 가득한걸. 이렇게라도 하지 않았다면 우리 둘 다 노총각, 노처녀 신세를…… 잠깐, 생각해보니 맥은 아닐 것 같다. 유명한 바람둥이가 아니던가. 앞으로 박박 좀 긁어야겠다. 부부의 주도권은 여자가 쥐어야 하는 법이다.

2021년 3월 10일

오늘은 처음으로 부부 싸움이라는 것을 했다. 우주 식단을 유기농 식품으로 준비하겠다고 한 것이 화근이 됐다. 아내가 유기농 채소를 준다고 분노하는 남편이 말이나 되느냔 말이다. 그의 주장은 이러했다.

"뭐? 우주 식단을 전부 유기농 식품으로 준비할 거라고? 자기 미쳤어? 난 정말 살아서 돌아오고 싶단 말이야! 조그마한 위험이라도 제거해주는 게 당신 임무 아니야? 빌어먹을! 유기농은 위험해! 유기농 채소는 독약이란 말이야! 빌어먹을 유기농! 빌어먹을 우주 독극물! 싹 다 버리고 일반 채소로 바꿔! 안 그러면 난 우주에서 한 입도 안 먹을 거야! 알겠어?"

황당한 기분이었지만, 생각해보니 남편의 말은 옳았다. 학자로서

인정하는 바이다.

유기농 채소가 일반 채소보다 위험한 이유는 다음과 같다. 혹시 병충해 없는 재배지를 본 적이 있는가? 내 기억에 지구에 그런 땅은 존재하지 않는다. 그러니 농작물을 키울 때 살충제를 살포하게 되는 것이다. 그러나 유기농 농작물은 다르다. 살충제를 뿌리지도 않는데 왜 병충해의 피해가 더 적을까? 그 이유는 유기농 작물이 병충해에 대한 자연 저항력을 지녔기 때문이다. 그러니까 독극물을 온몸에 품고 있다는 말이다. 씻어버릴 수 있는 살충제와 온몸에 가득 담긴 살충제. 어느 것이 더 위험할까? 그러니 유기농 작물은 발암성이 수백, 수천 배나 높을 수밖에 없다.

우주 방사선에 잔뜩 노출될 그가 흥분할 만도 했다. 암에 조금이라도 덜 걸리고 싶을 테니. 예전부터 느끼는 거지만 남편의 유전자는 생존 본능에 특화돼 있는 것 같다. 우리 남편은 생존왕이다.

2021년 6월 30일

모든 준비는 완벽하게 끝났다. 식량도 42개월 치를 준비했고 우주인들의 훈련도 강도 높게 이루어졌다. 엔진도 점검이 끝났으며 연료도 가득 실어놓았다. 표준 위성항법 소프트웨어도 점검을 마쳤고, 설비된 모든 생명 유지 장치들도 정상적으로 작동됐다. 모든 설비가 안정적이었다. 이제 남은 임무는 인류가 최초로 경험하고 목격하게 될 3년여 동안의 머나먼 여정이다. 이 시대에 살고 있는 우리가 할 수 있는 것들은 모조리 쏟아부었으니 이제는 지켜볼 일만 남았다. 미래의 우리라면 후회될 것들이 많겠지만, 현재를 달리고 있는 우리로서는 자신감이 가득하다. 적어도 지금은 우리가 미래로 향하기 위한 최선의 다리이기 때문이다. 우리는 현재의 인류와 더 나은 세상을 살고 있을 미래의 인류를 잇는 거대한 대교이다. 그런 의미에서 우리는 인류의 미래를 표상하는 존재일지도 모른다. 우리가 선택한 현재의 결과에 따라서 미래에 대한 결과도 많이 달라질 테니. 아마도 현재의 선택에 대한 무게감이 나의 가슴을 더욱 떨리게 하고 있는지도 모르겠다. 미래는 절대로 정해져 있지 않다. 현재의 선택에 의해서 진화의 나무처럼 분화되고 갈라질 뿐이다. 하긴, 그래야 공정하다. 미래가 단 하나의 세상으로 결정돼 있다면, 우주의 존재는 엄청난 시공간의 낭비일 뿐이니까.

TV를 켜면 모든 채널에서 내일에 대한 기대감들을 쏟아내고 있다. 미래에 대한 떨리는 기대감은 전세계의 사람들도 나와 매한가지일 것이라고 믿는다. 그리고 그 중심에 내가 서 있다는 사실이 도무지 믿기지가 않는다. 내가 1년이라는 찰나의 순간에 이렇게 많은 변화들을 겪게 된 것을 보면, 인간은 정말 수많은 가능성들과 수많은 순간들로 이루어진 축복받은 존재라는 생각이 새삼스럽게 들곤 한다. 나는 단지 비범한 꿈을 꾸던 평범한 사람이었는데도 이런 변화들을 겪게 됐으니 말이다. 나는 노력의 질량이 쌓이고 쌓이다보면 미래의 결과조차도 휘게 만들 수 있는 무거운 중력이 만들어지리라 믿는다. 미래는 그 누구도 정말 모를 일이다. 그러니 우리는 지금의 시간을 충실하게 달려서 미래를 바꿔야 하는 것이다. 그것이 최선이다.

발사 전날 밤, 이라는 말은 마법 같은 힘을 지닌 듯했다. 우리는 오늘이 아니면 영영 못 만날 사람들처럼 밤새도록 서로를 탐닉하였다. 서로를 확인하고, 또다시 서로를 확인했다. 사랑과 다음번 사랑 사이의 시간이 영겁의 시간처럼 길게 느껴졌다. 결국 우리의 사랑은 동이 틀 무렵에서야 잠잠해질 수 있었다. 동이 틀 무렵 나에게 마지막 사랑을 쏟아부은 그가 나를 품에 안으며 이렇게 물었다.

"우주가 대체 뭘까?"

23.

ㅗㅗㅗㄴ(-_-)ㄴㅗㅗㅗㅣ

2023년 5월 31일

소행성 포획 미션 701일 차, 맥 매커천

맙소사! 내가 3주 동안이나 일지를 쓰지 않았다니! 일지를 유심히 살핀 사람이라면 일지에서 다음과 같은 유사점들을 발견할 수 있었을 것이다. 사건이라고 부를 만한 일들이 생겨서 기록을 했거나, 아니면 일지 작성을 건너뛰었거나. 일지 작성을 건너뛰게 된 상황들은 다음과 같을 것이다. 아무런 특이점이 없어서 안 썼거나, 빌리의 뒤치다꺼리를 하느라 진이 빠져서 못 썼거나. 그러나 이번의 일지 공백은 다른 이유 때문이었다. 그 이유는 바로 너무나도 평온했고 즐거워서였다.

세상에! 즐거워서 일지를 안 썼다니, 믿기는가? 보통 하루의 일과를 마치고 취침 전에 일지를 작성하곤 했다. 근데 요즘은 그 시간에 빌리와 함께 영화를 감상하곤 한다. 콜라나 과일 음료 가루에 물을 부어 만든 시큼한 우주 음료를 마시면서 말이다. 더불어 빌리와 영화에 대해 대화를 나누고 비스킷을 우물우물 씹어 먹으면서. 그래, 바로 이런 장면들이 내가 상상했던 우주 생활이었다. 기나긴 여정을 안락하게 보낼 수 있는 우주 해적단의 표준 생활양식이라고나 할까.

그래! 이 맛이야! 이게 우주인의 우주 생활이지! 쓰다보니 조금 흥분한 감이 없지 않아 있어 보인다. 아무래도 그간 스트레스를 받으며 생활했기 때문에 그저 평범하고 일상적인 모습에 감동을 받으며 행복했나보다. 뭐 어쩔 수 없다. 이런 평범한 우주 일상이 행복하기만 한데. 이런 모습이 아마 다른 왕복선들의 일상이었을 것이다. 어쨌든 빌리가 안정을 찾게 되자 좋은 점과 나쁜 점이 생겼다.

장점: 예전 일지에서 예고했던 대로 빌리는 나의 하인이나 노예가 됨. 그간 안 도와줘서 미안하다며 온갖 잡일들을 도맡아 하기를 원함(절대 강요한 것 아님). 청소 로봇처럼 묵묵히 왕복선의 청소 및 정리들을 도맡아서 함. 차분해짐. 언제나 볼 수 있는 그의 친절한 미소. 더 이상 노랫소리를 듣지 않아도 됨. 소음 없는 깨끗한 우주. 우주의 평화. 평화왕 맥 매커천.

단점: 너무 침착해짐(아무래도 약효 때문에 침착한 듯?). 대화를 할 때 신중하게 생각한 뒤 말을 함. 그러다보니 우리의 대화는 전적으로 내가 이끌어가야만 함. 말수가 줄었음. 플로비로 머리를 완전히 밀어버렸음. 살이 좀 붙자 골룸에서 ET의 모습에 가까워짐. 하루 종

일 청소하고 일하느라 피곤했는지 잠잘 때 코를 골기 시작함. 잠꼬대를 가끔 함(예전처럼 온갖 욕설들을 잠시 퍼붓고는 코를 고는 2연타를 가끔씩 날림). 벽면 벨크로에 고정된 물품들의 위치가 자주 바뀜(어릴 때 기억이 남. '엄마! 대체 책상 위에 있던 지우개는 어디다 치워버린 거야? 그리고 안젤리나 졸리 사진은 왜 버렸어?').

코를 엄청나게 골기는 하지만 그 정도쯤이야. 평화왕 맥 매커천은 우주 평화를 위해서 그 정도쯤은 감내할 용의가 있다. 까짓것! 3M 귀마개를 긴 채로 잠을 자면 된다. 하여튼 빌리가 정신을 차려서 참으로 다행이다.

★ ★

에티졸람을 복용하면서 빌리는 생각했다. 이 갑갑하고 답답한 결박에서 빨리 풀려나고 싶다고 말이다. 이대로 4백여 일 동안이나 묶여 있을 수만은 없었다. 묶인 채로 자유롭게 돌아다니는 동료를 지켜보는 일은 빌리 자신의 인내심을 계속해서 소모할 뿐이었다. 또한 동료에게 자신의 엉덩이를 내미는 행위는 정말이지 죽기보다 싫었다. 그래서 빌리는 결심했다. 풀려나기 위해 자신의 태도부터 먼저 바꾸기로 말이다. 그는 무표정한 표정부터 바꿨다. 결박당한 상태에서 행할 수 있는 가장 쉬운 변화일 테니까. 그는 덕트 테이프로부터 입이 자유로워지면 항상 웃고 있기로 결심했다.

소행성 포획 미션 709일 차

　인간은 정말 간사한 생명체이다. 얼마 전까지는 그저 '사고가 나지 않았으면' 하는 바람이 전부였다. 그러나 요새 드는 생각이 뭔지 아는가? '너무 조용한데? 가벼운 사고나 고장이라도 나서 할 일이 생겼으면' 하는 생각을 하곤 한다. 정말 간사하다. 이런 생각도 하고는 했다. '뭐가 좋을까? 기왕 망가질 거면 외부에서 살짝 망가지는 게 좋겠지? 실내에서 꼼지락거리다보니 심심해 죽겠잖아. 안 그래? 우주유영을 나가면 조금은 신이 날 거야. 그럼 뭐가 망가지는 게 좋을까? 그래, 그게 좋겠다. 우주 방열판 말이지. 화물칸 문에 붙은 라디에이터는 고치기도 쉽잖아.' 그러나 바람과는 달리 우리 우주 해적단은 요즘 무척 안정적인 항해를 이어가고 있다. 기껏해야 벌어진 사고라고 해봤자, 며칠 전 3호기의 조종실 우측 패널 안에서 고에너지 우주 방사선 보호막이 터져버린 정도였다. 냄새가 매우 향긋하다는 댄 테일러의 보고였다. 뭐 편안한 생활이 이어지다보니 방심을 했겠지. 아니면 살균제를 골고루 섞지 않았다거나. 그 정도 사고쯤이야 아무런 문제도 되질 않는다. 사는 데는 지장이 없다.

　아아, 빌리가 친절해져서 편하긴 하지만 무척이나 심심하다. 역시 완벽한 평화는 뭔지 모를 불안감과 동시에 무료함을 불러온다. 창밖의 세상이 완벽한 무음의 세상인데 실내까지 조용하니 따분하다. 다음 우주유영을 나가게 날짜를 확인해보니 아직도 2주가량이나 남아 있다. 특별한 일이 없다면 6월 21일이 돼야 페인트 분사기의 페인트 통을 교체하러 나갈 수 있다. 그래도 그게 어딘가. 반드시

260

내. 가. 나갈 거다. 내. 가!

빌리는 나의 충실한 노예이니 이해해줄 것이다. 우라지게 심심하니 평화왕배 우주 체스 대항전이나 해야겠다.

★ ★

계속해서 약을 복용하게 되자 변화가 나타났다. 차분한 기분이 계속해서 이어졌고, 덕분에 빌리는 자신을 돌아볼 시간을 얻게 됐다. 훈련을 받을 때부터 동료들과 제대로 어울리지 못했던 자신의 모습을 객관적으로 바라볼 수 있었다. 빌리는 언제나 남에게 비판적이고 자기중심적이던 자신의 모습이 창피하게만 느껴졌다. 문제는 언제나 자신이었다. 자신의 비판적인 농담을 동료들이 좋아하는 줄로만 생각했다. 빌리는 깊이 반성하게 됐다. 신뢰를 받기 위해 노력하기로 결심했다. 그러자 그의 표정이 한결 부드러워졌다.

소행성 포획 미션 710일 차

3호기의 댄 테일러에게서 연락을 받았다.

"여기는 3호기, 3호기의 댄 테일러. 해적왕 응답하라."

대니는 역시 뭘 좀 아는 우주인이다. 이에 내가 응답했다.

"여기는 해적왕. 우주 목사님, 무슨 일이야?"

"문제가 생겼다."

차분한 목소리로 댄 테일러가 답했다.

"그래? 신에게 기도드려서 해결하라, 오버."

내가 순도 99퍼센트의 장난 섞인 목소리로 답했다.

"농담 아니야, 맥. 아무래도 조종실의 압력이 미세하게 조금씩 떨어지고 있는 것 같아."

장난은 이제 그만. 문제가 맞았다. 나는 양쪽 손바닥으로 양쪽 눈을 지그시 눌러 정신을 집중하고 그에게 물었다.

"좋아. 컴퓨터로 압력 수치 확인은 한 거지?"

"그럼, 당연하지. 문제는 컴퓨터상으로는 이상이 없다는 거야. 하지만 액체질소 탱크는 지난 나흘간 조금씩 감소했고."

이런 유의 문제는 생각보다 본능이 더 빨리 감지하는 법이다. 위기를 감지한 본능이, 온몸의 신경망을 통해 짜릿하게 퍼져 나갔다. 문제는 간단했다. 압력이 떨어지고 질소가 줄어들었다는 말은 어디선가 기내의 공기가 빠져나가고 있다는 뜻이고, 이는 왕복선 어딘가에 구멍이 생겼다는 뜻이기도 했다.

"어디가 새고 있는지 확인했어?"

내가 댄 테일러에게 물었다.

"물론. 조종실과 중앙 데크, 그리고 창고까지 연결 통로를 격리시켜서 서로의 압력 변화를 비교했지."

"좋아. 결과는?"

"그게…… 조종실인 것 같아. 다른 곳은 수치가 일정한데 조종실만 미세하게 변화가 나타나더라고."

"수치 변화가 얼마나 되지?"

"얼마 되지는 않아. 그래서 컴퓨터가 감지를 하지 못했나봐. 조종실의 정상 압력 수치가 세제곱 인치당 6.66킬로그램이잖아. 지금은 6.3킬로그램에서 6.68킬로그램까지 왔다 갔다 하고 있어. 근데 저장된 데이터를 살펴보니까 나흘 전부터 압력 변화 폭이 서서히 증가하고 있었더라고. 질소 소비량도 미세하게 빨라지고 있고."

"점점 구멍이 커지고 있다는 건가?"

"아무래도. 방출되는 압력이 구멍을 조금 벌렸을 수도 있지."

내가 다시 물었다.

"조종실에 연막 캡슐은 터뜨려봤지?"

"해봤지. 근데 어디로 연기가 새 나갔는지 알아?"

그가 물었다.

"어딘데?"

"며칠 전에 우주 방사선 보호막이 터져서 고생했다고 했잖아. 그곳으로 연기가 빠져나가더라고. 아무래도 미소 운석에 한 방 맞았던 것 같아. 그리고 그게 외부를 뚫고 들어와서 보호막의 비닐팩을 뚫었던 거지."

"그래, 그랬군. 조심해서 다녀와. 수지로 틀어막을 거지?"

한결 밝아진 목소리로 그가 답했다.

"그럼. 당연하지. 수지는 우리처럼 초강력이니까."

이에 피식 웃으며 내가 답했다.

"그래. 우린 초강력 우주인이니까. 로봇 팔로 전면부 우주유영이 어려울 수 있으니까 제트팩을 이용해. 수고!"

"라저!"

그가 답했다.

"아, 나가는 김에 왕복선 전면부 촬영도 좀 하고 와. 혹시 모르잖아. 찍은 사진을 확대해서 다른 구멍은 없는지 확인하자. 마티유에게는 로봇 팔로 아랫면하고 몸체 사진을 찍어서 확인하라고 전해 줘."

내가 추가적인 지시를 내렸다.

"네, 알겠습니다. 전달하겠습니다."

클레몽 마티유가 답했다.

"엉? 왜 네가 답하냐?"

내가 물었다.

"벌써 에어록으로 날아갔어요. 밝은 표정으로요."

"쳇, 벌써 나갔냐. 엄청 빠르네…… 얼마나 심심했으면."

나는 곧바로 ARMCR에 간략하게 상황을 보고했다. 그러고는 빌리에게 로봇 팔의 카메라를 이용해 우리 왕복선의 외부 사진을 찍어서 대기하라고 지시했다. 3호기가 미소 운석의 피해를 입은 거라면 우리도 손상을 의심해봐야 했다. 조심해서 나쁠 건 없다.

"빌리, 3호기의 손상 의심 지점이 전면부 우측 방향이야. 만약 우리도 손상을 받았다면 비슷하겠지? 중점적으로 확인해줘."

내 말에 날라리 비행청소년에서 말 잘 듣는 특급 비행 청소부가 된 빌리가 답했다.

"네, 대장."

네, 대장? 빌리가 저렇게 말했던 적이 있었나? 내 기억에는 없었다. 빌리는 처음부터 나를 맥이라고 불렀으니까. 이제는 빌리가 정말로 좋아졌다는 생각에 나도 모르게 눈물이 핑 도는 느낌을…… 받지는 않았고, 기분이 좋아지기는 했다. 세상에! 대장이라니! 나는 이 좋은 기분의 여세를 몰아서 2호기에도 명령을 내렸다.

"민준, 타쿠미. 대장이다. 3호기가 미소 운석의 피해를 받은 듯해. 2호기도 로봇 팔 카메라로 외부를 점검하도록."

그러자 타쿠미가 답했다.

"에…… 대장? 타쿠미입니다. 민준 홍은 시스템 점검 중이고요. 근데, 사고라면서 왜 이렇게 목소리가 좋으세요?"

이에 내가 답했다.

"글쎄, 기분이 좋아. 그럴 일이 있어."

그러자 타쿠미가 말했다.

"기분 좋은 건 좋은 건데요, 에…… 힘들겠는데요?"

"왜? 문제 있어?"

내 말에 타쿠미가 볼멘소리로 답했다.

"문제가 있지요. 에…… 지난번에 로봇 팔이 부러졌잖아요. 대장, 제가 로봇 팔을 부러뜨렸다고 은근히 질책하시는 거죠? 너무하세요! 일단, 내부 압력 체크는 해둘게요."

망할. 빌리에게 대장 소리를 듣고는 기분이 너무 좋았나보다. 그걸 까먹고 말하다니. 하여튼 확인 결과 편대에 구멍은 하나밖에 없

었고 금세 해결을 하긴 했다. 수지는 우주에서도 사랑이다. 물론 땜
장비용 초강력 수지 말이다.

★ ★

드디어 그가 결박에서 자유로워졌다. 그러나 옆에 있는 동료를
제외한 나머지 동료들의 반응은 차갑기만 했다. 그래서 빌리는 열
심히 노력했다. 신뢰를 받기 위해 할 수 있는 일은 뭐든지 다 했다.
그는 침착해졌고, 조용했으며 묵묵히 할 일을 했다. 빌리의 입에서
가장 많이 나온 말들은 고마워, 미안해, 내가 할게, 이런 말들이었다.
시간이 지날수록 그를 바라보는 동료들의 시선이 달라져갔다. 결국
지구에서는 그에게 격려의 박수를 쳤고, 그는 자신에게 헌신했던
동료에게 더 큰 존중의 박수를 쳤다. 이제 지구로 돌아가게 되는 날
이 1년 앞으로 다가왔다.

소행성 포획 미션 711일 차

아무리 생각해봐도 3호기의 구멍은 운이 좋았던 것 같다. 물론 이
렇게 드넓은 우주에서 조그마한 미소 운석에 맞는 일은 빌어먹게
재수없는 상황이지만 말이다. 아무렇지도 않은 척하기는 했지만 어
쨌든 운이 좋기는 했다. 왜 그럴까? 어제 우주유영을 나간 대니는
이렇게 말을 했었다.

"여기는 EVA3. 일단 구멍은 막아뒀다. 근데, 맥. 구멍에 뭐가 있었던 줄 아나?"

"뭐가 있었는데?"

"구멍이 생각보다 컸어. 지름이 3센티미터 됐으니까. 이 구멍을 우리의 위대하신 하느님께서 메워주셨더라고."

이에 내가 물었다.

"그게 무슨 말이야? 구멍을 하느님이 메우다니?"

그러자 댄 테일러가 크게 웃으며 말했다.

"그게 말이야…… 뚫린 보호막 주머니에서 그것들이 새어나왔더라고. 공기가 빠져나가는 압력으로 점점 커지던 구멍을 똥들이 메워준 거지. 그리고 그 구멍에 들러붙으면서 낮은 기압에 순식간에 수분을 빼앗긴 거야. 그래서 접착력이 생겼던 거고. 그러니까 똥의 수분이 끓으면서 쫀득해진 것 같아. 그러고는 조그만 구멍만 남긴 채 굳어버렸어. 운이라고 부르기에는 너무 좋지? 거봐, 하느님을 믿으라니까!"

좋긴 좋았지만, 섬뜩한 기분이 드는 것은 어쩔 수가 없었다. 왜 그러냐고? 그 이유는 내가 잘 아는 부분이니 설명을 하겠다. 3호기는 농담이 아니라 정말 위험했다. 운이 정말 좋았던 것이다. 왕복선의 선체는 대부분 가볍고 튼튼한 소재인 알루미늄 합금으로 이루어져 있다. 외부 패널은 허니콤 샌드위치 구조로 이루어져 있는데, 흔히 말하는 벌집의 단면도를 떠올리면 편할 것이다. 이 무수한 작은 육각형 구멍들이 왕복선의 외부를 튼튼하게 만들고 단열성을 높여준다. 일반적인 외부 재질에 대한 설명은 여기에서 그치겠다.

진짜 문제는 아무래도 뚫린 구멍의 크기였다. 보통 총알보다 10~15배나 빠른 속도로 날아오는 미소 운석들은 소리 없는 암살자 같은 존재다. 대략 운석의 크기가 1센티미터 정도이면 수류탄 한 개의 충격을 받게 된다고들 하는데, 만약 댄이 말한 구멍 크기의 운석이었다면 충격이 어땠을까? 그 충격으로 선내의 내부 패널까지 뚫렸더라면 말이다. 모르긴 몰라도 뚫린 구멍으로 선내의 기압이 순식간에 쏠리면서 아수라장이 됐을 것이다. 바람 빠지는 엄청난 소음에 귀가 기능을 상실했을 테고. 마치 포탄이 떨어진 소리에 귀가 멀어버린 어벙한 표정의 군인처럼. 그와 동시에 우주로 빠져나가는 선내의 공기는 엄청난 압력으로 뚫린 구멍을 더욱 크게 찢었을 테다. 그렇게 왕복선의 공기가 전부 빠져나갈 때까지 그 구멍은 점점 더 커졌을 것이다. 더불어 내부에 붙어 있던 모든 물건들이 그 구멍으로 빨려 나갔을 테고.

충돌한 운석은 크기가 작았던 듯싶다. 크기가 조금이라도 컸다면 충격을 느꼈을 텐데 3호기의 우주인들 모두 별다른 충격은 느끼지 못했다고 한다. 그렇다면 미소 운석의 크기는 모래알 크기 정도였다는 말이 된다. 그런데 좁쌀만 한 구멍이 났다고 해서 3센티미터까지 구멍이 커졌을까? 당연히 예전의 왕복선 같았으면 그러지 않았을 것이다. 선내의 마지막 벽면 패널로 내부는 다른 패널 사이의 공기층과 완벽하게 밀폐된 상태였을 테니 말이다. 그러니 공기가 빠져나가봤자 작은 벌집 구멍에 있던 미미한 부피와 압력의 공기 수준이었을 것이다. 이 정도의 공기층으로는 구멍이 커지지는 못한다.

그러나 우리의 내부 패널은 완벽하게 밀폐되지 못한다. 그 결과 내부의 패널에 손상이 없어도, 내부의 공기가 조금씩 새 나갈 수 있었다. 그러면서 구멍이 그 압력으로 조금씩 벌어졌을 테고 말이다. 하지만 벌집 구조의 육각형 틀이 다행스럽게도 유입되는 공기의 양을 제한했다. 벌집 구조의 틀이 유입되는 공기의 최대량을 제한시켜줬기에 3호기는 살 수 있었다. 구멍이 점점 더 커질수록 보호막 주머니의 똥들이 빠져나오면서 그 구멍을 서서히 메웠다. 정말이지 똥 때문에 죽을 뻔하고 똥 때문에 살 수 있었던 케이스가 아닌가.

솔직히 이번엔 좀 쫄았다.

대니의 하느님 찬양에 대한 내 조심스러운 의견은 이렇다.

"하느님이 응가응가 벽돌을 벽면에 배치하라고 말씀하시지는 않으셨네. 그러니 똥 때문에 살고 똥 때문에 죽을 뻔한 이번 일에 하느님이 개입하시지는 않으신 게야. 이번에 찬양을 받아야 할 존재는 바로, 내 똥 만세! 네 똥 만세! 배변의 신 만세!"

그냥, 그러하다고…….

★ ★

그는 풀려난 뒤 4주 동안 최선을 다해 신뢰를 회복했다. 모두가 그가 좋아졌다며 반겨줬다. 그러나 그의 어린 아내만은 달랐다. 그녀와의 관계가 예전 같지 않았다. 그는 아내가 몹시도 보고 싶었다.

직접 만나서 대화를 나누면 관계가 좋아질 거라고 생각했다. 자신의 상태가 이만큼 좋아졌다고 직접 알려주고 싶었다. 그는 아내를 정말로 사랑했다. 그래서 1년간 꾹 참고 기다리기로 마음먹었다. 그는 생각이 많아지기 시작했다.

소행성 포획 미션 716일 차

놀라운 일이 벌어졌다. 영국인 빌리가 3호기의 프랑스인 클레몽 마티유에게 사과를 한 것이다. 이 시대에, 그리고 이 우주에서 무슨 국가 간의 갈등이냐고 말할 수도 있을 것이다. 하지만 빌리는 마티유를 대할 때면 해묵은 국가 간의 갈등을 꺼내 들었다. 툭하면 시비를 걸었고, 체스 게임이나 카드 게임에서도 마티유와의 대결만큼은 정말이지 최선에 최선을 다해 임했다. 마치 역사 속의 백년전쟁을 우주에서 홀로 벌이고 있는 것 같았다. 에티졸람을 복용해서 차분해진 후에도 빌리의 냉소적인 반응은 계속됐다. 아니, 사실은 마티유에게 말 한 마디조차 하지 않았다. 가뜩이나 말수가 줄어들었는데 한 마디 말도 하지 않았으니 냉소적으로 보일 수밖에. 빌리는 정말이지 마티유를 싫어했다. 그런 그가 사과를 한 것이다. 체스 게임에서 이긴 빌리가 마티유에게 이렇게 말했다.

"이봐, 마티유. 게임 재밌었어."

마티유가 답했다.

"이겼으니 재밌겠지. 쳇! 그래, 내가 전기 고문을 받는 게 재밌을 테지."

그러자 빌리가 말했다.

"아냐 아냥. 안 해도 돼. 원하지 않아. 네가 벌칙을 받는 거 말이야. 그냥…… 내가 미안하넹…… 미안."

빌리의 말에 클레몽 마티유가 눈을 동그랗게 뜨며 물었다.

"갑자기 뭐가 미안하다는 거야?"

빌리는 옆에 있던 나의 눈치를 보면서 부끄러운 듯 말을 이었다.

"그동안 말이야. 그동안 내가 너한테 미안했다궁. 너무 늦기 전에 사과를 하고 싶었넹. 그뿐이야. 내가 너무 못되게 굴었던 것 같앙. 용서해줘."

나는 빌리의 이런 놀라운 변화를 비행 의학관 글러브에게 알렸고, 이에 대한 글러브의 답변은 이러했다.

충분히 그럴 수 있습니다. 좋은 현상이지요. 이런 심리적 변화를 심리학 연구 분야에서는 외상후성장이라고 부릅니다. 인생에서 중대한 외상을 겪은 대다수의 사람들이 그 정서적 아픔을 통해서 더 지혜롭고 나은 인간이 된다는 것이죠. 타고난 지혜가 자만심, 에고, 충동 등의 다른 감정적 현상에 방해받다가 해방된 것이라고나 할까요. 상실로 인한 삶의 변화가 삶 자체에 열린 태도와 내면의 지혜를 깨닫게 해준다…… 블라블라…….

아무래도 연구소가 김안나 박사에게 단체로 감염된 것 같다. 왜 이렇게들 설명과 말들이 길어져가는지. 요점만 말하란 말이다. 요점만!

어쨌든 좋은 현상이라고 한다. 하지만 다시 묻지는 않을 생각이다. 내 생각과 크게 다르지 않으니 쓸데없는 말을 길게 듣고 싶지는 않다. 글러브에게는 앞으로 20자 내외로 압축해서 보내라고 했다. 그러지 않으면 ㅗㅗㅗㅗ(-_-)ㅗㅗㅗㅗ 를 날려줄 것이다.

★ ★

아무리 노력해도 아내의 마음은 돌아오지 않았다. 메시지의 답장이 점점 줄어들자 빌리는 아내를 의심하기 시작했고, 그렇게 며칠이 지나자 그의 마음이 급해졌다. 그는 아내가 외도를 하고 있다고 짐작했다. 젊은 아내이니 충분히 그럴 수 있다고 생각했다. 그는 하루라도 빨리 지구에 돌아가고 싶었다. 머릿속이 온통 그 생각으로 가득 찼다.

계획을 세우기 시작했다. 동료들의 의심을 사는 행동은 피하기로 했다. 또다시 결박당하는 일이 생겨서는 곤란하기 때문이다. 그는 착한 빌리의 모습을 유지하기로 마음먹었다. 그럴수록 그의 입꼬리가 점점 더 위로 치솟았다. 그는 인내심을 가지고 때를 기다렸다. 그는 계산을 했다. 어떻게 하면 지구에 더 빨리 갈 수 있을지 말이다. 그러고는 금세 답을 얻었다. 천문학자인 그에게는 무적이나 쉬운 일이었다. 그의 계산에 따르면 성공할 경우 무려 4개월이나 빨리 도착할 수가 있었다. 무려 4개월씩이나. 그는 착한 빌리의 표정을 유지한 채로 또 하루를 보냈다. 그러나 그의 마음속은 그 어떤 천체의 운행보다도 복잡하고 예측하기 어려운 상태로 이어졌다. 빌리는 드디어 기회가 왔음을 깨달았다. 그러나 마지막까지 방심은 금물이라고 되뇌었다. 그는 오늘도 미소 짓는 착한 빌리의 표정을 유지했다. 그는 슬픈 피에로의 표정으로 동료에게 말했다.

"내가 사고를 친 이후로 오랫동안 묶여 있었잖아. 그러다보니 갇혀 있는 느낌이 끔찍하게 싫어졌엉. 왠지 답답하고 시큼한 느낌이 밀려오는 느낌이랄까. 우주복을 입을 생각을 해보니 느낌이 그렇더라고. 네가 나가주겠어? 미안하게도…… 나가기가 좀 두렵넹."

그러자 그의 동료가 답했다.

"그래, 그럴 수 있지. 묶어뒀던 내가 미안해지는걸? 걱정하지 마. 내가 나갔다 올게."

그의 동료가 미소로 격려하며 말하자 빌리는 미소로 답했다.

24.
지금 장난하냐고!

2023년 6월 21일

소행성 포획 미션 722일 차, 맥 매커천

야호! 신나는 날이다. 기분이 들떠 있다보니 우주유영을 나가기 전에 이렇게 일지를 쓰고 있다. 잠깐, 나가기 전에 에너지 보충을 위해서 초콜릿 바를 먹고 있는데 목이 메인다. 물 좀 먹고 와서 다시 쓰겠다. 짠! 좀 낫군. 근데 왜 이렇게 신나 있냐고? 우주유영을 나가기 때문이기도 하지만 사실 다른 이유가 더 크다. 오늘이 바로 이 여정의 중요한 분기점이기 때문이다. 오늘은 페인트 분사기의 안료 색깔을 바꿔주는 날이다. 우리의 날아다니는 저 거대한 고구마는(그래, 소행성) 지구로 향하는 1차적인 궤도 수정을 거의 마친 상태이다. 대략적인 궤도 수정을 마쳤기 때문에, 이제는 궤도를 안정화하기 위해서 검은색으로 곱게 칠을 해줄 때가 왔다는 말이다. 이제는 태양의 광자들이 소행성의 표면을 때려서 궤도 수정을 만들어내는 면적을 줄여나가야 한다. 페인팅 과정은 큰 문제가 없다면 앞으로 세 번정도 진행될 것이다. 그렇다. 저 하얀색 고구마를 아내가 좋아하는 군고구마로 만들어버리는 것이다. 그러고 나면 2호기와 3호기가 소행성과 도킹을 하게 되고, 이온엔진으로 서서히 역추진을 시도해서 감속을 하면, 끝! 아아, 이제 1년 남았다. 이러니 기쁘지 않겠나. '군고구마 작전'이 성공적으로 끝나면 저녁에 다시 쓰겠다.

★ ★

삐삐삐삐, 경보음과 함께 에어록1이 서서히 감압됐다. 맥은 감압 표시등이 초록색으로 바뀔 때까지 기다렸다가 표시등이 빨강색에서 초록색으로 바뀌자 입구의 둥근 해치를 열었다. 해치를 안으로 당겨서 열자 그의 눈에 별도 없는 검은 바다가 펼쳐졌다. 생명 유지 장비와 제트팩을 등에 착용한 그의 모습은 영락없는 네모 그 자체였다. 그는 장비들이 둥글고 좁은 입구에 부딪치지 않게 주의를 기울여가면서 조심스레 입구를 빠져나왔다. 낑낑거리며 기어 나오자 화물칸에 설치돼 있는 여러 장비들이 눈에 들어왔다. 그는 먼저 화물칸 바닥에 빼꼼 나와 있는 안전고리를 잡아당겨서 허리춤에 연결하고 입을 열었다.

"여기는 EVA1. EVA1. 지금 막 외부로 안전하게 나왔다. 안료통 교체를 시작하겠다."

잠시, 선내의 수신 확인을 기다렸지만 답이 오지 않자 이내 검은색 안료가 든 안료통 방면으로 이동을 시작했다. 벽면에 나 있는 고정용 손잡이를 손으로 번갈아 잡아가며 안전하게 이동에 성공한 그는 다시 한 번 선내에 상황 보고를 했다.

　"여기는 EVA1. 중앙의 안료통으로 이동 완료. 안료통을 바닥에서 해체시키겠다."

　그러나 또다시 수신 확인이 되지 않았다. 이 상황이 조금은 이상했지만, 그냥 그러려니 생각하고는 곧바로 작업을 시작했다. 그는 주머니에서 전동 스패너를 꺼내 바닥에 안료통을 고정시킨 볼트를 하나씩 풀어나갔다. 풀어진 볼트는 날아가지 않도록 주머니에 잘 보관했다. 그렇게 여섯 개의 볼트 중에 세 개를 풀고나자, 그의 헬멧에서 조종실에 있는 빌리의 목소리가 들려왔다. 전파를 통해 울려퍼진 그의 목소리는 흥겨운 리듬을 타고 있었다. 그는 힘차게 노래를 불렀다.

　"이게 그 유명한 페덱스1호 킹왕짱이다! 빠르게 OMS 분사해 최고 속도 올려라! 오예! 속도계는 11만, 단위는 킬로미터! 오예! 어떤 예쁜 여자도, 절대 거절 못 할걸! 고! 우린 우! 주! 해! 적!"

　빌리는 팀의 주제가를 조금 더 개사해서 흥얼거렸다. 흥겨운 노랫소리가 들려오자 맥이 빌리에게 말했다.

　"이봐, 빌리. 왜 이렇게 신이 났어? 네가 이렇게 신나 하는 게 얼마만이지?"

　맥이 피식 웃으며 말했다. 그러자 노래를 멈춘 빌리가 차분한 목소리로 답했다.

"이봐, 맥. 미안하넹."

이에 맥이 응답했다.

"아냐아냐, 듣기 좋은걸. 계속 신나게 불러봐. 따분하지 않게."

그가 네 번째 볼트를 주머니에 집어넣으며 말했다. 이에 빌리가 짧고 낮은 목소리로 대답했다.

"난 집에 가야겠엉. 미안해."

그러자 맥이 피식 웃으며 답했다.

"응? 지금 겁나 빨리 가고……."

그 말을 듣자마자 맥은 커다란 충격을 받았다. 그는 순간적으로 중심을 잃고 화물칸 위로 날아갔다. 아무런 소리도 없었다. 소음 없는 충격이 그를 잠시 당황하게 만들었지만, 이내 우주라는 공간을 인식한 그는 상황을 파악하기 위해 정신을 차렸다. 충격으로 회전하던 그의 시야에 왕복선의 후미가 눈에 들어왔다. 동시에 그는 꼬리 부분의 궤도 수정용 엔진(OMS)이 분사됐음을 확인할 수 있었다. 헬멧 안에서 울려 퍼지던 그의 거친 숨소리처럼, OMS 엔진에서 거친 불꽃이 뿜어져 나왔다. OMS 엔진이 순간적으로 엄청난 추력을 제공하자 왕복선의 선체가 우측 방향으로 심하게 기울더니, 잠시 동안 소리 없는 팽팽한 긴장감이 이어졌다. 다른 왕복선들과 연결된 케이블이 잔뜩 늘어난 고무줄처럼 팽팽하게 늘어났다. 왕복선이 부르르 떨면서 엔진의 힘과 팽팽하게 줄다리기를 하고 있었다.

너무나도 놀랍고 두려워 맥의 심장은 미친 듯이 날뛰고 있었다.

숨조차 쉴 수 없는 공포감이 엄습했다. 그의 헬멧 안에서는 거친 심장박동 소리만이 북소리처럼 울리고 있었다. 그러나 그런 공포감도 순간이었다. 어둠 속으로 날아가던 맥은 충격과 함께 핑 돌기 시작했다. 생명줄이 전부 풀어지면서 생긴 충격이었다. 이번에는 그의 몸이 화물칸 방면으로 회전하며 날아갔다. 그는 빠르게 회전했다. 동시에 화물칸 중앙에 있던 케이블의 연결 고리가 충격을 견디다 못해 통째로 뜯겨 날아갔다. 그 커다란 연결 고리가 함께 붙어 있던 화물칸의 바닥 패널과 함께 뜯겨 나가면서 왕복선에 커다란 구멍을 뚫어놓았다. 수면 위로 올라온 고래처럼 왕복선이 그 구멍으로 거친 숨을 내뿜고 있었다. 왕복선 내부의 공기가 파열된 부분을 통해서 전속력으로 빠져나갔다. 폭발하듯 내뿜는 왕복선의 거친 숨결은 왕복선에게 또 다른 추력을 제공하며 선체를 빠르게 회전시켰다. 그 구멍으로 선내의 물품들이 빠져나오고 있었다. 왕복선은 파편들을 우주공간에 분출했다. 회전하는 왕복선이 분출해낸 파편들은 우주공간에 나선형 궤적을 그리며 뿌려지고 있었다. 수많은 파편들이 우주에서 내려다본 태풍처럼 회오리치며 흩날렸다. 그리고 그 흩날리는 파편 중에는 빌리도 있었다. 빌리는 우주공간 속으로 점점 멀어져갔다. 맥은 커다란 충격 속에서 생명줄을 부여잡은 채로 이리저리 휘둘리며 날아다녔다. 방향이 바뀔 때마다 그의 이마가 헬멧의 안쪽 유리막에 여러 번 사정없이 부딪쳤다. 부딪친 이마가 강한 충격을 받으며 정신이 아득해졌지만 눈앞에 펼쳐진 황망한 풍경에 그는 정신줄을 단단하게 붙잡았다. 아이러니하게도 공포감이 그의 의식을 유지시켜줬다. 그러나 어느 순간 탁하는 충격음이 들려왔다. 그와 동시에 우주복의 여러 곳에서도 충격을 느낄 수 있었다. 그는 이리저리 휘둘리면서 흩뿌려진 파편들 속으로 빨려 들어갔다. 소리에 놀란 그는 반사적으로 손을 들어 안면 부위를 보호했다. 그의 커다란 장갑이 안면 부위의 유리 막을 감싸서 깨지지 않도록 방어했다. 잠시 후, 파편들이 사라졌다. 맥은 생명줄을 번갈아 잡아가면서 몸을 선체로 이동했다. 왕복선에 다가갈수록 커다랗게 뚫려버린 구멍이 그의 눈에 선명하게 들어왔다. 화물칸에 다가선 그는 외부 고정대를 손으로 움켜잡은 채로 몸을 뒤로 돌렸다.

저 멀리 소행성이 아득하게 먼 곳에서 하얀빛으로 일렁거렸다. 소행성이 점점 점으로 변해갔다. 맥은 다시 몸을 돌려 구멍 난 왕복선을 황망한 표정으로 바라봤다.

"지금 장난해?"

그가 말했다.

"지금 장난하냐고!"

그가 더 큰 소리로 외쳤다.

소행성 포획 미션 722일 차(2)

지금 내 눈앞에 보이는 풍경을 한마디로 말하겠다. 좆 됐다. 아니. 두 마디가 낫겠다. 빌어먹게 좆 됐다. 좀 낫네. 어? 잠깐.

소행성 포획 미션 722일 차(3)

 지금은 에어록2에 와 있다. 가압된 상태여서 헬멧은 벗어뒀다. 이 기록을 듣게 될 사람은 없겠지만 그래도 우주복의 컴퓨터에 음성으로 기록을 남겨두겠다. 죽게 될 생각을 하니 누구에게라도 말을 하고 싶어졌다. 두렵고…… 공허하다. 아내가 보고 싶다. 우라질! 지금 장난해? 지금 장난하냐고! 빌어먹을 새끼가! 염병할! 죽을 거면 혼자 뒈질 것이지! 하아…… 욕을 하고 나니 좀 낫다. 왕복선에 구멍이 뚫려서 공기가 모두 새 나갔다. 내가 잠깐이라도 헬멧을 벗을 수 있는 곳은 이곳밖에 없다. 그래서 조금 전에 중앙 데크에서 기록을 남기다 이리로 오게 된 것이다.

 다행스럽게도 에어록2는 정상이었다. 다른 곳과는 독립된 공기 유입이…… 잠깐! 여기에 공기가 유입된다는 건 대기조절기가 아직도 작동하고 있다는 말일 테고, 그렇다면 온도조절기도 작동하고 있을 가능성이 크다는 말인가? 선내에 계속 유입되는 산소와 질소는 뚫린 구멍으로 계속 새 나가고 있겠군. 하하하! 빌어먹을, 알게 뭐야. 어차피 난 죽을 텐데. 뚫린 구멍을 막을 방법도 없으니 대기조절기를 끌 이유도 없다. 이곳에서 차분해질 때까지 넋두리나 좀 하다가 때가 됐다는 생각이 들면 감압을 진행해버릴 것이다. 죽을 장소와 방법을 고르지는 못하지만…… 죽을 때라도 내 의지대로 하고 싶다. 저 구멍만 아니었다면 그래도 내 의지대로 죽을 수는 있을 텐데.

 가만, 말을 하다가 벽면을 보니 좋은 생각이 떠올랐다. 잘만 하면 저 빌어먹을 구멍을 막을 수도 있을 것 같다. 벽면에는 빨간색 글씨로 이렇게 쓰여 있다. 구조공. 그래, 구조공. 구조공을 이용하면 될 것 같다. 저걸로 구멍을 막는 거다. 그래도 죽음에 대한 통제권은 내가 쥔 채로 죽어야 하지 않겠나. 죽을 방법은 내가 선택하겠다. 이렇게 맞이하는 죽음은 정말 싫다. 일단 해보는 거다. 그리고 나가는 김에 온도조절기도 끄겠다. 온도가 낮아서 제 몸을 겁나게 달구고 있을 것이다. 공기가 없으니 열을 전달하지 못하다가 온도조절기는 스스로 사망할 것이다. 장비 과열로 말이다. 그러면 나는 얼어 죽겠지. 추운 건 정말 싫다. 동사는 죽음에 대한 나의 선택이 아니다.

소행성 포획 미션 722일 차(4)

꼼짝없이 죽을 줄로만 알았는데 상황이 생각보다 나쁘지는 않다. 생명 유지 장치들도 정상이고 대충 보긴 했지만 얼마간은 살 수 있을 만큼 식량도 있는 것 같다. 물론 통신 장비가 먹통이긴 하지만. 여기까지가 구멍을 막아두고 잠시 둘러본 결과다. 이 정도 상태면 재난 경보 수위를 '빌어먹게 좆 됐다' 수준에서 '좆 됐다' 수준으로 낮춰도 될 것 같다. 구멍은 에어록2에 있던 구조공을 이용해 막았다. 구조공은 사고가 나면 구조가 될 때까지 긴급하게 대피할 수 있는 직경 1.5미터 크기의 개인용 피난처이다. 에어록에서 공기를 채우면 공처럼 부풀게 되고, 그 안에 들어가서 대기하면 다른 우주인이 우주유영을 통해서 다른 왕복선으로 이동시켜주는 장비이다.

나는 이 캔버스 재질의 구조공을 가위를 이용해 반으로 잘랐다. 그리고 나니 수영모처럼 생긴 두 개의 반원이 만들어졌다. 왕복선에 뚫린 구멍의 안쪽과 바깥쪽에 초강력 수지를 이용해 구조공 캔버스를 붙였다. 캔버스 재질이기 때문에 공기가 새지도 않고 공기의 압력에도 견뎌낼 수 있다. 아니, 있을 거다. 아니, 있어야 한다. 어쨌든 그렇게 기대를 하면서 잠시 기다렸다. 그다음 잠시 꺼두었던 대기조절기를 활성화하자 선내에 공기가 차오르기 시작했다. 선내는 금세 질소 80퍼센트 산소 20퍼센트의 공기로 채워졌다. 잠시 후 선내는 1기압이 됐고, 나는 조종실의 해치를 닫고 우주복의 헬멧을 그대로 쓴 채 계기판의 모니터를 노려봤다. 캔버스가 압력을 견디지 못하고 터질 경우를 고려해야만 했다. 효과가 있었다. 20분 정도를 노려봤지만 선내의 기압은 1기압에서 조금도 떨어지지 않았다. 이중으로 붙여둔 캔버스가 수영모처럼 부푼 상태로 제 역할을 하고 있다는 뜻이었다. 나는 기쁜 마음을 품고 답답한 우주복을 벗었다.

왕복선의 여러 장비들을 활성화하여 모니터로 성능을 확인했다. 온도조절기, 물 환원기, 산소 발생기, 조명 시스템, 배터리, 이온엔진, OMS, RCS, 산소 질소 저장 탱크 그리고 태양전지 따위를 점검했다. 모두 무사했다. 이런 질긴 것들. 다만 구멍 근처에 있던 고이득 안테나는 사망한 상태였다. 폭발하듯 빠져나가던 공기에 휩쓸려 날아가버린 듯하다. 일단 내가 확인한 것은 여기까지다. 그래서 이렇게 컴퓨터에 일지를 작성하고 있다. 음성 기록보다는 오랫동안 써온 일지가 마음에 편하다.

진공상태로 얼마간 있었지만 다행히 모니터의 액정이 망가지지는 않았다. 그래서 결론은, 그래도 죽긴 죽겠지만 죽음에 대한 통제권은 나에게 되돌아왔다는 것이다. 최소한 시간에 쫓기듯 심리적인 압박감에 시달리면서 죽지는 않을 것 같다. 이 얼마나 유쾌한 일인가. 죽더라도 지난날들을 되돌아본 뒤 편안하게 죽고 싶다. 그래야 인생과 죽음이 조금은 납득이 갈 것 같다. 내일은 얼마나 물품들이 남아 있는지 체크하려고 한다. 큰 기대는 하지 않는다. 대충 봤는데 중앙 데크에 있던 물품들은 거의 모두 빌리가 품에 안고 날아간 상태였다. 고로, 나는 우주 알거지다. 젠장.

소행성 포획 미션 723일 차

놀라운 사실이 있다. 나는 어제 겪게 된 '구멍 난 우주 유령선' 사건 때문에 잠을 제대로 자지 못할 줄 알았다. 결론부터 말하겠다. 아주 푹 잤다. 악몽도 꾸지 않고 숙면을 취했다. 아무래도 삶에 대한 미련을 버렸더니 마음이 되레 편해졌나보다. 게다가 아침 식사도 평상시와 다름없이 맛있게 먹었다. 내 성격이 원래 좀 이러하다. 지나간 일에 대해서 후회와 분노를 느끼는 성격이 아니다. 어제의 기록도 살펴보니 내가 왜 이렇게 됐느냐에 대한 기록은 없었던 것 같다. 빌리가 기회를 엿보면서 참고 있다가 사고를 터뜨린 거겠지, 뭐. 그에 대해선 별로 궁금하지가 않다. 내가 항상 중요하게 생각하는 건 바로, '그러니까, 그럼 이제부터 뭘 해야 되지?'이다. 후회를 해봐야 아무런 도움이 되질 않는다. 일단 살아보는 거다.

오늘은 왕복선의 상태를 전반적으로 체크할 예정이다. 상황을 꼼꼼하게 살펴보고 재난 경보 수위를 '좆 됐다' 수준에서 '망했다' 수준으로 격하할 수 있었다. '망했다' 레벨은, 그러니까 내부 설비는 멀쩡하지만 통신을 할 수는 없고 물품도 많이 부족한 채로 우주를 떠도는 외톨이가 됐다는 수준이다. 한마디로 죽음을 맞이할 순간이 조금은 멀어졌다는 뜻이다. 꼼꼼하게 살펴본 결과 생명 유지 장비들은 정말로 이상이 없었다. 장비들이 있던 창고가 독립된 데크이다 보니 별다른 영향을 받지는 않았나보다. 그러나 쑥대밭이 된 중앙 데크는 상황이 달랐다. 말 그대로 쑥대밭이 돼 있었다. 물품들을 넣어둔 서랍들이 공기가 빠져나가는 힘에 죄다 열리면서 나를 알거지로 만들어버렸다.

잃어버린 품목들은 다음과 같다. 옷, 식판, 숟가락, 샴푸, 티슈, 타월, 노트북 한 대, 실험 장비(의료용, 방사능), 식량, 압력복, 일부 약품, 아폴로 주머니, 음료, 그리고…… 소변 깔때기와 초콜릿 케이크 전부. 젠장! 소변 깔때기와 케이크는 타격이 좀 크다.

대충 이 정도였다.

중앙 데크에 있던 식량팩은 전부 날아가버렸다. 우리에게 남았던 여정이 대략 12개월가량이었으니까, 원래는 식량이 2인분으로 18개월 치 분량이 있어야 했다. 이제는 나 혼자 남았으므로 36개월 치 분량이 있어야 한다. 하지만 중앙 데크는 이미 싹 털려버렸으므로 거지 신세가 된 것이다. 그래서 창고를 덮쳤다. 후후, 순순히 굶어 죽지는 않을 것이다. 창고에도 식량이 보관돼 있으니까.

우리의 소행성 포획 미션이 3년짜리 여정이라고 했던 말을 기억하는가? 무게 제한 때문에 여유롭게 식량을 챙기지는 못했지만, 3년치의 식량과 6개월 치의 식량 여분을 함께 실어둔 상태였다. 식량팩들을 중앙 데크에 모두 실을 수가 없었기에 39.5개월 치의 식량만 중앙 데크에 보관했다. 고로, 2.5개월 치의 식량팩은 창고에 있다. 나는 혼자니까 5개월 치 식량은 남아 있는 것이다. 물과 음료 분말도 싹 털린 상태지만 상관은 없다. 음료 분말도 여분이 창고에 있고, 물이야 연료전지를 조금 돌리면 부산물로 얻을 수 있다. 5개월은 생존할 수 있을 것이다. 나에겐 447팩의 식량이 아직 남아 있다.

어제 작업해서 붙여둔 캔버스는 아무런 문제 없이 그대로 붙어 있다. 구멍 위아래 이중으로 붙인 캔버스는 공기의 압력으로 인해서 위로 볼록하니 솟아오른 것 빼고는 튼튼하게 고정된 듯하다. 그래도 왕복선의 후미로 향하는 연결 통로의 해치는 닫아놓았다. 뜬금없는 사고로 캔버스가 뜯겨 나갈 때 우주로 빨려 나가고 싶지는 않다. 중앙 데크와 연결된 이 원통형 연결 통로는 화물칸의 아래로 쭉 이어져 왕복선의 후미와 연결해주는 통로이다. 연결된 공간에는 에어록2와 엔진실, 연료통, 배터리, 산소 질소 저장 탱크 따위가 자리잡고 있다. 그러니 닫아놓아도 가게 될 일이 별로 없다. 그래서 굳게 걸어뒀다.

캔버스의 상태를 확인하고 연결통로를 따라서 쭉 날아오는 동안 어제의 참혹한 광경이 그려졌다. 화물칸에 구멍이 생기면서 저곳의 구멍으로 삥하는 강한 소리와 함께 공기가 빠져나가기 시작했을 것이다. 왕복선 후미의 공기를 모조리 집어삼킨 구멍은 전면부의 공기마저도 전속력으로 끌어당겼을 테다. 바로 여기, 이 연결 통로를 따라서 말이다. 그러고는 밀려나가는 공기가 순간적으로 중앙 데크의 모든 물품들을 끌어안은 채 통로를 따라 우주로 빠져나갔을 것이다. 혹시라도 남아 둥둥 떠다니던 물품들이 있었다면 아마도 대기조절기가 처리해줬지 싶다. 순식간에 빠져나간 공기에 깜짝 놀란 대기조절기는 아마도 이렇게 생각했을 것이다. '우주 해적선이 위험해! 선장이 위험해! 공기가 하나도 없다고! 얼른 공기를 뿜어내자! 공기를 내뱉자!' ……고맙군. 덕분에 완벽한 알거지가 됐어. 대기조절기가 내뱉은 공기가 또다시 구멍으로 빠져나가면서 일종의 기류를 만들었을 것이고, 그 기류를 따라서 물품들이 완벽하게 확인 사살됐을 테다. 허리케인 같은 그 엄청난 힘에 조종실에 있던 빌리도 이리저리 벽면에 부딪치면서 빠져나갔을 것이다. 혹시라도 구멍에 몸이 걸렸을 수도 있지 않느냐고 묻지는 마시길. 여차여차해서 운 좋게 연결 통로 구멍에 몸이 걸려 버렸다면 아마도 척추가 폴더처럼 반으로 꺾여버린 채로 우주에 던져졌을 확률이 높다. 그나마 그가 의식이 있던 채로 나가지는 않았을 테니 다행이다. 어? 하는 순간에 벽면과 충돌하면서 기절했거나 즉사했을 가능성이 높다. 그러니까 그 말썽쟁이는 최소한 아무것도 모른 채 죽었을 거란 말이다. 재수없는 말라깽이 자식 같으니라고. 나를 이렇게 죽기에도, 살기에도 애매한 상황에 빠뜨려놓고는 편안하게 죽어버렸다니. 정말 환장할 노릇이다. 그래도 편안하게 갔다고 생각하니 마음이 조금은 편하다. 마음의 짐을 조금은 덜어주다니…… 허허.

이제는 우주의 별이 된 빌리를 추모하기 위해서 선내에 음악을 매우 크게 틀어놓았다. 혼자 있으니 울적하기도 하다. 노래는 데이비드 보위의 〈스타맨〉을 계속해서 틀어놓았다. 이 노래는 내가 가장 좋아하는 노래들 중 하나이다. 내일은 프린터를 이용해서 숟가락과 소변 깔때기를 만들 생각이다. 숟가락이 없으니 밥 먹는 자세가 상당히 요상하다. 죽더라도 깔끔하게 떠먹으면서 죽고 싶다. 게다가 소변 깔때기가 없어서 진공 튜브에 직접 볼일을 보게 되니 뭐랄까, 감각적으로 상당히 에로틱해진다. 소변 역시 편안하게 누고 싶다.

그나저나 아내는 난리가 났겠지? 반드시 돌아올 거라고 약속을 하면서 결혼했는데…… 졸지에 과부로 만들어버렸군. 아내에게 진심으로 미안하다고 전하고 싶다. 이 말을 전할 수만 있다면 이곳을 날아다니는 외계인에게 내 전 재산인 식량팩 447봉지를 모두 내어줄 용의가 있다.

혹시라도 그렇게 만난 외계인이 지구를 침략하러 오는 중이었다고 해도 걱정하지는 마시길. 내가 처리하겠다. 나는 전속력으로 왕복선을 몰고 날아가 충돌시켜 자살할 각오가 돼 있다. 지구를 지키는 일은 우주의 떠돌이가 된 우주 해적왕의 마지막 자존심이다.

소행성 포획 미션 724일 차

어제 적대적인 외계인 얘기가 나와서 말인데 오늘부터 수지를 항상 허리춤에 차고 다니기로 마음먹었다. 땜 장비용 수지는 글루건처럼 생긴 총에 혼합용 튜브를 꽂게 돼 있다. 방아쇠를 당기면 수지가 나오는 방식이다. 고로 외계인을 만나면 공격용 무기로 쓸 생각이다. 벽면에 고정시킨 꼼짝 못하게 만들어버릴 예정이다. 이제부터 수지는 우주 해적의 필수품이다.

오늘은 허리춤에 찬 수지 총을 빠르게 빼고 겨누는 훈련을 반복해서 했다. 몇 번 연습을 하자 총을 뽑는 모습이 제법 카우보이 같아 보였다. 그러자 마치 황야의 무법자라도 된 것 같은 기분이 들었다. 우주의 무법자, 우주의 카우보이! 멋지지 않나. 우주에서 나를 만나게 된다면 조심하시길. 나는 죽음 따위는 두려워하지 않는 해적이란 말이다. 게다가 왼쪽 허리춤에는 덕트 테이프 수갑도 소지한 상태이다. 우 수지 좌 덕트. 이 얼마나 멋진 환상의 조합인가.

소행성 포획 미션 725일 차

원래는 어제 3D 프린터를 이용해 숟가락과 소변 깔때기를 만들 예정이었지만, 오늘 아침에 일어나서야 꼼지락거리면서 만들었다. 전적으로 귀찮아서 이제야 만들었다. 어제는 정말이지 움직이기가 귀찮았다. 그래서 온종일 책과 영화를 보는 데 시간을 할애했다. '지금 이렇게 살아 있는 게 무슨 의미가 있을까?'라는 생각이 들자 만사가 귀찮다는 생각을 피할 수가 없었다. 아마도 나는 이렇게 정처 없이 우주를 헤매다가 결국에는 굶어 죽을 것이다. 이것이 내가 모든 상황들을 고려해서 내린 결론이었다. 그런 상태에서 잠들기 전에 본 영화가 〈마션〉이었다. 전에 봤던 영화였지만 다시 한 번 보고 싶었다. 왠지 지금의 나와 비슷한 상황에 놓인 남자를 보게 되면 위로를 얻을 수 있을 것 같았다. 그래서 눈물 콧물을 잔뜩 흘릴 각오로 영화를 지켜봤다.

영화를 보고 얻게 된 결론. 1. 삶은 소중한 거야! 나도 끝까지 버텨내야겠어. 2. 나도 지구에 연락을 할 수만 있다면 어떻게든 살 수 있을 텐데. 3. 맷 데이먼은 감자라도 키웠지…… 나는 좁아터진 깡통 속에 갇혀 있기만 하잖아, 빌어먹을. 4. 패스파인더, 인공위성, 흙, 로버, 화성 상승선, 디스코, 중력…… 저 정도면 우주 갑부 수준인데?? 5. 시무룩…… 난 뭐가 있지? 아, 와트니에게 없던 야동은 있군. 6. 무중력, 5개월 치 식량, 구멍 뚫린 왕복선, 컴퓨터, 이온엔진, 3D 프린터, 컴퓨터. 제리, 창고…… 잠깐만, 만세! 목록들을 쓰다보니 방법이 떠올랐다. 어떻게 이걸 까마득하게 잊고 있었지? 잘하면 살 수도 있을 것 같다. 지금 바로 확인하겠다. 고마워! 화성의 맷 데이먼!

소행성 포획 미션 726일 차

어제 새벽까지 고민을 좀 때려봤다. 지금은 아침 10시이다. 늦게 잠을 잤더니 늦잠을 자고야 말았다. 지금은 창고에서 꺼내 온 커피와 함께 모닝 일지를 쓰고 있다. 결론부터 말하겠다. 잘하면 지구에 갈 수도 있을 것 같다. 지금 현재 나의 위치와 엔진의 연료 상황을 종합해서 내린 결론이다. 확인해본 결과 이온엔진의 연료는 충분하게 남아 있었고, OMS 연료는 51퍼센트(지난번에 빌리가 쏟아부어놨으므로)가 남아 있었다. 문제는 RCS의 연료량이었다. 이 자세 조정용 분사 연료는 거의 바닥이 난 상태이다. 혹시 구멍이 뚫렸을 때 왕복선이 뱅글뱅글 돌던 상황을 기억하는가? 나는 그 혼란스러운 회전을 잠재우기 위해서 RCS의 모든 추력을 쏟아부었다. 왕복선의 모든 방향에 뚫려 있는 분사 구멍들을 통해서 거의 모든 RCS 연료를 소비했던 셈이다. 결국 안정을 되찾긴 했지만 자세 조정용 분사 시스템을 잃고 말았다. 이게 없으면 왕복선의 방향 설정을 조정할 수가 없게 된다. 즉, 망한 거다.

하지만 방법이 있다. 나의 엄청난 컴퓨터 공학 지식과 연료 공학의 메커니즘, 우주공학적 지식을 총망라해서(즉, 버튼 하나를 눌러서) 해결할 수 있다. 우주 해적답게 OMS 엔진의 연료를 RCS 연료실로 훔쳐 옮기면 된다. 어쨌든 연료량에는 문제가 없었다. 문제는 현재 나의 정확한 위치이다. 왕복선이 항행하고 있는 현재 위치를 알아야 지구로 향할 수 있지 않겠는가. 고이득 안테나를 잃게 된 게 타격이 크다. 안테나로 마이크로파를 지구에 쏴야 지상에서 수신해 현재 방위와 거리를 알려주는데, 안테나를 잃었으니 위치를 정확히 알 수가 없다. '그럼, 3D 프린터를 이용해 안테나를 만들어!'라고는 말하지 마시길. 만들고 싶어도 필수적인 재료가 나에게는 없다.

우리 편대가 세 대였던 사실을 기억하는가? 당연히 왕복선이 세 대이니 한 안테나가 망가져도 다른 왕복선의 안테나로 대체할 수 있다고 우리는 생각했다. 이렇게 홀로 우주를 표류하게 될 줄 누가 알았겠는가. 버튼 하나의 무게마저도 줄이는 노력을 하던 그때 안테나 재료를 싣는다는 건 큰 낭비였다. 게다가 대부분의 우주선들은 8.4~8.5기가헤르츠 대역인 X밴드를 사용하는데, 이 주파수 대역은 심우주 통신을 위해 전세계에서로 공통으로 설정하는 대역이다. 나는 저 대역을 만족시킬 안테나가 뭔지 정확하게 알지 못한다. 결론, 나는 버튼을 눌러서 대역을 설정할 줄은 알아도 커다란 접시를 만들고 옷걸이용 철사를 이리저리 구부려 예술적인 안테나를 만들 방법은 전혀 모름. 난 사업가이자 우주비행사이지 공학자가 아니다. 그럼에도 현재 위치를 알아낼 방법이 있다. 어제 가지고 있는 물품의 목록을 쓰다가 생각난 건데, 나에게는 컴퓨터 제리가 있었다.

심우주에서 길을 찾는 방법은 크게 세 가지가 있다. 위에서 말했던 가장 쉬운 방법인 전파항법 외에 관성항법, 천문항법이 있다. 천문항법은 항행 중에 태양이나 행성 등 천체 간의 두 점 사이의 각도를 정밀하게 관측해서 관측값과 관측 시간에 따라 천측 계산표를 이용해 위치를 찾는 방법이다. 또한 왕복선이 지나가면서 촬영한 별의 패턴과 별 카탈로그에 있는 별의 패턴을 비교해 좌표를 확인하면서 위치를 찾는 항법이다. 그리고 관성항법은 우주선의 운동에 의해서 생기는 관성을 이용해서 위치를 추적하는 항법이다.

왕복선에는 회전운동을 측정하는 자이로와 직선운동을 측정하는 가속도계로 구성된 관성항법장치가 설치돼 있다. 그러니까 왕복선은 관성항법장치로 시시각각 변하는 가속도를 측정한 뒤, 컴퓨터 제리가 미적분 계산식을 이용해 현재의 속도와 위치를 파악할 수 있는 것이다. 근데 내가 왜 이 항법들을 까마득하게 잊고 있었을까? 사실 나도 그 이유가 궁금하다. 두 항법을 이용하려면 공통적으로 필요한 것이 있다. 그것은 바로 원자시계이다. 정말정말 정확한 시계가 있어야 정확한 계측을 할 수 있다는 말이다. 그래야 제리가 우리의 위치를 파악할 수가 있다.

여기서 나의 혼란이 생겼다.

제리는 왕복선 → 왕복선은 원자시계 → 원자시계는 제리.

여기까지 오케이?

왕복선의 구멍은 제리의 구멍 → 제리의 구멍은 원자시계의 구멍 → 원자시계의 구멍은 왕복선의 구멍 → 왕복선의 구멍은 위치 파악 불가.

위치 파악 불가…… 너무 비웃지는 마시길. 나처럼 구멍 뚫린 왕복선을 보게 된 사람들의 너무나도 일반적인 모습이니까. 삶에 초연해진 사람만이 할 수 있는 독특한 추론법이랄까.

어쨌든 이러이러한 결과를 통해서 알게 된 사실. 1. 왕복선은 화성을 향하고 있다. 2. 화성까지는 대략 3개월이 걸린다. 3. 나는 RCS 연료도 아낄 겸 스윙바이를 이용해 화성을 한 바퀴 돌아서 지구로 갈 생각이다. 4. 그리고 나면 지구까지는 8개월이 걸린다. 5. 총 11개월을 날아가면 지구에 도착한다. 6. 그리하면 다른 2호기와 3호기(반드시 살아 있길 바라며, 추신, 살아 있으면 배달 임무는 반드시 완수하도록!)보다도 최소 1개월은 먼저 도착하게 된다(그들은 소행성까지 감속하는 임무를 해야 하므로). 7. 하지만 지구에 도착해도 난 시체 상태일 것이다.

아아, 역시 문제가 있다. 지구에 도착해봤자 나는 굶어 죽은 상태일 것이다. 지구에 돌아갈 수 있는 방법은 찾았으니 오늘 하루는 만족하련다. 시체라도 돌아가긴 할 것이니 아내에게 조금은 덜 미안해진다.

· ←요만큼.

소행성 포획 미션 727일 차

OMS의 연료를 RCS 분사로 변환해서 왕복선의 기수가 정확하게 화성으로 향하도록 했다. 모두 합쳐서 44개가 뚫려 있는 자세 조정용 분사 구멍들에서 섬세한 분사가 이루어졌고, 그를 통해 얻은 추력으로 요, 피치, 롤의 방향이 수정됐다. 아마도 내 생일 무렵에 내가 그토록 가고 싶어했던 화성의 붉은 원반이 서서히 눈에 들어오기 시작할 것이다. 그렇게 되면 나는 화성을 직접 눈으로 보게 된 최초의 우주비행사가 된다. 그렇게 생각을 하고 나니 사고가 나서 선택하게 된 이 여행이 오히려 조금은 마음에 들기 시작했다. 어쨌든 T-MARS는 정말로 화성에 가게 된 것 아닌가. 상황에 따라서 화성 땅을 밟으러 내려갈 용의도 있다. 진심이다.

나머지 시간 동안에는 이리저리 생각을 좀 때렸다. 할 수 있는 일들과 해야 할 일, 그리고 이 여정의 새로운 계획들을 구상했다. 발상의 전환을 위해서 EMS 슈트를 입고 부들부들 운동을 하면서까지 고민을 해봤으니, 어쨌든 최선을 다한 셈이다. 그렇게 고민을 한 결과 좋은 소식과 나쁜 소식을 얻을 수 있었다. 나쁜 소식은 여전히 6개월 치가량의 식량을 해결하지 못했고, 따라서 굶어 죽을 거라는 사실이다. 식량 한 팩당 대략 800킬로칼로리 정도니까, 생존을 위해서는 하루에 최소한 두 팩의 식량은 필요하다. 이미 식량 섭취는 줄인 상태이고, 따라서 내게는 439팩의 식량이 남아 있다. 즉, 나에겐 220일 치의 식량이 남아 있다. 정말 정말 죽지 않을 만큼만 섭취한다고 해도 250일을 넘기지는 못할 것이다. 최소한 1백일 치 분량의 식량을 어떻게든 해결해야 한다. 그러지 못한다면 당연히 나는 죽게 된다. 그러나 기아로 인한 죽음은 나의 선택이 아니다. 그 전에 다른 방법으로 삶을 마감할 생각이다. 배고픈 것도 정말 싫다.

　　좋은 소식은, 정말 좋은 소식이다. 대략, 캡숑 짱인 소식이다. 나는 지구와 교신을 할 수 있게 됐다! 정말이지 생각만으로도 행복한 소식이 아닌가. 아마도 3개월 후면 지구와 교신을 할 수 있을 듯싶다. 어떻게 교신이 가능하냐고? 후후, 다 방법이 있다. 화성의 궤도에는 화성 탐사용 인공위성이 있다. 왕복선의 고이득 안테나는 망가져버렸지만 왕복선에는 화성에 근접했을 경우 인공위성과 교신할 수 있는 또 다른 안테나들이 있다. 고로, 나는 화성의 궤도를 돌면서 잠시나마 지구와 교신을 할 수 있는 것이다. 그렇게 되면 똑똑한 아내와 연구소 사람들, 그리고 그만큼 똘똘한 NASA에서 식량문제를 해결할 방법을 가르쳐줄지도 모른다. 그들이라면 뭔가 방법을 찾아낼 것이다.

"화성에 착륙하시오. 그리고 영화 〈마션〉을 틀어놓으시오. 영화를 보면서 맷 데이먼처럼 왕복선 내부에 화성의 흙을 들여와 감자를 재배하면서 우리를 기다리시오. 우주복을 입고 수백 킬로미터를 뛰어간 다음 패스파인더를 찾아 안테나를 연결하시오. 추신, 절대로 화성에 가운데 손가락을 펴 보여서 열받게 만들지 마시오. 모래 폭풍의 응징을 당할 수도."

젠장, 정말로 그럴 수도. 하지만 나에겐 생감자가 없으니 결국 굶어 죽을 수밖에 없다. 아무리 천재들이라고는 하지만 그들이 없는 것을 만들어내는 마법사들은 절대로 아닐 테니까. 나는 화성 궤도를 며칠가량 돌면서 해결 방안이 오길 기다려볼 생각이다. 그러나 그래도 해결이 되지 않으면, 나는 정말로 화성에 내려가 최초로 화성의 대지를 밟을 생각이다. 대기층이 옅어서 글라이딩 착륙에 실패할 확률이 높겠지만 어쨌든 죽게 되더라도 인류 최초의 화성인이 아닌가. 그 정도 훈장이면 죽을 만한 가치가 있다고 생각한다. 고로 추락은 죽음에 대한 나의 선택이 될 수 있다.

중요한 것은 닷새 전 상황보다는 나흘 전이 더 나아졌고, 나흘 전보다는 사흘 전이, 사흘 전보다는 이틀 전…… 이런 식으로 날이 지날수록 뭔가 계속 나아지고 있다는 점이다. 구멍이 뚫려서 에어록의 감압 버튼을 누르려고 준비했을 때, 이렇게 지구와 교신이 가능할 수 있게 되리라고는 생각조차 하지 못했다. 어제는 어제일 뿐이고 오늘은 오늘일 뿐이다. 더 나은 내일을 위해서 나는 오늘만을 살 것이다. 이것이 내가 해야 할 가장 중요한 일이다.

오늘은 이 정도의 결과로 만족하겠다. 하나씩 해결해가자.

★ ★

왕복선의 실내는 조명이 모두 꺼져 있었다. 아무런 움직임도 없는 어둑하고 고요한 중앙 데크에서는 아래층의 창고에서 들려오는 백색 소음만이 계속해서 들려왔다. 기계들의 웅웅거리는 소리가 은은하게 울릴 뿐 다른 생명의 징후 따위는 존재하지 않는 듯했다. 왕복선은 그렇게 어둠 속의 또 다른 밤을 달리고 있었다. 그때였다. 이런 적막한 어둠의 균형을 깨는 소리가 들려오기 시작했다.

"아아아아아!"

맥 매커천이었다. 그가 침낭 주머니에서 팔을 허공에 둥둥 뻗은 채 잠을 자고 있었다. 어찌나 깊게 잠들어 있었는지, 그의 목소리에 반응한 컴퓨터가 노란색 은은한 취침등을 켰음에도 세상모르고 잠에 빠져 있었다. 그가 다시 소리쳤다.

"시끄러워!"

하지만 그의 말과는 달리 그가 있는 공간에는 절대적인 고요함만이 존재할 뿐이었다. 잠시 후, 그가 이번에는 뻗은 팔을 절레절레 흔들며 입을 실룩거렸다. 그가 다시 한 번 외쳤다.

"시끄러워! 좀 조용히 해, 모두!"

그는 낮은 목소리로 뇌까리듯 말했다.

"아이 씨…… 이래서 우주인들은 모아두면 안 된다니깐…… 그래도 모두 한자리에 모이니까 좋지?"

그가 피식 웃었다. 그의 말에 안심이 됐는지 컴퓨터 제리는 켜놓았던 취침등을 소등했다. 선내에 다시 어둠이 찾아왔다.

소행성 포획 미션 731일 차

잠을 자고 있는데 커다란 충격음이 들려왔다. 처음에는 장작불이 타는 듯한 타다닥 소리에 게슴츠레 눈을 뜨게 됐고, 연이어서 들려온 쿵하는 소리에 놀란 토끼 눈이 돼 침낭 주머니를 황급하게 빠져나왔다. 소리는 잠시 멈추는가 싶더니 이번에는 낮은 음으로 삐걱대는 금속 마찰음이 선내에 들려왔다. 그 소름 끼치는 소리도 오래가지는 못했다. 소리가 낮은 소리에서 점점 더 묵직하고 낮은 소리로 이어지더니, 이윽고 쿠르릉 하는 천둥소리처럼 울려 퍼졌다. 잠시 후, 충격으로 인한 끔찍한 진동이 느껴졌다.

나는 허공에 떠 있는 상태임에도 불구하고 그 묵직한 충격파가 온몸에 울려 퍼지는 것을 느꼈다. 나는 얼굴이 하얗게 질린 채 중앙 데크의 후미로 몸을 날렸다. 그러고는 화물칸 방면으로 나 있는 창문을 통해서 왕복선의 외부 상황을 살펴봤다. 역시나 문제가 생겼다. 내 눈앞에 영화 〈그래비티〉에서나 볼 수 있을 법한 장면들이 펼쳐지고 있었다. 우주 쓰레기에 관통당한 우주정거장의 모습 말이다. 화물칸에서 무슨 일이 있었는지는 모르겠으나 왕복선이 부서지면서 생겨난 온갖 파편들이 시야에 가득차 있었다. 펼쳐놓은 태양전지 패널들은 이리저리 잘게 부서진 채 파편들이 흩날리고 있었고, 패널들을 지지하고 있던 기다란 접이형 지지대는 무언가에 부러진 채로 화물칸 바닥으로 향하고 있었다. 이뿐만이 아니었다. 페인트 분사기도 관통을 당했는지 그 안에 있던 하얀색 안료들이 이리저리 기하학적 모양으로 뿌려지며 흩날렸다. 이 안료는 얇은 띠처럼 펴지며 여러 패턴의 모습으로 굳어버렸다. 또한 우측 화물칸 문도 정상이 아니었다. 어느 거대한 생명체가 손으로 잡아 뜯어버린 것처럼 화물칸의 덮개형 문이 우겨지듯 찌부러진 채로 반쯤 뜯겨 나가 있었다.

나는 구멍을 막아두었던 캔버스 쪽을 바라봤다. 그곳을 보니, 캔버스는 화물칸 위로 고개를 내민 채 잔뜩 솟아나 곧 터질 듯 부풀어올라 있었다. 거기다가 부러진 태양전지 패널 지지대의 날카로운 부분이 바늘처럼 그 구멍으로 향하고 있었다. 나는 크게 외쳤다.

"어어어어! 안 돼!!"

예감은 틀리지 않았다. 나의 느낌대로 지지대의 뾰족한 부분이 잔뜩 부풀어오른 캔버스를 관통해버렸다. 그와 동시에 선내에서는 고막이 찢어질 듯 높고 묵직한 소리가 진동했다. 나는 외부로 빨려나가지 않기 위해서 벽면에 있던 발 고정용 캔버스들을 질끈 부여잡았다. 하지만 예상과는 달리 선내의 혼돈은 발생하지 않았다. 그제야 나는 그곳으로 통하는 연결 통로의 해치를 닫아놓았음을 떠올렸다.

나는 긴장으로 물든 거친 숨을 몰아쉬면서 주변을 둘러봤다. 다행스럽게도 더 이상의 문제는 없을 듯했다. 그러나 곧 왕복선에서 커다란 비명 소리가 들려왔다. 바닷속의 거대한 고래가 울부짖듯이 거대한 왕복선이 구슬픈 소리를 내며 비명을 마구 질러댔다. 그 비명은 낮은 음에서 시작해서 점점 더 높은 음으로 변하며 울려 퍼졌다. 그러고는 모든 것이 끝났다. 그 소리는 결국 고막이 찢어질 듯한 음역까지 올라가며 귀를 자극했고, 이윽고 왕복선이 반으로 가른 바게트 빵처럼 보기 좋게 절단됐다. 나는 그대로 우주공간 속에 노출됐다. 차갑다 못해 엄청나게 뜨거운 한기가 나의 몸을 덮쳤다.

나는 잠시 호흡을 쉬다가 이내 호흡을 멈췄다. 호흡을 하면 1분가량은 더 생존할 수 있었지만 그럴 필요가 없었다. 잠시 후면 반드시 죽게 될 테니까. 나는 모든 힘을 쥐어짜 가슴에 남아 있던 모든 공기들을 뱉으며 소리를 지르기 시작했다.

"이게 전부야?"

있는 힘을 다해서 소리 질렀다. 그러자 나의 가슴에 마지막으로 남아 있던 공기의 온기마저 모두 사라져버렸고, 그 공간은 믿을 수 없는 차가움으로 가득 찼다. 나의 목소리는 우주에 울려 퍼지지 않았다. 나를 집어삼킨 우주는 나의 소리마저도 집어삼켰다. 나는 의식이 점점 멀어져만 갔다. 눈앞에 왕복선의 창고에 있던 기계들이 모습을 드러냈다. 그것들이 숨겨져 있던 모습을 드러내며 나에게 다가오고 있었다. 나는 점점 아득해지는 정신을 부여잡으며 마지막으로 뇌까렸다. '이게 인생이냐……'라고. 그리고 모든 세상은 빛으로 물들기 시작했다.

★★

안나는 굳은 표정으로 T-MARS 기자회견실의 연단에 올라섰다. 그러자 그녀에게 눈을 뜰 수 없을 만큼의 섬광들이 쏟아지면서 눈을 찌푸리게 만들었다. 그렇게 잔뜩 찌푸린 표정은 그녀를 더욱 침통하게 보이도록 만들었다.

자신에게 쏟아지는 플래시 세례가 잠잠해지자 안나는 살짝 고개를 들었다. 그러고는 아랫입술을 굳게 다문 채로 입꼬리를 살짝 위로 올렸다. 애써 태연한 척하기 위한 표정이었지만 그런 표정이 도리어 그녀의 표정을 더욱 경직된 상태로 보이게 했다.

그녀가 말했다.

"우리는 페덱스1호기의 우주인 두 명을 잃었습니다. 다른 왕복선들과 연결했던 선체가 뜯겨져 나가면서 사고가 발생하게 된 것으로 보입니다. 사망자 이름은 영국인 빌리 맥, 미국인 맥 매커천입니다."

안나는 잠시 눈을 내리깐 채 연단을 응시했고 다시 아랫입술을 굳게 다물었다. 그녀는 고개를 들면서 말을 이었다.

"다른 왕복선들은 현재 정상적으로 비행하고 있습니다. 케이블이 끊어지면서 얼마간 중심을 잃었었으나 자세 조정 분사를 통해서 포지션을 되찾았습니다. 소행성의 전면부 양쪽으로 위치를 잡은 상태이며 편대의 지휘는 3호기의 댄 테일러가 맡은 상태입니다. 질문받겠습니다."

그러자 기자회견실을 가득 메운 기자들이 동시에 손을 들었다. 안나는 손을 들어 "CNN, CNN"이라고 외쳐대는 어느 여성을 가리켰다. 그러자 기자가 말했다.

"감사합니다. 두 명의 우주인이 사망했다고 말씀하셨는데 어떻게 확인이 된 겁니까?"

"현재 1호기와의 교신은 완전히 두절된 상태입니다. 그래서 직접적으로 확인할 수는 없었습니다. 하지만 2, 3호기의 외부 카메라에 찍힌 사고 영상들을 분석한 결과, 그들이 생존의 임계치를 넘어간 상태임을 확인할 수 있었습니다. 1호기는 구멍에서 빠져나간 공기의 추력으로 인해서 균형을 완전히 상실한 상태였으며, 그 구멍에서 선내의 보급품들 대부분이 빠져나갔습니다. 그리고 빌리 맥은 우주복을 착용하지 않은 상태로 우주공간에 던져졌습니다. 맥 매커천은 선체와 연결된 생명줄에 엮인 상태로 이리저리 내던져졌고요…… 그의 안전고리 역시 끊어진 것으로 파악됩니다. 냉정하게 말해서 그들이 살 수 있는 확률은 제로에 가깝습니다. 지금 파악된 정보로는 사망했다고 보는 것이 맞습니다. 1호기는 표류 중입니다."

안나가 무표정한 표정으로 답변을 마치자 또다시 기자들이 손을 들면서 저마다 자신을 알리기 시작했다. 이에 안나가 어느 남성을 손으로 가리켰다. 그러자 그가 말했다.

"NBC의 대니얼 웰링턴입니다. 그렇다면 소행성 포획 미션은 불가능한 겁니까? 또한 사고의 원인이 빌리 맥의 정신질환 때문에 발생했다는 말도 사실입니까?"

안나가 답변했다.

"왕복선을 세 대로 편성해서 보낸 이유가 이런 상황에 대처하기 위해서였습니다. 남은 두 대의 왕복선들이 훌륭하게 임무를 완수하고 귀환할 것입니다. 지금 두 대만으로 궤도 수정용 페인팅을 마무리할 수 있는 방안들을 모색하고 있습니다. 임무에 방해가 될 만한 요소는 그다지 많지 않습니다. 그리고 사고의 원인은……."

안나가 적절한 단어를 선택하기 위해서 잠시 말을 줄였다. 그러고는 이내 입을 열었다.

"지금 분석 중에 있습니다. 결과가 나오게 되면 통보해드리겠습니다."

말을 마치자 또다시 기자들의 외침이 시작됐다. 안나는 조금은 멍한 표정으로 그들 중 아무나 가리켜서 발언권을 줬다. 그러자 어느 남자가 일어나 입을 열었다.

"어떻게 위로를 해드려야 할지 모르겠습니다. 그렇다면 남편분인 맥 매커천씨가 사망했다는 말인데, 지금 심정……."

안나는 표정을 잔뜩 일그러뜨리며 보고 있던 화면을 꺼버렸다. 자신이 그 질문에 답변하는 모습을 보고 싶지는 않았다. 안나에게 그 질문은 너무나도 가혹했다. 잔뜩 일그러진 얼굴에서 눈물이 흐르기 시작했다. 안나는 두 손에 얼굴을 파묻고 흐느꼈다. 한참을 흐느낀 안나는 언제나 맥이 자신을 맞이하던 의자에서 일어나 뒤편의 창가로 발길을 돌렸다. 잠시 창밖을 내다봤다. 저 멀리 건설 중인 거대한 모습의 정십이면체의 우주 승강장이 눈에 들어왔다. 안나는 그 승강장을 바라보면서 맥과 함께 하늘로 올라가는 모습을 머릿속에 그려넣었다. 그녀는 눈물을 글썽거리면서 하늘을 바라봤다. 목멘 소리로 안나가 말했다.

"반드시 돌아올 거라고 약속했잖아."

그녀의 목소리가 75층의 텅 빈 공간에 나지막히 깔렸다. 다시 한 번 그녀는 힘없이 눈물을 흘렸다.

25.
늦어서 미안합니다

2023년 6월 24일

안나의 기억 속 파편

    내 남편은 죽었다. 사흘 동안 실컷 울었더니 눈물도 나오질 않는다. 이제는 그냥 그러려니 하는 마음이 더 큰 것 같다. 아무렇지도 않으려고 사력을 다하는데 지나갈 때마다 나를 바라보는 사람들의 표정이 나를 짜증 나게 한다. 내 눈을 똑바로 바라보지도 못하면서 의미심장한 표정으로 고개를 끄덕이는 모습들이란…… 이상하게도 동료들에게 그런 위로를 받을 때마다 화가 치민다. 억지로 위로를 받고 있는 것 같은 느낌이다. 그럴 때마다 나는 마음속으로 생각했다. '이제 그만! 그래! 내 남편은 죽었어. 그게 뭐 어쨌다는 거야. 할 일도 많은데 이제 그만 앞으로 나아가야지. 그게 그를 위한 길인 걸 몰라? 이런 멍청한 것들 같으니라고! 난 정말 괜찮다고. 도대체 날

보는 표정들이 왜 그렇게 한결같은 거야? 무슨 죽을병에 걸린 사람을 쳐다보는 것만 같잖아! 이제 그만!'

나는 나를 바라보는 표정들이 왜 그렇게들 궁상맞은지 궁금했다. 그래서 세면대 위에 있는 작은 거울을 통해서 내 얼굴을 바라봤다. 그럴 만도 했다. 거울 속의 초췌한 내 얼굴을 확인하자 나 역시 궁상맞은 표정으로 고개를 끄덕이며 위로를 하고 싶었다. 정말이지 내 얼굴은…… 어둠 그 자체였다. 두 눈은 초점이 풀려 멍하게 보였고, 눈두덩은 퉁퉁 부어올라 있었다. 그리고 며칠간 알코올에 매우 의존한 탓인지 눈두덩 아래로는 검은 바다가 넓게 자리 잡고 있었다. 이런 내 얼굴을 바라보고 있자니 또다시 눈물이 주르륵 흘렀다. 멈추고 싶은데 좀처럼 멈춰지지가 않았다. 하지만 반드시 멈춰야만 한다. 눈물이 흐를 때는 그이 생각이 절로 난다. 눈물을 멈추고 싶다. 이제는 지나간 일에 더 이상 묶여 있고 싶지가 않다. 과거의 슬픔은 미래에 아무런 도움이 되질 않는다는 것을 나는 잘 알고 있다. 가족들을 잃을 때마다 그랬다. 나는 또다시, 이 세상에 홀로 남았다.

언제나 그랬다. 슬픔과 외로움, 나는 그 분야의 전문가이다.

★ ★

"늦어서 미안합니다."

이제는 완전히 자신의 사무실이 돼버린 75층의 텅 빈 공간을 걸어오며 안나가 말했다. 그녀는 공간이 이렇게 넓은데 창가의 한쪽 귀퉁이에 있는 원탁에 옹기종기 모여 있는 사람들을 보며 이상하다고 생각했다. 안나가 힘있게 반대편 창가 쪽으로 걸어가자 사람들이 일어섰다. 안나는 자신을 위로하려는 듯한 사람들의 시선을 애써 무시하며 자리에 앉았다. 사람들이 자리에 앉자 그녀가 입을 열었다.

"바쁘실 텐데 모두 모여주셔서 감사합니다. 솔직하게 말씀드리겠습니다. 사고로 인해서 며칠 정신줄을 놓았습니다. 이제 다 털고 일을 시작해야죠. 그간 도움이 되질 못해서 죄송합니다. 1호기의 사고로 인한 상황들을 파악하기 위해서 회의를 소집했습니다. 쿡, 먼저 시작해주시겠어요?"

"문제가 많아요."

쿡은 다른 이들과 달리 본인의 성격 그대로 당당하게 말했다. 그가 말을 이었다.

"왕복선의 외부 상태를 점검해봤습니다. 그랬더니 1호기가 이탈할 때 가장 많은 저항을 받은 3호기의 상태가 좋지 않더군요."

"어떤 문제점들이 있지요?"

안나가 물었다.

"먼저 케이블이 끊어지면서 페인트 분사기를 두 대나 잃게 됐습니다. 끊어진 부위로 이탈해버린 거죠. 다행히 2, 3호기가 연결된 케이블은 피해를 받지 않았기 때문에 한 대의 기기는 보존할 수 있었습니다. 천만다행인 셈이죠. 소행성에 한 대의 기기로 검은 안료를 흡착할 방법을 관제소에서 연구 중입니다."

"가능할까요?"

안나가 다시 물었다.

"문제가 있긴 하지만 해봐야죠. 처음엔 검은색 안료가 부족할 줄 알았습니다. 아무래도 안료통의 교체 작업 중에 벌어진 사고이다 보니까요. 교체가 이루어진 상태였다면 검은색 안료가 한 통 분량 남았을 겁니다. 그걸로는 부족하죠. 하지만 1호기를 제외한 다른 왕복선들은 다행스럽게도 교체를 하지 않은 상태였더군요. 기기는 한 대지만 안료는 두 통 분량이 남아 있습니다. 안료량에는 문제가 없습니다."

비행 감독관 쿡은 팔짱을 낀 채로 잠시 바닥을 내려다보면서 이맛살을 찌푸렸다. 잠시 후 그가 말을 이었다.

"문제는 연료량입니다. 그리고 3호기의 화물칸 문도 고장이 났고요. 사고로 이탈하게 된 포지션을 다시 회복하는 데 생각보다 많은 연료가 소모됐습니다. 각 OMS의 추력은 2톤인데, 2분간의 분사로는 초속 1백 미터가량의 속도밖에는 회복하지 못합니다. 빨리 대응을 하려다보니 연료를 많이 쏟게 됐습니다. 더불어서 RCS의 연료량도 부족하고요. 두 대의 왕복선으로 페인팅 작업을 해야 하기 때문에 자세 조정 분사를 더 많이 해야 하니까요. 그 문제도 지금 연구 중에 있습니다. 최대한 연료를 아낄 방법을 찾아봐야죠."

"화물칸 문 고장은 무슨 말이죠?"

다시 안나가 물었다.

"사고 때 끊어진 케이블이 3호기의 우측 문을 때리면서 끊어졌나

봅니다. 그러면서 개폐 시스템이 손상을 받았고요. 만약 고치지 못한다면 3호기의 대원들은 지구에 복귀할 때 죽은 목숨입니다. 문이 완벽하게 닫히지 않으면 지구의 대기에 안전하게 진입하지 못합니다. 그렇게 되면 착륙 시에는 2호기로 옮겨 타는 수밖에 없습니다. 어쨌든 여러 번의 우주유영을 통해서 수리해보는 수밖에요."

어깨를 으쓱하며 쿡이 말했다.

"문제가 생각보다 많군요. 브라이언, 소행성의 궤도는 어때?"

안나가 천체역학관 브라이언 스미스를 돌아보며 물었다.

"매일매일 검토해보고 있어. 검은색 안료만 잘 흡착된다면 별다른 문제는 없을 것 같아. 혹시라도 안료가 부족할 경우를 대비해서 수정할 수 있는 대안들을 팀원들과 살펴보는 중이야."

브라이언이 말했다. 그러자 안나가 대꾸했다.

"그래. 소행성의 배송 완료 시점이 조금은 늦어도 괜찮으니까 최대한 페인팅 작업을 덜할 수 있는 방법들을 찾아줘. 생명 유지 장치들과 내부 설비들 상황은 어떻죠?"

안나가 고개를 돌려 우주 기술 연구소장 토머스에게 물었다.

"전혀 문제 없습니다." 그가 말했다. 잠시 정적이 흘렀다.

"끝인가요?" 안나가 물었다.

그러자 토머스가 고개를 갸우뚱하면서 으쓱했다.

"왜요? 무슨 문제라도…… 문제가 없으면 되잖아요."

그러자 옆에 있던 쿡이 토머스의 머리에 꿀밤을 때리며 말했다.

"하여튼 분위기 파악을 못 해. 왜 혼자 당황하고 난리야."

안나가 피식 웃으며 말했다.

"아뇨, 문제가 없으면 다행이지요. 듣던 중 반가운 소리네요. 고맙습니다. 2, 3호기 우주비행사들의 동요는 없나요?"

안나가 비행 의학관 글러브에게 말했다.

"당연히 침통해합니다. 특히 2호기의 신민준과 아이오 타쿠미가요. 그들은 매커천 씨를 많이 따랐거든요. 그리고 3호기의 클레몽 마티유는 일종의 감정전이 반응을 나타냈습니다. 빌리 맥에게 느낀 분노감을 ARMCR에 터뜨린 겁니다. 신경안정제를 복용하게 한 상태이고 서서히 안정을 찾아가는 중입니다. 다른 우주인들의 상태도 계속해서 추적관찰을 하겠습니다."

글러브가 말했다.

"좋습니다. 이제 소행성이 도착하면 연결시킬 탄소나노튜브 케이블을 어떻게 쏘아 올릴지 확인해봐야겠군요. 로켓은 어떻게 돼가죠?"

안나가 제트추진연구소장 제프리 삭스에게 물었다.

"우주 발사체들은 우주의 정확한 궤도와 위치에 도달하기 위해서 고려해야 할 점들이 많습니다. 적당히 속도를 증가시키면서 방위각을 정밀하게 맞춰서 비행할 수 있어야 하죠. 하지만 이번 로켓은 6만 킬로미터에 달하는 케이블을 실은 채로 올라가야 하기 때문에 그 조건을 맞추면서 상승시키기가 매우 까다롭습니다. 그 무게 때문에 새턴 5호를 뛰어넘는 역대 최대의 추력도 필요하고요. 그래서 지금 1단 로켓의 몸통에 설치할 추력 보강용 로켓들을 실험하고 있습니다. 보강용 로켓의 최적의 개수와 위치를 찾으려고 이리저리 테스트해보고 있습니다."

삭스가 의자에 깊숙이 몸을 기대며 말했다. 안나가 다시 물었다.

"시간이 얼마나 걸릴까요?"

삭스가 팔짱을 낀 채로 고개를 절레절레 흔들며 대답했다.

"이건 서둘러서 좋을 게 없습니다. 정말 어려운 문제라고요. 안전하게 상승시킬 수 있는 데 초점을 맞출 겁니다. 게다가 지금도 충분히 야근을 하고 있어요. 보채시면 아마도 기술진들이 전부 도망갈 겁니다. 이미 죄다 강제 다이어트를 한 상태라고요."

그러고는 브라이언 스미스의 배를 물끄러미 바라봤다. 그의 시선을 의식한 브라이언이 어깨를 으쓱댔다. 삭스가 피식 웃으며 말을 이었다.

"그래서 말인데, 발사 기지를 바꿔도 괜찮겠습니까?"

"어딜 말씀하시는 거죠?"

안나가 물었다.

"지금 우리는 반덴버그 공군기지를 이용하고 있습니다. 아무래도 이곳에서 가장 가까우니까요. 하지만 발사 지점이 적도에 가까울수록 정지궤도로 발사체를 보내기에 유리합니다. 적도 근처일수록 원심력이 더 커지니까 말입니다. 게다가 지구가 자전하면서 공전하는 쪽으로 우주선을 발사하면 지구의 공전과 자전 속도까지 덤으로 얻게 되니 로켓이 더욱 힘을 얻을 수 있습니다. 연료의 분사만으로 얻게 되는 추력에는 아무래도 한계점이 분명하니까요."

삭스가 앞에 놓인 볼펜과 머그컵을 이용해 상황을 설명했다.

"반덴버그를 이용하는 건 탄소나노튜브 케이블을 운송하기 쉬워 서인데…… 그럼 어디를 생각하고 계세요?"

안나의 물음에 삭스가 쿡을 바라보며 고갯짓을 했다. 이에 존 쿡이 대신 답했다.

"이 빨간 양말 자식은 기아나 우주 센터를 말하는 겁니다."

그의 말에 안나가 깜짝 놀라며 말했다.

"세상에! 거긴 너무 멀어요. 여기서 하와이까지 거리의 두 배가량 되지 않아요?"

그러고는 잠시 생각을 정리하더니 말을 이었다.

"일단 고민해보겠습니다. 케이블을 그곳까지 운송할 수 있는 방법이 있는지부터 알아봐야겠군요. 우선 반덴버그에서 발사한다고 생각하고 개발해주세요."

삭스는 바닥을 보며 고개를 끄덕였다. 그의 입에서 깊은 한숨이 뿜어져 나왔다.

26.
이렇게 하면
식량 문제가 해결될걸?

소행성 포획 미션 732일 차, 맥 매커천

아아, 정말 죽을 뻔했다. 살다 살다 그런 식으로 고통을 받게 될줄은 상상조차 하지 못했다. 차가운 공기가 내 몸에 닿았고, 덕분에 경직된 근육들이 나의 굳은 의지를 방해했다. 하지만 내가 누군가. 우주의 지배자! 우주의 해적왕! 맥 매커천 아닌가! 나는 굳은 의지를 유지하기 위해서 최후의 수단을 썼다. 그 방법은 바로 폐에 숨을 가득 담고 꾹 참는 것이다. 한계치까지 공기를 삼키고 숨을 참으니까 신체 내부의 압력이 증가했는지 머리가 띵하게 울려왔다. 더불어 현기증이 조금씩 느껴졌다. 나는 몸을 부르르 떨면서 점점 아득해져만가는 정신줄을 붙잡기 위해 혼신의 노력을 다했다. 효과가 있었다! 엉덩이부터 느껴지던 한기가 점점 사라져가더니 이윽고 차가운 공기 때문에 경직됐던 근육들이 차츰 풀렸다. 우주유영을 할 때나 느낄 법한 우주 황홀증이 내 엉덩이로부터 느꼈다. 만세! 드디어 시원한 느낌이 들었다.

아아, 이게 며칠 만인가! 이렇게 시원한 느낌을 받은 것 말이다. 쾌변은 아니었지만 그래도 절반의 성공은 거둔 셈이다. 그렇다. 나는 심각한 변비에 걸렸다. 식사량을 줄이다보니 그런 것 같다. 섭취하는 에너지가 줄어들자 나의 몸은 에너지들을 하나라도 낭비하고 싶지 않은 모양이다. 조금이라도 더 배 속에 붙잡아두면서 마지막 칼로리까지 뽑아 쓰고 있다.

오늘도 생존에 성공한 나는 이 말을 쓰기 위해서 일지를 쓰는 중이다. '저 빌어먹을 우주 변기에 온풍 장치라도 달아!'라고 말이다. 변기의 흡입구에 앉았을 때 차가운 공기에 엉덩이가 노출되면서 근육이 경직된다는 말이다. 그러니 가뜩이나 심한 변비가 점점 더 심각해질 수밖에.

아무튼 어제의 일지를 본 사람은 이쯤 되면 궁금해질 것이다. "아니, 어제 죽을 뻔했다고 써놓지 않았어?" 한마디로 말해주겠다. 당신은, 낚인, 거다. 어제의 일지는 꿈에서 본 장면을 그대로 묘사해놓은 것에 불과하다. 생각을 좀 해보라. 백 퍼센트 죽을 상황인데 어떻게 일지를 남겼겠는가. 일지를 읽었는데도 내가 죽은 후에 기록을 남겼다고 애통해했다면 심각하게 반성하길 바란다. 당신의 머리는 장식품이 아니란 말이다.

어쨌든 열 명 중에 한 명꼴이라도 낚였을 거라고 생각하니 삶에 활력이 도는 듯하다. 뭐, 훗날 이 글을 읽을 수 있는 사람이 있을지는 모르겠지만. 그래도 나를 너무 미워하지는 마시길. 홀로 표류하는 불쌍한 우주비행사에게 삶의 활력을 불어넣어줬다고 만족하길 바란다. 왜 그런 거 있지 않은가. '낚임 기부.' 낚임 기부는 굶어 죽어가는 우주비행사에게 즐거움과 활력을 선사해준다. 기부는 무엇이든 언제나 좋은 일이다. 나에게 낚였다면 당신은 이미 우주적 기부 천사이다.

소행성 포획 미션 733일 차

그저께의 일지는 꿈에서 본 장면들을 기억하기 위해서 써놓은 거다. 꿈은 생생하게 기억날 때 기록해야 날아가지 않는 법이다. 꿈을 일지에 적은 것에는 다 이유가 있었다. 나는 꿈에서 본 장면이 현실이 될까봐 두려웠다. 3호기에 구멍이 생겼던 일을 기억하는가? 나는 일지에 그 구멍이 더욱 커졌다면 벌어질 일들을 적어뒀다. 그리고 나의 그 빌어먹을 상상이 나에게 벌어지고 말았다. 나의 왕복선에 구멍이 뚫렸고, 빌리를 잃었으며, 나는 지금 굶어 죽을 일을 걱정하면서 화성으로 향하는 중이다. 고로, 나는 내 꿈이 현실이 될까봐 두려웠다. 꿈에서 봤던 문제점을 기억하고 그것에 대비하고 싶었다. 이제 꿈을 기록한 이유가 조금은 이해가 되는가? 나는 떨어지는 낙엽도 조심하고 싶다. 조심해서 나쁠 건 전혀 없다.

내가 꿈에서 본 공포는 바로 이것이다. 캔버스를 이용해서 막아

314

둔 구멍이 다시 뚫리는 상황 말이다. 정말이지 그 혼돈의 상황을 다시 겪고 싶지는 않다. 그래서 나는 3D 프린터를 사용해 그 구멍을 재차 막았다. 다른 방법이 있나 고민을 하다가 오늘 아침이 돼서야 작업에 임하게 됐다. 하지만 나에게는 입체 스캐너가 없으므로 구멍에 딱 맞는 판을 만들 수가 없었다. 그래서 이리저리 궁리를 하다가 생각했다. '꼭 구멍에 딱 들어맞아야 해?' 이런 바보 같은. 구멍에 딱 맞도록 제작하면 압력에 약할 수밖에. 게다가 수지를 발라서 덧붙이기에도 불편하다. 결국 덕트 테이프를 덕지덕지 붙여서 고정해야 했을 것이다. 그래서 그냥 한 변의 길이가 1.3미터인 정사각형 모양으로 큼직한 판을 하나 만들었다. 그 판을 구멍 위로 불룩하게 솟은 캔버스 위에 그냥 덮어씌웠다. 수지로 접착되는 면이 캔버스와 겹치지 않도록 조심스럽게 말이다. 그다음 덕트 테이프를 붙여서 꼼꼼하게 판의 둘레를 막았다. 이중 삼중으로 확인 사살을 한 셈이다. 정말이지 저 구멍만큼은 확실히 해두고 싶었다. 그러고 나니 조금은 안심이 됐다.

하지만 지금 생각해보면 어떻게 저렇게 멍청했을까 싶다. 저렇게 패널을 제작해서 구멍을 보강해놓는 일은 사고 첫날에 했어야 하는 일이다. 게다가 왕복선에 구멍이 났다고 원자시계도 망가졌을 거라고 착각한 것은 또 어떤가. 그리고 구멍이 뚫린 모양 그대로 패널을 제작해서 막아야 한다고 생각한 건…… 정말 나로서는 황당할 뿐이다. 어떻게 그런 판단을 내렸는지 궁금할 뿐이다. 아무래도 내가 올까 두려워하고 있는 적대적인 화성인이 내 머릿속에 '판단 장애 전파'를 보내고 있는 게 분명하다……는 아니고. 앞으로는 생각할 때 조금 더 집중을 해야겠다. 고에너지 우주 방사선이 기억력 장애나 판단 장애를 일으킬 수도 있다더니 정말이지 싶다. 저렇게 멍청하게 행동하다가 죽게 되는 것은 정말 싫다. 멍청함도 죽음에 대한 나의 선택은 아니다. 오후에는 매일매일 빼먹지 말고 해야 할 일과인 부들부들 운동을 마음껏 즐겼다. 혼자 있는데, 운동이라도 해야 외로운 생각이 들지 않을 테니까.

처음에는 그렇게나 싫던 EMS 슈트의 전기 자극이 이제는 가끔씩 기다려지기도 한다. 역시 인간에게 영원한 적은 없는 법이다. 나는 곧바로 EMS 슈트와 화해의 악수를 나누었다(손을 부들부들 흔들며). 그렇게 화해를 하자 EMS 슈트가 나에게 선물을 줬다. 내가 강도 8의 부들거림을 참고 있을 때 슈트는 내게 이렇게 말했다. '너…… 살고 싶지? 이렇게 하면 식량문제가 해결될걸?' 아! 듣고 보니 정말로 가능할 수도.

소행성 포획 미션 734일 차

나는 생선 요리를 싫어한다. 그렇다고 생선 요리의 모든 걸 싫어하는 것은 아니다. 살코기만 보기 좋게 요리한 것은 좋아한다. 그렇다면 내가 싫어하는 생선 요리가 뭘까? 나는 통째로 요리한 생선을 싫어한다. 어릴 적 아버지는 가끔씩 혼자 낚시를 다녀오시곤 했는데, 그러고 나면 항상 잡아 온 물고기들을 바비큐 통에 넣어 잔뜩 구위주시곤 했다. 그 생선들이 문제였다. 아버지는 항상 통째로 구워 버리고는 의기양양한 표정으로 "맥, 남김없이 먹어라"라고 말하며 내 접시에 떡하니 구운 생선을 올려줬다. 그러면 내 접시에는 어린 아이의 팔뚝만 한 생선이 떡하니 자리 잡았다. 완전하게 화형을 당해서 불에 그슬린 큼직한 물고기 시체가! 그것도 입을 헤벌리고 눈을 부릅뜬 채로! 거기다가 죽을 때의 순간이 그대로 담겨 있는 듯 퀭한 눈동자로 말이다. 그리고 나를 원망스러운 눈빛으로 노려보면서…… 게다가 그 빌어먹을 물고기는 뭔 놈의 지느러미와 잔뼈가 그리 많은지 살코기를 발라먹기도 힘들었다. 그 비릿한 맛은 또 어떤가. 우우, 지금 생각해도 기분이 좋지 않다. 그래서 어린 나는 그 혐오스러운 모습과 맛에서 빨리 벗어나고 싶은 마음에 살코기들을 입에 넣어 그냥 꿀꺽 삼키곤 했다. 최대한 혀에서 맛이 느껴지지 않도록 말이다. 그렇게라도 먹지 않으면 아빠한테 혼이 났을 것이다. 아마도 이렇게 말씀하셨겠지. "맥! 이 남자답지 못한 계집애 같으니라고!" 그래서 언제나 허겁지겁 먹어 치우곤 했다. 그러면 아빠는 터프하게 먹는 내 모습을 흐뭇한 표정으로 바라보면서, "옳지! 넌 역시 내 아들이야! 맛있니? 여기 더 있단다. 더 먹으렴!" 이런 우라질…… 내가 어릴 적 얘기를 꺼낸 이유는 그렇게나 싫던 그 생선구이가 무척이나 그리웠기 때문이다. 그 정도 혐오는 이제 얼마든지 참아낼 수 있을 것 같다. 식량이 부족한데 어쩌겠나. 그리고 지금 내가 처한 이 거대한 혐오감에 비하면 그 생선 비린내와 퀭한 눈깔의 혐오감쯤은 아무것도 아니란 말이다. 그러니까 나는 식량을 해결하기 위해서…… 아아, 일단 그 얘기를 하기 전에 상황부터 말해야겠다. 나는 왕복선이 반파당하는 꿈을 꿨다. 그렇게 반파를 당하자 창고에 있던 모든 설비와 보급품들을 확인할 수 있었다. 꿈이었지만 내 눈앞에서 모든 것들이 둥둥 떠다녔단 말이다. 덕분에 나는 나를 살려낼 수 있는 설비를 확인하게 됐고, 꿈을 묘사한 일지 덕분에 운좋게 그것을 기억해낼 수 있었던 것이다. 그것도 어제 부들부들 운동을 하면서 말이다. 그러니까 나는……

살기 위해서 똥을 먹을 생각이다. 정말이다.

그래, 안다. 그리고 지금 훤하게 보인다. 이 일지를 보면서 혐오감으로 일그러진 당신의 표정 말이다. 아무래도 내가 저걸 먹으면 살수 있을 테니까 이 일지는 반드시 보게 될 것이다. 하지만 너무 찡그리지는 마시길. 당신이 대신 먹어줄 것도 아니잖는가. 내가 먹어야한단 말이다. 뭐 그냥 똥 자체를 먹겠다는 소리는 아니다. 솔직히 그걸 어떻게 그대로 먹겠는가. 나에게는 계획이 있다. 저것을 요리할 방법 말이다.

우리 T-MARS의 똑똑한 똥 박사 양반들은 요상한 설비 하나를 왕복선에 실었다. 그것은 바로 장거리 우주여행을 대비한 자체 식량 조달 장치였다. 물론 실험용이기는 하지만. 그러니까 우리가 우주 엘리베이터를 만드는 데 성공한다고 치자(물론 성공할 것이다). 그럼 어떻게 되겠는가. 우리 인류는 중력을 극복하게 되고, 태양계를 탐험하기 위한 장거리 항행이 가능해질 것이다. 지금보다 훨씬 큰 우주탐사선을 우주에서 건조해서 화성은 물론이고 명왕성까지도 탐사할 계획을 세울 거란 말이다. 그렇게 되면 중력 다음으로 극복해야 할 것이 생긴다. 그것은 바로 우주에서의 건강 확보와(우주 방사선 보호막이나 인공중력 장치 같은) 자체적인 식량 생산이다. 그래서 우리가 우주 생리학에 관한 몇몇 실험들을 계속해오지 않았는가. 신체 장기들의 검진과 방사선량의 측정 같은 것들 말이다. 지구의 자기장으로 보호를 받는 우주정거장에서의 실험과는 차원이 다르단 말이다.

우리는 지금 심우주에 있다. 지구의 중력이 90퍼센트가량 존재하고 자기장이 방어해주는 지구궤도와는 비교가 되지 않는다. 아, 정정하겠다. '우리는'이 아니지. '나는 홀로'이군. 식량도 문젯거리다. 커다란 우주선에 잔뜩 실어놓으면 되지 않겠냐고 말을 할 수도 있겠지만…… 그렇게 생각을 한다면 당신은 SF 영화를 너무 많이 본 것이다. 우리는 이제야 장거리 항행이 현실로 다가왔다. 식량문제 또한 현실적인 접근과 방법이 필요하다. 우주선에서 식물을 키워서 조달한다거나 곤충이나 벌레를 식용으로 키워서 식량을 마련한다는 계획들도 있긴 하지만, 생산되는 시간과 공간의 협소함 때문에 한계가 뚜렷하다. 그래서 가장 간편하고 합리적인 방식을 찾은 것이 바로, 배설물의 재활용이다.

우주 기술 연구소장 토머스의 말에 따르면 우리는 먹은 음식을 전부 에너지로 활용하지는 못한다고 한다. 그의 더러운 주장에 따르면, 똥은 원래의 50퍼센트에 가까운 영양분을 지니고 있단다. 그러니 재활용할 생각을 했을 수밖에. 자기들은 먹지도 않을 거면서.

그러다보니 우리는 식량의 자체 조달에 관한 테스트를 위해서도 장비를 실어놓았다. 정말 알뜰살뜰하게 무게를 최소화해서 말이다. 정말이지 고마운 일이 아닌가. 만약 살아서 지구에 돌아가게 된다면 내가 생존할 수 있게 여러모로 신경을 써준 토머스에게 키스를 할 각이다. 일주일간 이를 닦지 않은 채로. 후후후, 기대하시길!

그런데 내가 왜 이 장비를 까먹고 있었을까? 아무리 생각해도 이해가 되질 않는다. 조금이나마 핑계를 대보겠다. 고입자 에너지의 방사선으로 인한 뭐 그런 거 있지 않은가. 그로 인해 바보가 된다거나 치매에 걸린다거나…… 그런 문제도 문제지만, 나는 ARMCR에 길들여져 있는 상태이다. 그러니까 그들의 업무 요청과 스케줄, 그리고 명령에 길들여져 있단 말이다. 그들이 때가 되면 잊지 않도록 해야 할 모든 일을 가르쳐줬다. 고로, 2년이나 길들여진 내가, 2년이나 잊고 있던 장비를 기억해내는 일은 무척이나 어렵지 않겠나(라고 자기합리화 중이다. 어쨌든 기억해냈으면 된 거다)? 게다가 조금 더 합리화하자면, 이 장비는 소행성 포획 미션의 가장 후반부에 테스트할 계획이었다. 나더러 똥을 먹어보라고 했을 때, 나는 당연히 노발대발 화를 냈고 우리 연구진들과 나의 친절한 아내는 나를 설득하기 위해서 노력했다. 결국 나는 아내에게 설득(협박)을 당했고. 하지만 내가 누군가. 나는 똥을 먹는 테스트 횟수를 확 줄여버렸고, 그 일정도 최대한 뒤로 미루는 데 성공했다.

아아, 역시 그러니 잊고 있었을 수밖에! 어쨌든 이제 얼마나 더 살 수 있을지 계산을 해야겠다. 나에겐 425팩의 식량이 있다. 이것을 매일 두 개씩 먹고 있으니 내가 식량팩으로 살 수 있는 날은 212.5일이다. 소수점은 마음에 들지 않으니 213일이라고 하겠다. 그리고 테스트용 재활용 식량으로 한 달 치의 식량을 생산해낼 수 있다. 테스트를 하다가 몇 번은 실패를 할 수 있으니 내 반대에도 불구하고 넉넉하게 넣어줬다. 하지만 그건 빌리가 있을 때의 얘기고 나는 지금 혼자이다. 나는 똥으로 60일 치의 식량을 생산해낼 수 있다. 그렇다면 단순하게 계산을 해보면 273일 치의 식량이 있다는 결론을 얻을 수 있다. 이걸로는 부족하다. 내가 지구에 도착하게 되는 예정일은 2024년 6월 6일이고, 날짜로는 339일이나 남았다. 그렇게 되면 아무리 똥을 재활용해서 먹는다 해도 66일 치 분량의 식량이 부족하다. 고로, 망한 거다. 다른 방법을 찾든지 아니면 죽게 될 수밖에. 똥을 먹고 사느냐 죽느냐의 문제가 아니다. 괜히 살 수 있다고 혼자 들떠 있었나보다. 뭐, 똥을 먹지 않아도 되니 다행이라고 생각하겠다. 죽더라도 긍정적이고 깨끗한 생각을 하며 죽고 싶다.

소행성 포획 미션 734일 차(2)

잠을 자려고 침낭 주머니에 들어갔다가 다시 나와서 쓰고 있다. 꿈나라에 들어가기 전에 곰곰이 생각을 해보니 좋은 아이디어가 떠올랐다. 뭐 대단한 아이디어는 아니지만. 지금 계산을 하며 알게 되겠지만 잘만 하면 식량 문제를 해결할 수도 있을 것 같다. 방법은 바로 다이어트를 하는 것이다. 그렇다고 굶는 다이어트를 하겠다는 말은 아니다. 지금도 충분하게 다이어트를 하고 있으니까. 내 말은 먹는 다이어트를 좀 더 타이트하게 하겠다는 말이다(그 말이 그 말인가?). 식량팩의 섭취를 4분의 3으로 줄이겠다. 한 끼에 600킬로칼로리 섭취로 낮추겠다는 말이다. 그러면 하루에 대략 1200킬로칼로리만 섭취하게 된다. 부족한 열량은 왕복선의 내부 온도를 조금 더 올려서 보완할 생각이다. 어차피 많이 움직일 필요도 없을뿐더러, 내가 보기에 에너지가 가장 많이 소비되는 일은 운동과 체온 유지일 뿐이다. 왕복선 내부는 땀이 덜 나오도록 조금은 서늘한 온도를 유지하고 있다. 땀방울이 떠다니면서 전기 장비를 망가뜨리지 않게 하기 위해서다. 그러니 온도를 따뜻하게 할 정도로 유지한다면 열량 소비가 조금은 줄어들 것이다.

그리고 어차피 배가 고파서 땀을 흘릴 수도 없다(운동은 꼭 해야 하니 물론 제외하고). 그럼 가능한지 계산을 해보겠다. 내가 가진 식량팩이 212.5일 분량이니, 절약한 25퍼센트의 식량을 더해서 1.25를 곱하면…… 265.6일 분량의 식량이 된다! 대충 266일이라고 치고, 60일을 더하면? 짜잔, 326일! 이제야 말이 되는군. 아직도 2주가량은 굶어야 하긴 하지만 신경쓰지 않겠다. 이 정도면 엄청난 발전이다. 2주만 굶으면 된다는 소리니깐. 하지만 그때쯤이면 삐쩍 말라 버려서 2주조차 버틸 수 없을지 모른다. 고지가 바로 눈앞인데 그래서야 되겠는가. 2주 동안 뭔가를 먹을 수 있는 방법을 찾아야 한다. 그렇지 않으면 똥까지 먹으면서 버텨온 나로서는…… 정말이지 억울할 것만 같다. 달랑 며칠 때문에 죽는 것은 말도 안 된다. 그렇게 된다면 앞으로의 11개월은 살아 있는 것이 도리어 고문이 될 것이다.

음, 지금 문득 '어쩌면?'이라는 생각이 든다. '어쩌면 뭔가를 먹을 수도……'라는 말이다. 힌트를 주자면 이러하다. "재활용 식량의 원재료들은 벽면 안에 엄청나게 많잖아. 안 그래?"

그냥 그렇다고. 내일부터는 식사량을 조금 더 줄이고 재활용 식량을 테스트해서 먹어보겠다. 혹시 아나? 똥이 맛있게 요리되어 나올지. 당장 내일부터 해보겠다! 똥은 생존에 대한 나의 선택이다. 고로, 나는 정말 살고 싶다.

소행성 포획 미션 735일 차

드디어 결전의 날이다. 사느냐, 죽느냐 그것이 문제인 날이다. 만드는 데 성공하지 못한다거나, 만들어도 똥 냄새가 그대로 남아 있다면…… 눈을 뜨자마자 재활용 식량을 만들어볼 생각이었지만 그러지 못하고 이렇게 늑장을 부리며 일지를 쓰고 있다. 심호흡을 해보기도 했고, 창고로 가는 바닥 패널을 열어보기도 했다. 아무튼 창고로 내려가서 똥 벽돌들을 기계에 넣으려고까지는 했다. 그런데 망할…… 좀체 몸이 움직이질 않는다. 실패해도 고민, 성공해도 고민이니 이럴 수밖에. 괜스레 불길한 예감이 든다. 그래서 식품 제조를 오후로 미뤘다. 그렇다고 오전에 가만히 놀겠다는 말은 아니다. 만들기 전에 제리에 저장돼 있는 이용 설명서를 읽어볼 생각이다. 그러고는 만들어져서 나온 재활용 식량이 조금이라도 더 맛있게 느꺼지도록 조치를 취할 생각이다. 음…… 그러니까 최대한 열심히 운동을 해둘 생각이라는 말이다.

내가 어릴 때 아빠는 이렇게 말했다. "맥! 사내놈이 운동을 해야지! 운동을 해야 밥맛도 좋은 거란다. 또다시 맛없다고 엄마한테 투덜거리면 각오해! 개 발바닥에 땀이 날 정도로 뜀박질을 시킬 테니까. 그럼 뭐든지 잘 먹게 될걸?"

고마워요, 아빠. 어릴 때는 아빠가 그냥 미웠어요. 근데 말예요, 제가 아빠 있는 곳으로 가게 될지 모른다고 생각하니까 도리어 아빠 생각이 나네요. 아직 그곳으로 갈 때가 아니라는 말이겠죠? 아무래도 아빠 말이 옳았어요. 이렇게 지나서 생각해보면 아빠 말이 전부 맞았어요. 그래도…… 어두운 지하 창고에 가둬놓고 때린 건 너무하긴 했어요. 그건 이해하죠? 그때 저는 아직 어렸다고요. 어쨌든 말씀해주셔서 고마워요, 아빠. 운동 열심히 할게요. 그리고 꼭 살아남을게요. 아빠를 만나도 아빠의 마지막 모습보다는 나이가 많은 모습으로 만나고 싶거든요. 평온하시길.

소행성 포획 미션 735일 차(2)

운동을 열심히 했더니 몹시 배가 고프다. 좋은 현상이다. 배가 고프니 나에게 잠재돼 있던 야생의 본능이 되살아나는 것만 같다. 이제야 창고를 공격해 먹잇감을 쟁취할 의욕이 생겼다. 자, 그럼 심호흡을 한 번 하고 창고로…… 출발! 나는 중앙 데크의 바닥 패널을 뜯어서 어둠의 문을 열었다. 그러자 역시나 창고의 어둠이 나를 맞이했다. 이윽고 조명이 켜졌고, 나는 몸을 날려서 창고의 가장 깊숙한 곳으로 이동했다. 몇몇 설비들의 웅웅거리는 기계음이 귓가에 점점 더 크게 들려왔다. 대기조절기와 환풍기, 난방 시스템이 돌아가는 소리였다. 장비들에서는 그 덩치만큼이나 묵직한 소리가 났다. 창고가 꽤 넓은 탓에 장비들에 다가갈수록 점점 더 낮고 묵직한 소리가 들렸왔다. 그렇게 중앙에 위치한 주요 장비들을 지나치자 조금이나마 소리가 가벼워졌다. 반대편 끝에 도달하자 나를 살려주게 될 고마운 장치를 발견할 수 있었다. 생긴 게 믿음이 가는 모습은 아니지만 말이다. 모습이 뭐랄까…… 그래, 좋게 표현하자면 심플하다고 말할 수 있겠다. 전자레인지 세 개를 계단처럼 쌓아둔 모습이었으니까. 맨 아래 칸 중앙에는 둥그런 구멍이 나 있었고, 가장 위에 있는 칸의 덮개 부분에는 작은 구멍 여섯 개와 큼직하고 둥그런 구멍 한 개가 뚫려 있을 뿐이었다. 옆면에는 전기 코드와 버튼 한 개가 달려 있었다.

나는 뭔가 복잡한 장치의 모습을 기대했다. 이렇게 허접한 모습의 기기가 좀체 믿음이 가지가 않았다. 이 허접한 기기가 내 생명을 좌우하다니. 테스트용으로 급조해서 만든 터라 이해는 한다. 제 기능만 하면 아무 상관이 없다. 그럼에도 사업 전문가로서 한마디 하자면, 정말 빌어먹게 안 팔리게 생긴 물건이었다. 제품은 성능만큼이나 신뢰감이 드는 디자인도 중요한 법이니까.

다시 생각해보니 매우 효율적인 디자인이 맞는 것 같다. 최소한 디자인에 대한 제작 비용은 줄였을 테니. 오전에 읽은 설명서에는 이렇게 적혀 있었다.

인조고기 제작 방법! 일본의 오카야마 연구소에서 처음으로 고안한 이 기기는, 똥에 6단계의 특수한 화학 처리 공정을 거쳐서 단백질과 탄수화물을 뽑아냅니다. 수많은 박테리아 덕택에 똥에는 단백질이 매우 풍부하답니다. 똥은 원래의 50%에 가까운 영양분을 그대로 지니고 있습니다. 아래와 같이 기기를 작동하면 단백질 63%, 탄수화물 25%, 지질 3%, 미네랄 9%로 구성된 인조고기가 가공돼 나오게 됩니다. 완벽한 영양 성분을 지닌 완전식품인 인조고기를 마음껏 즐겨주십시오!

우주 기술 연구소장 토머스 뮬러

사용 방법은 다음과 같습니다. 기기 옆에 준비해둔 여섯 가지 색상의 튜브를 색깔별로 한 개씩 준비해주세요. 그리고 그 튜브들을 색상별로 뚫려 있는 기기의 구멍에 끼워주십시오. 그다음 가장 큰 구멍에 똥을 넣고 뚜껑을 잘 닫아주십시오. 마지막으로 옆면의 버튼을 누르면 아래에 나 있는 구멍으로 인조고기가 배출된답니다.

주의: 튜브에 내장된 약품을 개봉하면 재사용이 불가능함. 그러니 기계가 멈출 때까지 옆에서 계속 똥을 넣어주길 바람. 한 개의 튜브당 5인분가량의 인조고기가 제작됨. 완료 후 옆면의 손잡이를 당겨서 연 뒤, 찌꺼기

들을 제거해주십시오.

이렇게 영양분이 풍부하니 쇠똥구리가 똥을 먹고도 잘 살 수밖에. 아무래도 나는 우주 쇠똥구리가 될 모양이다. 가만, 박테리아? 나는 똥 벽돌을 제작할 때 언제나 살균제를 넣어 손으로 잘 섞어줬다. 그 말은 내가 넣으려고 준비해온 이 똥 벽돌에는 박테리아가 없다는 말이 된다. 그렇다면 이 기기는 가공하지 않은 똥을 원료로 써야 한다는 말인가? 이런, 우라질! 그렇다면 결과는 두 가지가 될 게 뻔하다. 실패하거나 영양분이 현저하게 떨어지거나. 나는 잠시 고민을 하다가 그냥 해보기로 했다. 어차피 이판사판이니까.

나는 적게 먹어서 심각한 변비인 상태이고, 그렇기 때문에 아무래도 원료가 부족하다. 그래서 그냥 해봤다. 먼저 전원을 꽂고 튜브들을 잘 꽂아서…… 설명서에 적힌 대로 기기를 작동했다. 그러자 이 허접하게 생긴 작은 기계가 나름대로 웅웅거리면서 제 할 일을 하기 시작했다. 그사이에 나는 바지 주머니에서 봉투를 꺼내 인조고기를 담을 준비를 했다. 그렇게 20분이 지나자 털털털대는 소리와 함께 아래 구멍에서 뭔가 나오기 시작했다.

나를 살려줄 인조고기를 처음 본 느낌은, '어? 생각보다 육포 같이 생겼는데?' 이거였다. 정말이었다. 구멍에서는 얇고 둥그렇게 말린 모양으로 건조된 무언가가 삐질삐질 나오고 있었다. 그 모습이 옅은 갈색을 띈 육포 같았다. 비주얼은 합격! 나는 이 삐질삐질 나오고 있는 육포를 담기 위해서 봉투를 구멍에 붙였다. 우 수지 좌 덕트 중, 좌 덕트를 사용했다. 그러고는 기기가 멈출 때까지 비닐팩에 밀한 똥을 뜯어내서 계속 주입했다. 그렇게 한 시간쯤 지나자 기기는 식량 생산을 멈췄다. 나는 완전식품이라고 소개받은 자랑스러운 인조고기를 두 봉지 가득 얻게 됐다. 그러고는 설명서에 적혀 있던 대로 옆면의 판을 내려서 만들고 남은 찌꺼기들을 또 다른 봉투에 담아 분리했다. 나의 첫 번째 똥 인조고기 생산기, 끝.

고기는 언제나 따끈따끈할 때 먹어야 제맛인 법이다. 하지만 내 눈앞에 두 봉지나 가득 담겨 있는…… 방금 나와서 따끈한 이 인조고기는…… 대신 맛을 봐줄 사람 급구! 조금 뜯어서 입에 넣어볼까도 생각했지만 차마 용기가 나질 않았다.

그래서 일단 창고를 빠져나와 이렇게 일지를 쓰고 있는 중이다. 냄새로 말할 것 같으면, 약간 누릿하게 탄 고무 냄새와 비슷한 것 같다. 아무래도…… 내일 먹어보겠다. 오늘은 제조에 성공한 것에 만족하련다. 배가 고프니 식사부터 해야겠다. 그리고 참고로 말을 해두겠는데, 나는 오늘 보물을 하나 발견했다. 오전에 청소를 하다가 구석에 처박혀 있던 소스를 발견한 것이다. 지난번의 사고에서 외부로 휩쓸려 나가다가 환풍기의 구멍으로 들어갔던 모양이다. 오늘 공기 필터 쪽을 청소하다가 발견했다. 소스의 튜브에는 이렇게 쓰여 있다. 볶음 고추장 매운맛. 고로, 나는 무적이다. 내일은 반드시 성공할 것이다.

소행성 포획 미션 736일 차

원래는 눈을 뜨자마자 입에 넣어볼 생각이었다. 잠의 기운을 이용해 배를 채울 생각이었으나 어림도 없는 소리였다. 인조고기를 보는 순간, 오히려 카페인이 필요 없을 만큼 잠이 확 깨버렸다. 이로써 얻게 된 나의 결론, 아직도 나의 뇌는 생존에 대한 위협을 그다지 느끼는 못하는 것 같다. 그러니 이렇게 배부른 행동을 하고 있는 거다. 뭔가 위기의식을 뼈저리게 느끼게 할 만한 계기와 각오가 필요하다.

그래서 내 자신에게 다짐을 했다.

다짐1. 너 이렇게 먹는 걸 주저하면 안 될걸? 지금이야 식량팩이 있으니까 그렇지, 그것들을 전부 먹어 치우면 어떻게 될까? 아마 60일 동안 인조고기만 먹게 될걸? 그러니까 당장 입에 처넣어!

다짐2. 나는 똥 고기를 몰아서 먹고 싶지 않다. 네 끼를 먹으면 다섯 번째에는 인조고기를 먹어야 한다. 그러니까 좀 분산해서 먹자는 얘기다.

다짐3. 그래도 먹기가 찜찜하다면 어쩔 수 없지. 그렇다면 다른 음식을 먹어야 할 거야. 예를 들어서 네 왼팔 같은 거 말이야. 그러면 칼로리 소모가 줄어서 조금은 덜 배고파질걸? 그러니까 살고 싶으면 당장 입에 처넣어!

다짐4. 좋아, 이래도 먹기가 힘들지? 그렇다면 각오를 보여줘!

그래서 준비했다. 내 각오를 불태우기 위한 장비 말이다. 나는 내 팔을 자를 손도끼와 상처를 지질 전기저항기를 준비했다. 그리고 응급처치를 할 구급함도 벽면 벨크로에 부착했다. 배수의 진을 친 것이다. 인조고기를 먹거나, 아니면 내 팔을 잘라서 대신 먹거나…….

손도끼를 손에 쥔 상태로 나의 왼팔을 잠시 노려보니 이런 생각이 들었다. '팔보다는 다리가 낫지 않을까? 우주에서는 무중력 때문에 다리는 그다지 중요하지 않잖아. 안 그래? 게다가 살도 다리가 훨씬 많은 편이잖아. 그래, 자를 거면 다리를 자르자!'

그냥 그렇다고. 아무튼 이렇게 각오를 다짐하자 인조고기를 겨우 한 입 베어 먹을 수 있었다. 나의 이런 행동을 비웃을 수도 있겠지만, 나로서는 정말 이런 각오가 필요했다. 처음에는 입에 넣자마자 꿀꺽 삼켰다. 어릴 때 생선을 먹은 것처럼 말이다. 그다음에는 입안에 넣어서 혀로 살짝 맛을 느껴봤다. 생각보다는 괜찮았다. 뭐랄까. 살짝 탄 고무를 씹는 느낌이었다. 애초에 맛을 기대했던 것은 아니니 이 정도면 괜찮은 편이다. 똥이라는 생각이 들 만한 향은 느껴지지 않았다. 똥을 먹어본 적이 없으니 똥 맛이 뭔지는 모르겠다만.

그다음 번에는 볶음 고추장을 조금 발라서 먹어봤다. 젠장! 맛이 괜찮은데? 고추장의 매콤한 맛과 마늘 향이 누릿한 인조고기의 잡내를 완벽하게 제거해줬다. 다시 한 번 말하지만, 우주에서 볶음 고추장의 자극적인 맛은 정말, 괜찮다. 먹어보니 생각보다 쉽는 맛이 있었다. 똥이라는 생각만 하지 않는다면 괜찮을 것 같았다. 이로써 다리를 자르지 않아도 식량은 해결된 셈이었다. 중요한 것은 볶음 고추장이 250그램밖에 없다는 사실이다. 인조고기를 소스 없이 그냥 먹는 맛은 그렇게 친절한 맛이 아니었다. 식량팩에 있던 양념을 아껴뒀다가 발라 먹을까도 생각해봤지만 고추장만큼 맛있을 것 같지가 않았다. 기왕 먹는 거 조금이라도 맛있게 먹고 싶다. 지구에서 꽤나 까다로웠던 미식가로서의 평가이니 의심하지는 마시길. 고로, 고추장은 최대한 아껴서 먹을 생각이다. 고추장은 소중하다.

소행성 포획 미션 737일 차

빌어먹게 배가 고프다. 내가 며칠 전에 인조고기는 60일 치 있다고 했던 말을 기억하는가? 그때는 남은 식량을 계산할 때 60일 치 그대로 적용시켰더랬다. 아무래도 식량 생산이 어떻게 될지 몰라서 그대로 적용했던 것이다. 하지만 마음속으로는 이렇게 생각을 했었다. '좋아, 나는 지금 하루에 두 끼만 먹고 있어. 그러니까 60일 치는 세 끼를 전부 먹었을 때의 상황이잖아. 안 그래? 60일 치는 180끼니, 180끼니는 90일 치!' 너무나도 당연한 생각 아닌가? 정상적으로 식량 생산이 될 경우 나는 이렇게 선포할 생각이었다. "유레카! 부족한 2주치의 식량도 해결됐노라!" 게다가 덤으로 간식까지 생겼다고 말할 생각이었다. 하지만 박테리아를 몰살시킨 똥으로 만들어서 그런지 칼로리가 생각보다는 적은 듯싶다.

어제저녁에 한 끼의 분량을 먹었는데도 미친 듯이 배가 고팠다. 아무래도 60일 치 분량은 그냥 60일 치 그대로 여겨야 할 듯싶다. 젠장. 그래도 긍정적으로 생각하련다. 나는 우주 긍정왕이니까. 식량이 90일 치에서 60일 치로 줄게 된 상황의 장점은, 인조고기를 먹을 때마다 고추장을 조금 더 찍어 먹을 수 있다는 사실이다. 정말 다행이지 않은가.

소행성 포획 미션 747일 차

혼자 있으니까 정말 심심하다. 무엇보다도 혼잣말을 하고 있는 나 자신이 정말 싫다. 뭔가 대화를 나눌 상대가 필요하다. 그나저나 이것들은 내가 죽은 줄 알고 있겠지? 소행성 배송은 잘하고 있으려나? 댄 테일러가 대원들을 잘 이끌고 있겠지? 아아, 동료들 생각을 하니까 생각나는 것이 또 한 가지가 있다. 초콜릿 케이크. 달달한 케이크가 몹시 그립다. 정말 그립다.

★ ★

아이오 타쿠미가 중앙 데크의 적재물 서랍을 이리저리 열면서 뭔가를 뒤적거렸다. 그러고는 그가 말했다.

"아아아! 왜 이렇게 초콜릿 케이크만 잔뜩 남아 있어! 대체 누가 이렇게 맛없는 걸 잔뜩 넣어준 거야?!"

그러자 근처에서 독서를 하고 있던 민준이 말했다.

"타쿠미, 네가 다른 간식들만 골라서 먹었잖아. 난 손도 안 댔다."

타쿠미가 분개한 말투로 답했다.

"아, 진짜 개인의 취향을 물어본 다음에 넣어주든가! 우리 둘 다 먹지도 않는 걸 잔뜩 실어주고 난리야! 다른 것들은 무게 때문에 민감해했으면서. 흥, 저것들 죄다 우주에 버려버릴까요?"

그러자 민준이 화면에서 눈을 돌려 매섭게 타쿠미를 노려봤다.

"너! 그 초콜릿 케이크를 누가 좋아했는지 몰라서 그래?"

"누군……데요?"

타쿠미가 흠칫 놀라며 말했다.

"대장이 좋아하던 거잖아. 그냥 내버려둬. 지구에 돌아가면 내가 가져갈 테니까. 박물관에 기증할 거야. 대장이 쓰던 물건 중 남아 있는 게 하나도 없잖아. 우주에서 즐겨 먹던 거라도 전시해서 사람들이 대장을 기리도록 해야지."

민준이 말했다. 그러자 잠시 침묵이 흘렀다. 이윽고 타쿠미가 차분해진 말투로 조심스럽게 입을 열었다.

"에…… 그래야죠. 저도 가져갈래요, 흥. 아아, 대장 생각만 하면 마음이 아파요. 빌리, 그 사람만 아니었……."

"됐어, 이미 벌어진 일이잖아. 그리고 우리가 그랬을 수도 있고. 빌리 탓은 하지 말자. 우린 우주비행사잖아."

말을 자르며 민준이 말했다. 이에 타쿠미가 답했다.

"그래도 화가 나요. 생명줄이 끊어진 채로 날아가던 대장의 모습이 꿈에 나온다고요! 얼마나 무서웠을까요? 근데 우리는 아무것도 도와줄 수 없었다는 게 정말……."

타쿠미는 감정이 올라왔는지 눈물을 글썽이며 잠시 말을 멈췄다.

바닥으로 눈을 내리깔며 낮은 목소리로 말했다.

"화가 나요…… 정말 저한테 잘해주셨는데."

그러자 민준이 답했다.

"그래. 게다가 나는 대장한테 목숨까지 빚졌는걸."

민준의 시선도 자연스럽게 바닥으로 향했다. 두 사람의 눈시울이 벌겋게 뜨거워졌다. 이윽고 두 사람은 약속이라도 한 듯이 서로 다른 방향으로 몸을 날렸다. 그들은 적막을 찾아 움직였다.

27.
나는 우주 트렌드에
민감하니까

2023년 8월 10일

소행성 포획 미션 772일 차, 맥 매커천

　드디어 대화를 할 상대를 찾았다. 혹시 서랍 속의 그녀를 기억하는가? 뇌에 침투하는 방사능 수치를 측정하기 위한 해골 말이다. 이 근방에 살아 있는 생명체라고는 내 상상 속에 존재하는 오징어를 닮은 외계인이나 거미처럼 생긴 적대적인 괴물밖에 없었으므로, 그나마 사람처럼 생긴 이 해골이 가장 정겹게 느껴졌다. 하지만 그녀와 밤에 눈이라도 마주치면 우라지게 섬뜩한 건 어쩔 수가 없었다. 그래서 이리저리 생각을 해보다가 결국 그녀를 조금 꾸며주기로 했다. 먼저 플로비로 길게 자란 내 머리카락을 적당히 자르고 허리춤에서 수지 총을 멋들어지게 뽑아 그녀의 머리에 수지를 얇게 펴 발라줬다. 그다음 나의 아름다운 금빛 머리카락을 그녀의 머리에 붙였더니…….

짜잔, 금발의 미녀 탄생!

정말이지 그렇게 될 거라고 기대했지만 오히려 섬뜩한 모습만 더욱 강조될 뿐이었다. 금발까지는 맞는데 미녀라고 하기에는 눈구멍이 너무 퀭하다고나 할까. 그래서 구멍을 어떤 것으로 채울까 고민했고 몇몇 후보군들을 골랐다. 눈알은 흰색이어야 하지 않겠는가. 그러다보니 후보가 될 만한 것이 몇 가지 없었다.

후보1. 구조공 캔버스. 장점은 쉽게 부착 가능. 단점은 눈알이 너무 평면적이 됨. 후보2. 휴지, 물티슈. 장점은 입체적인 표현 가능. 단점은 눈알이 너무 쭈글쭈글해짐. 후보3. 기저귀 패드. 장점은 입체적인 표현 가능. 눈동자를 그리기 용이함. 만들기 쉬움. 단점은? 좋아, 기저귀 패드. 너로 정했다. 기저귀 패드는 바깥쪽으로 볼록하게 휘어 있다. 게다가 바깥 면은 소변이 새지 않도록 비닐로 마감돼 있으니 눈알처럼 보이도록 만들기에 용이했다. 나는 볼록한 부분을 구멍보다 조금 더 크게 잘라서 눈구멍 안쪽에 수지로 붙였다. 그렇게 만들어진 그녀의 눈알에 눈동자를 펜으로 그려넣었다. 하지만 눈알이 생겼음에도 불구하고 아직도 뭔가 어색했다. 어디가 문제인지 고민을 하다가 그녀의 얼굴에 눈썹이 없음을 알게 됐다. 그래서 나는 화면에 아내의 사진을 띄워놓고 최대한 비슷하게 눈썹을 그렸다. 내친김에 속눈썹도 예쁘게 그려넣었더니 한결 나았다. 적어도 화성 근처의 우주공간에서는 가장 인간다운 모습이었다. 나는 그녀에게 가장 보고 싶은 아내의 이름을 붙여줬다.

"안나, 우리가 지금 어디 근처인 줄 알아?"

그녀가 부드럽게 흔들거리는 머리카락으로 대답을 대신했다.

"그래, 화성으로 가고 있어. 우린 눈으로 화성을 보게 된 최초의 지구인들이라고. 기분이 어때, 안나?"

내가 물었다. 그러자 안나가 눈웃음으로 대답을 대신했다.

"그래. 눈웃음을 짓는 걸 보니 너도 기분이 좋구나? 이런 귀염둥이 같으니라고."

그녀가 이번에는 뚫려 있는 콧구멍으로 대답을 대신했다.

"그래그래, 알겠어. 새침하게 콧방귀는 뀌지 말아줘. 난 새침한 여자는 별로 좋아하지 않으니까."

누군가가 내 말을 듣고 있다고 생각하니 한결 기분이 좋다. 해골과 대화를 나누는 내가 미쳤다고 생각하나? 뭐 그러거나 말거나 상관없다. 중요한 건 그동안 내 입에서 나왔던 단어들이 죄다 욕설뿐이었다는 사실이다. 나는 말을 할 필요가 없었고, 그렇다보니 가끔씩 실수를 하거나 짜증이 날 때 내뱉던 욕설이 내가 하는 말의 전부였다. 나도 모르게 '씨발' '아, 이런 좆같은' '염병' 같은 말들이 나오는 걸 어떡하나. 누군가와 함께 있을 때는 몰랐다. 벙어리가 되는 것이 이렇게 어둡다는 사실 말이다. 말을 하지 않으니까 내 자신이 마치 그리스신화에 나오는 죽음의 뱃사공, 스틱스 강을 노 젓는 카론이라도 된 기분이었다. 하지만 한 달만 버티면 지구와 대화를 나눌 수 있게 된다. 그때까지는 나의 어여쁜 안나와 실컷 대화를 나눌 생각이다. 외롭다보니 그렇게 됐다. 너무 이상하게 생각하지는 마시길. 그리고 지금 든 생각인데 지구에 돌아가면 동물 애호가가 될 생각이다. 강아지가 오죽하면 짖어대겠는가. 나는 강아지들도 외로워서 짖는 것이라고 믿는다. 외로우면 짖는 거다. 요즘의 내가 그렇다.

소행성 포획 미션 777일 차

"아아아, 아파. 왜 갑자기 전기 자극을 올리는 거야?"

운동을 하던 내가 말했다.

"뭐라고? 내가 냄새가 심해서 싫다고? 그래서 벌칙을 준 거라고?"

그러자 벨크로로 벽면에 붙여둔 안나가 긍정의 콧방귀를 뀌었다.

"맙소사! 나도 씻고 싶어. 근데 샴푸가 없는 걸 어떡하라고."

안나가 째려봤다.

"네가 그렇게 노려봐도 소용이 없어. 지난번 사고로 싹 다 잃어버렸단 말이야."

내 말에 안나가 머리카락을 곤두세우며 불만을 표출했다.

"뭐? 옷에서도 쉰내가 진동을 한다고? 그래…… 미안해. 근데 어쩌겠어. 티셔츠와 바지도 이것뿐인걸."

안나가 이빨을 드러내며 으르렁거렸다. 나는 안나의 시선을 외면하며 대답했다.

"그런 방법이 있었구나? 그래, 네 말이 맞아. 티슈로 몸을 닦을게. 물은 충분히 있으니까."

안나의 말이 맞다. 정말로 씻고 싶다. 이제는 적응이 됐는지 냄새 만큼은 느껴지지 않는다. 하지만 머리가 근질거리는 것은 참기가 힘들었다. 간질거려 머리를 긁었더니 손톱 끝에 슈크림같이 생긴 것들이 잔뜩 끼어버렸다. 그래서 떡 진 머리카락을 짧게 잘라보기도 했지만 아무런 소용이 없었다. 아무래도 완전히 밀어버려야 할 것 같다. 생각이 난 김에 지금 바로 밀어버리겠다. 귀찮아서 질질 끌다보면 또다시 안나가 화를 낼 것이다. 그래서 내가 생각한 이번 헤어스타일의 콘셉트는, 레뮬락 행성에서 전 우주에 유행시킨 〈콘헤드 대소동〉 스타일이다. 나는 우주 트렌드에 민감하니까.

소행성 포획 미션 783일 차

문제가 생겼다. 전기 생산량이 평소보다 뚝 떨어졌다. 두 시간 전에 제리가 발전 효율이 평소보다 떨어졌음을 알려왔고, 확인한 결과 평균 생산량의 60퍼센트에 불과함을 알게 됐다. 젠장, 그동안 유일하게 풍족했던 것이 전기였단 말이다. 그나마 전기라도 풍족했으니 지금까지 내가 살아 있는 것이다. 전기가 있으니 따뜻하게 살 수 있는 것이고, 전기가 있어야 대기조절기가 이산화탄소를 제거해서 산소와 질소 농도를 조절할 수 있다. 이온엔진도 전기가 필요하고, 산소 발생기도 전기가 필요하다.

투덜거림은 이제 그만. 그래서 문제가 뭔지 확인했다.

태양전지에 먼지가 쌓여서 효율이 떨어졌을 리는 없으니 내부 시스템부터 점검했다. 아무런 이상이 없었다. 송전 시스템과 배터리 모두 정상이었다. 안심한 나는 화물칸 조종간 앞에 나 있는 창문을 통해서 외부를 살펴봤다. 역시나 문제는 외부에 있었다. 우측 태양 전지 패널이 돌아가 있던 것이다. 태양전지 패널의 지지대는 계속 해서 변하는 태양의 위치에 따라서 수시로 각도를 조절한다. 해바 라기처럼 말이다. 나는 오랫동안 비행을 해왔고, 나의 왕복선은 서 서히 노후화가 진행돼가는 중이다. 그동안 각도 조절을 수없이 많 이 했을 테니 이쯤이면 조여놓았던 볼트가 느슨해질 만도 했다. 각 도 조절용 모터에 이상이 생겼을 수도 있지만 그랬다면 제리가 알 려줬을 것이다. 모터가 고장 난 거면 창고에서 부품을 꺼내 교체해 주면 된다. 그러니 별문제는 아니다. 우주유영을 통해서 수리하고 다시 적겠다. 혹시라도 응급 상황이 발생할 수도 있으니 나의 동료 안나를 조종실에 대기시키겠다.

소행성 포획 미션 783일 차(2)

맙소사! 정말로 죽을 뻔했다. 지금 나는 에어록1 안에 있다. 일단 음성 녹음을 해놓고 나중에 일지에 정리하겠다. 나는 우주복을 입 고 에어록을 감압했다. 그다음 에어록1을 통해 화물칸으로 빠져나 왔다. 그러고는 생명줄을 내 안전고리와 연결시켜 우측 태양전지 패널 쪽으로 향했다. 여기까지는 문제가 없었다. 나는 태양전지 패 널 지지대에 나 있는 고정대를 번갈아 잡아가면서 지지대가 회전하는 관절 부위까지 갈 수 있었다. 지지대의 중간 지점에 관절이 있으니 대략 25미터쯤 이동한 것이다. 그러고 나서 태양전지 패널들이 돌아간 이유가 뭔지를 살펴봤다. 역시나 볼트가 느슨해져 있었다. 우주에서는 용접을 할 수가 없으니 대부분의 설비가 볼트로 고정돼 있다. 따라서 볼트가 느슨해지는 일은 큰 문제가 아니다. 그냥 조여주면 된다. 나는 전동 스패너를 이용해 첫 번째 관절의 느슨해진 볼트를 조인 다음 관절로 이동을 했다.

이 과정에서 문제가 생겼다. 갑자기 눈이 따끔거리더니 눈에 눈물이 고이기 시작했다. 그래서 눈을 감았더니 눈물이 떨어져나갔다. 눈물방울이 헬멧 안을 떠다녔다. 따끔거림은 멈추질 않았다. 처음에는 급하게 우주유영을 나오느라 김 서림 방지제로 헬멧을 덜 닦은 탓인 줄로만 알았다. 그건 이미 경험을 해봤던 일이니까. 그런데 그 정도 수준이 아니었다. 눈동자가 바늘로 찔러대듯이 따끔거렸고, 이윽고 마른기침이 나오기 시작했다. 나는 가슴이 타는 듯한 통증을 느꼈다. 거센 기침을 여러 번 내뱉었고, 심한 흉통을 느꼈다. 그뿐 아니라 눈물이 쉴 틈 없이 흘러나왔다. 흘러나온 눈물방울 때문에 시야를 거의 상실하게 됐다. 여기서 한 가지 생각이 뇌리를 스쳐갔다. 눈이 따끔거린다? 기침이 난다? 맙소사!

우주복에는 이산화탄소 제거 필터가 내장돼 있다. 내가 호흡으로 내뱉는 이산화탄소를 제거하는 필터 말이다. 이 필터는 수산화리튬을 이용해 이산화탄소를 제거해준다. 수산화리튬은 부식성이 강하므로 눈이 따갑고 폐가 화끈거리는 것은 수산화리튬 누출의 전조증상이다. 나는 살 수 있는 시간이 얼마 남지 않았음을 직감했다. 따끔거림이 시작된 지 꽤 됐으니 고작 2분가량이 남았을 테다. 그래서 나는 허리에 연결된 생명줄을 급하게 잡아당겨 화물칸 쪽으로 향했다. 그러나 시간 내에 에어록에 들어가서 해치를 닫고 가압한 다음 헬멧을 벗을 자신이 없었다.

호흡은 점점 타들어가는 듯했고, 시야는 점점 멀어져갔다. 그러던 중 어딘가에 몸이 부딪쳤다. 나는 급한 마음에 허둥거리면서 허리에 생명줄을 칭칭 감아버렸다. 어디론가 멀리 튕겨 나가기는 싫었기 때문이다. 시야가 좁아졌기 때문에 위치를 알 수가 없었다. 시간 내에 에어록에 들어가기는 불가능했다. 나는 응급조치로 헬멧 왼쪽에 나 있는 환기 밸브를 열어버렸다. 우주복 안에 있는 공기를 유출시켜 수산화리튬에 오염된 공기를 빼내야겠다는 생각 때문이었다. 위험하지만 어쩔 수 없었다. 급한 마음에 밸브를 홱 돌리자 '쐐' 하는 소리가 헬멧 안에 울렸다. 공기가 빠져나가는 소리가 어찌나 큰지 고막이 찢어지는 것 같았다. 그와 동시에 이상을 감지한 우주복이 삐삐삐 경보음을 울리기 시작했다. 우주복 안의 기압이 떨어진다는 신호 같았다. 그렇다면 환기 밸브로 빠져나가는 공기가 우주복이 질소 탱크에서 공기를 빼내 압력을 메우는 양보다 크다는 뜻이다. 나는 잔뜩 열어둔 환기 밸브를 조금씩 돌려 닫았다. 그러자 내부 압력의 평형점을 되찾았는지 경보음도 잠잠해졌다. 나는 그제야 깊은 숨을 들이마시며 우주복이 내뿜어준 산소를 들이마셨다. 그러자 타는 듯한 가슴의 통증이 조금은 줄어들었고, 시야도 확보가 됐다. 눈도 덜 따끔거렸고, 헬멧 안에 떠다니던 눈물방울도 모두 빠져나갔다. 나는 몸에 감았던 생명줄을 풀고 에어록으로 들어갔다. 그다음 해치를 닫고 가압을 진행했다. 가압은 순식간에 이루어졌으므로 헬멧은 금방 벗을 수 있었다. 헬멧을 벗자 맑은 공기가 폐에 들어오면서 마른기침이 나오기 시작했다. 나는 마치 폐암 환자가 숨을 내쉴 때 낼 법한 소리를 내면서 기침을 토해냈다. 그러고는 재빨리 우주복을 벗어버렸다. 수산화리튬이 계속해서 누출되고 있다는 생각이 들어서였다. 그다음 내부 해치를 열고 들어가 창고에서 큼직한 밀폐 용기를 가져와서 이산화탄소 제거 필터를 용기에 담고 밀폐했다.

여기까지가 방금 전에 일어난 사고의 대략적인 내용이다. 아직까지는 수산화리튬이 왜 누출됐는지 감이 오지가 않는다. 일단 필터는 새것으로 교체를 한 상태이며, 조금 더 안정이 되면 다시 우주유영을 나가서 수리를 완료할 생각이다. 들어온 지 30분가량이나 됐지만 아직도 마른기침이 나면서 흉통이 느껴진다. 물을 좀 마셔보고 안정이 되면 다시 작업에 임하겠다.

소행성 포획 미션 783일 차(3)

에어록에는 비상용 순산소 마스크가 있다. 마스크를 입에 대고 순산소를 마시며 안정을 취했더니 다행스럽게도 흉통은 거의 가라앉았다. 나는 또다시 우주유영을 나갈 채비를 했다. 90분 전의 사고가 머릿속에서 지워지지가 않았다. 아직까지 수산화리튬이 누출된 이유에 대해서 도무지 감이 오지 않는다. 때문에 다시 그런 경우가 발생할 경우에 대비를 해야겠다는 생각이 들었다. 그래서 이번에는 헬멧 안에 고글을 쓴 채로 나갈 생각이다. 90분 전의 경험에서 배운 것이 있다면, 어쨌든 시야 확보가 가장 중요하다는 사실이었다. 수 산화리튬이 누출돼서 폐가 부식되는 것은 환기 밸브를 열어서 어느 정도는 늦출 수 있었다. 하지만 눈이 따끔거리면서 시야를 잃게 된 것은 전혀 통제가 되지 않아 더욱 위험에 빠졌던 것이다. 고글을 쓴 다면 똑같은 상황이 벌어져도 침착하고 빠르게 에어록으로 복귀할 수 있을 것이다. 이래서 경험이 중요하다.

아까 환기 밸브를 열었을 때 꽤 많은 산소와 질소가 밸브를 통해서 빠져나갔으므로, 질소와 산소 탱크는 가득 충전했다. 이제 8시간은 우주유영을 할 수 있다. 그다음 수리용 장비가 우주복에 있는지를 확인한 뒤, 장갑을 끼고 헬멧을 쓰고 에어로크를 감압했다. 그러고 나서 해치를 열고 화물칸으로 빠져나왔다. 우주유영의 방식은 전과 같았다. 나에게는 로봇 팔을 조정해줄 동료가 없었으므로, 생명줄을 허리에 연결해서 고정대를 이용해 이동할 수밖에 없었다. 중간 지점의 회전 제어 볼트는 이미 조인 상태였기 때문에 그대로 45미터를 이동해 마지막 회전 관절이 있는 곳으로 갔다. 수리 지점에 도착한 나는 허리춤에 있는 짧은 안전고리를 잡아당겨서 고정대에 연결한 뒤 관절에 연결된 태양전지 패널을 최첨단 역학검진장비 (즉, 손으로 밀어서)를 이용해 기초적인 검사를 했다. 역시나 살짝 밀었을 뿐인데도 관절에 달린 양쪽 패널이 힘없이 돌아갔다. 회전 제어 볼트가 느슨하게 풀린 것이다. 나는 전동 스패너를 이용해 볼트를 살짝 조인 다음, 태양전지 패널이 최대한 태양쪽으로 향하도록 각도를 조절했다. 어차피 조여주면 알아서 태양을 향할 테지만 그냥 미리 해놓았다. 이 늙은 관절을 최대한 스스로 덜 움직이게 할수록 나에게 유리하니까. 나머지 여섯 개의 회전 제어 볼트를 바짝 조인 다음 안전고리를 풀고 고정대를 이용해서 화물칸으로 돌아왔다. 에어록으로 돌아가기 전, 나온 김에 화물칸을 한 바퀴 둘러보며 눈으로 점검했다. 화물칸 문, 개폐 실린더, 바닥에 뚫린 구멍을 막아둔 캔버스, 태양전지 패널 지지대의 회수용 고정 장치 따위를 둘러봤다. 특별한 이상은 없었다.

나는 아무런 문제 없이 에어록1로 돌아와 해치를 닫고 가압하고 우주복을 벗는 따분한 과정을 반복한 뒤 조종실로 돌아왔다. 그리고 태양전지 패널의 각도를 조정했다. 그러자 지지대의 늙은 관절이 이번에는 문제없이 전지들을 태양으로 향했다. 한 시간 뒤 전력 생산 효율을 확인해봤다. 변화가 없었다. 발전 효율은 수리하기 전과 같은 60퍼센트를 나타내고 있었다. 잠시 당황하긴 했지만 크게 걱정이 되진 않았다. 발전 효율이 오르지 않았을 이유는 몇 가지가 더 있기 때문이다. 생산된 전기를 배터리로 보내주는 전선이 망가졌거나, 전기를 주식으로 하는 외계 생명체가 배터리를 습격해서 몰래 전기를 훔쳐먹고 있거나, 아니면 정상적인 상황임에도 컴퓨터 제리가 나에게 거짓 보고를 하면서 반항을 하고 있거나. 그것도 아니면 단순하게 발전량 효율이 올라가려면 시간이 필요한 건지도 모른다.

큰 문제는 아닐 것이다. 태양전지는 멀쩡하게 태양빛을 받고 있으니까. 그러니 내일 아침에 일어나서 확인하면 발전량이 멀쩡하게 회복돼 있을 것이다. 아직도 흉통이 느껴지므로 오늘은 일찍 잘 생각이다. 게다가 머리도 띵하고 어지럽다. 푹 자야 할 것 같다. 머리 아픈 고민은 내일로 잠시 미뤄두겠다.

소행성 포획 미션 784일 차

눈을 뜨고 일어나면 발전량이 회복돼 있을 거라고 생각했지만 그런 일은 일어나지 않았다. 컴퓨터 제리가 보여주는 화면 속의 숫자는 변함없이 60퍼센트를 가리키고 있었다. 나로서는 이해가 되지 않았다. 패널도 빛을 향하고 있고 시간도 충분했으니 이쯤 되면 정상적인 발전이 이뤄져야 한단 말이다. 나는 컴퓨터 제리가 반란이라도 일으킬 생각을 품고 있는지 알아보기 위해서 그를 협박했다. 시스템을 껐다가 재부팅한 것이다. 이 정도면 내가 자신을 영원히 잠재워버릴 수도 있다고 잔뜩 겁을 먹었을 것이다. 이것들은 이렇게 작동된다. 세 대의 컴퓨터가 분석한 데이터를 메인 컴퓨터인 제리에게 보내주고, 그 데이터를 제리가 종합해서 나에게 보고하는 일련의 과정을 거치게 된다. 그렇기 때문에 나는 제리의 졸병들에게도 따로 경고의 메시지를 보낼 필요가 있었다. 졸병들은 조종실의 계기판 아래 있으므로 부팅이 완료되는 순간 러시아식 경고 메시지를 날려줬다. 즉, 계기판 아랫부분을 발로 툭툭툭 걸어찼다. 이쯤 되면 정신들을 차리고 발전량을 똑바로 가리킬 거라고 생각했다. 하지만 변함이 없었다. 나는 다시 한 번 경고 메시지를 보냈다. 더 강력한 방식으로 말이다. 이번에는 전력 공급을 아예 차단했다가 다시 연결한 후에 시스템을 재부팅했다. 게다가 졸병들에게도 러시아식 메시지를 더욱 강력하게 보냈다. 쾅쾅쾅 소리가 날 정도로 계기판 아래 부분을 걸어찼다. 그러고는 부팅이 완료가 될 때까지 화면을 노려보면서 분석 결과를 기다렸다. 망할, 그대로였다. 계기판의 화면은 변함없이 60퍼센트를 가리키고 있었다. 나는 조종실의 벽면에서 해맑은 눈빛으로 비웃고 있는 안나에게 이 상황에 대해서 물어봤다.

"안나, 이게 대체 어떻게 된 일이라고 생각해?"

그러자 안나는 머리카락을 날리며 나를 약올렸다.

"안나! 놀리지 말고. 정말 큰 문제란 말이야."

이에 안나가 콧방귀를 뀌면서 대꾸했다.

"뭐? 내가 대머리라서 싫다고? 너 자꾸 그런 식이면 재미없어! 계속 그렇게 놀리면 평생 벽면만 보게 될 거야!"

내 말에 흠칫 놀란 안나가 깊은 눈으로 나를 바라봤다.

"뭐? 장비 점검을 다시해보라고? 야! 어제 다 했던 거잖아. 너 어제 내가 죽을 뻔했는데 아무런 도움도 안 됐잖아. 그런 무책임한 말은 누구나 할 수 있겠다."

안나가 머리카락을 곤두세우며 나를 노려봤다.

"그래, 알겠어. 귀찮더라도 꼭 해보라는 말이지? 그래, 네 말대로 할 테니까 그만 노려봐. 배터리랑 전선, 태양전지 패널들을 꼼꼼하게 다시 살펴볼 테니까."

안나가 해맑은 미소로 답했다. 지구에서나 우주에서나 안나라는 이름은 다혈질인 모양이다. 어떻게 저렇게 감정 변화가 빨리 이뤄지는지. 어쨌든 안나가 그러라고 한다. 내가 선장이지만 안나는 팔과 다리가 없는 불쌍한 동료이므로, 이번만은 안나의 명령에 따라 줄 생각이다. 점검하고 다시 오겠다.

소행성 포획 미션 784일 차(2)

대체 뭐가 문제일까? 이번에는 정말로 정밀하게 검사를 진행했다. 배터리도 직접 확인했고, 또 한 번 우주복을 챙겨 입고 우주유영을 나갔다. 역시나 태양전지 패널과 배터리는 전혀 문제가 없었다. 그러고보니 발전된 전기를 배터리로 보내주는 송전용 전선 한 가닥이 그을려 있기는 했다. 하지만 그 정도 가지고는 대세에 지장이 없다. 한 가닥의 전선이 망가졌다고 발전량이 40퍼센트나 줄어들 리가 없다. 이 주변에는 태양빛을 가릴 만한 행성도 없어서 태양광 패널들은 충분하게 빛을 받고 있다. 그렇다고 지구에서처럼 구름이 빛을 가려서 발전량이 줄어드는 것도 아닐 테고 말이다. 또한 먼지가 패널을 덮어서 효율이 떨어졌을 리도 없다. 정말 모르겠다. 우주에 미세한 먼지 폭풍이 불어서 빛을 가리는 것도 아닐 테니. 그런 게 있다면 슈렉 얼굴로 성형수술을 하겠다. 정말이다.

가만, 일단 슈렉은 취소. 폭풍? 우주 폭풍? 정말로 그럴 수도. 지금까지 나는 어제와 오늘 벌어진 일들이 무엇을 의미하고 있는지 전혀 알지 못했다. 태양전지의 효율이 떨어졌고, 수산화리튬 누출이 일어났고, 패널 지지대가 느슨해졌고, 송전선 한 가닥이 타들어간 것 말이다. 그리고 아무리 점검을 해도 발전량이 크게 떨어질 리가 없다는 사실 말이다. 하지만 폭풍이라는 단어가 생각나자 지금까지 일어났던 일들이 하나의 정보로 모였다. 대충 감은 오지만 나는 물리학자가 아니기 때문에 하나씩 대입해가며, 단순하게 아는 것들을 종합하겠다.

지금 머릿속을 스쳐 지나가는 단어 한 가지가 있다. 우주에 폭풍이 없다고? 어림도 없는 소리. 우주에도 폭풍이 있다. 그것도 엄청난 규모의 폭풍 말이다. 태. 양. 풍. 젠장. 태양풍은 10~11년 주기로 엄청난 양의 전자파, 방사선, CME(코로나 질량 방출)를 방출한다. 태양풍이 방출되면 그것들은 각기 다른 속도로 나에게 도달할 것이다. 전자파는 방출된 뒤 몇 분 후에 나에게 도달할 것이고, 방사선은 몇 시간 후, CME는 2~3일 후에 나에게 도달할 것이다.

기억을 더듬어보니 가장 마지막 최고 주기는 2013년이었다. 고로 지금이 가장 강력한 태양풍 주기가 될 수 있습니까? → 네. 태양광발전의 발전 용량에도 영향을 줄 수 있습니까? → 네. CME의 영향으로 발생한 유도전류가 송전선을 타게 되면 전류를 방해하여 정전 및 전력 시스템을 파괴를 일으킬 수 있습니까? → 네. 고입자 에너지의 영향으로 왕복선 표면에 전기가 충전됐다가 방전되면서 불꽃을 튀기고 전선과 기기들을 고장낼 수도 있습니까? → 네. 고입자 에너지를 지닌 우주 방사선이 몰아칠 때는 우주유영을 나가면 안 됩니까? → 네. 그 우주 방사선이 우주복을 자극해 이산화탄소 제거 필터의 수산화리튬을 누출시킬 수도 있습니까? → 네. 그러니까 지금, 당신은 좆 된 거네요? → 네. 망할, 이제야 모든 퍼즐들이 맞춰지는 기분이다. 아아, 그러니까…… 그러니까, 이제는 욕도 안 나온다.

그럼 지금까지 벌어진 일들을 종합해서 살펴보겠다. 지금은 태양풍이 가장 강력한 주기에 속해 있다. 2013년에 엄청난 태양풍을 내뿜었으니까 10년 주기로 본다면 지금이 가장 강력할 때일 수도 있다는 말이다. 만약 통신 장비가 멀쩡했다면 지구에서 태양풍을 관측해서 미리 알려줬을 것이다. 하지만 나는 버림받은 우주인이기 때문에 태양풍 예보를 받지 못했다.

그러므로 내가 전력 생산량에 이상을 느끼고 우주유영을 나간 것은 아마도 왕복선이 전자파에 일차적인 영향을 받아서일 것이다. 태양풍이 불고 난 뒤 몇 분 후에 강력한 전자파가 선발대로 왔을 테고, 이상을 느낀 나는 상태를 지켜보다가 두 시간 30분이 지나서 우주유영을 나간 것이다. 우주유영을 나갔을 때는 고에너지 방사선이 도달했을 시기이다. 아무래도 입자가 무겁다보니 전자파보다는 도달 속도가 몇 시간가량 늦을 테니 말이다. 그 나쁜 우주 깡패 방사선들이 우주유영을 나온 나에게 수산화리튬을 맛보게 해준 것일 테고. 게다가 그 깡패들이 왕복선 표면에 우르르 몰려와서 발전량에 피해를 줬을 것이다. 깡패들이 잘하는 것 있잖은가. 장사 잘되는 가게에 깽판을 쳐서 손님이 못 오도록 하는 거 말이다. 그러니 발전량이 떨어졌을 수밖에. 그렇게 신나게 놀다가 불꽃을 튀기면서 송전선 하나를 태워버렸을 것이다. 하! 이제야 말이 좀 되는군. 하지만 가장 무서운 것은 CME이다. 이놈이 오는 데는 보통 2~3일이 걸린다. 얘는 끝판 왕이기 때문에 한번 마주치면 상대를 탈탈 털어버린다. 정전을 일으킨다던지, 전력 시스템 자체를 파괴하버린다던지, 모든 전선들을 라면처럼 튀김 면발로 만들어 버린다던지. 그러므로 아직 도착하지는 않았길 바란다. 우주선 상태를 보면 아직 도달하지는 않았지 싶다. 도착했어도 아직 일부만 도달했을 것이다. 지구에서라면 자기권과 대기권을 통과할 때 대부분 소멸했을 테다. 하지만 나에겐 자기장이 없다. 고로, 잽싸게 도망쳐야 한다. 도망칠 수 있는 시간이 얼마 남지 않았다.

과연 내가 우주 폭풍보다 빨리 튈 수 있을까? 당연히 없다. 내가 뛰는 놈이라면, 쟤들은 나는 놈들이다. 그래서 내가 선택한 방법은 이러하다. 잽싸게 숨는 것이다. 숨도 쉬지 않으면서. 그러면 최소한 우주 깡패 두목한테 들키지는 않을 것이다. 숨는 방법은 이러하다. 강제로 정전을 일으켜서 모든 시스템을 끄는 것. 예민한 전자기기들이 피해를 받지 않도록 어둠 속에 숨는 방법이다. 고로, 지금 바로 잽싸게 숨어야겠다!

28.
사람들은 그녀에게
호된 질타와 실망을

2023년 8월 29일

안나의 기억 속 파편

소행성의 양쪽 도킹포트에 2, 3호기의 도킹이 성공적으로 이루어졌다. 우리는 지금까지 검은색 안료를 소행성에 조금씩 흡착시켜왔고, 그 결과 소행성의 궤도를 미세하게 조정해서 올 수 있었다. 그러다가 드디어 소행성이 지구로 향하는 정확한 궤도에 오르게 됐다. 이와 함께 페인팅 과정은 종료됐다. 이제는 마지막 단계인 역추진 감속만이 남았다.

페덱스 2호, 3호기의 이온엔진 분사구는 지구를 향하고 있는 상태이다. 그리고 그 이온엔진이 소행성을 서서히 감속시킬 것이다. 그렇게 부드럽게 감속된 상태로 오게 되면, 지구와 달의 라그랑주 포인트에 들어서게 된다. 지구와 달의 공전 시스템에서 지구의 중력과 달의 중력, 그리고 공전계의 원심력이 평형을 이루는 라그랑주 포인트는 모두 다섯 개가 존재한다. 그 다섯 개의 지점 중에서 소행성이 향하게 될 지점은 L4라고 불리는 안정된 평형점이다.

L4는 지구와 달을 잇는 직선을 하나의 변으로 만든 정삼각형의 또 다른 꼭짓점이다. 이 지점에서는 물체가 다른 방향으로 이탈해도 원래의 지점으로 되돌아오게 된다. 마치 냉면 그릇에 굴린 구슬이 언제나 바닥으로 향하는 것처럼. 때문에 L4 지점은 소행성을 보관해뒀다가 지구에서 쏴 올린 케이블을 연결시키는 데 매우 이상적인 지역이다. 3호기의 댄 테일러는 궤도 수정과 도킹이 성공했음을 알려왔고, 이제는 L4 지점까지 감속해서 운반하는 일만 남게 됐다. 이로써 소행성 포획 미션의 90퍼센트는 완료된 셈이었다.

이쯤 되면 ARMCR에는 난리가 날 법도 했다. 너무나도 당연한 일이다. 환호성을 질러대고, 양손을 하늘로 향해서 흔들어대고, 서로 부둥켜안고선 눈물을 흘리고, 수많은 기자들과 밝은 모습으로 인터뷰를 하고, 온갖 서류들이 머리 위로 뿌려지는 환희의 순간들 말이다. 하지만 그런 일은 없었다. 모두에게 인생 최고의 기쁨과 영광의 순간이었겠지만, 마음속에 자리 잡은 1호기의 구멍이 너무나도 컸다. 연구소의 공기는 가벼운 박수 소리와 조촐한 함성만을 허락했다. 나는 이런 분위기가 정말로 싫었다. 그래서 내가 나섰다. 이런 죽어 있는 분위기를 살리기 위해서 최대한 밝은 표정으로 서류들을 허공에 뿌리기 시작했다. 더불어 "예스! 예스!" 하는 기합을 힘껏 질러댔다. 그런 나를 눈만 껌뻑거리며 바라보는 이들에게는 하이파이브를 날렸다. 하지만 내가 강하게 부딪친 그들의 손바닥에서는 시체에서나 느껴질 법한 힘없는 감촉만이 느껴졌다. 나는 아랑곳하지 않고 최선을 다해서 분위기를 띄우려 노력했다. 왕복선의 결과 보고를 기다리며 마신 샴페인의 기운이 나를 도왔다.

내가 그런 식으로 한참 동안 분위기를 살리자 그제야 사람들이 반응하기 시작했다. 서서히 박수 소리와 함성 소리가 커졌고, 그런 모습을 오롯이 담으려는 기자들의 카메라 플래시가 연구소를 가득 메웠다. 브라이언도 그 비대한 몸으로 마이클 잭슨의 춤을 춰 분위기를 더욱 살렸다. 그러자 어디선가 데이비드 보위의 〈스타맨〉이 울려 퍼졌다. 사람들은 이 노래에 반응해 몸을 흔들며 기뻐했다. 그러다 박수 소리가 하나의 리듬으로 모이기 시작했다. 사람들이 다 같이 나의 이름을 외쳐대기 시작했다. 춤을 추던 브라이언이 나의 손을 붙잡아 사람들이 모인 가운데로 이끌었다.

음악이 바뀌었다. 좀 더 흥겨운 리듬인 데이비드 아출레타의 〈엘리베이터〉였다. 나는 나만의 비장의 무기인 꽃게 춤과 UFO 춤을 춰 가면서 분위기를 이어받았다. 리듬에 맞춰서 꽃게처럼 옆으로 걷고, 바뀐 리듬에 맞추어 UFO를 열심히 허공에서 맞이했다. 사람들의 웃음소리와 박수 소리가 들려왔다. 나는 마지막 30대를 불사르겠다는 각오로 열심히 몸을 흔들었다. 반응은 더욱 뜨거워졌다. 춤 실력은 보장할 수 없지만 에너지만큼은 댄싱 퀸으로 뽑힐 정도였다.

사람들의 웃음소리가 더욱 커져갔다. 이제는 바통을 넘길 차례였다. 다음 사람에게 바통을 넘겨서 이런 흥겨운 분위기를 이어줘야 했다. 그 순간 내 눈에 비행 감독관 쿡이 들어왔다. 나는 그의 손목을 붙잡아 그를 사람들의 중앙으로 끌어들였다. 나는 춤을 추며 그에게 바통을 넘겼다. 사람들이 쿡의 이름을 불러대기 시작했다. 그는 어색하게 박수만 치며 가만히 서 있다가, 몸을 흔들기 시작했다. 박수 소리가 그에게 춤을 출 것을 강요했다. 그러자 그가 몸을 움직였다.

그의 움직임은 마치…… 젠장.

★ ★

2023년 8월 30일. 산호세 머큐리 뉴스.

2021년 7월 지구 최초로 소행성 포획에 나선 T-MARS 소속의 국제 연합 우주왕복선이 드디어 소행성의 궤도 수정을 완료했다는 소식이다. 그들은 궤도 수정을 위한 페인팅 작업을 완료했고, 소행성과 안전하게 도킹하는 데 성공했다고 전했다. 다음달부터 왕복선이 역추진을 시작할 것이라는 소식에 전 세계 사람들의 이목과 관심이 쏠렸다. 인류의 새로운 도약이라는 평가가 주를 이뤘다. 도킹 장면은 전 세계의 비중 있는 뉴스 채널에서 헤드라인으로 다뤄지면서 시청자들을 매료시켰다. 모든 언론에서 드디어 우주 관광 시대가 찾아온 것이 아니냐며 흥분을 감추지 못했다.

한편 T-MARS 연구소장 김안나 박사의 행동이 누리꾼의 도마 위에 올랐다. 그녀는 T-MARS의 우주 엘리베이터 프로젝트를 이끌면서 맥 매커천과 눈이 맞아 결혼한 것으로 유명한 인물이다. 얼마 전 우주에서 일어난 사고로 맥 매커천이 사망했고, 그로 인해서 T 그룹의 경영권을 자동으로 이어받게 됐다. 그러나 순식간에 억만장자가 된 그녀의 행동이 일부 사람들에게는 좋지 않게 보였다. 연구원들이 고인을 애도하는 분위기를 조성하자 아래의 사진과 같이 격앙된 표정과 행동으로 그 분위기를 흐뜨러놓았다는 말이 전해진다. 그녀의 이런 행동을 두고, 사람들은 그녀에게 호된 질타와 실망감을…….

★ ★

우주복을 입고 조종석에 앉아 있는 맥 매커천은 양손으로 어깨를 감싸 안은 채로 부들부들 몸을 떨었다. 난방 시스템을 작동하지 않은 우주왕복선은 북극 빙판위에 놓인 알루미늄 깡통과 별반 다르지 않았다. 실내가 어찌나 추운지 그가 내뿜은 입김이 우주복의 헬멧 결합부에 역고드름을 만들 정도였다. 그의 입술이 심하게 오들오들 떨렸고, 가끔씩은 치아가 충돌하는 소리가 탁탁탁 적막한 실내에 울렸다. 그 소리가 왕복선 선내에 들리는 유일한 소음이었다.

맥 매커천은 초점 없는 멍한 표정으로 창밖에 펼쳐진 광막한 어둠을 응시했다. 그러나 극심한 추위 때문에 정신이 점점 아득해지는지 그의 눈꺼풀이 부르르 떨리며 서서히 아래로 내려앉기 시작했다. 짙은 어둠 속에서 그의 눈빛이 점점 초점을 잃어갔다. 그때, 거의 닫힐 뻔했던 그의 눈꺼풀이 순간 위로 치솟았다. 그리고 눈동자도 생기를 되찾기 시작했다. 어떤 깨달음이라도 얻었는지 그의 눈동자가 좌우로 구르기 시작했다. 그의 푸른 눈동자가 움직이는 속도가 점점 빨라졌다. 좌우로 움직이던 눈동자가 멈춰 서더니 그의 얼굴에 미소가 번졌다. 시간이 지날수록 굳어가던 표정이 생기를 되찾아갔다. 눈빛에서도 점점 생동감이 느껴졌다. 이윽고 그가 움츠렸던 몸을 움직여 조종석의 벨트를 풀었다. 그다음 갑자기 소리를 지르며 환호하기 시작했다.

"좋았어! 역시 난 천재야!"

그와 동시에 그는 중앙 데크로 몸을 날렸다. 맥은 손전등을 들고 창고로 향했다. 하지만 조명 시스템까지도 차단한지라 창고는 어둠 그 자체였다. 그는 손전등으로 주변을 조심스럽게 확인해가면서 앞으로 나아갔다. 맥은 대기조절기와 산소 발생기 같은 설비들을 지나쳐 창고의 구석으로 이동해서 먹고 남은 식량팩 폐기물을 보관하는 쓰레기통을 바닥에서 분리했다. 그러자 통 안에 떠 있던 식량팩이 통 벽면에 부딪쳐 팅팅팅거리는 금속 특유의 소리를 냈다. 맥은 '추위 때문에 포장팩이 얼어버렸군' 하고 생각했다. 그러고는 피식 웃으며 통을 들고 창고를 빠져나왔다. 중앙 데크로 올라온 그는 쓰레기통의 뚜껑을 열어 그 안에 있던 포장팩들을 비닐봉투에 옮겨 담은 뒤에 공구함을 가져와 벽면 벨크로에 붙여 고정시키고, 전동 드릴을 꺼내 벽면에 붙였다. 그다음 공구함을 열어 내부의 물품들을 살피며 쓸모없는 금속을 찾기 시작했다. 맥은 결국 조그마한 손도끼를 꺼내 들었다. 빌리가 휘두르던 바로 그 도끼였다. 그의 생각에는 손도끼가 가장 쓸모없어 보였고, 게다가 도끼날에 구멍을 뚫는다고 그 기능에는 이상이 없을 것 같았다. 맥은 손도끼를 벽면에 붙이고는 전동 드릴을 손에 쥐었다. 드릴은 충전식이기 때문에 전력이 끊긴 상태에서도 잘 작동했다. 그는 발고정대에 몸을 고정하고 전동 드릴을 이용해 손도끼의 날에 구멍을 뚫었다. 힘차게 날이 돌아가자 손도끼에 조금씩 조그마한 홈이 파이기 시작했다. 그리고 동시에 짧은 철사 같은 것들이 공중에 떠다녔다.

맥은 그렇게 해서 만들어진 철사들이 흩어지지 않도록 봉투에 담아가면서 조심스럽게 작업을 이어갔다. 그렇게 홈을 다섯 개 쯤 파내자 봉투 안에는 손가락 하나 길이 정도의 가느다란 철사 한 움큼이 모였다. 이 정도면 됐다고 생각한 그는 구멍을 파는 작업을 멈추고 전동 드릴을 벽면 벨크로에 다시 붙였다. 맥은 철사들이 빠져나가지 않도록 봉투의 뚫린 부분을 움켜쥐었다. 철사들이 엉킬 때까지 다른 손으로 봉투를 주물럭거렸다. 그러자 가늘고 짧은 철사들이 엉켜 철수세미 같은 모양을 띠게 됐다. 맥은 이렇게 만든 철수세미를 주머니에 넣어두고는 중앙 데크의 좌측 벽면 패널을 뜯어냈고, 그 안에 있던 우주 방사선 보호용 벽돌팩을 꺼내 쓰레기통에 잠시 보관했다. 그리고 모아둔 식량팩의 포장 비닐들을 가위로 잘게 자르기 시작했다. 그의 손놀림에 비닐팩들이 문서 파쇄기에서 나온 종이들처럼 가느다랗게 잘리면서 쓰레기통에 모였다. 어느 정도 모여들자 그는 가위로 벽돌 팩을 갈라서 그 안에 있던 덩어리를 꺼냈다. 그다음 쓰레기통 안에 넣고선 그 안에 있던 얇은 비닐 조각들과 뒤섞기 시작했다. 그는 수분이 있는 덩어리의 내부 부분은 분리해

건조된 부분만을 비닐 조각들과 잘 섞어서 뭉쳐냈다. 그렇게 치대자 이윽고 책 한 권 크기의 덩어리가 완성됐다.

맥은 이렇게 힘들게 뭉쳐놓은 덩어리를 쓰레기통에 넣고는 손전등의 배터리를 꺼내 손에 쥐었다. 그러고는 주머니에 넣어둔 철수세미를 꺼내 들어서 9볼트 전지의 양극을 철수세미에 문질렀다. 그러자 스파크가 일면서 연기가 나기 시작했다. 합선이 일어나면서 저항력이 있는 촘촘한 철사에 열이 발생한 것이다. 순식간에 연기가 가득 뿜어져 나왔다. 그러나 그의 바람과는 달리 불이 붙지는 않았다. 연기만 자욱해질 따름이었다. 옆에 있던 식량팩 비닐을 연기가 나는 곳에 들이댔지만 아무런 소용이 없었다.

그는 '일단 불을 피울 수는 있을 것 같아. 철사의 굵기가 굵어서 산소와 접촉하는 면이 적어서 그런가' 하고 생각했다. 맥은 더 얇은 철수세미를 만들어야겠다고 생각했다. 그는 전동드릴의 날을 더 가느다란 것으로 교체했다. 그렇게 날을 교체한 드릴로 손도끼에 홈을 파내자 전에 만든 철사의 굵기보다도 더 가느다란 철사들이 생겼다. 맥은 이렇게 만든 가느다란 철사로 다시 한 번 철수세미를 만들어냈다. 이번 철수세미는 수세미라기보다는 철솜에 더욱 가까운 모습이었다.

그는 긴장한 눈빛으로 9볼트 전지의 양극을 철솜에 문질렀다. 그러자 2초 만에 마법처럼 철솜에 불이 붙기 시작했다. 맥은 불이 꺼지기 전에 쓰레기통 안으로 철솜을 던져 넣었다. 그러자 그 안에 있던 비닐팩 조각들이 불길을 이어받았고, 이윽고 뭉쳐놓은 덩어리에도 불이 옮겨붙었다. 이에 맥은 환한 표정으로 쓰레기통의 금속 뚜껑을 덮으면서 소리 질렀다.

"파이아아아! 파이아!"

그는 기쁜 마음에 둥둥 뜬 채로 덩실덩실 춤을 췄다. 그러고는 다시 금속 쓰레기통의 뚜껑에 작은 구멍을 몇 개 더 뚫기 시작했다.

29.
손을 녹이고
다쉬 쓰게따

2023년 8월 24

소행성 포획 미션 786일 차, 맥 매커천

맙소사! 지금 어러부튼 손으로 일지를 쓰고 잇따. 아아, 너무 춤따 보니 자꾸 오타가 난댜. 손이 덜덜덜 떨뤼는 바람에 제대로 쓰기가 어룹딴 말이다. 일단 이해를 햐주기 바란당.

왕복션의 전력을 재가동시퀴기 저녜 먼져 노뜨북만 켜서 전력을 재가동시쿄도 괜찮은줘 화긴해보려고 먼져 켰다. 노뜨북은 빠떼리가 따로 있눈 전자 장비이뉘 이것만 따료 쿄서 괜찮을줘 화긴해보고 싶었따.

아아, 입에성 내뿜눈 입낌이 샤베뚜처럼 바로 얼 껏만 같따. 젠장. 너무 츄따. 일단 괜찮타 치공 일단 전원부텨 켜게따. 도저히 참쥐를 못하게따. 손을 좀 녹이고 다쉬 쓰게따.

소행성 포획 미션 786일 차(2)

이게 뭔 짓거리인지 모르게따. 전력을 재가동한 지 꽤 댔는데동 아직도 미친 듯이 몸이 떨링다. CME에 대한 피해를 줄이려고 왕복선에 강제 정전을 일으켰던 거슨 잘 알 것이다. 그래서 난방 시스템도 덩달아 다운됐다. 그랬도니 정말 미친듯이 추웠덩. 나는 정말 아폴로 13호의 우주인들을 존경하게 됐다. 그들도 전력이 나가 이런 엄청난 츠위를 견뎌냈을 테니까 말이당. 너무 춥다보니 점점 의식이 멀어져갔다. 온몸의 감각이 사라져가는 것 같았다. 그래서 어쩔 수 없이 전력을 재가동한 거시당. 아직도 손가락이 마흠처럼 움직이지 않는다. 아직 위험한 시기이긴 하지만. 깡패 두목의 공격에 왕복선의 시스템이 망가져서 죽든지, 아니면 그냥 얼어 죽든지, 어쨌든 죽는 것은 매한가지 일 텐데 말o;다.

하요간 전에도 말했지만, 츠위는 주금에 대한 나의 선택이 아뉘다. 아, 젠장. 아직도 자꾸 오타갸 난다. 뜨거운 물로 핫팩이라됴 맨드러서 손을 좀 녹여야겠다. 다시 오게따. 기다리시궐.

소행성 포획 미션 786일 차(3)

이제야 좀 살 것 같다. 물을 데워서 창고에 있던 벽돌 주머니에 넣고 밀봉했다. 그러고는 그렇게 만든 핫팩으로 살살 손을 녹여주니 정말 살 것만 같다. 손이 따뜻해지니 정말이지 행복하다. 역시 행복은 그렇게 많은 것을 필요로 하지는 않는 법이다. 내 경험상 큰 행복을 찾으려고 헤매는 것보다 단순하고 소소한 행복들을 여러 가지 찾는 것이 훨씬 나았다. 자신이 불행하다고 여기는 사람들을 보면 참으로 불쌍한 것이, 꼭 복잡하고 어려운 행복을 찾겠다고 헤매다가 생을 마감한다는 것이다. 왜 이렇게 호들갑이냐고? 추워서 이를 덜덜 떨다가 혀를 깨물어본 적이 있는가? 내가 그랬다. 목이 마른데 물이 죄다 얼어붙어서 얼음에 혀를 대서 녹여 먹어봤는가? 내가 그랬다. 겁나 추운 곳에 대머리인 상태로 있어봤는가? 경험해보면 알겠지만 그냥 욕밖에는 나오지 않는다. 너무 춥다보니 실내에서 우주복을 껴입기도 했고, 구조공 안에 들어가면 좀 나을까 해서 몸을 웅크려 들어가 있기도 했다. 하지만 우주복은 수산화리튬의 맛이 떠올라 금세 벗었고, 몸의 열기를 구조공의 캔버스가 조금이라도 붙잡아주지 않을까 하는 기대감에 구조공에 들어가봤지만 전혀 소용이 없었다. 좁은 공 안에 들어가니 춥고, 좁고, 답답하기만 했다. 게다가 왕 삽질을 하나 했는데…….

왕복선 선내가 뒤질랜드 세상이 돼버리고 말았다. 어떻게 했기에 뒤질랜드 세상이 됐느냐고? 말도 마시길. 너무 춥다보니까 선내에 불을 피워서 원시적 난로 하나를 만들어냈다. 그렇게 원시적인 난로를 만들어 불을 쐬자 금세 따뜻해져서 살 것만 같았다. 하지만 더 붙어서 선내에 매연이 가득 찼고, 그 그을음이 내 얼굴과 벽면에 잔뜩 묻어버리게 된 것이다. 너무나도 당연한 결과가 아닌가. 대기조절기가 작동하지 않으니 정체된 공기는 유독성 매연으로 가득 찰

수밖에. 그야말로 얼음 왕국에서 삽질까지 하게 된 셈이었다. 오들 오들 떨면서 얼어 죽지 않으려고 질식사를 유발한 머저리 같은 놈! 그게 바로 나라는 인간이다.

여기서 질문이 하나 생길 것이다. 화재에 민감해서 불연성 소재들로 가득한 우주왕복선 선내에서 어떻게 불을 냈는지 말이다. 게다가 휴대용 라이터 같은 것도 없이 어떻게 불을 냈느냐고? 다 방법이 있었다. 과거의 인디언들처럼 나무를 열심히 비벼서 '파이아!'를 외치고 싶었지만, 이 썩을 놈의 왕복선에는 그럴 만한 나무 재료도 하나 없었다. 그래서 고민을 했다. 불을 피울 수 있는 방법이 없을까 하고 말이다. 혹시 인도에서 유행하는 천연 유기농 연료에 대해서 들어봤는가? 인도에서는 소똥에 지푸라기를 잘 섞어서 말린 다음 그것을 연료로 사용하곤 한다. 물론 나는 지푸라기가 없으므로, 식량팩의 비닐을 얇게 잘라서 대신했다. 약간의 가연성을 띤 포장팩 비닐은 선내의 화재 시 불이 옮겨붙지 않도록 금속 쓰레기통에 담아서 보관했으니, 그 쓰레기통은 난로용 통으로도 안성맞춤이었다. 나는 그렇게 불을 땔 땔감과 난로 용기를 준비할 수 있었다. 불을 피우는 일은 생각보다 간단했다. 먼저 손도끼를 전동 드릴로 갈아서 일종의 가느다란 철사를 만들었고, 그 철사들을 뭉쳐서 철솜을 만들어낼 수 있었다. 그다음 손전등의 배터리인 네모난 9볼트 건전지를 철솜에 비벼주면? 끝.

이런 우라질, 왕복선이 너무 춥다보니 위험한 줄도 모르고 이 짓거리를 하고 있었다. 덕분에 특전사용 위장 크림을 바른 것처럼 내 얼굴이 거무튀튀해졌고 말이다. 살다보면 그런 거지. 역시 똑똑한 척하려면 아주 똑똑해야지, 조금 덜 똑똑한 채로 나대다가는 사고만 일으킬 뿐이다. 몸이 좀 녹으니까 기분이 들떴나보다. 이해해주길 바란다. 왕복선의 전력을 재가동하고 여러 전자기기들을 점검해봤다. 난방 시스템, 산소 발생 장치, 대기조절기, 환기 시스템, 조명, 물 환원기, 컴퓨터, 배터리, 이온엔진, 송전 시스템…… 모두 별다른 이상이 없었다. 다행스럽게도 강제 정전을 일으킨 시점이 CME가 습격하기 전이었던 것 같다. 엄청나게 추웠지만 이 정도면 만족한다. 방심은 죽음이 유혹하는 편안함이다. 내부는 멀쩡한 것 같으니까 창가 쪽으로 가서 외부를 살펴보겠다. 옆에 있는 안나가 그러라고 한다.

행성 포획 미션 786일 차(4)

&$%@#$!*&^@!!!!! 하아…… 일단 진정을 좀 하겠다. 설마했더니, 역시나였다. 추위에 고생한 만큼 이번엔 곱게 넘어가는 줄 알았는데, 우주는 잠시라도 나를 얌전히 두고 싶지는 않은 모양이다. 대체 내가 뭘 잘못했을까? 내가 무슨 죄를 지었기에 날 이렇게 계속 죽이려고 드는 것일까. 방금 내가 뭘 봤는지 아는가? 우주 눈꽃쇼를 감상하고 왔다. 우주에 눈이 내린다는 말이다.

젠장, 우주에 웬 눈이냐고? 눈에 대한 정의가 액체가 얼어서 작은 결정체가 된 것이 뭉친 상태로 공간에 흩날리는 것이라면 저것은 눈이 맞다. 단지 장소가 지구의 대기권이 아니라 우주의 무중력 진공상태이고, 액체가 물이 아닌 암모니아라는 점이 다르긴 하지만 말이다.

그러니까…… 왕복선의 생명수가 새고 있다. 그야말로 좆 된 거다. 이번 사고로 인해 나는 죽게 될 수도 있다. 죽게 되더라도 화성은 눈으로 직접 보고 싶다만.

후회와 짜증은 이제 그만! 결과에 대한 후회는 아무런 도움이 되질 않는다. 후회는 뒤로 접어두고 해결 방안들을 생각해보자.

상황부터 간략하게 말하겠다. 나는 일지를 쓰다가 외부를 확인하러 화물칸 창문으로 향했다. 그리고 창을 내다봤다. 눈으로 쓰윽 창밖을 둘러본 결과 별다른 이상은 발견되지 않았다. 그렇게 안심을 하고 돌아서려는데, 순간 뭔가가 눈에 반짝거렸다. 아니, 수없이 많은 작은 알갱이가 저 멀리서 별빛처럼 반짝이며 아른거렸다. 금가루나 은가루가 날리는 느낌이랄까? 아니, 카퍼레이드를 할 때 흩날리는 흰색의 종이 꽃가루 같다는 게 맞는 표현 같다.

나는 우주에서 펼쳐지는 그 어이없게 아름다운 장관을 멍하니 바라봤다. 화성이 보일 때가 됐으니 나의 방문을 축하하는 화성인들의 축하 세레모니라도 보는 양 말이다. 그것은 마치 작은 은하수처럼 반짝거리면서 길게 이어졌다. 작은 알갱이들이 반짝이면서 우주에 냇물을 이뤘다. 이 얼마나 감동적이고 아름다운 장관인가! 나는 눈앞에 펼쳐진 마법을 보는 사람처럼 황홀한 미소를 지으며 그 모습을 바라봤다. 그러고는 생각했다. '와! 대단한 진풍경인데? 대체 저게 뭘까?' '눈꽃들이 우주에 휘날리다니! 대단해!' '눈꽃? 잠깐, 그럴 리가 없잖아?' '그래, 우주에 눈이라니 말도 안 돼!' 나는 조금씩 굳어갔다. '그럼 대체 저게 뭐지? 저 반짝이는 은하수가 어디서부터 시작된 거지?' '어? 그러고 보니 왕복선이 은하수를 달리고 있는 듯한 모습이네.' '은하수를 달려? 말도 안 돼! 가만! 뭔가가 누출된 건가?' '우측 아래…… 맙소사!'

화물칸 문에는 우주 방열판이 있다. 그리고 양쪽으로 길게 뻗어 있는 태양전지 지지대 옆에는 소형 통돌이 세탁기만 한 모듈이 하나씩 있다. 그 모듈 안에는 태양전지의 과열 방지용 암모니아 냉각 펌프가 들어 있는데, 그 펌프가 방열판으로 냉각 가스를 보내주는 것이다. 그곳에서 누출이 일어나고 있다.

눈꽃처럼 휘날리는 하얀 조각들의 정체는 암모니아 가스가 누출돼서 얼어버린 결정체였던 것이다. 가스가 스프레이처럼 분사되면서 알갱이들이 뭉쳐 굳어버렸기 때문이다. 저곳에 위치한 냉각 펌프는 태양전지들의 전력 변환 시스템에서 발생한 열과 산소 발생기에서 발생하는 열기를 냉각시키는 임무를 맡고 있다.

고로, 고치지 못하면? 우측 태양전지들이 과열로 사망하게 돼서 전력 생산의 50퍼센트가량을 잃게 될 것이다. 또한 최악의 경우에는 지구에 돌아가지 못할 수도 있다. 산소 발생기가 장비 과열로 사망해버리면, 이건 정말 답이 없다. 뭔가 방법을 찾아야 한다. 역시 모든 아름다움은 그만한 위험을 품고 있는 법이다.

소행성 포획 미션 786일 차(5)

고칠 수는 있지만 지금은 그냥 저렇게 둘 생각이다. 암모니아 냉각수가 전부 유출될 때까지 그냥 내버려두겠다는 말이다. 암모니아는 왕복선의 생명수 같은 존재이고, 저게 없으면 전력 생산과 산소 발생기에 피해를 받게 된다면서 왜 그냥 두냐고? 맞다, 당장 고쳐야 하는 건 맞다. 하지만 그에 대한 내 생각은 이러했다.

1. 아직도 태양풍이 불고 있는지 확실하지 않다. 고로, 우주유영은 아직 위험한 상태이다. 2. 암모니아 냉각수는 얼음 파편이 돼서 날리고 있다. 그러니 우주유영을 나갔다가 파편에 맞아 우주복이 찢어지기라도 한다면 더욱 위험해진다. 3. 우주복이 암모니아에 오염된 상태로 선내에 들어오는 것도 피해야 한다. 나에겐 오염 제거를 도와줄 동료가 없다. 4. 냉각수가 전부 빠져나가고 나면 장비에서 과열된 공기가 제자리에서 점점 뜨거워지면서 장비를 망가뜨릴 것이다. 5. 우측 발전 시스템과 산소 발생기를 지금 당장 꺼야 한다.

산소 발생기는 꺼둔 상태이다. 그리고 우측 태양전지 패널들은 전부 반대로 돌려놓았다. 일단 수리가 완료될 때까지 장비들의 과열로 인한 피해는 없을 것이다. 다행인 것은 나에게 예비용 냉각 펌프 모듈이 있다는 사실이다. 그리고 유출돼서 부족해진 암모니아 냉각 가스도 채울 수 있다. 대머리에 코안경을 쓴 '프리츠 하버'처럼 질소와 수소를 이용해서 멋지게 암모니아를 만들어낼까도 생각해봤지만, 나에게는 폼나는 코안경이 없었으므로 좀 더 편안한 방법을 이용하기로 했다. 즉, 암모니아 탱크를 이용해서 가스를 주입할 계획이다.

　T-MARS 연구소에서는 장기간의 우주비행으로 고장 날 수 있는 장비들에 내해서 면밀하게 검토했다. 우리는 국제 우주정거장을 모델로 철저히 준비했다. 그곳에서 일어났던 사고와 고장에 대한 데이터를 교훈으로 삼았던 것이다. 과거와 같은 실수를 되풀이하지 않기 위해 기록과 역사가 존재하는 것이 아니겠는가. 그리고 그것이 내가 지금 이렇게 일지를 쓰고 있는 이유이기도 하니까. 우주정거장에서는 암모니아 유출 사고가 몇 차례 발생했다. 그렇다보니 왕복선에 냉각 펌프 모듈과 암모니아 탱크를 실어야겠다는 교훈을 얻게 된 것이다. 그리고 그런 과거의 경험이 내가 이렇게 살 수 있게끔 만들어주는 것이고. 그러니, 만세!

　나의 해결 방안은 이러했다. 1. 냉각 펌프 모듈 수리는 태양풍의 위험이 사라지는 내일 하겠다. 2. 우주유영을 세 번 이상 나가야 할 것 같다. 3. 수리는 다섯 단계의 과정을 거쳐야 한다. 4. 그 모든 것들을 혼자 해야 한다. 5. 그러니 엄청 힘들 것이다.

　오늘은 눈꽃 구경이나 실컷 할 생각이다. 인조 고기를 질겅질겅 씹으면서 말이다. 영화엔 팝콘, 사고 구경엔 인조 고기. 이것은 우주적 진리이다.

소행성 포획 미션 787일 차

　아침은 든든하게 먹었다. 장시간의 우주유영을 하려면 체력 소모가 크기 때문이다. 그래서 나는 식량팩 4분의 3에 추가로 인조 고기를 조금 더 먹었다. 그러고는 우주로 나갔다. 밖에 나가자 아쉽게도 우주 눈보라는 그친 상태였다. 그러자 '눈보라를 배경으로 셀카라도 찍어둘걸' 하는 후회감이 물밀듯이 밀려왔다. 나도 안다. 이런 상황에 어울리지 않는 생각이라는 것을 말이다. 하지만 꽤나 폼나는 사진이 됐을 텐데.

우주복에는 우주 방사선량을 체크하는 간단한 장치가 있다. 간단한 장비인 만큼 대략적인 수치만을 나타내준다. 그 대략적인 수치를 확인한 결과 태양풍의 위협은 더 이상 없다는 판단을 내릴 수 있었다. 태양풍의 확인은 그 정도로도 충분하다. 지겹고 따분한 과정인 우주복 착용과 에어록 감압 과정을 거쳐서 우주로 나갔다. 지금이야 15분 정도면 우주유영 준비가 끝난다지만, 얼마 전까지만 해도 우주유영을 나가려면 몇 시간씩 걸리곤 했었다. 혈중 질소량을 낮추기 위해서 순산소로 호흡을 해야 하고 또…… 아무튼 과거엔 뭔가 오래 걸렸다.

에어록1로 화물칸에 나온 나는 가장 먼저 생명줄부터 허리에 연결했다. 그다음으로는 벽면 고정대를 번갈아 잡아가면서 냉각 펌프 모듈이 설치된 곳으로 이동했다. 펌프 모듈은 박스형 구조였다. 나의 계획은 이러하다. 우선 펌프 모듈을 고정시킨 볼트를 풀어서 펌프 모듈을 분리한 다음, 그 모듈을 에어록에 사뿐하게 가져다 놓을 것이다. 그러고는 에어록1 안에 둔 새 냉각 펌프 모듈을 가져와서 연결할 생각이다. 끝. 너무 쉽다고? 물론 과정은 더 있다. 일단 여기까지 해결하는 데 집중하겠다는 말이다. 나에게는 작업을 도와줄 동료가 없으니까.

나는 전동 스패너를 이용해 모듈을 고정시킨 볼트를 풀어냈다. 사실 이런 우주선 수리라는 게 엉성한 면이 있어서, 대부분의 고장은 스패너와 망치, 그리고 덕트 테이프와 수지만 있으면 수리가 가능하다. 그러니 수리를 하는 데 복잡한 과정이나 엄청난 과학적 지식이 적혀 있지 않다고 실망하지는 마시길. 뭐든 간단한 것이 진정한 기술이다. 그럼에도 무중력 상태에 놓인 나는 볼트 여덟 개를 분리하는 일에도 엄청나게 뒤뚱거렸다. 볼트를 푸는 데만 30분 이상이나 소모됐다. 그다음 모듈을 열어서 펌프와 연결된 엄청나게 복잡한 전기 배선을 제거하고(즉, 코드를 뽑아서) 냉각 배관과 펌프가 연결된 밸브를 잠가 분리했다. 전기 배선들을 제거하는 일은 그다지 오랜 시간이 걸리지 않았다. 그렇게 분리시킨 모듈 뚜껑을 닫자 이런 생각이 들었다. '이걸 꼭 왕복선 내부에 가져다놔야 해? 그래봤자 공간만 차지할 뿐이잖아. 내가 누구지?' 그래. 우주의 무법자, 우주의 카우보이, 우주 해적! 무법자는 쓰레기를 쓰레기통에 얌전하게 버리지 않는 법이다. 그래가지고는 무법자로서의 카리스마가 생겨나지 않는다.

나는 아무런 생각 없이 이제는 쓰레기가 된 냉각 펌프 모듈을 자신감 있게 뒤편으로 밀어버렸다. 그것도 슈퍼맨이라도 된 듯이 손가락으로 말이다. 그러자 50킬로그램이나 나가는 쇳덩이가 거짓말처럼 툭 밀려 날아갔다. 나는 의기양양한 표정으로 몸을 돌려서 나의 초능력을 지켜봤다. 그러고는 소리를 질렀다. 그것도 아주 크게. "안 돼!" 생각 없는 행동에 대한 결과는 우연에 맡겨지기 마련이다. 그리고 우연은 행운과 불행, 이렇게 50퍼센트의 확률로 나뉘게 된다. 하지만 이상하게도 분명히 50퍼센트여야 할 확률은 주로 불행한 결말로 향한다. 지금이 그랬다. 내가 아무런 생각 없이 자기도취증에 빠져서 던진 모듈은, 그러니까 정확하게 태양전지 패널 쪽으로 향해서 날아가서는 깔끔하게 충돌하면서 패널 일부를 박살내버렸다. 부서진 태양전지 조각들이 떨어져 나가면서 태양빛을 받아 반짝거리기 시작했다. 어제와는 또 다른 우주 눈꽃 쇼가 내 눈 앞에서 벌어졌다. 망할.

소행성 포획 미션 787일 차(2)

한 가지 질문을 하겠다. 축구에서 골을 넣은 선수가 세리모니를 하기 위해서 어시스트를 해준 동료에게 달려가 안겼다. 그런데 그를 안았던 동료가 미끄러지면서 바닥에 머리를 부딪쳐 조금 다쳤다. 여기서 조금이란 뜻은 죽지는 않을 정도로 다쳤지만 앞으로 헤딩을 하지 못할 정도라는 뜻이다. 혹은 한쪽 다리를 못 쓰게 됐다거나. 그렇다면 골을 넣은 선수는 유죄일까 무죄일까? 이게 법정에 설 수 있는 일일까?

정답: 사형. 탕탕탕!

'본 우주 법정은 쓸데없는 세리모니로 자신의 생존에 도움을 주고 있는 태양전지를 손상시킨 맥 매커천에게 사형을 선고하는 바이다. 하나 고의성은 없었다고 판단됨으로, 본인의 소원이었던 화성은 구경할 수 있도록…….'

　-존경하는 재판관님. 태양전지를 원래 상태로 복구시킨다면 판결이 번복될 수도 있습니까?

　'본 판사는 법정에서 거짓말을 하는 기만행위에 대해서 매우 엄격한 잣대를 적용시키고 있소. 즉, 답변에 따라서 화성 구경은커녕 간질간질 고문 따위를 받게 할 수도 있소. 그러니 신중하게 생각해서 답변을 하길 바라오. 당신에게는 여분의 태양전지들이 없지 않소? 그런데 무슨 방법으로 복구시키겠다는 것이오?'

　-존경하고 존경하는 재판관님. 제 직업은 우주의 해적입니다.

　'그게 무슨 상관이 있단 말이오?'

　-태양전지를 훔치겠다는 말입니다. 재판관님.

　'훔쳐? 이 넓고 적막한 텅 빈 공간에서 그게 가능한 말인가? 경비! 저자를 당장 가두고 간질간질 고문을 시작하도록!'

　-훔칠 수 있습니다, 재판관님! 화성에는 화성 탐사용 위성이 화성 궤도를 돌고 있으므로, 그것들의 태양전지를 이용하면 됩니다. 그러니까 위성들과 랑데부를 해서 접근한 뒤 훔쳐내는 겁니다. 그 정도면 충분할 겁니다. 저는 우주 해적이니까요!

　'무슨 말도 안 되는 소리! 자네의 팔이 고무처럼 길게 늘어나는 것도 아니지 않나! 그렇게 근접 랑데부를 했다가 위성과의 상대 속도를 제대로 죽이지 못하면 어쩔 텐가. 아니면 위성과의 거리가 너무 멀어서 돌아오지 못할 수도 있네. 성공할 수 없을 것이야!'

　-존경하는 바보님. 저는 이런 날을 대비해서 제트팩의 연료를 최대한 아껴왔습니다. 게다가 제게는 왕복선의 생명줄과 로봇 팔도 있습니다. 기다란 생명줄을 뽑아서 로봇 팔 끝에 연결시킨 다음, 로봇 팔을 쭉 뻗어서 인공위성 쪽으로 고정하는 겁니다. 그러고는 그 생명줄에 제 몸을 연결시키는 거라고요! 그렇다면 정말로 팔이 늘어나는 효과를 보는 셈입니다.

　'말도 안 되는 소리! 그렇다면 그동안 왕복선은 누가 조종한다는 말인가! 화성의 중력 때문에 금세 화성으로 추락할걸?'

　-아아, 답답하네. 야, 우주 판사, 너 고대문학 전공이지? 콱! 그게 왜 떨어져? 화성의 중력이 잡아당겨서 추락하는 궤도랑 화성의 지표면 곡률을 맞추면 되잖아. 생각해봐, 위성은 계속 화성 궤도를 돌지? 그럼 위성과 랑데부를 하면 상대속도가 같아지지? 그럼 나도 궤도 비행을 위한 적당한 속도를 맞춘 거지? 그럼 나도 궤도를 도는 거지?

그냥 그렇다는 거다. 최후의 방법으로 그런 수도 있다는 말이다. 태양전지 일부를 날려먹고 조종실로 돌아와서 잠시 고민을 때린 결과란 말이다. 나름 진지하게 고민한 결과이니 너무 비웃진 마시길. 가상의 우주 판사에게 스트레스를 풀고 나니까 기분이 조금 나아졌다. 정말이지 처음에는 머리가 하얘져서 덜컥 겁이 났었다. 그야말로 한참 동안이나 멍 때리고 있었다. 정말로 창조적인 실수라고나 할까. 이 정도로 생각 없는 실수면 태양풍에 맞아서 뇌에 구멍이 뻥 뻥 뚫린 게 분명하다. 아아, 바보, 멍청이. 어쨌든 전력 생산량을 확인해보니 그렇게 절망적인 상황은 아니었다. 그러니까 내 말은 태양전지가 부서질 때 연결된 송전선도 함께 끊어졌으므로 피해를 정확히 확인할 수가 없다는 뜻이다. 게다가 지금은 태양전지들이 태양을 보고 있지 않다. 그러므로 나에게는 아직 두 가지의 답안지가 남아 있는 셈이다. 완전히 좆 됐거나, 덜 좆 됐거나. 확인했는데 완전히 망한 상태인 것보다는 낫지 않겠는가. 그러니 아직은 희망이 남아 있는 셈이다. 긍정적으로 생각하련다.

송전선은 여분이 많이 있다. 먼저 냉각 펌프 모듈을 설치해서 펌프 수리를 끝낸 다음 송전선도 수리하겠다. 급할 일이 없다. 늦게 고칠수록 희망이 오랫동안 유지될 테니까. 최악의 경우에는 인공위성을 습격하면 된다. 그러니 어깨 쭉 펴고 수리를 시작하겠다.

소행성 포획 미션 787일 차(3)

"안나, 여기는 EVA1. 모듈을 설치할 위치로 이동하겠다."

나는 안나에게 보고했다. 왜 보고를 하느냐고? 혼자 작업을 하다 보니까 덜렁대지는 않을까 해서 안나에게 보고하기로 했다. 상황 보고를 하다보면 작업을 한 번씩 되짚어가면서 하기 때문에 실수가 좀 줄어들지 않겠나. 그리고 지금까지 이렇게 해왔기 때문에 이게 편하기도 했다. 바보 같은 실수를 반복하고 싶지는 않았다.

"안나, 위치 확보 완료. 모듈을 설치하겠다."

나는 허리춤에서 모듈을 분리해서 아까처럼 버리지 않고 조심히 지지대의 고정대에 연결했다.

"안나, 볼트로 고정하겠다."

나는 바닥에 나 있는 발고정대에 발을 걸어서 몸을 고정시켰다. 그러고는 냉각 펌프 모듈을 조심스럽게 끌어내려서 연결 홈에 끼워 맞추려고 노력했다. 여기에서 중요한 건 노력했다는 점이다. 정말이지 더럽게 힘들었다. 이 작업은 원래 2인 1조로 진행하는 작업이다. 적어도 중성 부력 풀장에서 비슷한 연습할 때는 그랬다. 조금만 움직이거나 힘을 주면 이리저리 움직인다. 연결 홈에 모듈을 잘 맞췄나 싶어서 볼트를 꺼낼라치면 둥둥 떠다니면서 약을 올린단 말이다. 그래서 2인 1조로 작업해야 한다.

"안나, 모듈이 자꾸 꼼지락거린다. 방법이 없겠나?"

이에 안나가 귓속말로 내게 말했다.

"역시! 좋았어. 그렇게 하겠다."

안나가 덕트 테이프나 수지로 고정해서 작업을 하라고 지시했다. 하지만 수지는 한번 잘못 고정하면 수정하기가 힘들기 때문에, 덕트 테이프를 이용해 모듈을 고정했다. 모듈을 바닥에 대고 허리를 잔뜩 구부려 한, 번, 씩! 말이다. 한, 번, 씩! 모듈은 용케 바닥에 고정됐다. 나는 볼트로 모듈을 고정시키곤 뚜껑을 열었다. 그런 다음 냉각 배관과 펌프를 연결하고 밸브를 열었다. 그러나 작동이 되지 않았다. 배선을 연결하지 않았으니 그럴 수밖에.

"안나, 배선 작업을 시작하겠다."

내가 아까 배선을 분리하는 일은 쉬웠다고 말했을 것이다. 색깔 맞추기 놀이처럼 코드를 색깔별로 맞추지 않아도 됐으니까 말이다. 하지만 배선 연결 작업은 어려울 거라 생각했다. 코끼리 장갑을 끼고 여러 가지 선들을 색상별로 끼워 맞춰야 할 테니까. 하지만 의외로 쉬웠다. 코드의 끝이 생각보다 커서 쉽게 꽂아 넣을 수가 있었다. 모듈의 크기가 크다보니까 연구소에서 큼직하게 만들어놓은 듯싶었다. 이런 센스쟁이들 같으니라고. 냉각 펌프 모듈 설치는 이렇게 끝이 났다. 나는 모듈 뚜껑을 닫아두고는 에어록으로 몸을 날렸다. 이제 두 단계가 남았는데, 두 단계는 모두 실내에서 해야 할 작업이었다. 어려운 과정은 전부 끝난 셈이었다.

나는 에어록으로 돌아왔다. 이제 유체 연결과 방열판의 재가동 테스트만 남았다. 이것들은 모두 조종실에서 이루어진다. 나는 조종실로 돌아가 버튼을 눌러서 탱크에 저장된 암모니아 가스를 방열판의 배관으로 흘려보냈다. 가스 주입이 끝나자 냉각 펌프를 재가동해서 방열판을 작동시켰다. 그러고는 화면을 잠시 노려봤다. 성공이었다. 냉각 가스가 배관들을 따라서 순환되는 모습이 화면에 나타났다. 타원형으로 그려진 원에 화살표가 천천히 트랙을 따라서 돌고 있었다. 화살표는 빨간색을 띠며 돌다가 트랙의 절반을 돌면 다시 파란색으로 변하면서 순환했다. 냉각 가스가 제 할 일을 하고 있다는 뜻이다. 태양전지를 부수긴 했지만 냉각 펌프는 정상 복구됐다. 송전선 작업은 잠시 쉬었다가 시작하겠다. 오랫동안 우주유영을 했더니 피곤하고 배가 고프다. 그리고 우주복의 산소, 질소 탱크도 채워놓아야 한다. 잠시 쉬고 오겠다.

소행성 포획 미션 787일 차(4)

〈스타워즈〉〈스타트랙〉〈스타쉽 트루퍼스〉 왜 이런 우주 영화에서는 모두 전쟁을 할까? 내가 장담하는데 절대로 전쟁은 벌어지지 않을 것이다. 우주를 돌아다니는 내내 우주선을 수리할 테니, 전쟁 같은 것을 할 시간이 어디에 있겠는가. 게다가 전쟁을 하고 있는데 뭐가 그렇게 즐거워서 실실 웃지? 하긴, 우주에서 조증은 흔한 일이니 그럴 수도 있겠다. 너무 힘들다보니 전쟁은커녕 미녀가 눈앞에 있어도 말 한마디 건넬 힘조차 없는 상황이다. 지금 마음 같아서는 힘들다고 징징거리면서 초콜릿 케이크나 잔뜩 먹고 싶을 따름이다. 그러니 송전선 교체 작업에 대한 일지는 간략하게 요약해서 쓰겠다. 끝. 교체했음. 죽겠음. 운동은 죽었다 깨어나도 하기 싫음. 이제부터 스티븐 킹 원작의 영화 목록을 뒤져서 영화를 한 편 볼 생각임. 유력한 후보는 〈미저리〉. 이유는 벽에 붙어 있는 나의 동료 안나가 미저리처럼 보임. 조심해야겠음.

소행성 포획 미션 788일 차

안나의 얼굴은 벽면으로 돌려놓았다. 영화를 보고 나자 그냥 그런 생각이 들었다. 내 머릿속에서 미저리의 기억이 사라질 때까지 돌려둘 생각이다. 나는 어두운 우주 속에 처박혀 일지를 쓰고 있는 우주 글쟁이다. 게다가 좁아터진 왕복선이라니. 해파리의 촉수처럼 머리카락을 하늘하늘 흔들어대면서 나를 쳐다보는 안나라니. 그냥 잠시 돌려놓겠다.

아무래도 어제의 마지막 일지를 너무 성의 없게 쓴 것 같다는 생각이 든다. 피곤해서 그랬지만 너무 성의가 없었다. 그러니 내용을 조금 보충하겠다. 나는 어제 '또 한 번' 우주유영을 나가서 송전선 교체 작업을 했다. 무중력 상태라 무게는 상관이 없다지만, 140킬로그램이 넘는 우주복을 입고서 하루 종일 작업하는 건 여간 힘든 일이 아니었다. 선외 활동 준비를 한 나는 둥그렇게 말려 있는 송전선 다발을 허리춤에 연결했다. 송전선 다발은 필요한 만큼 케이블타이로 묶어둔 상태였다. 그러고는 우주로 나가서 우측 태양전지 지지대의 뚜껑을 열어서 무엇이 문제인지 확인했다.

계속해서 조종실의 안나에게 보고를 하고 있었지만, 오늘은 미저리를 봤으므로 안나에 대한 스토리는 생략하겠다. 하지만 문제점은 내 생각과는 달랐다. 나는 단순하게 태양전지가 부서졌으니까 부서질 때 중간에 있던 송전선도 함께 끊어져서 발전량을 확인할 수 없는 것이라고 생각했었다. 단순하게 생각하면 너무나도 당연한 생각이 아닌가. 근데, 이게 왜 타들어갔을까? 단순한 충돌인데 왜 타버린 거냐고! 송전선은 끊어지지 않은 상태로 바짝 구워져 있었다. 기름에 튀긴 면발처럼 말이다. 그래서 잠시 멍한 표정으로 고민을 때려봤다. '분명히 태양풍은 지나간 상태였어. 방사선량 체크로 확인했으니 그건 확실할 거야. CME 입자도 지나갔을 텐데 저게 어떻게 저렇게 타버릴 수가 있다는 말……'

이때 하나의 생각이 머릿속을 스쳐 지나갔다. 충전. 왕복선의 선체는 금속으로 이루어져 있다. 하지만 화물칸 내부는 조금 다르다고 미리 말을 해두겠다. 화물칸 내부는 화물의 파손을 막기 위해서 충격 완화용 소재들로 쿠션 처리를 한 뒤, 부드럽고 질긴 캔버스 소재로 마감한 상태였다. 화물칸 내부 바닥과 벽면은 전류가 흐르지 않는 소재이다. 그러나 태양전지와 지지대, 그리고 왕복선의 외부는? 당연히 금속이니까 겁나 잘 흐른다. 게다가 금속 표면은 고에너지 입자들이 들러붙어서 충전이 될 수 있는 재질이다. 고로, 나의 종합적인 결론은 이러했다.

1. 태양풍은 모두 지나간 상황이었다. 2. 하지만 일부 CME 입자들과 고입자 에너지들은 왕복선의 금속 표면에 들러붙어 남게 됐다. 3. 고로 겁나 센 전류량이 왕복선 표면과 태양전지 및 지지대 표면에 충전된 상태였다. 4. 나는 냉각 펌프 모듈을 분리해서 태양전지에 충돌시켰다. 5. 친절하게도 모듈 표면은 금속이었다. 6. 표면에 충전돼서 대기하던 전류와 금속이 만나면? 7. 빠지지지지지지직! 8. 그러므로 송전선이 타버린 건 우연이 아니다. 9. 혹시라도 냉각 펌프 모듈이 충돌하지 않고, 태양전지를 점검하기 위해서 내가 그곳으로 갔었다면? 10. 빠지지지지지지지직!

그러면 다음과 같은 결론을 도출해낼 수 있다.

'위대한 실수.'

어쨌든 멍청한 우주인인 나는 아무것도 모른 채 수리에 나섰다가 우연한 실수로 살게 된 것 같다. 우주복의 표면은 전류가 흐르지 않는 소재라지만 각종 생명 유지 장비들은 전자 장비로 돼 있다. 그러니 전자 장비들이 망가져서 위험할 수도 있었다. 지구의 천재들에게 지시를 받았다면 미리 위험성을 경고받았을 것이다. 하지만 혼자인 나는 그 모든 것들을 알 턱이 없다. 역시 나 혼자 이런 식으로 살다가는 오래 버티지 못할 것 같다.

송전선은 새것으로 교체했다. 그러고는 조종실로 돌아와서 발전 효율을 점검했다. 그랬더니 다행스럽게도 화성의 인공위성을 습격하지는 않아도 될 것 같았다. 발전 효율이 평균 생산량에서 13퍼센트밖에는 떨어지지 않았으니까. 그러니 더 이상 태양전지에 손상을 받지 않는다면 그럭저럭 살 수는 있을 것 같았다. 이제 운동을 할 시간이다. 오늘의 일지를 종료하겠다.

소행성 포획 미션 793일 차

화이트홀 인터넷 렌즈는 잘 판매되고 있으려나? 그게 대박이 나야 우주 사업 투자가 쉬워질 텐데. 맙소사! 나 지금 지구에 돌아가서 우주 사업을 할 생각을 하고 있는 거야? 지구에 살아서 돌아갈 생각을 하고 있는 거냐고! 어쩌면 정말로 가능할 수도. 내 눈앞에 뭐가 보이는지 아는가? 핑크빛 점이 하나 보인다. 내 생각이 맞다면, 그래! 저건 화성일 것이다. 왕복선의 카메라로 촬영해서 확대해볼 수도 있지만 그렇게 하지는 않을 생각이다. 화면으로 화성의 존재를 확인하는 것보다 직접 눈으로 확인해보고 싶다. 직접 눈으로 확인할 수 있을 때까지 기다릴 생각이다. 핑크빛 점이 점점 커져서 붉은 원반이 돼가는 모습을 천천히 즐기고 싶단 말이다. 왜냐하면 화성은 내 꿈이었으니까. 붉은 점을 이렇게 직접 눈으로 볼 수 있게 될 때까지 41년이라는 세월이 필요했다. 그러니 컴퓨터나 카메라 따위의 도움을 받아서 이 멋진 순간을 망치고 싶지는 않다. 그런 그림들은 41년간 충분히 봐왔다. 지금은 이 순간을 오롯이 느낄 생각이다. 나는 그럴 자격이 있다.

소행성 포획 미션 807일 차

오늘은 나의 생일이다. 그리고 로켓 공학의 개척자인 치올코프스키의 생일이기도 하다. 고로, 개똥 같은 생각일지는 몰라도 나는 우주를 위해서 태어난 사람인 셈이다. 진정한 우주인! 그게 바로 나라는 남자다. 그런 의미에서 데이비드 보위의 〈스타맨〉을 틀어놓고 생일을 자축하는 중이다. 그리고 생일이니까 맛난 음식도 함께 먹고 있다. 아껴두었던 참 스테이크 식량팩을 하나 뜯어서 천천히 맛을 음미하고 있다.

지금 내 눈앞에는 화성의 붉은 원반이 고요하게 떠 있다. 생일날 바라보는 붉은색 원반. 이 정도면 완벽한 생일 선물이다. 지구인들 중에서 오직 나만이 누릴 수 있는 특권이다. 오직 나만이…… 아이러니한 점은, 나는 사고를 당해서 우주에서 표류 중인 유일한 지구인이라는 점이다. 우주를 표류하게 된 사람만이 누릴 수 있는 유일한 특권…… 오직 나만이 누릴 수 있다. 어쩌면 인생이란 게 이런 아이러니 그 자체는 아닐까? 개똥 같은 철학은 뒤로하고 셀카나 잔뜩 찍어야겠다. 여행에서 남는 건 사진밖에 없는 법이니까. 그리고 화성을 배경으로 셀카를 찍을 수 있는 기회는 아무 때나 찾아오는 것이 아니다. 당장 시작하겠다.

소행성 포획 미션 807일 차(2)

찍고 나서 든 생각인데 괜히 웃으면서 찍었다는 생각이 든다. 나는 나도 모르게 엄지를 척 내밀면서 방긋 웃는 표정으로 셀카를 찍었다. 이 사진을 SNS에 올린다면 누가 보더라도 나는 이 세상에서 가장 행복하고 즐거운 사람처럼 보일 것이다. 화성을 배경으로 양손 엄지를 척 내밀며 지은 환한 미소. 너무나도 행복해 보이는 모습이 아닌가. 나는 이렇게 외로운데 말이다. 역시 사진과 SNS는 믿을 게 못 된다. 사진 속의 그들은 모두 즐겁고 행복해 보이지 않나. 그래서 셀카를 다시 찍을 생각이다. 이번 표정은 나의 모든 감정 상태를 종합해서 표현할 것이다. 심사숙고한 표정이니 어둡더라도 이해해주기 바란다. 대략적인 나의 표정은 이러하다.

ㅗㅗㅗㅗ(-_ -)ㅗㅗㅗㅗ

좀 솔직해지고 싶었다. 이해해달라.

소행성 포획 미션 813일 차

아아, 떨린다. 저 멀리 화성이 빛나고 있다. 나는 지금 화성을 내려다보고 있다. 달의 궤도에서 지구를 바라봤던 아폴로 대원들처럼 말이다. 화성의 붉은 표면이 나의 심장을 자극하고 있다. 이 느낌에 대해서 무언가 아름답게 표현하고 싶지만, 적절한 표현이 떠오르질 않는다. 그냥 빌어먹게 붉고 아름답다. 젠장, 나는 시인이 아니란 말이다. 그래. 표현을 하자면 촛불 가까이 얼굴을 들이댄 아내의 얼굴처럼 붉고 아름답다. 아내 얘기가 나와서 말인데, 이제 사흘 후면 아내의 목소리를 들을 수 있게 된다. 이제 더 이상 나는 우주의 외톨이가 아니다. 나는 지금 정말로 행복하다. 지금은 이 행복을 오롯이 느끼고 싶을 따름이다. 일지를 종료하겠다.

소행성 포획 미션 815일 차

내일이면 화성의 궤도에 진입할 수 있게 된다. 그러니까 화성이 지금 달에서 바라본 지구만 하게 보인다는 말이다! 다른 점이 있다면 지구와는 달리 석양처럼 붉게 빛나고 있다는 점이다. 대지를 뒤덮고 있는 흙의 성분이 대부분 산화철로 돼 있어서 그렇다. 화성이 붉은 미소로 나를 유혹한다. 저 미소를 보고 있으니, 처음 만났을 때 화성 이주가 얼마나 비효율적인지에 대해 연설을 하던 아내가 떠오른다. 아내가 징말 그립다.

내일 화성 궤도에 진입하면 통신이 가능하다. 그 제한된 시간에 뭐라고 말을 해야 하지? 나 살아 있어? 지금 가고 있어? 소원이 있는데, 잠시 화성에 첫발을 딛고 갈 방법이 없을까? 이 상태로 살아서 돌아갈 수 있을까? 사랑해, 자기야. 엉엉엉, 징징징…… 아니야, 교신을 짧게 할 수밖에 없으니 냉정하게 요점만 정리해서 현상황을 보고해야겠다. 그래야 지구에서도 내 상태를 파악해서 뭔가 대비책을 세워주지 않겠는가. 뭐가 좋을까?

그래. ……살아 있음. 태양풍 때문에 얼어 죽을 뻔했지만 용케 버텼음. 여러 가지 사건이 있었지만 왕복선은 그럭저럭 버틸 만함. 고장 나면 수리를 하면 되니 귀환하는 데는 큰 지장은 없을 것 같음. 다만 식량이 부족함! 뚫린 구멍으로 식량팩이 도망쳐버렸음. 그래서 창고에 있던 식량팩과 응가응가 육포를 먹고 있음! 그래도 최소한 2주 가량의 식량이 부족한 상태임. 해결책을 제시해주길 바람.

응가응가 육포를 먹고 있음? 맙소사. 이걸 말해야 하나. 방금 쓴 문장을 복사해서 저장했다. 교신이 가능할 시간이 얼마나 될는지 모르겠지만 빌어먹게 짧을 게 분명하다. 생각을 했더니 화성의 궤도를 여러 번 돌면서 교신을 하기에는 여러 가지 제약이 뒤따른다는 점을 깨닫게 됐다. 아내의 목소리를 듣기는커녕 자칫하다가는 지구궤도에서 감속할 때 쓸 역추진 연료를 다 써버릴 수도 있겠다는 생각이 들었다. 궤도를 스쳐 지나가지 않고 몇 바퀴라도 돌려면 감속을 해야 하는데 식량 부족으로 하루라도 빨리 돌아가고 싶은 마음에 이온엔진으로 가속을 해왔으니, 이온엔진 감속은 이미 오래전에 글러먹은 상태이다. 고로, OMS의 연료를 쏟아부어서 감속을 하는 방법밖에는 남지 않게 된 것이다. 하지만 남아 있는 OMS 연료로 자세 조정용 분사까지 해야 하므로, 남아 있는 50퍼센트가량의 OMS 연료는 최대한 아껴둬야 한다는 결론을 내리게 됐다.

나는 대기조절기를 끈 상태에서 난로를 만드는 멍청이이기는 하지만, 지구에 착륙하는 데 OMS 연료가 필요하다는 것쯤은 아는 멍청이란 말이다. 그리고 언제나 여분이 있어서 나쁠 건 없다는 사실을 잘 아는 대머리이기도 하다. 그러니 위성 신호가 잡히면 복사하여 저장해둔 메시지를 잽싸게 보낼 생각이다. 그러면 아마도 한두 번 정도는 왕복 교신이 가능할 것이다. 살아서 돌아가고 있다는 사실 정도는 알릴 수 있지 않을까. 지금은 그 정도 교신으로 만족하련다. 그리고 한마디 더 하겠는데, 사실 이럴 줄 예전부터 알고 있었다. 그냥 마지막까지 대화를 하고 싶은 마음에 포기하지 않고 있었을 뿐이다. 뭔가 방법이 있을 줄 알았다. 뭔가 대화를 나눌 방법이. 화성에 대한 희망 때문에…….

★ ★

　맥 매커천은 조종실의 천장에 나 있는 창문을 향해서 몸을 띄웠다. 그런 다음 천장의 고정용 손잡이를 잡아서 창문 가까이 얼굴을 들이밀었다. 그러자 그의 시야에 잔주름이 많은 화성의 붉은 대지가 펼쳐졌다. 지구의 아름다움에 비하면 황망한 모습뿐이었지만 운석 충돌로 인해서 생긴 거대한 크레이터, 아마조니스 평원, 세이렌의 바다, 오로라 만, 높이가 25킬로미터로 태양계에서 가장 높은 산인 올림푸스 산, 그리고 장대한 협곡들 따위가 그의 시선을 사로잡았다. 그는 지구궤도를 도는 왕복선에서 지구를 내려다보듯, 사랑에 빠진 남자의 깊은 눈으로 화성의 색다른 아름다움을 한참 동안이나 감상했다. 그의 눈에는 화성 이주에 성공한 인간의 발자취들이 영화 속의 전환 기법처럼 아련하게 포개져 아른거렸다. 그의 오랜 소망이 사막에서 보게 되는 신기루처럼 눈앞에 펼쳐져 그를 미소 짓게 했다. 그러나 잠시 후, 그렇게 홀린 듯 창밖을 내다보던 그의 눈빛에 변화가 나타났다. 그가 몸을 돌려 손잡이를 힘껏 밀고는 중앙 데크로 향했다.

　맥은 창고로 향하는 바닥 패널을 열어서 창고로 들어갔다. 그러고는 지난번 쓰레기통을 분리시켰던 구석으로 날아가 전자레인지 크기만 한 금속 모듈을 하나 꺼내 들었다. 창고의 위에서부터 연결된 배관을 분리하고 뚫린 구멍을 밀어서 닫자 찰칵하는 경쾌한 스프링 소리가 맑게 울려 퍼졌다. 그러나 아직 닫지 않은 배관 구멍에 잔여물이 둥둥 떠다니고 있었는지 금색 실 같은 물체들이 몇 가닥 빠져나왔다. 맥은 허리춤에 있던 덕트 테이프로 구멍을 봉하고는 꺼낸 모듈을 들고 창고를 빠져나왔다. 맥은 모듈을 들고 에어록1로 향했다. 에어록에 들어오면 언제나 그랬던 것처럼 우주복을 하나씩 챙겨 입기 시작했다. 마지막으로 헬멧을 돌려 끼워서 딸깍하는 소리가 두 번 났는지 확인한 그는 에어록을 감압하고 화물칸으로 향하는 해치를 열었다. 그러고는 둥둥 떠 있는 모듈을 허리에 연결한 채 우주로 향했다. 붉은 화성의 풍경이 그의 머리 위로 생생하게 펼쳐졌다.

그는 그 아름다움을 외면한 채 화물칸으로 향했다. 화물칸으로 나온 그는 바닥에서 생명줄을 뽑아 허리춤의 안전고리에 연결했다. 그런 다음 힘차게 발을 밀어서 화성의 표면 방향으로 몸을 날렸다. 그는 제트팩을 분사하면서까지 조금이라도 더 가속도를 얻으려고 노력했다. 그러고는 모듈을 연결한 안전고리를 풀고는 가속도를 이용해 힘껏 모듈을 집어던졌다. 그러자 흰색 모듈이 화성의 표면을 향해서 회전과 함께 힘차게 날아갔다. 모듈은 꽤나 가속도를 얻었는지 얼마지 지나지 않아 하얀 점으로 아득히 멀어져갔다. 맥 매커천이 제트팩으로 자세를 바로잡으며 소리 질렀다. "가라!" 그가 통통해 보이는 우주복의 팔을 치켜들며 다시 한 번 크게 외쳤다. "좋았어! 나는 이제 진정한 화성의 정복자다! 내가 최초라고!" 동시에 그의 양팔이 환호하듯 앞뒤로 빠르게 움직였다. 그러고는 조종실에 있는 해골 안나를 향해 다시 한 번 환호성을 질렀다.

"봤지, 안나? 어쨌든 내 일부는 화성의 일부가 됐다고!"

하지만 힘차게 지른 그의 외침과는 다르게 그의 주변에서는 아무런 소리도 들을 수가 없었다. 화성의 궤도는 오늘도 한없이 적막하기만 했다. 함께 기뻐할 동료가 없는 그의 환호성이 헬멧 안에서 공허하게 울릴 뿐이었다. 본인도 그런 기분이 들었는지 몇 번인가 환호성을 지르고는 이내 멈췄다. 또다시 절대적인 적막감이 맥의 주위를 에워쌌다. 저 멀리 화성의 적도면 근처 궤도에서 거대한 돌덩이인 포보스가 태양빛을 받았는지 밝게 반짝였다. 그의 불투명한 헬멧 바이저에는 포보스가 소리 없이 다가오는 모습이 비쳤다.

★ ★

페텍스1호가 태양의 공전궤도를 따라서 움직이는 화성의 뒤에서부터 서서히 다가갔다. 그리고는 눈에 보이지 않는 화성의 궤도에 미끄러지듯 올라타 근접 비행을 시작했다. 그렇게 화성의 궤도를 3분의 1가량 돌자 왕복선의 꼬리 부근에 자리 잡은 OMS 엔진 분사 노즐에서 커다란 불꽃이 뿜어져 나왔다. 그 불꽃은 잠시 동안만 뿜어나왔고 이내 사그라들었다. 짧은 분사 시간이었지만 페텍스1호기는 뿜어낸 추력의 몇 배에 달하는 가속도를 얻을 수 있었다. 화성의 중력에너지를 운동에너지로 전환한 것이다.

그렇게 가속도를 얻은 채로 화성의 궤도를 서서히 벗어나던 왕복선은 어느 지점에 이르자 화성의 궤도를 이탈하는 속도가 점점 더 빨라지기 시작했다. 화성을 전환점 삼아서 유턴을 한 것이다. 이제 먼지한 톨 같은 크기의 우주왕복선은 지구를 향해서 나아가기 시작했다.

그 길에는 아무런 행성도, 아무런 이정표도 존재하지 않았다. 오로지 광막한 진공의 어둠만이 펼쳐져 있을 뿐이었다.

30.
나는 지금
에어록1에 대피한 상태

2023년 9월 24일

소행성 포획 미션 817일 차, 맥 매커천

아슬아슬했다. 나는 또 한 번 스릴이 가득한 모험을 즐겼다. OMS 엔진의 분사 타이밍을 앞두고 산책을 다녀온 것이다. 우주복에서 제공하는 순도 높은 산소의 산뜻한 맛이란! 문제는 엔진의 분사 타이밍을 놓칠 뻔했다는 점이었다. 화성궤도를 짧게 돌면서 엔진 분사를 통해 '슬링 샷' 효과를 얻어야 하는데, 그 타이밍을 밖에서 놀다가 날릴 뻔했다. 나는 시간이 충분할 줄 알았다. 그러나 화성의 우주 둘레길 공기가 산뜻하고 풍경이 아름답다보니 잠시 한눈을 팔고 멍을 때려버린 것이다. 그러다가 왕복선을 가속해야 한다는 생각이 났고, 허겁지겁 생명줄을 당겨서 화물칸으로 날아간 뒤, 에어록1로 복귀해서 우주복도 벗지 않고 분사 버튼을 눌렀다. 가속은 제대로 이루어졌으니 무모한 행동이었다고 너무 손가락질하지는 마시길. 인생이란 게 언제나 톱니바퀴처럼 톱니가 딱딱 맞아떨어져야 하는 것은 아니다. 하지만 이런 무모한 행동이라도 나름의 보람이 있었다. 놀라지 마시길. 나는, 이제, 진정한, 최초의, 그리고 절대적인, 화성인이 됐다. 무슨 소리냐고?

나는 모듈 하나를 화성의 대기권에 투척했다. 그것은 내 신체의 일부분이 화성의 대기권에 진입했다는 뜻이다. 그 모듈 안에는 플로비로 잘라둔 내 머리카락들이 들어 있으니, 나의 신체 일부분은 화성의 대지에 안착한 셈이다. 대기권에서 불타 사라졌더라도 내 몸을 구성했던 원소들은 화성의 대지에 흩뿌려졌을 테니까. 일부분이지만 화성의 대지에 내려앉은 최초의 화성인. 그게 바로 나라는 남자다.

화성을 근접 통과할 때 지구와 교신을 하지 않았다. 정말 연락하고 싶은 마음은 굴뚝같았지만 참았다. 교신을 하려면 화성의 근접 궤도에 진입해야 하는데, 그러려면 왕복선의 속도를 늦춰야 했다. 가뜩이나 식량도 부족하고 연료도 부족한데 잠깐의 교신을 목적으로 연료를 쏟아붓고 싶지는 않았다. 게다가 한두 번의 짧은 교신으로 그들이 나의 생존에 결정적인 도움을 줄 수 있다는 보장도 없다. 그리고 어차피 교신이 끝나면 또다시 외톨이가 될 텐데…… 게다가 더 큰 이유도 있었다. 그간 여러 가지 사고를 겪으면서 느끼게 된 점이라고나 할까. 살아서 돌아갈 수 있을지에 대한 확신이 없었다. 내

의지와는 상관없이 무언가 사고는 계속해서 일어났고, 계속되는 수리와 보수에 겁을 먹고 말았다. 게다가, 아내에게 헛된 희망을 주기가 싫었다. 살아서 돌아갈지 죽어서 돌아갈지 모르는 판국에 나를 기다리는 건 커다란 고문이 될 것이다. 그보다 더 잔인한 고문이 있을까? 그냥 깔끔하게 죽었다고 생각하면서 살다가 깜짝 선물로 나타나는 게 가장 이상적인 복귀라는 생각이 들었다.

그리고 내 자신을 감내할 자신이 없었다. 누군가에게 나의 상황에 대해서 동정을 받다보면 한없는 슬픔에 빠져 나약해질 것만 같았다. 지금이야 좆 된 줄도 모르고 하루하루를 버티고 있지만, 누군가에게 위로를 받아서 객관적인 나의 현재 상황을 인식하게 된다면, 아마도 나는 버텨내지 못할 것 같다.

자기 연민에 빠질 바에야 고독과 외로움이 도리어 나은 법이다. 최소한 자신이 얼마나 힘들고 슬픈 상황에 빠졌는지는 잘 모를 테니까. 이해가 안 되겠지? 그렇다면 당신은 아직 어른이 되지 못한 것이다. 사랑하는 사람을 배려하지 못하고 자기 자신을 통제하지 못하는 사람은, 나이를 얼마나 먹었든 간에 어린아이일 뿐이다.

말이 많다. 우주선에서 '파이아'나 외치는 주제에 개똥철학을 주저리주저리 쓰고 자빠져 있다. 배가 고프다보니 조금은 까칠한 상태라고 변명을 하겠다. 이해하시길. 나는 화성이라는 반환점을 돌아 지구를 향해서 나아가고 있다.

이제 대략 8개월만 버티면 된다. 8개월만!

소행성 포획 미션 833일 차

배가 고파서 잠이 오질 않는다. 그래서 숙면을 취하지 못했고, 숙면을 취하지 못하다보니 정신이 멍하다. 가뜩이나 멍청해서 사고만 저질러댔는데 정신까지 멍한 상태이니, 딱 죽기에 적절한 행동들만 하고 있다. 오늘은 뭔 짓거리를 했는지 아는가? 나 원 참. 씻지 못하는 관계로 자꾸만 머리에 슈크림이 생기는 까닭에 머리카락을 전부 밀어버렸다. 그다음 아무런 고민도 없이 잘라낸 머리카락을 용도에 맞는 흡입구에 흡입시켰다. 머리카락을 버리는 흡입구. 문제가 없지 않겠는가.

문제가 없긴 개뿔! 며칠 전에 화성에 모듈 하나를 투척하고 온 일을 기억하는가? 그 모듈이 머리카락을 모아두는 쓰레기통이었단 말이다. 그 모듈이 없는데 머리카락을 버렸으니 어떻게 됐겠는가. 어쩌긴, 창고에 머리카락이 잔뜩 둥둥 떠다니게 돼버렸지. 뭐 이쯤 되면 그깟 머리카락이 뭐가 무슨 위협이 되겠냐며 생각을 하는 사람들도 생길 것이다. 혹시 창고에 뭐가 있는지 아는가? 그렇다. 창고는 왕복선의 주요 설비를 잔뜩 때려 박아놓은 곳이다.

아직 감이 안 왔나? 좋다. 감이 오지 않는 사람들을 위해서 조금 더 설명을 하겠다. 창고에는 물 환원기, 산소 발생기, 대기조절기 같은 설비들이 모두 모여 있다. 이 설비들은 대부분 열을 이용해서 각자 자신의 할 일들을 하는 장비다. 어떨 때는 차갑게, 어떨 때는 뜨겁게 해서 말이다. 그러니 암모니아 냉각수 유출 사건 때 장비들을 냉각시킬 생명수를 잃었다면서 호들갑을 떨었던 것이고. 이제 좀 감이 오지 않는가? 물은 원심 분리 방식으로 일차적인 정수를 한 다음 증류를 통해서 완벽하게 깨끗한 물을 얻어내는 것이고, 대기조절기가 공기의 상태를 조절하는 방식도 냉각과 발열을 통해서 이루어지는 것이다. 즉, 대기조절기는 과냉각하여 분리한 기체들을 액체 상태로 보관했다가 공기의 상태를 분석해서 산소와 질소 농도를 조절한다는 말이다. 그리고 차가운 액화 산소를 공급할 때 실내의 온도가 떨어지지 않도록 열로 데워서 내보낸다는 말이기도 하다. 간단하게 정리하면, 장비는, 졸라, 뜨거울, 때가, 있단, 말이다! 내가 알기로 머리카락은 왕복선 안에서 가장 불이 잘 붙는 가연성 물질이다. 그런 가연성 물질인 머리카락이 뜨거운 장비에 잔뜩 들러붙으면 어떻게 되겠는가. 물론 그렇다고 화재가 날 확률이야 적겠지만, 또 모르는 일이다.

나는 요즘 떨어지는 낙엽이라도 조심하면서 피하고 싶은 마음이란 말이다. 요새 내가 무척이나 재수가 없지 않은가. 나는 그 사실을 깨닫자마자 진공청소기를 들고 창고를 샅샅이 청소하기 시작했다. 농담이 아니라 눈 밑에 있던 다크서클이 초콜릿 퐁듀처럼 걸쭉하게 보일 정도로 청소했다. 하루 종일 창고 청소를 했더니 무지하게 배가 고프고 피곤하다. 오늘은 운동을 건너뛰어야겠다는 생각이 든다.

소행성 포획 미션 838일 차

그동안 써놓은 일지를 대충 살펴봤다. 그랬더니 이 일지를 읽게 되는 나의 '최초의 화성인!' 팬클럽 여러분들에게 사과를 해야겠다는 생각이 들었다. 뭐가 미안하냐고? 음, 일지를 쓰다보니 사고에 대한 내용만 자꾸 반복했다. 뭐가 망가졌네, 뭐가 부서졌네, 식량이 떨어졌네, 웅가웅가 육포를 먹었네, 엉엉엉, 징징징…… 물론 일지를 쓰게 된 이유가 진정한 우주 시대를 맞이하게 된 미래의 우리에게 정보를 주기 위한 이유였던 것은 맞다. 상세한 경험담을 제공해서 여러 가지 사건, 사고에 대한 대비책을 마련하게 해주려는 의도 말이다. 일어날 수 있는 사고들을 참고해서 대비책을 마련할 수 있다면 얼마나 좋겠는가.

여기서 한 가지 비밀을 밝히겠다. 만약 일지에 그런 내용만 존재한다면, 당신은 누군가가 의도적으로 수정한 편집본을 보게 된 것이다. 이제부터 나는 팬클럽 멤버들의 강력한 요구에 의해서 다른 내용들도 일지에 기입할 것이기 때문이다. 아프고, 찡그리고, 스트레스 팍팍 받는 내용 따위 말고 우주에서 즐긴 희망찬 일들, 그리고 그날 겪었던 재밌던 일들, 또한 나를 웃게 만든 일상들도 적어볼 생각이기 때문이다. 예를 들면 이러한 내용들이다. 지구 도착 카운트다운 날짜에 오늘도 즐거운 마음으로 작대기를 그어줬네, 부들부들 운동을 했더니 울적했던 기분이 한결 나아졌네, 야동에서 본 남성의 물건이 나보다 작은 것 같기에 자신감이 샘솟았네, 모니터 전부를 성인 잡지 사진으로 도배를 했더니 선내의 분위기가 한결 상큼해졌네, 나루토의 마을이 행복한 이유도 5대 호카게인 츠나데의 가슴이 수박만 했기 때문이란 걸 알게 됐네, 둥둥 떠다니면서 스티븐 킹 소설을 봤더니 좋았네, 따위의 내용들 말이다. 만약 이러한 내용이 삭제된 편집본을 보게 된다면 연락해주길 바란다.

당신이 원하고 찾고 있을 바로! 그런 내용들일 것이다. 장담한다.

소행성 포획 미션 854일 차

아아, 변기의 흡입구가 막혀서 또다시 말썽을 일으켰다. 그래서 몇 시간 동안 낑낑거리면서 변기를 뜯어 수리했다. 저 배설물을 내가 먹는다고 생각하니까 예전과는 다르게 별다른 거부감이 들지 않았다. 인생 뭐 있겠는가, 다 그런 거지.

더불어 물 환원기의 원심 분리용 필터도 새것으로 교체했다. 지난번처럼 찐득거리는 더러운 오물들로 필터가 잔뜩 막혀버리기 전에 교체를 했다. 깨끗한 필터에서 정수되는 물을 마시고 싶었다. 필터를 교체하니까 괜스레 물맛이 더욱 달게 느껴지는 것 같다. 그리고 아직도 불면증에서 벗어나지 못했다. 배고픈 것에는 이제 적응이 되었지만, 저 빌어먹을 소리 때문에 잠이 오지 않는다. 왕복선 외부의 표면 온도가 변하면서 들려오는 '끼이이익' '쿠우우웅' '덜커어억' 하는 소리. 공교롭게도 저 스산한 울음소리는 내가 잠이 들락 말락 할 때만 울어대는 것 같다.

소행성 포획 미션 864일 차

배고픈데 입맛이 떨어지는 기분을 아는가? 내가 지금 딱 그러하다. 응가응가 육포를 먹어야 하는데 나의 비장의 무기인 고추장이 턱없이 부족하다. 그래서 정말 바퀴벌레 다리 크기만큼만 튜브에서 짜내 발라 먹다보니 입맛이 떨어지고야 말았다. 이렇게 먹으니까 정말이지 터무니없이 형편없는 맛이 난다. 뭔가 맛있게 먹을 수 있는 방법을 연구해봐야겠다. 중세에 살았던 귀족들이 왜 그렇게 향신료에 집착했는지 이제야 알 것만 같다. 냉장고가 없어서 썩어 들어가는 고기를 입에 넣으려니 향신료가 필요했을 테다. 나에겐 볶음 고추장이 중세시대의 후추와 같단 말이다.

소행성 포획 미션 870일 차

방법을 찾은 것 같다. 무슨 방법이냐고? 지난번에 내가 말했던 응가응가 육포를 고추장 없이도 맛있게 먹을 수 있는 방법 말이다. 오늘은 예정대로 육포를 질겅질겅 씹어 먹을 날이므로 어젯밤에 잠들기 전에 연구를 좀 했다. 조금이라도 더 맛있게 먹을 수 있는 방법이 없을까 하고 말이다. 결론부터 말하겠다. 나는 나와 비슷한 헤어스타일(즉, 대머리)을 지닌 학자인 유발 하라리가 『사피엔스』에서 언급했던 방식을 채택할 생각이다. 그는 대략 30만 년 전부터 인류가 불을 사용해서 음식을 익혀 먹었고, 익혀 먹는 화식의 등장으로 우리의 창자가 짧아지고 뇌 용량이 커지게 됐다고 주장했다. 화식은 창자를 짧게 만들고, 기다란 창자에서 소모됐던 에너지를 커다란 뇌가 소모할 수 있도록 에너지를 전환시켰다고 말이다. 그 말은 불에 구워서 먹으면 불 맛이 스며들어서 풍미를 더할 수 있고, 더불어 소화할 때 필요한 에너지를 조금이라도 더 아낄 수 있다는 말이 된다! 지난번에 난로를 만들어서 불을 피워봤으니까 별다른 문제는 없을 것이다. 그때 불을 피워서 삽질을 했던 이유는 선내의 전력을 차단시켜서 대기조절기가 작동을 하지 않아서였기 때문이다. 그러니 대기조절기가 함께하는 이번의 불놀이는 결코 삽질이 되지는 않을 것이다. 당장 시도하겠다.

★★

지난번처럼 불을 지필 준비를 끝마친 맥 매커천은 만들어두었던 인조 고기들을 가져와 기다란 스크루드라이버에 하나씩 꽂아 끼웠다. 하나씩 꽂아놓은 모습이 바비큐통에 걸어놓을 양고기 꼬치와도 비슷해 보였다. 인조 고기들을 나란히 끼워놓은 그는 준비해둔 9볼트 건전지를 꺼내 철솜에 문지르기 시작했다. 철솜은 스파크와 연기를 내더니 금세 활활 타올랐다. 맥은 그렇게 불붙은 철솜을 분쇄한 땔감의 일부분과 접촉시키고 후 하고 입김을 불어넣었다. 그렇게 조심스럽게 몇 번 입김을 불어넣자, 불길이 땔감에 옮겨붙기 시작했다. 불길은 금세 활활 타올랐다. 맥은 뚜껑을 덮어 불길이 새어나오지 않도록 막아놓고 둥그런 금속 뚜껑을 살포시 열어서 그 안으로 꼬치를 밀어넣었다. 그러자 얼마 못 가서 음식이 불에 구워질 때 나는 특유의 스모키한 향이 선내에 퍼졌다.

그 향기가 만족스러웠는지 맥 매커천은 지그시 눈을 감고는 코로 향기를 음미하기 시작했다. 맥은 마음속으로 '이제 열까지 숫자를 센 뒤에 꺼내서 맛보는 거야' 하고 생각했다. 그때였다. 별안간 컴퓨터 제리가 빨간 경고등과 삐삐삐거리는 경고음을 내기 시작했다. 화재 경보였다. 하얀 벽면이 붉은 경보등 색깔로 물들면서 깜박거렸다. 화재 경보 특유의 붉고 어지러운 혼란이 이어졌다. 하지만 이런 혼란은 화재에 대한 신호에 불과했다. 이윽고 화재에 대한 문제를 해결하기 위해서 컴퓨터 제리가 비상 프로토콜을 적용했다.

선내의 모든 모니터에 '00:01:00'이라는 숫자가 뜨더니 카운트를 시작했다. 1분 안에 대피하라는 신호였다. 맥은 눈알을 굴리며 한숨을 푹 내쉬었다. 그러고는 스크루드라이버를 손에 쥔 채 몸을 피했다. 잠시 후, 선내에서는 아무런 소리도 들을 수가 없었다.

소행성 포획 미션 870일 차(2)

나는 지금 에어록1에 대피한 상태이다. 그러므로 우주복에 음성 기록으로 방금 전의 상황을 기록하겠다. 사실 이렇게 대피할 만한 큰 사고가 발생한 것은 아니다. 하지만 우주에서 불은 절대적으로 금기 사항에 속한다. 심우주에서 화재가 나버리면 어디론가 도망갈 곳도 없다. 그래서 우리 T-MARS 연구소의 똘똘이들은 불을 끄는 색다른 방법을 고안해냈다. 그것은 바로 산소를 제거하기로 한 것이다. 화재가 난 구역에 선별적인 감압을 해 산소를 제거하면 화재는 자연스럽게 진압된다. 네 번가량은 선내를 다시 채워줄 질소와 산소가 있으니 한두 번쯤의 감압은 그다지 문제가 되지 않는다.

불이 나면 컴퓨터 제리가 이를 감지해서 선내의 공기를 감압한다. 하지만 먹을 것에 영혼을 판 바보인 나는, 이 사실을 까마득하게 잊어버린 채 사고를 낸…… 가만, 뚜뚜뚜, 이 소리가 들리는가? 중앙 데크에 감압이 완료됐나보다. 가압은 금세 이루어지니까 나가서 상황을 살펴보고 다시 오겠다. 기다리시길.

소행성 포획 미션 870일 차(3)

당연하게도 아무런 문제도 발생하지 않았다. 불이 꺼진 난로는 둥둥 떠다니면서 뚫린 구멍으로 약간의 재를 흩날리고 있었다. 나는 진공청소기로 이것들을 청소했다. 아무래도 지난번에 난로를 만들었을 때 화재 경보가 울리지 않았던 터라 착각을 해버린 것 같다. 그때는 전력을 차단해서 화재 경보가 울리지 않았다. 어떻게 이렇게 멍청할 수가 있을까. 그래도 변명을 좀 하자면(난 원래 이 정도로 바보가 아니라고!), 아마도 예전부터 누누이 말했던 고에너지 우주 방사선에 노출되면서(그래! 바로 이것 때문이라고!) 나의 뇌가 인지 장애를 일으킨 것 같다(다행이다. 하마터면 아이큐가 들통날 뻔했네!).

내가 이 정도까지 덜떨어진 놈은 아니다. 그나마 다행인 것은 선내의 감압으로 인한 장비 손상의 징후는 보이지 않는다는 점이다. 만약 장비 손상이 났다면 덜떨어진 바보라고 놀려도 반박하지 않겠다. 이제 불을 피우는 멍청한 짓은 더 이상 하지 않을 생각이다. 이만 하면 아무리 바보라도 불이 위험하다는 것쯤은 알 때가 됐다. 하지만 그러기에는 너무나도 안타까운 사실이 하나 있으니…….

응가응가 연료로 불 맛을 낸 응가응가 육포의 맛은, 정말 짱이다! 아아, 이렇게 쉽게 포기하기에는 안타까운 맛이었다.

소행성 포획 미션 884일 차

화성을 돌 때 위험을 감수하고서라도 지구에 연락을 할걸 그랬다. 왕복선에 구멍이 뚫린 지도 5개월이 훌쩍 지났으니까 당연히 죽은 줄 알겠지? 나야 아내가 살아 있다는 것을 알고 있으니까 버텨낼 수 있다지만. 그녀는 얼마나 고통스러울까? 나라면 살아 있다는 게 싫어질 만큼 고통스러울 것만 같은데. 아내는 내가 이렇게 멀쩡하게 살아 있는 줄도 모르고 깊은 슬픔에 빠져 있을 것이다. 내가 너무 이기적이었던 것인가. 내 감정과 상태만 생각한 나머지 살아 있다는 걸 알리지 않았으니까. 살아 있다는 것만이라도 알려줬다면 아내의 감정이 그래도 조금은 나았을 텐데.

요즘 멜로 영화를 너무 많이 봤나보다. 괜스레 아내에게 미안하다. 그래도 주변 사람들이 아내를 잘 챙겨주고 있으리라 믿는다. 동료들이 잘 다독여줬을 거라 믿는다. 설마 톰 행크스가 〈캐스트 어웨

이〉에서 겪은 것처럼, '살아서 돌아오니 다른 남자랑 결혼했더라' 같은 드라마가 현실에서 일어날까.

또 언론이 지나치게 아내를 괴롭히지는 않았을까 걱정이 된다. 아내는 이제 전세계적인 유명 인사가 됐을 테니까. 그리고 그들의 좋은 먹잇감이 되기도 했을 테고. 그래도 설마 괴롭혔을까? 기자들 중 아무리 쓰레기 같은 놈이 있을지라도 아내는 우주에서 남편을 잃어버린 불쌍하고 불쌍한 과부가 아닌가. 아마도 언론은 슬프디슬픈 멜로드라마를 써서 대중들의 마음에 촛불을 밝히려 할 것이다. '그녀는 세계적인 미남이자 멋진 우주인인 맥 매커천을 잃어버렸다.' '지금 이 순간, 세상에서 가장 불쌍한 여인이 된 그녀의 이야기.' '그녀는 슬퍼할 수조차 없다. 왜냐하면, 슬픔의 대상이 세상의 끝을 향해 멀어지고 있으므로.' '어둠이 그를 삼켰고, 암흑 같은 절망감이 그녀를 덮쳤다.' 대략 이딴 식으로 말이다. 설마 이렇게 기사를 썼겠는가. '누군가의 불행은 누군가의 행복이 된다는 말이 있듯이, 그의 불행은 그녀를 미소 짓게 만들었다.' 아내가 〈다크 나이트〉의 조커가 아니고서야 그런 말을 지껄였을까. 절대로 그럴 리 없다.

★ ★

산호세 머큐리 뉴스.

본지에서 지난 8월 30일 보도됐던 기사에 대해서 김안나 박사 측이 유감을 표명했다. 그녀의 관계자는 "그녀는 남편을 잃고 매우 슬퍼하고 있으며, 그런 충격 속에서도 연구소 팀원들의 사기를 북돋아주기 위해서 용기를 낸 행동이었을 뿐"이라고 해명했다. 그리고 이어서 그는 "현장에 있던 사람들은 그런 그녀의 행동이 얼마나 용감한 행동이었는지를 잘 알고 있다. 모두들 그렇게 느꼈을 것"이라며 더 이상 추가적인 해설을 하지 말아달라고 당부했다.

또한 "밝은 표정으로 춤을 추면서 팀원들에게 파이팅을 불어넣어주고 있는 그녀의 사진과 동영상을, 악의적인 목적으로 교묘하게 편집해서 그녀의 명예를 손상하는 행위를 더 이상 간과하지만은 않을 것"이라고 힘주어 말했다.

한편, 인스타그램 같은 여러 SNS에서는 누군가 배포한 그녀의 댄스 동영상이 엄청난 관심을 받고 있다. 사람들은 꽃게처럼 옆으로 걷고, 허공에 UFO를 그리듯 춤을 추는 그녀의 영상을 여러 가지 버전의 패러디로 만들어서 공유한다. 이른바 죽음의 댄스, 돈벼락 댄스, 아싸! 댄스, 남편이 죽었는데 그게 뭐 댄스 같은 여러 가지 버전이 존재……

소행성 포획 미션 894일 차

몸이 점점 왜소해져만 간다. 너무 말라가고 있으니 운동을 꼭 해야 하나 하는 생각이 든다. '어차피 근육이 계속 빠져나가는데 알게 뭐람' 하면서 말이다. 게다가 안 그래도 배가 고픈데, 운동을 하고 나면 빌. 어. 먹. 게. 배가 고파진다. 그러고보니 빌리가 생각난다. 빌리는 운동을 걸러서 근육이 빠져나가 몸이 왜소해졌고, 그로 인해서 고칼슘혈증이 일어나 치명적인 정신질환을 얻게 돼 미쳐……
Fuck, 운동은 거르지 않겠다. 룰에는 이유가 있는 법이다.

소행성 포획 미션 900일 차

나보다 훨씬 센 변태 또라이를 발견했다. 그의 이름은 데드풀. 심각한 변태 또라이라는 점과 한 여자만 사랑하는 순정남이라는 면이 매우 공감이 간다. 쟤는 못 당하겠군.

소행성 포획 미션 908일 차

오늘은 행복한 크리스마스이브다. 즐거운 크리스마스이브이므로 아껴두었던 떡볶이 팩을 꺼내서 하나를 온전히 즐겼다. 매콤한 고추장 소스와 해산물의 풍미가 어우러져서 나에게 깊은 감동을 안겨줬다. 오후에는 운동을 해서 그런지 허기가 느껴졌기 때문에 찹 스테이크 팩을 꺼내 들어서 하나를 온전히 즐겼다. 무려 45분간 꼭꼭 씹어가면서 천천히 맛을 음미했다. 그랬더니 쓸쓸하긴 하지만, 그나마 즐거운 크리스마스의 분위기를 적게나마 느낄 수 있었다.

물론 식량을 아껴야 하는 입장에서는 엄청난 사치일 것이다. 하나를 완전히 비울 때마다 하느님에게 천벌을 받게 될 것만 같은 죄책감이 느껴졌다. 하지만 오늘은 크리스마스이브 아닌가. 하느님이 정말로 계신다면 이런 나의 행동을 이해해주실 것이라 믿는다.

더불어 멋진 화이트 크리스마스가 펼쳐지기를 잠시나마 바랐지만, 그 바람은 금방 거두었다. 왜혹시 우주 눈꽃 사건을 기억하는가? 화이트 크리스마스만은 절대 안 된다. 격하게 거절하겠다.

소행성 포획 미션 956일 차

왕복선은 별다른 이상 없이 순항 중이다. 그래서 그동안 보지 않았던 시리즈 드라마를 보느라 일지를 잠시 걸렀다. 〈하우스 오브 카드〉〈애로우〉〈워킹 데드〉〈브레이킹 배드〉〈바이킹스〉 따위를 시즌별로 보면서 지냈다. 그리고 아내가 추천한 한국 드라마 한 편을 보게 됐다. 〈별에서 온 그대〉라는 드라마였다. 어찌나 감정이입이 되던지. 남자 주인공인 도민준은 돈도 많고 잘생긴 데다가 능력도 출중하다. 이쯤 되면 내가 공감한 이유를 알겠는가? 그리고 무엇보다도 우주에서 날아온 외계인이라는 점이 더욱 동질감을 느끼게 했다. 게다가 연출도 훌륭해서 지구에 돌아가면 그 감독의 작품을 찾아봐야겠다는 생각이 들었다. 어쨌든, 아아, 나도 별에서 온 그대란 말이다! 그리고 전지현은 예쁘다. 정말 예쁘다. 그리고 매력적이다.

소행성 포획 미션 957일 차

아아아아, 전지현이 나보다 누나라니……

소행성 포획 미션 970일 차

간만에 샤워를 즐겼다. 샤워라고 해봐야 물티슈로 민머리와 몸을 닦아내는 수준일 뿐이지만 말이다. 어쨌든 물티슈가 부족한 관계로 오랫동안 샤워를 하지 못했던 터라 오랜만에 개운함을 느낄 수 있었다. 그런데 옷을 벗고 몸을 닦아낸 다음 다시 옷을 입으니 도리어 찜찜해졌다. 비 맞은 들개에서 나는 냄새보다도 더 심각한 냄새가 내 몸에서 났다. 정말이지 스스로가 싫어지는 냄새가 코에서 진동을 했다.

나는 단벌의 우주 신사다. 지난 우주 구멍 사고 때 중앙 데크에 있던 여벌의 옷들이 전부 날아가버렸다. 그래서 옷을 갈아입지 못하던 더러운 나는, 오랫동안 씻지도 못했기 때문에 그 더러운 냄새에 코가 적응해버렸던 것이다. 하지만 상쾌한 물티슈 샤워를 하느라 옷을 벗었던 더러운 나는, 그나마 말끔해진 뒤 잠시나마 벗었던 옷을 다시 입게 됐고, 그러자 그 냄새가 온전하게 느껴지기 시작한 것이다.

냄새는 고통스럽지만, 다시 냄새에 적응이 될 때까지는 긍정적으로 생각하겠다. 그래도 조금씩 적응이 돼갈 것이다. 고통은 조금씩 적응해가는 거다.

소행성 포획 미션 976일 차

마지막 2주간의 부족한 식량은 결국 해결하지 못할 것 같다. 그래서 결국 철저한 계산을 통해(손가락으로 양을 나눠서 유성펜으로 식량팩에 줄을 그어) 식사량을 또다시 줄일 수밖에 없었다. 그러다보니 몸이 심각하게 말라버렸다. 사실 일지를 많이 쓰지 못했던 이유가 여기에 있다. 물론 별다른 사건이 없었던 이유도 있었지만, 그보다 더 큰 이유는 항상 배가 고프다보니 꼼지락거리기가 무척이나 힘이 들었기 때문이다. 그렇다보니 정신이 멍할 때가 잦아졌고, 무언가를 생각해보려 해도 집중이 잘되지가 않는다. 아무래도 뇌에 필요한 에너지가 부족하다보니까 이러지 싶다.

아무튼 요즘은 일지를 쓰기가 힘에 부친다. 그래서 최대한 몸을 꼼지락거리지 않으면서 시간을 보낼 수 있는 드라마나 영화를 많이 보게 됐다. 책도 보고 싶지만, 그게 생각처럼 잘되지가 않는다. 글을 읽어도 생각이 이어지지가 않다보니, 글을 읽는 족족 되돌이표가 돼서 문장의 처음으로 다시 돌아간다. 사실 요즘에는 운동도 족족 건너뛰곤 했다. 그렇다고 아예 운동을 안 했던 것은 아니고, 컨디션이 그나마 괜찮은 날만 골라서 운동을 했다. 6~10 강도의 운동은 배고픔만 유발하기에, 낮은 강도로 해서 짧게 진행했다. 하지만 오히려 음란 마귀 동영상의 강도는 점점 높아져만 갔으니…… 미안, 썰렁했다면 미안하다.

아무리 힘이 들고 배고플지라도 유머는 포기하지 않겠다.

그뿐이다.

소행성 포획 미션 978일 차

매우 힘들다. 최대한 짧게 일지를 쓰도록 하겠다.

나의 사랑스러운 해적선인 페덱스1호기가 역추진을 하기 시작했다. 나는 RCS 분사를 통해서 왕복선의 방향을 지구 반대편으로 돌렸고, 이온엔진을 재가동해서 역추진을 시작했다. 이제 이온엔진의 노즐은 지구 방향으로 3개월간 분사되고, 그에 따라서 왕복선의 속도가 서서히 줄어들 것이다. 그러면 3개월 후인 6월 6일에는…… 그러니까 6월 6일. 끝. 더 이상은 말하지 않겠다. 단지 희망이 조금 늘어난 것뿐이니까. 지금은 그저 방심하지 않고 버텨내는 것이 무엇보다 중요하다. 방심하지 않겠다. 나는 심각한 바보니까.

소행성 포획 미션 988일 차

이런 씨부럴 탱탱부럴! 볶음 고추장이 떨어졌다.

소행성 포획 미션 992일 차

아무리 배가 고프다지만, 못 먹겠다. 저놈의 빌어먹을 응가응가 육포는 정말이지 맛이 형편없다. 게다가 생각보다 질긴 탓에 오랫동안 질겅질겅 씹어야만 한다. 섭취되는 칼로리보다 씹느라 소모하는 칼로리가 더 많은 것 같은 맛이다.

그래, 바로 그 맛이다. 응가응가 연료표 직화구이가 그립다. 이러다가 사각 턱이 되는 것은 아닐까 걱정이다.

소행성 포획 미션 1005일 차

이런 생각이 든다. '내가 아무것도 하지 않고 얌전히 모니터만 바라보면서 시간을 보내니까 아무런 사고도 나지 않는걸?' 역시 깡통 속에서 꼼지락거리던 내가 문제였던 것 같다. 이런 쓸모없는 놈 같으니라고. 우주의 평화를 위해서 아무것도 하지 않은 채 〈스타워즈〉 시리즈를 정주행하겠다. 모든 문제는 인간에게서 비롯된다.

소행성 포획 미션 1006일 차

아무리 봐도 미스터리다. 광선검의 광선은 어떻게 더 이상 뻗어 나가지 않는 걸까? 그리고 레아 공주는 대체 어떤 일이 있었기에 저렇게 역변하게 된 거지? 어여쁜 레아 공주였지만, 이제는 그녀를 잃어도 괜찮다. 아니, 이제는 보내주련다. 나에게는 별에서 온 그대를 사랑해주는 전지현이 있단 말이다. 그러니 배고프지만 조금 더 힘을 내보겠다.

★ ★

맥 매커천은 몸을 고정시킨 채 무표정한 얼굴로 모니터를 바라보고 있었다. 백색 소음이 영화를 보는 데 방해가 됐는지 헤드셋을 낀 상태였다. 그가 보고 있던 영화는 〈아이언맨〉이었다. 그러다가 이내 목이 말랐는지, 벽면 벨크로에 붙어 있던 2리터짜리 워터팩을 손에 쥐더니 뚜껑을 열고 팩을 살짝 쥐어짜 물을 마셨다. 그의 눈은 여전히 모니터를 향하고 있었지만, 별다른 실수 없이 물 한 방울도 흘리지 않고 마실 수가 있었다. 그다음, 역시 이번에도 모니터에서 시선을 떼지 않고는 뚜껑을 잘 닫아서 워터팩을 벽면에 고정하려고 했으나 워터팩이 손에서 미끄러져 빠져나가버리고 말았다.

그는 이제야 시선을 돌리며 빠져나간 워터팩을 붙잡으려고 손을 뻗었다. 하지만 워터팩이 회전을 하면서 날아가버린 탓에 그의 손은 허공에서 허우적댈 뿐이었다. 워터팩이 중앙 데크의 후미 쪽으로 날아가버리자 그는, ' 아, 정말 도움이 안 되는군'이라고 생각하며 눈알을 굴렸다. 그러고는 몸을 날릴 채비를 했다. 하지만 맥은 헤드셋을 벗으며 생각했다. '저걸 꼭 지금 가져와야 돼? 갈증은 이미 해결했잖아. 게다가 지금은 토니 스타크가 조잡한 슈트를 만들어서 동굴에서 탈출하는 장면이잖아!' 결국 그는 그냥 가만히 있기로 했다. 그의 시선이 초롱초롱해지면서 모니터에 고정됐다.

한편 빠져나간 워터팩은 중앙 데크의 후미 쪽으로 날아가더니, 이윽고 어느 길고 좁은 구멍에 처박혀 끼어버리고 말았다. 날아가던 중에 물이 가득 찬 아래쪽 면에서 회전하는 방향으로 물이 둥둥 떠다니게 됐고, 그로 인해서 아랫면에 '리딩 엣지' 효과가 일어났다. 그렇게 불균형한 회전력과 추진력을 얻은 워터팩은 상대적으로 얇은 부분인 뚜껑 부위가 구멍에 들어가게 됐고, 또한 생각보다 깊숙이 박혀버렸다.

그 구멍의 용도는 온도조절기의 공기 배출용이다. 시간이 지나자 왕복선의 온도가 서서히 떨어지기 시작했다. 기다란 구멍의 절반 이상을 막아버린 워터팩 때문이었다. 구멍이 막혀서 온도조절기가 배출한 따뜻한 공기가 상대적으로 덜 빠져나가게 됐고, 이로 인해서 선내의 온도 상승이 더뎌지자 온도조절기는 다른 방식으로 온도를 상승시키기 시작했다. 배출하는 공기의 온도를 점점 더 뜨겁게 달군 것이다. 그렇게 해서 뜨거운 공기가 지속적으로 배출됐고, 그로 인해서 워터팩의 표면에 변화가 나타나기 시작했다. 불연성 비닐 소재로 만들어진 표면이 이리저리 모든 방향으로 조금씩 팽창되기 시작한 것이다.

워터팩의 표면은 느리고도 꾸준하게 팽창되면서 표면이 투명해 보일 정도로 얇게 늘어나는 지점까지 이르렀다. 검은 비닐봉투를 쭈욱 잡아당기면 표면이 하얗게 변하다가 조금은 투명해지듯이 말이다. 색깔이 하얗게 변하면서 속이 비치기 시작하면 검은 비닐은 곧 찢어지고 만다. 워터팩도 그와 비슷한 과정으로 열에 팽창되면서 표면이 터지고 말았다. 터져버린 워터팩에서 1.5리터 분량의 물이 늘어지듯 흘러나오기 시작했다. 일부는 온도조절기가 내뱉는 공기의 기류를 따라 선내로 흘러가 구체를 이뤘고, 일부는 터져버린 압력으로 인해서 배출되는 공기층을 뚫고는 구멍 깊숙이 날아가 버리고 말았다. 그리고 그 몇몇 방울들이 문제를 일으켰다.

영화는 흥미롭게 진행돼 맥 매커천의 시선을 사로잡고 있었다. 토니 스타크는 마크1, 마크2를 만드는 데 실패를 거듭하더니, 결국 빨간 색상과 금빛 색상을 입힌 아름다운 마크3를 만들어내는 데 성공했다. 그러고는 악당이 만든 거대한 로봇을 향해서 손바닥을 펼쳐 들었다.

그때였다. 수상한 소리가 선내에 크게 울려 퍼졌다. 마치 아이언맨의 손바닥 레이저가 고장 나서 발사되지 않을 때처럼 말이다. 왕복선도 그와 비슷한 이유였다. 소리가 아래로 깊게 떨어지더니 선내에 어둠이 찾아왔다. 손바닥을 펼치며 부르르 떨던 맥 매커천은 마크3의 손에서 레이저가 발사되는 순간 모니터가 꺼지자 황망한 표정으로 화면을 바라봤다. 그러고는 어둠이 찾아온 선내를 돌아보더니 정전이 일어났음을 뒤늦게 알아차렸다. 그가 고개를 푹 숙이며 나지막한 소리로 말했다. "지금 장난해? 응?" 그런 다음, 한숨을 깊게 내쉬며 어둠을 향해 몸을 날렸다.

31.
칼 세이건이 말했던
창백한 푸른 점이 보인다

2024년 4월 15일

소행성 포획 미션 1021일 차, 맥 매커천

갑자기 선내에 정전이 일어났다. 처음에는 발전량의 대부분을 이온엔진에 쏟아붓고 있기 때문에 과부하가 발생해서 정전이 일어난 줄로만 알았다. 지난번에 말했듯이, 태양전지의 일부분을 잃게 된 왕복선의 발전량은 기존의 87퍼센트 수준이다. 그러니 이온엔진의 가동에 들어간 전력량에, 우연하게 산소 발생기와 온도조절기, 그리고 대기조절기가 동시에 돌아가게 되면서 전력량이 상승해 정전이 발생한 것이라고 생각했다.

이런 상황은 별문제가 아니다. 그냥 전력을 복구시키고 수동으로 설비들을 하나씩 재가동하면 된다. 정전이 있은 뒤 잠시 후, 비상용 연료전지가 작동했고 선내에 조명이 복구됐다. 그리고 어둠 속에서 떠올랐던 그 생각을 단번에 지워버리게 됐다. 중앙 데크 후미의 화물칸 조종간 앞에 웬 투명한 외계인이 꿈틀거리고 있었기 때문이다. 아놀드 슈왈제네거가 상대했던 투명한 프레데터 같았다. 어디서 나타났는지 투명한 물이 뭉쳐서 이리저리 꿈틀거리고 있었다. 나는 방금 전의 정전이 누수로 인한 것이었음을 알아차렸다. 나는 나를 놀라게 만든 저 투명한 프레데터를 제거하기로 했다. 대략 축구공 크기만 한 괴물이 이리저리 돌아다니면서 민감한 전자 장비들을 망가뜨리면 곤란했다.

　나는 꿈틀꿈틀거리는 그 투명한 괴물을 입으로 흡입해버렸다. 뭔가 다른 방법을 생각해보기엔 시간이 촉박했다. 쭈욱 들이마시면서 호흡이 막혀 코로 역류할 뻔했지만 그 정도는 참을 만했다. 양이 꽤 많았단 말이다. 그러고는 생각했다. '도대체 이 물 덩어리가 어디서 나타났지?' 그래서 주위를 둘러보던 나는 새어 나온 물의 근원지를 발견할 수 있었다. 웬 워터팩 하나가 터진 채로 구석에 처박혀 있었다. 아마도 내가 물을 마신 뒤에 손에서 놓쳐버린 그 워터팩인 것 같았다. 워터팩이 터져버린 이유는 도무지 감이 잡히지 않았다. 정전의 원인을 제거한 나는 덜컥 겁이 나기 시작했다. 누수로 인해서 정전이 발생한 거라면, 뭔가 망가졌을 확률이 높다. 필수 장비들이나 컴퓨터 제리의 민감한 전자 장비라도 망가뜨렸다면 대책이 없었다. 그렇다면 나는, 그냥 죽은 목숨이 될 것이다.

　나는 먼저 에어록2 방면의 후미로 날아가 전력을 복구해보기로 했다. 해치를 열고 기다란 통로를 날아가서 발전 시스템으로 향했다. 그러고는 떨리는 마음으로 내려간 누전차단기를 올렸다. 효과가 있었다. 누전차단기를 올리자 선내의 설비들이 재가동됐는지 털털 털거리는 특유의 소리들이 들려오기 시작했다. 소리가 요란한 걸로 봐서는 시스템에 큰 문제는 없는 것으로 생각됐다. 아마도 누수로 인해서 문제가 발생하자 차단기가 빠르게 대응을 했지 싶었다. 하지만 기뻐하고만 있을 시간이 없었다. 혹시라도 망가진 장비는 없는지 확인을 해야만 했다.

다른 장비들을 점검하기 위해서 창고로 몸을 날렸다. 연결 통로를 지나서 중앙 데크로 날아가 해치를 잘 닫아놓고는, 다시 바닥 패널을 열어서 창고로 들어갔다. 여기서 문제가 생겼다. 온도조절기와 대기조절기가 대기 모드를 유지하고 있었던 것이다, 나머지 물 환원기와 산소 발생기, 그리고 다른 자잘한 장비들도 초록색 대기등만 깜박거리면서 대기 모드를 유지하고 있었다. 그래서 나는 컴퓨터를 가동시켜서 성능을 점검해보기 위해 조종실로 올라왔다. 그러고는 잠들어 있던 컴퓨터 제리를 부팅했지만 제리는 부팅되지 않았다. 제리의 부하들인 보조 컴퓨터 세 대는 부팅이 됐지만, 정작 중요한 메인 컴퓨터가 부팅이 되질 않았다는 말이다. 아무리 긍정적으로 생각해도 나는 망했다. 콜럼버스 시절로 빗대자면 이제 이 우주선은 일등 항해사를 잃은 범선이 된 셈이었다. 시간과 별의 위치, 풍속 따위를 조사할 선원들은 있지만 그게 무슨 의미가 있겠는가. 그 데이터들을 종합, 분석해서 선장에게 보고해주는 항해사를 잃은 셈인데. 항해사를 잃은 범선은 거대한 파도의 디저트가 될 뿐이다. 그래서 나는 지난번의 러시아식 CPR을 이용해 컴퓨터 제리를 되살려 보고자 했다.

나는 조종실의 조종간 아래 패널을 열어서 제리의 본체 부분을 강하게 발로 걸어찼다. 밀려나지 않고 여러 번 걸어차기 위해서 조종석에 몸을 고정시킨 채로 말이다. 맙소사, 빌어먹을 효과가 있었다. 제리는 강하게 심장을 자극받았는지 윙윙거리며 재가동하기 시작했다. 나는 잠시 후 모든 시스템들을 점검해봤고, 다행스럽게도 누수로 인한 장비 손상은 없었음을 확인하게 됐다. 여기까지가 간만에 겪었던 '물귀신 대소동' 사건의 대략적인 전말이다. 전자 장비에 별다른 손상은 없어 보이긴 하지만 그 데이터를 백 퍼센트 신뢰하지는 않을 생각이다. 며칠 동안은 회의적인 시각으로 왕복선 설비 전체에 회진을 돌 생각이다. 조심해서 나쁠 건 없다. 난 정말 말년 병장이란 말이다.

소행성 포획 미션 1024일 차

사흘간 종합 검진을 한 결과를 말해주겠다. 별다른 이상 없음. 다행스럽게도 모든 설비들은 정상적으로 작동됐다. 나는 여러 생명 유지 장비들과 컴퓨터 시스템, 그리고 발전 시스템과 여러 전자 장치 들에 대해서 철저한(즉, 껐다 켜보는) 검사를 시행했다. 문제없이 잘 돌아갔다. 매일 한 번씩 종합적인 회진을 돌아본 결과이니까 안심해도 될 것 같다. 사실 기계적인 결함이나 엔진, 그리고 내부 편의

시설 따위가 고장 난 것은 큰 문제가 되지 않는다. 그냥 망치와 스패너, 수지와 덕트 테이프로 고치면 된다. 그 정도는 나도 충분히 할 수 있다. 그런 문제는 내 담당이니까. 하지만 전자 장비와 생명 유지 장비 같은 민감한 설비들은 다른 문제다. 난 정말 저런 것에 대해서는 젬병이란 말이다. 그런 것들을 수리하려고 훈련을 받았던 인간(빌리)은 스타맨이 돼서 멀리 날아가버렸단 말이다. 그래서 겁을 먹었던 것도 사실이다. 인간의 본능은 모르는 것에 대한 두려움을 품고 있다. 그리고 내게는 고칠 방법을 가르쳐줄 동료도 없다.

오늘부터 식사량을 또 한 번 줄여야만 할 것 같다. 마지막 2주 치의 식량을 해결하지 못했으니 당연한 결과다. 2주 동안 굶는 것보다는 낫다. 철저한 계산 끝에 내린 일일 식사량을 공개하겠다. 절대로 아이돌이나 삐쩍 마른 모델들의 식단이 아님을 미리 밝혀두는 바이다. 식량팩은 한 끼에 두 숟가락 반. 하루에 두 번 섭취. 응가 육포는 한 끼에 한 줌. 역시 하루에 두 번 섭취. 나는 우주 아이돌이 돼서 지구에 복귀할 것이다. 나를 찬양하라.

소행성 포획 미션 1026일 차

이제부터는 머리를 밀지 않을 생각이다. 〈콘헤드 대소동〉 헤어스타일에서 벗어나려고 한다. 살아서 지구에 돌아오게 된 우주 영웅이 냄새가 작렬하는 대머리 외계인의 모습으로 착륙하면 사람들이 나를 어떻게 볼 것인가.

그 모습은 역사에 남을 명장면이 될 것이다. 지구에 돌아온 닐 암스트롱의 사진처럼! 아아, 역사에 그렇게 기록되고 싶지는 않다. 삐쩍 마른 대머리 ET라니. 조금이라도 머리카락을 길러서 멋진 금발의 미남으로 되돌아가겠다! 가려움 따위는 견뎌내련다.

소행성 포획 미션 1029일 차

식사량을 또다시 줄였더니 정말 배가 고파서 미칠 지경이다. 힘이 없다보니까 어찌나 몸이 무기력한지, 진지한 영화는 머리가 따라가지를 못한다. 그냥 멍한 상태로 화면만 보고 있는 느낌이다. 그래서 〈예스맨〉이나 〈마스크〉 같은 짐 캐리의 코미디 영화와 〈분노의 질주〉 시리즈 같은 액션 영화들을 주로 보고 있는데, 이런 통쾌한 영화를 보는데도 가끔씩 화가 치밀어 오른다.

먹던 감자튀김과 케이크는 대체 왜 남기는 걸까? 입에 묻은 생크림은 혀로 핥아 먹으면 되는데 왜 아깝게 닦아내는 거지? 게다가 만찬을 즐기는 연회장은 대체 왜 머슬카로 때려 부순단 말인가. 나로서는 도무지 공감이 되지가 않았다. 배가 고파서 불면증이 생길 줄 알았는데 의외로 잠이 잘 온다. 하루 종일 몸이 나른하고 피곤하다. 일지를 쓰느라 무리했더니 벌써 졸음이 쏟아져온다. 먹는 거 함부로 버리지 마시길.

소행성 포획 미션 1033일 차

오늘은 아침에 일어나자마자 이를 닦고(즉, 물로 가글을 하고) 응가응가 육포를 한 줌가량 손에 쥔 다음 우걱우걱 먹었다. 그러고는 하루 종일 편안하게 둥둥 떠서 영화를 본 다음, 운동을 10분가량 했다. 그러고는 다시 육포를 먹고 이렇게 일지를 쓰고 있다. 이것이 요즘의 내 일과이다. 힘이 없다보니까 다른 일을 할 생각은 엄두도 못 내고 있다. 뭐 딱히 할 일도 없다. 아마도 이렇게 시간을 보내다가 지구에 도착할 것만 같다. 나는 요즘 식량팩의 음식보다 육포를 더 좋아하게 됐다. 응가응가 육포가 조금이라도 포만감이 더 생기다보니 그런 것 같다. 우걱우걱 먹고는 물을 잔뜩 마시면 육포가 위에서 탱탱 붇는지 그나마 좀 났다. 요즘 내 상태가 갈수록 좋지 않다. 며칠간은 하루 종일 졸립고 나른해지더니, 이제는 와인을 마신 것처럼 몽롱해지고 두통이 하루 종일 나를 괴롭힌다. 굶주림의 증상이겠지? 아이돌이나 모델은 아무나 하는 것이 아닌 듯하다. 우주 아이돌은 오늘도 일찍 자도록 하겠다.

소행성 포획 미션 1036일 차

맙소사! 정신을 차리고 진정하겠다. 말년에 이렇게 죽고 싶지는 않다. 먼저 내가 왜 이렇게 호들갑을 떨고 있는지 설명하겠다. 듣고 나면 내 호들갑이 이해가 될 것이다. 내가 지난 일지에 졸리고 피곤해지고 나른해지더니, 술에 취한 것처럼 정신이 몽롱해지고 두통이 계속 이어진다고 했던 것을 기억하는가? 나는 오늘 폐병 걸린 사람처럼 호흡이 커지면서 가슴속이 불쾌하기에 그 이유를 생각해봤다. 배고픈 것과 호흡곤란은 상관이 없는 일이다.

선내에 화재가 나서 유독가스가 찬 것도 아니었다. 그래서 덜떨어진 머리를 부여잡고 고민을 때려보다가 한 가지 사실이 떠올랐다. '졸리고 피곤하고 나른하다?' '몽롱해지고 두통이 있다?' '호흡이 커지고 불쾌해진다?' 이런 증상들은 공기 중의 이산화탄소 농도가 증가했을 때의 대표적인 증상이다. 왜 공기 중의 이산화탄소가 증가하게 됐는지는 모르겠다만, 이 상태로 계속 농도가 증가하게 된다면 반드시 죽게 될 것이다. 내가 교육받은 바로는 지구에서 정상적인 공기 상태는 질소 78퍼센트, 산소 21퍼센트, 아르곤 0.93퍼센트, 그리고 이산화탄소 0.03퍼센트인 것으로 알고 있다.

우주복은 공기가 공간을 메우는 양이 매우 적기 때문에, 생존을 위해서는 계속해서 공기 상태를 체크해야 한다. 그래서 철저하게 교육받았고, 따라서 잘 알고 있다. 이산화탄소의 농도에 따른 증상 말이다. 중요한 것은, 호흡으로 생존을 좌우하는 것은 이산화탄소의 농도이지 산소의 농도가 아니라는 점이다. 이산화탄소의 농도가 1퍼센트 이상이면 졸리고 나른해지기 시작한다. 몸이 피곤해지는 것이다. 그리고 2퍼센트 이상이면 불쾌감이 느껴질 정도로 정신이 몽롱해지고 두통을 느끼기 시작한다. 3퍼센트 이상이면 호흡이 커지고, 4퍼센트를 넘어서면 폐포 내의 이산화탄소 증가로 호흡곤란과 심한 두통, 현기증을 느끼게 되고, 뒤로 갈수록 뒤질랜드 세상이 펼쳐지다가

9~10퍼센트 농도에 이르면 구토를 하다가 실신한 뒤 사망하게 된다. 반드시 죽는다. 아아, 이제 내 황당한 기분을 알겠는가. 이렇게 죽기는 정말 싫다. 일단 왜 농도가 증가했는지 살펴보고 다시 오겠다.

소행성 포획 미션 1036일 차(2)

이유를 알 것 같다. 대기조절기의 이산화탄소 측정기가 말썽인 것 같다. 아마도 지난번에 누출됐던 물에 의해서 측정 센서가 망가져버린 듯하다. 선내에는 각각의 구역마다 한두 개에서 많게는 세 개 씩의 공기 수집 장치가 설치돼 있다. 각각의 수집 장치가 구역별로 공기를 수집해서 중앙의 측정 센서로 보내는 방식이다. 공간이 넓고 개별적인 폐쇄가 가능하다보니까 구역별로 따로 수집해서 대기 상태를 측정하는 시스템을 적용해놓았다. 각 구역별로 측정 센서를 설치하기에는 공간과 무게의 제약이 많다보니 그렇게 됐다. 나는 제리를 통해서 공기 상태를 분석해놓은 자료를 살펴봤고, 그 정보에는 아무런 이상도 없음을 확인했다. 화면상으로는 아무런 문제없이 깨끗한 공기 상태였다. 하지만 수십만 년 동안 진화해온 위대한 생체 컴퓨터가 뚜렷한 이상 징후를 나타내고 있으므로, 나는 최종적으로 측정 센서가 망가졌다고 결론 내릴 수 있었다. 측정 센서가 망가졌으니, 측정 센서를 교체해주면 된다. 그러면 대기조절기가 공기를 빨아들여서 이산화탄소를 제거하기 시작할 것이다. 별문제 없을 것이다. 센서를 교체한 뒤 다시 오겠다.

소행성 포획 미션 1036일 차(3)

망할…… 센서가 안 보인다. 이런 머저리 같은! 아무래도 우주 미아 사건 때 조종실의 수납장에 있던 여분의 센서도 함께 날아가버린 것 같다. 이걸 왜 조종실에 실어놓았을까? 이런 머저리 같은. 진정하겠다. 혹시라도 있을까 해서 창고에 내려가봤지만 센서는커녕 비슷한 물건도 발견할 수가 없었다. 아무튼 큼직한 측정기를 여럿 실어두기가 애매하다보니까 그랬지 싶다. 그래서 측정기를 대기조절기의 내부에 설치하고는, 작은 측정 센서를 조종실의 수납장에 둔 것 같다. 이렇게 거의 다 와서 죽고 싶지는 않다. 살 방법을 찾아보겠다. 반드시 그래야만 한다.

소행성 포획 미션 1036일 차(4)

하루 종일 머리를 굴려봤지만 방법을 찾지 못했다. 이산화탄소 농도 증가로 머리가 무겁다보니 생각을 집중하기가 어렵다. 한 가지 방법이 떠오르긴 했으나 이 방법은 최후의 보루로 남겨둘 생각이다. 방법은 바로 우주복의 센서를 떼다가 대기조절기의 센서와 교체해주는 것이다. 아폴로 13호 사건 이후로 모든 부품들의 규격이 동일해졌으니 아마도 가능할 거라고 생각된다. 하지만 그렇게 되면 우주복을 사용할 수가 없게 된다. 혹시 아나. 반드시 우주유영을 해야 할 일이 생길지. 나는 전자 장비에 대해서 무식하므로 떼고 붙이는 것을 반복하다가 하나 남은 센서마저도 망가뜨릴 수 있단 말이다. 그런 도박은 절대로 하고 싶지 않다. 그래도 여차하면 시도해볼 수 있으니, 이 방법은 최대한 끝까지 남겨둘 생각이다. 나 혼자 호흡을 내뱉는 마당에 급격하게 이산화탄소량이 증가하지는 않을 것이다. 그러기에는 선내가 무척이나 넓다. 그러니 걱정은 잠시 뒤로 접어두고 잠이나 푹 자겠다. 머리가 안 돌아가는데 억지로 고민해봐야 불필요한 노동일 뿐이다.

소행성 포획 미션 1037일 차

와…… 어쩌면 방법을 찾은 듯. 어젯밤에는 에어록1에서 잠을 청했다. 중앙 데크에서 잠을 자려다가 나는 이렇게 생각했다. '이렇게 자고 일어나면 머리가 또 띵할 텐데 방법이 없을까? 그래, 에어록에 가서 잠을 자자!' 그래서 나는 에어록으로 가서 내부 해치를 닫고 우주복을 입고선 에어로크를 감압했다. 그러고는 에어로크에 다시 공기를 채우자 이산화탄소가 없는 질소 80퍼센트, 산소 20퍼센트 농도의 신선한 공기가 새로 주입됐다. 그리고 중앙 데크에서 가져온 침낭 주머니를 벽면에 고정해 잠을 청했다.

중앙 데크보다 춥긴 했지만 그럭저럭 버틸 만했다. 그렇게 푹 자고 일어나니까 확실히 어제보다는 머리가 덜 무거운 것 같았다. 아무튼 눈을 뜨자 잠시나마 머리가 돌아가기 시작했고, 나는 이렇게 생각했다.

'꼭 이산화탄소 농도를 측정해야 돼?' 하긴, 꼭 농도를 측정해야만 할 이유는 없지 않은가. 이산화탄소는 호흡을 하는 데 전혀 필요가 없으니까. 그러니 농도와는 상관없이 이산화탄소는 그냥 제거해 버리면 된다. 그리고 내게는 다행스럽게도 그런 일들만 골라서 해주는 현상금 사냥꾼 같은 친구들이 여럿 존재한다. 실수로 나를 죽이려고 했던 흉폭한 사냥꾼들, 그들의 무시무시한 이름은 바로 수산화리튬 형제들이다. 이 친구들을 이산화탄소 무법자들이 지배한 공기 중에 투입할 생각이다. 그러면 이 수산화리튬 형제들이 공기 중의 못된 놈들만 골라서 잡아들일 것이다. 어떤가. 제법 그럴듯하지 않은가?

하지만 문제가 있었다. 그것은 바로 남아 있는 수산화리튬 통의 개수였다. 우주복에서 이산화탄소 제거 필터는 대략 8시간 동안만 제 기능을 발휘한다. 내가 호흡으로 내뱉은 이산화탄소를 수산화리튬이 포집할 수 있는 한계 시간이 대충 그렇다는 얘기다. 왕복선을 발사할 때 실어놓은 수산화리튬 통은 720시간 분량. 즉, 우주유영을 한 달가량 할 수 있도록 실어놓았다. 아무래도 우주에 나갈 일이 많다보니까 최대한 넉넉하게 실어놓은 것이다. 내가 조금 전에 남은 개수를 살펴보니 62개의 수산화리튬 통이 남아 있었다. 대략 5백 시간 가까이 버틸 수 있는 양이었다. 날짜로 치면 대략 3주 정도 버틸 수 있는 분량이었다. 그러나 나는 37일을 버텨야 하므로 통의 개수는 턱없이 부족해 보이기만 했다.

여기서 중요한 건, 그렇게 보이기만 했다는 점이다. 왜 그럴까?

이제부터 나의 수학적 논리를 잘 따라오길 바란다. 우주복 내부의 공간은 매우 협소하다. 고로, 우주복 안에는 내가 내뿜은 호흡으로 인해서 이산화탄소 분자들이 조밀하게 분포된다는 말이 된다. 따라서 수산화리튬 통은, 이산화탄소 분자들이 조밀하게 분포된 공간 속에서의 여덟 시간의 성능을 보장하고 있다.

하지만 내가 사냥꾼들을 풀어놓을 공간은 왕복선 선내이다. 왕복선의 내부는 우주복의 협소한 공간에 비해서 겁나 넓기 때문에 이산화탄소 분자들이 우주복에 비해서 훨씬 넓은 공간으로 퍼지게 된다. 그렇다면 이산화탄소가 넓게 퍼진 공간에서는 수산화리튬 통을 좀 더 오래 쓸 수 있다는 말이 되지 않겠는가! 그래서 계산해봤다. 나는 아내와 달리 복잡한 수학에 약하므로, 가지고 있는 통의 개수와 우주복 대비 선내의 면적 비율 등을 대입해서 철저한 계산을 (물론, 손가락으로) 해보니 뭐, 대충 충분할 것만 같다는 느낌이 들었다. 너무 꼬치꼬치 따지지는 마시길. 어쨌든 수산화리튬 통은 충분할 것 같았다. 하지만 또 다른 문제가 있었다. 아무래도 수산화리튬 통만 달랑 던져놓는다고 해결될 문제가 아니다. 통이 제대로 제 할 일을 하려면 그에 맞는 여과 장치 몸체를 만들어서 통을 끼워넣어 줘야만 한다. 그러니까 수산화리튬에 공기를 주입시키고 걸러진 공기를 다시 내뱉을 여과장치 몸체가 필요하다. 이 얼마나 난감한 상황인가! 이것도 해결할 방법을 찾아뒀다. 나에게는 3D 프린터와 톰 행크스 주연의 〈아폴로 13〉 영화가 있다. 이 영화에서 톰 행크스는 NASA 천재들의 도움을 받아서 골판지와 스타킹, 그리고 우주복과 고무줄 따위만으로 이산화탄소 제거 여과 장치를 멋지게 만들어냈었다. 그 시대는 1970년대가 아닌가. 3D 프린터와 현대적인 장비들, 그리고 수지와 덕트로 무장한 나로서는 손쉽게 따라 만들어낼 수가 있을 것이다. 영화를 보면서 여과 장치를 제작해보겠다. 지금 시작하겠다! 기다리시길.

소행성 포획 미션 1037일 차(2)

포기! 포기! 포기! 설명이 부족하잖아! 안 해! 안 만들 거야! 이딴게 뭐라고! 영화 속의 여과기 제작법은 설명이 매우 불성실했다. 나는 〈맥가이버〉 시리즈처럼 경쾌한 음악과 함께 친절하고 상세하게 여과기 제작 방법을 설명해주길 기대했다. 하지만 경쾌한 음악은커녕 저렇게 간략하게 묘사해놨을 줄이야. 아무래도 여과기 제작은 접어야만 할 것 같다. 그러나 그렇다고 죽겠다는 얘기는 아니다. 차선책을 고민했다. 그런데 차선책이라기에는 너무나도 훌륭한 해결책이 떠올랐다. 지금 와서 생각하면 어떻게 이 방법을 먼저 생각해내지 못했나 싶다.

〈아폴로 13〉 마니아인 나의 마음속에는 그 장면을 한 번쯤 따라해보고 싶었던 욕구가 잠재하고 있었던 것 같다. 나의 해결 방안은 이러하다. 제1차 세계 대전에서 독일군이 사용했던 체펠린 비행선을 기억하는가? 거대한 풍선에 프로펠러를 달아서 비행하던 비행선 말이다. 나는 그런 비행선을 선내에 띄워놓아서 공기 중의 이산화탄소를 제거하도록 조치했다. 우주복을 헬멧 부분만 뺀 상태로 선내에 둥둥 띄워놓았다. 우주복의 헬멧만 벗겨놓으면 여과장치든 뭐든 간에 아무런 문제 없이 이산화탄소를 제거할 수 있다. 애초에 이렇게 간단하게 해결될 일을!

어쨌든 우주복의 헬멧만 벗겨놓으면 선내의 공기가 흘러 들어가 이산화탄소를 제거할 수 있게 된다. 그렇게 둥둥 띄워놓았다가 우주복의 내장 컴퓨터의 신호에 따라서 포화상태가 된 수산화리튬 통을 가끔씩 교체하기만 하면 된다. 끝. 하지만 띄워놓고보니 우주복은 너무 한 지역에서만 둥둥 떠다닌다는 문제점을 발견하게 됐다. 아무리 선내의 공기가 순환하고 있다지만, 선내에 넓게 퍼진 이산화탄소를 제거하려면 체펠린 비행선처럼 이곳저곳을 이동하면서 날아다녀야 한다.

나는 머리가 몹시 어지러웠기 때문에, 좀 더 효율적이고 빠른 효과를 느끼고 싶었다. 그래서 우주복에 일종의 프로펠러를 달았다. 진짜 프로펠러를 달아준 것은 아니고 프로펠러 효과를 낼 수 있도록 조치를 했다는 얘기다. 처음에는 우주복의 상체 부분만 선내에 띄워놓았었다. 그러면 헬멧 부분과 다리 부분의 이음새 부위에 커다란 구멍이 난다. 구멍이 두 개 뚫려 있으니 공기가 잘 순환돼서 이산화탄소 제거를 효율적으로 할 수 있을 거라고 생각했다. 하지만 우주복이 한자리에서만 맴돌고 있자 이런 생각이 들었다. '저 구멍에서 공기가 빠져나오면 추진력을 얻게 되지 않을까?' 하고 말이다. 그래서 우주복의 컴퓨터에 질소와 산소를 조금씩 내보내라고 명령을 내렸고, 양쪽으로 구멍이 뚫려 있으면 아무래도 추진력에 손해가 발생하기 때문에 우주복 상의에 바지를 결합해놓았다.

그렇게 우주복의 구멍을 하나만 남겨뒀더니 헬멧 구멍에서 빠져나오는 공기가 추진력을 제공하기 시작했는지, 우주복이 선내를 퐁퐁퐁거리며 떠돌아다녔다. 우주복에서 내뿜는 공기 연료는 어차피 선내의 공기와 동일하므로, 부족해지면 나중에 채워넣으면 된다. 이렇게 우주복을 띄워놓으니까 장점이 생겼다. 벽면에 부딪쳐도 방향을 틀어줄 필요 없이 스스로 방향을 바꿔가면서 날아다녔기 때문이다. 이리저리 돌아다니는 로봇 청소기 같다. 그렇게 우주복이 공기 청소를 하고 다니자 효과가 느껴지기 시작했다. 그리고 네 시간이 지나자 머리도 맑아졌고, 나른함도 전부 사라졌다.

오늘은 문제를 해결하느라 너무 힘이 들었다. 그래서 운동을 건너뛰고 이렇게 일지를 쓰고 있다. 하지만 신이 난 나머지 열정적으로 키보드를 두드렸더니 몹시 배가 고파졌다. 가뜩이나 배가 고픈데 키보드에 너무 많은 힘을 쏟아부었다. 오늘의 배고픔을 종료하련다.

소행성 포획 미션 1039일 차

우주복은 문제없이 제 할 일을 완벽하게 해내고 있다. 덕분에 머리도 맑아졌고 몸도 가볍다. 호흡곤란으로 인해서 토하다가 죽을 일은 없을 것 같다.

힘이 없으므로 짧게 일지를 쓰겠다. 오늘은 로봇 팔을 이용해서 왕복선의 아랫면을 검사해봤다. 게 다리 같은 로봇 팔을 조종해서 아랫면을 촬영했고, 그 영상을 토대로 손상된 내열 타일은 없는지 검사를 진행했다. 큰 손상은 없는 듯 보였다.

어차피 내열 타일이 심각한 손상을 받은 상태라면 고쳐낼 방법은 없다. 그럼에도 검사를 한 까닭은, 비워뒀던 나의 공허한 마음속에서 작은 기대감들이 하나둘씩 몽우리를 터뜨리기 시작했기 때문이다. 정말로 지구에. 그리고 아내를. 그런 기대감. 그뿐이다. 이제는 정말로 살아서 돌아갈 수 있을 것만 같다. 이제는 그런 확신과 자신감이 들기 시작한다. 기쁘지만, 뭔가 두렵다.

소행성 포획 미션 1041일 차

아아, 빌어먹을! 우주복이 말썽이다. 우주복이 고장 났거나 이산화탄소 제거를 못 하게 된 것은 아니다. 그런 기능적인 문제는 아니라는 말이다. 이걸 뭐라고 해야 하나, 아무튼 우주복의 냄새가 문제다. 혹시 우주의 냄새를 아는가? 하긴, 알 수가 없겠지. 우주에도 냄새가 있다. 우주에는 작은 먼지 같은 여러 분자들이 공간 속을 떠돌아다닌다. 그래서 우주유영을 다녀오면 우주의 온갖 화합물들이 우주복에 들러붙은 상태로 내부까지 따라오기 때문에, 우리는 우주복에서 우주의 냄새를 간접적으로나마 맡을 수 있게 되는 것이다. 나는 그저께 로봇 팔에 카메라를 설치하기 위해서 우주유영을 잠시 다녀왔다. 그리고 내열 타일의 촬영이 끝난 후에도 카메라를 분리시키러 다시 한 번 나갔다 왔고, 그 우주복을 선내에 다시 띄워놓았다. 그랬더니 우주의 냄새가 선내에 진동하게 됐다. 아아아, 그 냄새는 식욕을 자극하는 잘 태운 스테이크 향이었다. 덕분에 나는 배 속에서 우라질 식욕을 느끼게 됐고. 위기다. 코마개를 착용하겠다.

소행성 포획 미션 1046일 차

저 멀리 칼 세이건이 말했던 창백한 푸른 점이 보인다. 지구다. 저 곳이다. 나의, 그리고 과거의, 그리고 미래에 존재할 모든 이들의 고향. 저 암흑 속의 반딧불보다 작게 빛나는 푸른 점 하나에 우리의 모든 역사가 담겨 있다. 저 창백한 푸른 점 하나에 우리가 알고 있는 모든 신, 영웅, 악마, 악당, 그리고 평범한 사람들이 모두 존재했다. 우리의 모든 이야기가 저 작은 점 안에 깃들어 있다니 놀라울 따름이다. 하지만 지금 내게는 먼지 같은 한낱 티끌로만 보일 뿐이다. 저렇게 작디작은 점 하나에서 인간이라는 존재는 오랜 시간 동안 더 작은 점을 쟁취하기 위해서 싸워왔다. 그런 생각이 드니 그저 숙연해질 따름이다. 더, 더, 더 작은 점을 차지하기 위해서 대지를 피로 물들여왔다는 사실 말이다. 우리는 대체 무엇을 위해 그렇게 투쟁하며 살았을까. 단지 광막한 어둠 속에 흩뿌려져 있는 작은 점들 중에서 존재감 없는 푸른 점 안에 속한 먼지 같은 존재일 뿐인데. 오만한 인간에게는 미안한 말이지만, 이것이 현실이다.

이제는 인류가 그 오만함을 벗길 바란다. 그렇게 서로 싸워봤자 좀 더 외로워질 뿐이라는 사실 말이다. 이제 좀 더 많은 사람들이 우주로 향해서 이 모습을 보고 느끼길 바란다. 우리는 어둠 속에 버려진 외톨이로 태어났다는 사실을. 그러니 창백한 푸른 점 안에서라도 서로 사랑해야 한다는 사실을. 갑자기 아내의 말이 생각난다. 아내는 내게 자신의 나라의 국기에 대해서 이야기를 했다. 자신이 생각하기에 국기의 가운데에 태극무늬가 그려져 있는 까닭은, 선조들의 오랜 정쟁과 다툼으로 지친 민중들이 새로운 세상을 맞이하면서 바란 염원이라고. 태극처럼 빨간색과 파란색이 하나로 어우러지길 바란 시대의 이념이라고 말이다. 하지만 그들의 바람과는 달리 또다시 역사는 되풀이되고 있다고 한다. 어쩌면 그것이 우리의 진정한 모습이 아닐까? 그런 생각을 하니 저 작디작은 푸른 점이 푸른 서슬을 뿜어내는 칼날처럼 두렵다. 그럼에도 저곳이 나의 고향, 나의 모든 것이다. 그리고 나는 홀로 그곳에 돌아가고 있다. 이제 그곳이 얼마 남지 않아 보인다. 오늘의 일지를 종료하겠다.

★★

어두운 선내에 움직임이 나타나자 노란 취침등이 선내를 밝혔다. 맥 매커천은 잠에서 깨어났다. 그는 잠을 덜 자서 몽롱했는지 잔뜩 눈을 찡그렸다. 그러자 바싹 말라버린 그의 얼굴에 무거운 세월을 견딘 사람들만이 지니고 있는 그것들이 순간 모여들었다. 그다음 그는 잠시 코를 킁킁거렸다. 어디선가 향긋한 냄새가 느껴졌기 때

문이다. 그는 몸을 날려 벽면에 고정시켜둔 우주복으로 향했다. 우
주복은 취침등이 켜지지 않도록 벨크로로 고정시켜둔 상태였다. 우
주복으로 날아간 그는 우주복 외피에 코를 들이대고는 깊게 공기를
들이마셨다. 우주복의 향기가 그의 코에서 감미롭게 맴돌았다.

　　그는 '아아, 이 얼마나 그리운 향기인가!'라고 생각하면서 찡그려
져 붙어 있던 두 눈을 게슴츠레하게나마 떴다. 그러자 그의 배에서
꼬르륵거리는 소리가 폭동을 일으키기 시작했다. 소리는 점점 더
커지더니 꾸르룩꾸르룩대는 지경까지 이르렀다. 소리가 점점 깊고
빠르게 울려 퍼졌다. 그는 뱃가죽만 남은 배를 힘껏 움켜쥐었다. 그
렇게 하면 소리가 줄어들기 때문이다. 그는 허리를 잔뜩 움츠려 허
기를 참아보려고 노력했다. 하지만 그런다고 해결될 허기가 아닌지,
소리는 점점 깊어져만 갔다. 그의 눈이 다시금 잔뜩 찌푸려졌다. 더
이상은 못 참겠는지 맥 매커천은 취침 주머니로 향했다.

　　어떻게든 다시 잠을 청해보기 위해서였다. 잠이 들면 그나마 나
은 편이었다. 그는 취침 주머니에 들어가 벨크로를 붙이곤 그 안에
몸을 옹송그렸다. 그러자 잠시 후 취침등이 꺼졌고, 선내는 다시 고
요한 어둠을 되찾았다. 그렇게 선내는 적막감이 시간을 달리기 시
작했다. 그런데, 찌지직찌지직대는 벨크로 특유의 소리가 날카롭게
들려왔다. 맥 매커천이 분노에 가득 찬 야윈 얼굴로 취침 주머니에
서 빠져나온 것이다. 그러고는 몸을 날려 조종실 뒤편으로 향했다.
그는 빠르게 허공을 가르며 날아갔다. 그는 조종실 뒤편에 위치한
서랍장의 문들을 열기 시작했다. 그러자 텅 빈 서랍장들이 그에게

속을 드러냈다. 빠르게 서랍들을 열었지만 그의 바람과는 달리 모두 텅 빈 상태였다. 그러나 그는 개의치 않고 열심히 서랍을 열었다.

잠시 후, 그가 크게 외쳤다. "찾았다!" 그의 얼굴에 깊은 미소가 번졌다. 그리고 그와 동시에 그 미소와는 어울리지 않는 꾸르룩 하는 소리가 깊게 진동했다. 그는 보물을 발견한 해적 선장의 얼굴로 서랍 안을 들여다봤다. 그 안에는 식량팩 여덟 개가 그를 기다리고 있었다. 그게 남아 있는 그의 전부였다. 그는 그것들을 허겁지겁 먹기 시작했다. 어찌나 허겁지겁 먹어대는지, 누군가 봤다면 아마도 이렇게 말했을 것이다. "옳지! 넌 역시 내 아들이야! 맛있니? 여기 더 있단다. 더 먹으렴!" 그 소리가 들렸는지, 그가 말했다. "네, 아버지. 고마워요!"

32.
소행성 포획 미션이
종료됐음

2024년 1월 13일

안나의 기억 속 파편

　나는 사업에 대해서 잘 알지 못한다. 그건 정말로 인정하는 바이다. 처음에는 남편이 우주로 떠난 3년간 이사회 회의에 대리인 자격으로 참석하고는 했다. 참석해봐야 회의에서 결정된 사안들에 대해서 고개를 끄덕이는 정도였다. 정말이지 지겨웠다. 그리고 중요한 결정은 우주에서 남편이 해결해줬었다. 남편이 죽고 나자 상황이 달라졌다. 이제는 엉덩이가 빌어먹게 아픈 그 자리가 내 자리가 돼버렸다. 다시 한 번 강조하지만, 내가 회사를 경영한다면 회사는 오래 버티지 못할 것이다. 내가 있을 자리는 연구소지 기업의 회의실이 아니다.

　나는 그런 건 깔끔하게 인정하는 사람이다. 나에겐 수만, 수십만

명의 생계를 짊어질 능력이 없다. 그래서 전문경영인을 고용했다. 이사회에서는 테드 윌리엄스라는 전문경영인을 고용하기로 결정했고, 나는 곧바로 승인했다. 이제 그 졸린 회의에 참석하지 않아도 된다고 생각하니 정말이지 살 것만 같았다. 나는 테드에게 경영권을 맡기면서 하나의 조건을 달아놓았었다.

"테드, 제 부탁은 한 가지뿐이에요. 직원들을 함부로 해고하지 말아주세요. 알아요, 로봇이나 인공지능 컴퓨터로 직원들을 대체할 수 있다는 사실 말이에요. 그들을 해고하면 더 많은 수익을 낼 수 있겠죠. 하지만 그게 우리한테 중요할까요? 우린 우주 사업으로도 충분한 수익을 올릴 수 있게 됐어요. 소행성을 자원화할 수 있으니까요. 그리고 맥의 마지막 유산인 화이트홀 렌즈도 대박이 났고요. 저는 경영에 대해서는 모르지만 맥에게 이거 하나만큼은 확실하게 배웠어요. 기업은 꿈이 있는 사람들이 모이게끔 해야 한다고 말입니다. 돈을 잘 버는 훌륭한 기업보다는 직원 모두에게 사랑받는 기업이 될 수 있도록 만들어주세요. 그게 앞으로 기업이 살아남는 길 아닐까요? 맥이라면 그렇게 했을 겁니다. 부탁합니다."

이에 테드는 난감한 표정을 감추지 못했지만 뭐 어쩌겠는가, 나 대신 그렇게 난감해하라고 고용을 한 것인데. 어차피 사람이 돈을 벌어야 소비도 활발하게 이뤄지고 그래야 기업이 살 수 있다. 지나치게 이상적인 방식이라고 생각할 수도 있겠지만, 남들이 가지 않는 길을 선택해서 숲을 헤쳐나가는 방식이야말로 지금까지 맥이 걸어온 발자취임을 나는 알고 있다. 그리고 그것이 가장 앞서가는 개척자의 길임을, 짧은 기간이었지만 맥을 통해서 알게 됐다. 그것이 지금까지 인류가 발전시켜온 위대한 유산이 아닐까? 오래된 전통일수록 쉽게 사라지지는 않는 법이다. 단지 시대에 따라서 조금씩 방법이 변해갈 뿐. 나는 그런 방식이 과학이나 경제나 매한가지일 것이라고 믿는다. 어쨌든, 내가 자신 없는 것에 대한 부담은 털었다. 그걸로 됐다.

2024년 7월 16일

우리의 소행성 포획 미션이 종료됐다. 우리는 소행성의 L4 지점 도착에 맞춰서 케이블을 우주로 쏘아 올렸다. 과거의 새턴 5호보다 크고 튼튼한 로켓이 그 임무를 완수했다. 로켓의 이름은 T1이었다. 로켓 이름에 대해서는 여러 가지 제안이 있었다. 대부분 돌아오지 못한 두 사람을 추모하자는 의미였다. 나는 그 여러 가지 제안들을 모두 거절했다. 솔직하게 말해서 빌리 맥까지 추모하고 싶지는 않았다. 그래서 T라는 글자의 의미를 알고 있는 나는 로켓의 이름을 T1이라고 붙여줬다. 이렇게라도 해서 그의 의지를 하늘로 쏘아 잇고 싶었다. 그뿐이다. 발사된 로켓은 소행성과 랑데부했고 2, 3호기의 우주인들이 우주유영을 통해서 소행성과 케이블을 연결했다. 그러고는 연결된 케이블을 지상으로 내려보냈다. 내려온 케이블은 빛의 밭 뒤편에 건설한 승강장 고정 장치에 연결했다. 이것으로 왕복선의 기나긴 임무는 종료됐다.

페덱스2호기, 3호기가 4.5킬로미터나 이어진 에드워드 공군기지의 활주로에 안전하게 착륙했다. 네 명의 우주인 모두 건강한 상태였고, 전세계가 그들을 환영했다. 아폴로 시대 이후로 이렇게 전세계의 이목이 쏠린 적은 없었다고 한다. 정말 감동적인 순간이었다. 하지만 영화에서처럼 활주로에 가족들이 달려오고 우주비행사가 달려가 그들을 품에 안는 모습은 펼쳐지지 않았다. 아무리 꾸준하게 운동을 해왔다지만 그들의 근육은 지구의 강인한 중력을 버텨낼 수가 없었다. 그들은 들것에 실려 돌아왔다. 지구로 귀환한 영웅들치고는 너무나도 초라한 모습이었다. 신민준과 아이오 타쿠미, 댄 테일러, 클레몽 마티유 모두 엄지손가락 하나도 하늘로 치켜세우기 힘들어했다. 그들이 수많은 카메라 앞에서 할 수 있던 행동이라고는 수술실에 들어가는 환자처럼 방긋 웃는 것뿐이었다. 그들은 카메라를 상대하면서 가족들을 찾아 두리번거렸다. 그러고는 가족들이 달려오자 모두 눈물을 흘렸다. 그리고 나 역시도 눈물이 흘렸다.

　나는 안다. 뉴턴의 제3법칙이 인생에도 적용돼버렸다는 것을. 인간은 앞으로 나아갈 때 그만큼을 뒤로 잃게 된다. 하지만 나에게 맥은 중성자별이나 블랙홀만큼이나 무거운 존재였다. 맥은 얻게 된 것으로 만족할 수 있는 존재가 아니란 말이다. 뉴턴은 틀렸다.

2025년 9월 14일

　우주 엘리베이터가 완성됐다. 이름은 '팰로앨토의 나무'라고 붙여줬다. 앞으로 다섯 개의 우주 엘리베이터를 더 만들 생각인데, 나머지 엘리베이터의 이름들도 자리 잡은 지역의 이름에 나무를 붙여서 이름 지어줄 생각이다. 아낌없이 주는 나무처럼 인류의 진보에 많은 도움이 될 것이라고 믿는다. 오늘은 팰로앨토의 나무의 완공식이다. 우주 스테이션은 이미 한 달 전에 완공됐다. 하지만 굳이 오늘로 완공식을 미뤘던 까닭은, 오늘이 그이의 생일이기 때문이다. 완공식으로 그이에게 생일 선물을 주고 싶었다. 그리고 또 하나의 특별한 선물이 있다. 바로 우리의 아이다. 올해 6월 1일에 태어난 건강한 아들. 남자아이였으므로 이름은 맥 매커천 2세라고 지었다. 그이가 마음에 안 들어 할 수도 있지만, 나는 그렇게 이름 짓고 싶었다. 억울하면 살아서 돌아오든가.

남편은 나와 결혼하기 한참 전에 자신의 정자를 냉동 보관했다고 한다. 아무래도 자신이 우주에 자주 나가기 때문에 그랬던 것 같다. 우주 방사선에 자주 노출되다보니 생식기능에 이상이 생길까봐 두려웠던 것일 테지. 아무튼 꼼꼼한 성격은 알아줘야 한다니까…… 이런 센스쟁이 변태 같으니라고. 이 사실을 나는 그가 사망한 직후 변호사를 통해서 알게 됐다. 그리고 왕복선의 임무가 종료된 후 인공수정을 통해서 임신을 했다. 더 이상 나는 혼자가 아니다. 이 아이야말로 그가 내게 남겨준 가장 커다란 유산이니까.

누군가는 우주개발이 인간의 삶에 아무런 도움이 되지 않는다고 말한다. 그저 엄청난 낭비일 뿐이라고. 이에 대해서 나는 이렇게 생각한다. 인류가 지구 상의 다른 생명체들과 다르게 발전할 수 있었던 건 꿈을 꿀 수 있어서였다고 말이다. 인류는 꿈을 통해서 성장해 왔다. 그리고 인간이 꿈꿀 수 있는 가장 큰 대상이야말로 우주일 것이다. 우주는 우리가 성장할 수 있는 가장 거대한 대상이자 영원한 목표이다. 그러니 우주를 아무 가치가 없다고 폄하하는 이는, 꿈꿀 능력을 상실한 흙 속의 시체 같은 존재이다.

나는 남편을 잃었다. 하지만 나와 맥은 우리가 꿈꾸던 미래를 얻게 됐다. 지금 당장은 그 결과에 만족한다. 과거에 대한 결과를 바꿀 수는 없다. 물리학은 과거의 결과에 개입할 수 있는 힘을 절대로 인정하지 않는다. 그러니 후회는 뒤로 접어두고 미래를 향해 나아갈 수밖에. 후회는 어리석은 미래를 맞이하는 지름길이며 비겁한 변명이다. 그러니 또 다른 꿈을 향해 나아가겠다. 그리고 이 아이에게 그 꿈을 이어주겠다. 인류는 늘 그렇게 살아왔으니.

33.
기록을
종료하겠다

2024년 5월 15일

소행성 포획 미션 1051일 차

아아, 망할, 망할! 모두 지옥으로 꺼져버려. 어떻게 이럴 수가 있냐고! 대체 어쩌란 말이야?! 빌어먹을 우주, 빌어먹을 왕복선, 빌어먹을 우주복, 빌어먹을 빌리! 빌어먹을 숟가락. 빌어먹을…… 안 해. 뭐, 남은 게 있어야 버티지, 더는 못 한다. 잠결에 남아 있던 식량팩들을 전부 먹어버렸다. 몽유병 환자라도 된 것처럼 입에 우걱우걱 처넣었다. 이제 끝이다. 이렇게 얼마간 굶주리다가 지구를 바라보면서 죽게 되겠지. 고립된 사람이 물만 마시면서 얼마나 살 수 있지? 2주는 버티려나? 그건 체력이 멀쩡할 때의 얘기다. 이 상태로 3주간 어떻게 버티란 말이야! 빌리! 이게 다 네놈 탓이야! 좆까! 좆까! 좆까! 냉큼 꺼져버려!

소행성 포획 미션 1051일 차(2)

화딱지 나서 미쳐버리겠네! 빌리! 잡히면 젖도 까버릴 테다!

소행성 포획 미션 1051일 차(3)

한바탕 화를 냈더니 좀 낫다. 빌리, 미안. 전부 내가 멍청해서 그런 건데 네 탓으로 돌려버렸네. 정말 진심으로 사과할게. 본심은 아니었어. 식량팩들을 어젯밤에 전부 먹어버렸다. 다 먹고살겠다고 한 짓이었다. 나 자신을 용서하련다. 굶주림은 죄가 아니다. 뭐 어쨌든, 먹고 나니 지금 당장은 배가 불러서 그런지 행복하다. 그나마 다행인 건 인조 고기는 먹지 않았다는 점이다. 잠결에 허겁지겁 배를 채웠지만 손도 대지 않았다. 인조 고기는 그런 맛이다. 그리고 그런 맛이라 이번만은 정말 다행이다. 인조 고기는 여덟 줌가량이 남아 있다. 정신을 차렸으니 이것으로 남은 3주가량을 버텨야 한다. 버텨내겠다. 살아남겠다. 그게 최선이다.

소행성 포획 미션 1070일 차, 맥 매커천

저 멀리 하얀색 물감을 흩뿌려놓은 듯한 푸른 원반이 보인다. 지구다. 신이나 자연이, 아무튼 둘 중 누가 만들었든 간에 푸른빛을 뿜으며 생명이 꿈틀거리는 듯한 지구는 언제 봐도 아름답기만 하다.

누가 만들었든 아름다우면 된 것이 아닌가. 지구에 내려가면 아직도 그 지랄 같은 문제를 가지고 쌈박질을 하고 있을 덜떨어진 놈들에게 이 모습을 보여줄 생각이다. 물론 엘리베이터가 완성되면 말이다.

"그럼 조금은 조용해지겠지? 너무 아름답다고 반해서 또 보여달라고 징징거리면, 두 번째부터는 이용료를 왕창 받아버리는 거야. 어떻게 생각해, 안나?"

그렇게 말하자 안나가 머리카락을 휘날리며 비웃었다.

빌어먹게 배가 고프다. 그리고 빌어먹게 찜찜하다. 냄새는 적응이 돼서 이골이 났다지만, 찜찜한 이 느낌만은 어쩔 수가 없었다.

오면서 어느 책에서 읽었는데 우리의 뇌는 멍하게 가만히 있으면 시간당 6칼로리, 뭔가에 집중을 하면 시간당 90칼로리 정도가 소모된다고 한다. 그러니 어떻게든 좀 더 바보처럼 멍하게 있으려고 노력했다. 사실 생각할 힘도 전혀 없었다. 그렇다보니 일지는 지금까지 쓰지 못했다.

그렇게 꼼짝 않고 살았더니 지난 3주 동안은 별다른 문제가 발생하지 않았다. 역시 모든 카오스는 인간에게서 비롯되는 것이라는 생각이 든다. 그런 의미에서 미래의 나에게 미안하다는 말을 전하겠다. 분명히 현재의 나 때문에 어떠한 문제에 직면해서 골머리를 썩고 있을 테니까.

'네가 겪는 모든 시련은 네 잘못이 아니야. 모두 현재의 나 때문이지. 그러니 나에게 복수하고 싶다면, 미래의 너 자신에게 대신 엿을

먹이렴.'

　기분이 좋다보니 쓸데없는 개똥철학이나 읊고 있다. 지구가 코앞에 보이는데 내 기분이 어떻겠나. 이해해주시길.

　그리고 생각해보니 이산화탄소 농도의 증가에 대한 내 해결책은 정말로 운이 좋았던 것 같다. 이산화탄소가 넓게 퍼진 공간에서는 수산화리튬 통이 좀 더 오랜 시간동안 기능을 유지할 거라고 결론을 내렸던 것 말이다. 공간이 넓어졌다고 이산화탄소의 분자 개수가 감소하는 것은 아니지 않겠나.

　마지막 수산화리튬 통이 이산화탄소를 제거한 지 일주일이 됐다. 그리고 나는 아직도 이렇게 살아 있다. 깨끗해진 선내의 공기를 호흡만으로 위험 수준까지 농도를 올리려면 시간이 꽤 필요했던 것 같다. 그리고 생각해보니 이 생각을 뒷받침해줄 상황도 이미 일지에 쓰여 있었다. 나는 워터팩의 물이 센서를 망가뜨린 지 거의 2주 가량이 지난 후에야 몸에서 이상 징후를 느끼지 않았나. 아아, 그렇게 써놓고도 눈치를 채지 못했었다니…… 이런 미련 밥팅이 같으니라고!

　뭐 어쩌겠는가. 나는 나 혼자서는 살아갈 수 없는 나약한 존재인데, 남들이 겪은 실수를 반복하는 그저 하나의 인간일 뿐인데. 그러니 도움을 받아야 하는 존재인데 말이다. 이런 생각은 이제 중요하지 않다. 지구는 바로 저 앞에 있으니까.

　외톨이가 된 후부터 나는 일지에 적혀 있는 일련의 우주 생활을 무한 반복하면서 생존했다. 먹고, 싸고, 고치고, 자고, 멍 때리고, 안

나와 대화를 하고, 운동을 하고, 책과 영화를 보면서 말이다.

우울해질 때면 스티븐 킹, 아이작 아시모프, 칼 세이건의 글들을 보면서 위로를 받았다. 그들의 공통점은 글에서 모두 따뜻한 햇살처럼 온기가 느껴진다는 점이었다. 자신이 좋아하는 일과 꿈들을 글로 옮겨놨으니 햇살처럼 따스할 수밖에. 나는 그렇게 살아왔고, 그렇게 버텨왔다. 겁나게 외롭기는 했지만 이 외로움이라는 것도 면역이 되는 건지, 아니면 그 자체를 즐기게 되는 건지, 아무튼 반년쯤 지나자 외로움에 대한 감정도 꽤나 무뎌져버렸다. 그다음부터는 그냥 무덤덤하게 살았던 것 같다.

이제 나는 사흘 후면 집에 도착하게 된다. 이제 일지를 마무리 짓고 나서 마지막 우주유영을 나갈 생각이다. 아무래도 캔버스로 막아둔 구멍이 불안하다. 대기권에 진입할 때 괜히 구멍이 뚫려서 닫아놓은 화물칸 문이라도 열려버린다면 정말로 끝장이다. 그야말로 산산조각이 날 것이다. 고로, 외부에서 쥠줄을 이용해 화물칸 문을 잘 닫아놓을 생각이다. 무척이나 지친 상태지만 마지막이니까 힘을 내겠다. 이제 지구에서 보자고. 안녕.

소행성 포획 미션 1073일 차

이제부터 우주복에 마지막 음성 기록을 남기겠다. 압력복이 날아가버렸으므로 우주복을 입고 있다. 대기권 진입 시 소금 알약을 먹어둬야 했지만 그것도 없었으므로 먹지 못했다. 소금은 대기권 진입 시 정신을 잃지 않도록 도와준다. 염분이 부족한 나는 뇌에 산소를 공급할 혈액이 부족할 것이다. 아마도 정신을 잃을 확률이 높다. 게다가…… 항관성복도 내겐 없다.

OMS 엔진을 가동하겠다. 2분간 분사를 하면 속도가 줄어들어서 대기권에 진입할 것이다. 그러면 미약한 대기권의 공기와 마찰이 이루어져 고도가 줄어든다.

3, 2, 1…… 분사! 이제 자동 착륙 시스템을 가동하겠다.

컴퓨터 제리가 왕복선의 앞부분을 40도 처든 상태로 대기권에 진입했다. 진입 각도가 작았으면 대기권에 부딪쳐 튕겨 나갔을 것이다. 물수제비를 뜨듯이 말이다. 조금……씩 충격이 느껴……진다. 그리고 공기의 저항이 느……껴지자마자 그간 숨어 있던 쓰레기와 먼지들이 비처럼 쏟아지기 시작……했……다. 젠장…… 정말 더럽다! 그……리고 중력이 느껴지기 시작한……다. 100킬로미터 높이부터는 제리가 S자 비……행을 시작할 것이다. 스노보드를 타듯 공기 브레……이크를 사용하게 될 것이다.

보이는……가? 창밖에 불꽃……놀이가 시……작됐다. 왕복선이 엄청난 속도……로 활강하자 공……기 분자의 압축으……로 인해서 왕복선의 바닥…… 표면 온도가 급상승했다. 아마도…… 빛이 빨간색에서 오렌지……, 분홍, 하……얀색으로 차츰 변해……갈 것이다…… 하지만 외부의 혼란……과는 다르게 내부……는 조용하다. 왕복선……이 음속보다 빠르기 때문에 소음……과 진동이 매우 적다. 하지만 중력……이 매우 가혹하게 느껴진다…….

아아, 온몸이 무거워 무기력……한 기분이다. 왕복선이 글라이딩 비행 감속을…… 하자. 속도……가 눈에 띄게…… 줄……어든…… 다! 이제 외부…… 빛…… 없다! 음속 아래……로 떨어졌……는 지 뒤에서 쫓아오던 충……격……파가 고스란히 느껴지기…… 시 작……했다. 진동과 소……음! 장난…… 아니…… 아아…… 시 야…… 협……착이…… 아……! 앞이…… 보이지……가.

어디선가 '터치다운'을 외치는 소리가 들려왔다. 잠시 정신을 잃 었…….

맙소사! 지금 활주로를…… 달리……고 있다. 아무래도 착륙…… 성공……한 듯, ……의식이…… 가물가물하다.

뭐지? 이 웅성거림은? 또다시 의식을…… 잃었었나보다. 굉장 히 낯선 소리가…… 다시 깼다. 무척…… 시끄럽…… 젠장! 세상 이 온통…… 빛으로…… 눈이 부시다. 앞이 제대로…… 문이 열리 는 소리가 들린다. 몸을…… 움직일 수…… 없다. 누군가 나의 헬 멧을…… 너무 밝아서 알아볼 수가…… 헬멧이 벗겨…… 누군가 가…… 나를 안았…… 맙소사…… 아내다…….

아내의 온기가 느껴진다. 오, 이런 맙소사!

아내의 따뜻한 가슴이⋯⋯ 얼굴에 닿아⋯⋯ 느껴⋯⋯.

오오! 역시 크고 말랑말랑⋯⋯ 출렁출렁⋯⋯ 부드럽⋯⋯.

아! 아파! 때리지 마, 자기야!

기록을 종료하겠다.

2020년 7월 11일

안나의 기억 속 파편(2)

"평행 우주를 열다니, 그게 가능해?"

맥이 물었다.

"응. 이론상으론. 달의 표면에 초대형 입자가속기를 제작하면 웜홀이나 아기 블랙홀 같은 시공간의 균열을 만들 수가 있어. 우리의 우주가 일종의 초공간 속 막(membrane)이라면, 우리의 우주를 에워싸고 있는 벌크(bulk)는 우리와 아주 가까운 곳에 있을 수도 있다는 거야. 샌드위치 같다고나 할까? 우린 가운데 있는 햄이고. 그러니까 그 평행한 우주로 가는 길을 열어낼 수도 있는 거야. 그 공간을 초대형 입자가속기로 잠시 찢는 거지."

내가 말했다.

"막? 벌크? 좀체 감이 안 오는데? 차원을 말하는 건가?"

맥이 물었다.

"음, 비교가 정확한 건 아니지만. 그래, 엄청나게 큰 빌딩을 떠올려봐. 옆으로도, 위로도 거대한. 근데 이 빌딩은 한 가지 특징이 있어. 까도 까도 계속 나오는 러시아 인형 마트료시카처럼 한 개의 층을 다른 층이 에워싸고 있는 거야. 한 개의 층은 하나의 우주고, 그 층을 에워싸는 우주들이 끊임없이 이어지고 있는 거지. 빌딩의 층을 연결해주는 엘리베이터는 웜홀이나 블랙홀이고. 이해가 돼?"

내가 말했다. 그러자 그가 팔짱을 끼며 고개를 끄덕였다. 이에 내가 말을 이었다.

"입자가 달의 표면을 따라 돌면서 가속되는 가속기를 만들면 입자가 지나가는 길을 진공으로 만들 필요가 없게 돼. 우주공간은 지상에서 만드는 인공적인 진공보다 더욱 완벽한 진공이기 때문이지. 그리고 이 궤적에 지속적으로 에너지를 주입해서 가속도를 올리고 궤도를 수정하다가 두 개의 입자 빔을 충돌시키면."

내가 열 개의 손가락을 한 점에 모았다가 한 번에 쫙 폈다. 그러고는 말을 이었다.

"플랑크 에너지에 가까운 엄청난 에너지를 얻게 되는 거지. 거기서 우리는 아기 블랙홀이나 웜홀을 만들 수 있는 것이고."

"잠깐만, 문제는 그렇게 작은 블랙홀이나 웜홀을 만들어서 시공간을 뚫었다고 쳐. 블랙홀의 크기가 작을수록 기조력이 강해서 살아남을 수가 없잖아. 스파게티 면발처럼 쭉쭉 늘어나다가 존재 자체가 사라지는 거 아니야? 게다가 그 작은 공간에 거대한 탐사선을 쑤셔넣을 수도 없는 노릇이잖아."

그가 문자 의자에 몸을 기대며 내가 답했다.

"그 문제는 레이저를 통해서 해결할 거야."

"레이저?"

그의 미간이 살짝 찌푸려졌다.

"응, 레이저. 레이저는 물질이 아니잖아. 그러니 블랙홀에 다가간 다고 해도 기조력의 영향에서 자유로울 수 있어. 기조력 때문에 파장이 달라져도 그 안에 담긴 정보는 그대로지. 그리고 그 파장도 짧아서 엄청나게 미세한 시공간의 균열도 통과할 수 있는 것이지. 모든 문제가 깔끔하게 해결이 되는 거야."

그러자 시무룩한 말투로 맥이 물었다.

"뭐야, 그럼 우리가 직접 가는 게 아니네?"

이에 내가 답변했다.

"우리가 직접 가게 될 거야. 가는 방식이 조금은 다르지만."

"방식? 어떤 방식?"

"우리의 의식을 데이터화해서 전송하는 거야. 우리보다 앞선 문명은 우주여행을 이런 방식으로 하고 있을 가능성이 커. 음…… 예를 들자면 레이저의 데이터를, 컴퓨터를 이식한 생체 기관이나 로봇에 이식하게 되는 거지. 아! 〈트랜스 포머〉의 로봇들처럼."

"트랜스…… 포……머?"

순간 맥의 눈이 반짝였다.

2021년 6월 30일

동이 틀 무렵 나에게 마지막 사랑을 쏟아부은 그가 나를 품에 안으며 이렇게 물었다.

"우주가 대체 뭘까?"

빙긋 웃으며 내가 답했다.

"나도 몰라."

그러고는 말을 이었다.

"우리의 우주를 구성하는 물질은 암흑 물질이 23.3퍼센트, 암흑 에너지가 72퍼센트, 그리고 나머지 물질이 4.6퍼센트야. 그리고 지금까지 우리가 알고 있는 건 4.6퍼센트의 물질뿐이고. 암흑 물질은 우주를 날아다니면서 모든 물질들을 잡아당기는 보이지 않는 물질이야. 그리고 반대로 암흑 에너지는 공간을 팽창시키는 척력을 지닌 힘이야. 문제는 암흑 에너지인데, 이 에너지의 특징은 공간의 성질을 지녔어. 음…… 그러니까 우주가 팽창하면 물질의 밀도는 점점 줄어드는 반면, 이 암흑 에너지는 계속 증가하는 거지. 예를 들어 물에 떨어진 잉크 한 방울이 옅어지면서 퍼지는 게 아니라, 퍼지면서 온통 검은 잉크로 채워진다고나 할까. 자기, 듣고 있어?"

그러자 그가 말했다.

"응. 듣고 있어. 눈을 감고 상상하고 있었어."

내가 말을 이었다.

"그런데 이 암흑 물질의 구성 비율은 에너지가 각기 다른 우주에서 다를 수 있어. 예를 들면 어느 우주는 너무 많은 암흑 물질을 가지고 태어나서 그 중심에 강한 중력이 생성되는 거야. 그리고 그 거대한 중력으로 인해서 빅 크런치가 일어나게 되는 거지. 그러니까 그 우주는 성장하지도 못한 채 하나의 점으로 폭삭 수축해버리는 거야. 또 어떤 우주에서는 암흑 에너지가 너무 많은 상태에서 출발하게 돼. 그렇게 되면 아무것도 존재할 수 없도록 급속도로 팽창하면서 터져버리는 거야. 풍선처럼. 그리고 또 다른 우주에서는 에너지와 물질이 안정적으로 존재해서 우리의 우주와도 같이 생명이 존재할 수도 있는 것이고. 이해했어?"

내가 물었다. 그러자 그가 웅얼거리며 답했다.

"으응. 빅 크런치…… 빅……뱅. 오케이?"

피식 웃으며 내가 말을 이었다.

"이 암흑 물질과 에너지의 구성 비율에 따라서 우주가 각기 다른 차원으로 나뉜 걸 수도 있어. 마치 욕조 속의 거품처럼 말이야. 예전 물리학자들이 우주공간 속에 존재한다고 믿었던 에테르라는 존재가 암흑 에너지나 물질이라고 생각해봐. 그렇게 되면 각 물질과 에너지의 분포에 따라서 여러 우주의 밀도는 천양지차로 달라지게 되는 거야. 예를 들면, 암흑 에너지의 척력으로 공간의 밀도가 달라지면, 그 공간의 밀도 차이에 따라서 차원이 나뉘게 되는 거지. 물과 기름처럼 말이야. 뭐가 됐든 이 공간 매개체들의 밀도 차이가 차원을 분리하는 것일 수도 있어."

내가 그를 바라보며 잠시 말을 줄였다. 그러자 그의 씩씩거리는 숨소리가 나지막이 울려 퍼졌다.

"자기, 자?"

내가 물었다. 그러자 그가 웅얼거리듯 답했다.

"공간…… 물…… 기름 오케이. 차원 오……케이."

내가 말을 이었다.

"자, 그럼 우리 차원을 샌드위치처럼 감싸고 있는 벌크를 떠올려봐. 그게 정말로 존재한다면, 우리는 단순히 하나의 차원에만 존재하는 게 아니게 돼. 그러니까 우리는 여러 순간의 선택으로 쪼개져서 거품처럼 분열하고 있는 다중 우주 속에 있는 것일 수도 있어. 마치 욕조 속에 풀어둔 거품처럼 계속해서 다른 결과의 우리가 생겨나고 있는 거지. 예를 들면, 여기서 자기가 갑부이자 우주비행사면, 다른 우주에서는 비렁뱅이로 살고 있을 확률도 존재한다는 거야. 자기, 이해했지?"

이에 그가 감았던 눈을 번뜩 뜨면서 내게 물었다.

"비렁뱅이? 절대 안 돼. 정말 싫어! 아, 잠이 확 깨네!"

그가 경악에 찬 표정으로 나에게 말했다. 그러고는 장난기 가득 찬 표정으로 말을 이었다.

"자기, 우주 비렁뱅이 맛 좀 볼래?!"

그가 눈을 찡긋거리며 나를 덥석 안았다. 그러고는 나의 코에 자신의 오뚝한 콧날을 비비며 살포시 입을 맞췄다. 이에 나는 미소와 함께 눈을 감았다. 그의 온기가 느껴졌다. 나는 따스한 행복감을 느꼈다. 아니, 정말로 행복했다.

2054년 7월 1일

모든 준비는 끝났다. 나는 떠날 것이다. 우주를 사랑했고, 우주를 사랑하는 사람과 짧은 만남을 겪었고, 지금껏 우주를 향해 한 걸음씩 묵묵히 걸어왔다. 때가 된 것 같다. 이제 그를 만나러 갈 생각이다. 사람들은 말한다. 혼자 남겨진 이 세상이, 실패의 좌절감이 찐득거리듯 온몸을 옭아매는 이 세상이, 아픔과 통증, 슬픔으로 붉게 물든 이 세상이 지독하게 밉다고 말이다. 하지만 나는 그렇지 않다고 생각한다. 우주 어딘가에서는 다른 결과에 둘러싸인 내가 웃고 있을 테니까. 버려진 만큼의 행복은 반드시 어딘가에는 존재해야 마땅하다. 그래야 공정한 것이다. 다행스럽게도 내가 아는 한, 우주는 공정하다. 우주는 폭발하면서 먼지를 뿌린 만큼, 딱 그만큼만 새로운 세상에 대한 가능성의 씨앗을 품고 있다. 더도 말고 딱 그만큼만. 그렇게 우리가 태어났으니, 우리의 인생도 그와 닮아 있으리라고 나는 믿는다. 닐 타이슨의 말대로 과학의 좋은 점은, 당신이 믿든 믿지 않든 사실이라는 것이다. 그러니 어디선가 버려진 만큼, 어디선가 당신은 앞으로 나아갔을 것이다. 그러니 다른 결과 속에서 그와 함께 웃고 있을 나를 확인해보려 한다. 운이 좋으면 내가 옆에 없는 상태인 그를 만나게 될 수도. 이것이 이 세상에서 나의 마지막 기억이 될 것이다. 지금, 만나러 가겠다.

작가의 우주 입문기

나의 이름은 신동욱이다.

대한민국 배우이며 책을 좋아하며 〈콘택트〉와 〈아폴로 13〉 〈인터스텔라〉 같은 영화를 무한 반복해서 즐기는 30대의 '우주덕후'이다. 그리고 자랑스러운 군필이며, 조금 아프다.

사실 조금 아프다는 말은 별로 하고 싶지 않았다. 사람들이 말하는 '인간이 느낄 수 있는 가장 큰 고통'이니, '저주받은 질병'이니 하는 말들이, 내게는 더 큰 고통으로 다가오기 때문이다. 나는 그런 동정을 받는 것을 견딜 수가 없었다. 그런 걱정과 위로를 들으면 억울하고, 거친 증오가 증기처럼 뿜어져 나오고, 지독한 한기인지 지옥의 불꽃인지 모를 악마의 열기가 손끝에서 뿜어져 나오는데 기분이 어떠하겠는가.

미안하지만, 나에게 위로는 한번 빠져들면 헤어나올 수 없는 블랙홀과도 같은 존재로 느껴졌다. '인생 망쳤네' 하는 슬픔이 나를 집어삼킬 것만 같았다. 왜 꿈을 꾸다보면 그런 악몽을 꿀 때도 있지 않은가. 어디선가 갑자기 천 길 낭떠러지가 나타나 그 어두운 심연의 구렁텅이로 추락하는 악몽 말이다. 그래, 내가 딱 그 느낌이었다. 적어도 나를 치료해주시는 분당서울대학교 병원의 이평복 교수님이 나에게 장애 등급을 알려주실 때에는 그러했다. 나는 이겨낼 수 있다고 믿는데 장애라니, 이 무슨 개 같은 상황인가.

나는 웃으면서 그 장애에 대한 진단을 거부했다. 이미 중증 환자로 등록은 돼 있었지만, 새로운 장애 등급은 나에게 사형선고와도 같이 느껴졌기 때문이다. 나는 그 단어의 무게감을 이겨낼 자신이 없었다. 멀쩡해 보이는데 장애라니, 이 무슨 말도 안 되는 상황이란 말인가. 그때 나는 느리게 걷고 있었단 말이다. 조금씩 나아지고 있었다. 나는 배우답게 최대한 태연한 척하는 표정으로 매력적인 미소를 지으며 그 진단을 정중하게 거절했더랬다.

그래서 나는 위로를 받지 않기 위해서, 버텨내기 위해서 사람들을 피했다. 내 자신을 나만의 우주에 가두기 시작했다. 아무래도 좆된 줄 몰라야 슬픔이 덜하지 않겠는가. 나의 5년간의 우주유영은 그렇게 시작됐다.

때문에 이것은 나의 이야기이기도 하다.

분위기를 바꿔보자. 나는 지금부터 내가 우주를 사랑하게 된 이유를 말하고자 한다. 황당한 이유지만 사실이니 그러려니 하길 바란다.

2006년인가 2007년도에 유럽에 화보 촬영을 하러 나갔던 적이 있었다. 그때 나의 파트너는 아름다운 여배우 박시연 씨였다. 우리는 다른 비행기를 타고 떨어져가다가 프랑스 파리에서 비행기를 갈아타게 됐는데, 그때 나는 박시연 씨를 처음으로 보게 됐다. 고백하건데, 너무나도 아름다웠다. 장미같이 화려한 아름다움이었다. 나는 처음이자 마지막으로 여배우를 보면서 긴장했다. 순전히 외모만 보고서 말이다. 아무튼 그 정도 미모이심을 미리 밝혀두는 바이다.

　그렇게 나는 긴장을 했고, 또한 초면이라 더욱 어색한 비행이었다. 나는 창가 좌석, 박시연 씨는 복도 쪽 좌석이었다. 중간에는 좌석 팔걸이가 하나가 있었는데, 그것은 우리에게 넘을 수 없는 삼팔선처럼 느껴졌다. 어찌나 어색했는지 나는 창문만 바라볼 수밖에 없었다. 창칼처럼 험준한 알프스산맥 위를 비행 중이라 더 그렇게 느꼈는지도 모르겠다. 아무튼 나는 하늘을 향해 삐죽삐죽 솟은 그 험준한 산맥을 하염없이 바라볼 수밖에 없는 상황이었다.

　그때였다. 저 멀리 산맥 위로 은색 점 하나가 갑자기 나타났다. 은빛을 띤 타원형 물체였는데, 처음에는 전투기나 비행기, 뭐 그런 것인 줄만 알았다. 그 비행체가 낯선 움직임을 보이며 사라졌다가 다시 나타나기 전까지는.

　믿기 어렵겠지만 나는 UFO를 본 것이다.

　지금이야 내가 잘못 봤다는 것을 잘 알지만, 그때는 정말이지 깜짝 놀랐었다. 나는 좌석에서 반쯤 일어나 이 기이한 현상을 목격한 사람이 있는지 기내를 둘러봤다. 하느님, 알라님, 부처님 맙소사. 아무도 없었다. 식사 시간이라 다들 기내식을 먹고 있었다. 나는 고개를 휙 돌려 옆에 앉아 있던 박시연 씨를 마주 보며 낮은 목소리로 다급하게 말했다.

"식사 맛있게 하세요."

마음속에선 "시연씨도 외계인 보셨나요? 보셨죠?" 하며 외치고 있었지만, 마주 본 그녀는 그런 말을 듣기에는 너무나도 아름다웠다. 이러니 내가 얼마나 답답했겠는가.

그 후로 나는 외계 생명체에 관심을 가지기 시작했고, 이는 자연스럽게 천문학, 물리학, 항공 우주학, 우주 생리학, 그리고 칼 세이건으로 이어져 아이작 아시모프, 킵 손, 브라이언 그린, 미치오 카쿠, 리사 랜들, NASA 등으로 확장되었다. 골프를 좋아하는 사람이 타이거 우즈에 심장이 뛰듯, 축구를 좋아하는 사람이 메시에 심장이 두근거리듯, 판타지를 좋아하는 사람이 드래곤이란 단어에 심장이 뛰듯, 나는 '우주' 라는 단어에 심장이 뛰기 시작했다. 나의 심장은 책에 담긴 '우주'라는 단어들을 빨아들이며 전율했다. 나는 이렇게 우주에 매료됐고, 이렇게 우주 이야기를 쓰기에 이르렀다.

이야기를 쓰는 동안 굉장히 즐거웠다. 다만 맥 매커천이 우주에서 사고를 당해 표류하는 장면은 잘 쓸 수 있을까 걱정이 됐다. 나는 이미 고립된 생활을 하고 있다 생각했지만, 맥 매커천보다는 덜 좆됐던 것이다. 그래서 그를 실감나게 고립시키기 위해 나 자신을 더욱 고립하기로 결정했다. 만남은 물론이고 전화 통화, 문자메시지까지도 통제했다. 스스로를 맥 매커천이 처한 상황에 최대한 몰아넣고 그처럼 철저히 고립시켰다. 이는 글을 쓰기 시작할 때부터 시작해 씻는 것, 먹는 것, 텔레비전 보는 것, 산책 등 거의 모든 생활로 이어졌다. 맥이 느낄 상황과 최대한 비슷하게 느낄 수 있도록 나를 통제했다.

그렇게 나만의 1인 표류를 하기 시작했다. 처음엔 점점 벙어리가 돼가는 느낌이었고, 시간이 어느 정도 지나자 혼잣말을 쏟아냈다. 고립을 부정하기 시작했다. 극도의 불안감과 공허함, 공포를 번갈아 느꼈고, 이것이 내가 지녔던 질병과 상호작용을 해서인지, 결국엔 치아가 뒤틀리기까지에 이르렀다.

이는 점점 심해졌고, 맥 매커천의 시련이 커질수록 나 역시 증상이 심해져갔다. 결국 탈고를 얼마 앞두곤(아마 마지막 시련을 쓰던 중이었을 것이다) 앞니 하나가 부러질 지경에 이르렀다.(어찌나 몰입을 했던지, 얼마 후 담당 편집자에게 전화해서 이랬더랬다. "편집자님! 이 섹시한 영구 상태를 영상으로 찍어서 홍보에 활용하자고요! 북트레일러로 딱이에요!")

결국 나는 소설을 탈고했고, 1년 만에 맥 매커천과 함께 지구에 착륙했다. 마치 미래에 온 것만같이 황홀한 기분이다. 몇몇 오류를 해결하지 못했지만(예를 들어 소행성의 회전을 제어하지 못한 것이나 치올코프스키의 생일을 맥이 착각한 것 같은) 너그럽게 봐주시길 바란다. 그리고 일지의 날짜도 내 생각보다 5년에서 10년가량 앞당겨 썼는데, 이는 우리나라의 2020년 달 탐사에 대한 나의 애정이다. 소설내의 시기는 2025~2030년부터 시작이라고 생각하면 맞을 것이다.

　누군가가 후회와 슬픔에 사로잡혀 침묵의 바다에서 표류하고 있다면 나는 이렇게 말해주고 싶다. "거대한 장벽은, 달리 생각하면 커다란 도약일 뿐이다"라고. 그 때문에 글을 썼고, 복귀는 꼭 소설로 하고 싶었다. 왜냐하면 내가 해낸 것을, 누군가도 해낼 수 있으리라 믿기 때문이다.
　시련은 얼음과도 같아서 언젠가는 녹기 마련이니까.
　내가 당신을 응원하겠다.

2016년 11월
신동욱

커튼콜

끝난 줄 알았지? 내가 누구게?

짠! 안녕, 우주 변태 맥 매커천이야. 작가가 '작가의 말'까지 끝마쳤는데 아직도 할 말이 더 남았다 하더라고. 그래서 마지막을 나에게 맡겼어. 말이 너무 많은 것 같다며 창피하다나 뭐라나…… 아무튼 우주에서 홀로 표류하다보면 작가나 나처럼 이렇게 수다쟁이가되니까 다들 이해하시길. 작가가 특별히 고마운 분들을 언급하지 않았다고 징징거리면서 이걸 나한테 대신 읽으라고 하더군. 작가는 나처럼 우주 최고 훈남 중 한 사람이니까 다들 그러려니 하면서 이해하길 바라!

앤디 위어, 당신한테 고맙다고 하더군('빌어먹게'라고 적혀 있는데 그건 뺐어!). 글을 쓰던 도중에 『마션』을 너무 재밌게 봤다고 적혀 있어. 그리고 준비했던 자료들이 『마션』과 꽤 많이 겹쳐서 덕분에 많은 설정들을 들어내야 했다고. 예를 들면 내가 태양풍의 습격을 받아서 추위를 겪을 때, 작가는 화성의 인공위성을 습격해 RTG를 빼내서 난로로 쓰려고 했다더군. 또 자신의 꿈은 할리우드 배우였다면서 '이봐, 맥. 모르겠어? 이게 영화가 된다면 신민준은 내 역할이라고! 내 것이란 말이야!' 하더니 한다는 소리가, '앤디 위어 때문에 신민준과 안나의 장면 대부분이 날아갔다고!'

우주 최고 훈남이니까 징징거려도 이해하시길!

아무튼 계속 읽을게.

"수년간 치료를 해주신 분당서울대학병원 이평복 교수님, 그리고 남상건 교수님, 언제나 나 자신보다 나를 더 걱정해주시는 강남 런던치과 이창규 선생님, 그리고 이 소설을 읽고 흔쾌히 조언과 추천사를 써주신 채연석 박사님, 천문학자 이명현 박사님, 이정모 서울시립과학관장님께(작가는 이분들을 과학계의 어벤져스라 부르더군) 깊은 존경과 감사의 말을 전한다."

또 작가는 이렇게 말했어.

"이 소설은 내가 썼다기보다는, 우리나라에서 과학을 사랑하는 이들이 발간한 책들이 쓴 것이다. 좋은 책들을 발간해준 그들에게도 감사를 표한다." 그리고 작가는, "천만이라는 히말라야를 최초로 두 번 정복한 윤제균 감독님, 나의 가위손이자 오랜 친구 박승택,

만나자마자 헛소리를 늘어놨는데도 묵묵히 듣고 고개를 끄덕여주신 다산북스 김선식 대표님, 그리고 이 책에 애정을 쏟아준 DASAN BOOKS(작가는 거꾸로 읽어서 NASA. D로 읽더군) 괴짜 영웅들, 또이 소설에 마법의 향신료를 듬뿍 뿌려준 편집자에게도 깊고 진한애정을 표한다. 그는 나와 이 소설의 비행경로를 다듬어준 뛰어난비행 감독관이었다"라고 남겼네.

그리고 마지막엔 이렇게 쓰여 있어.
"사랑하는 팬 여러분."
느끼한 자식······.

신동욱을 처음 보았을 때 느꼈던 감정은 '그놈 참 잘생겼다!'였다. 훤칠한 키에 또렷한 이목구비는 남자인 내가 봐도 감탄을 자아낼 만큼 아름다웠다. 그리고 연기에 대한 열정은 또 어떠했던가? '분명 신동욱은 언젠가는 좋은 배우로 성장할 것 같다!' 이것이 나의 두 번째 느낌이었다. 영화감독으로서 잠재력 있는 신인배우를 발굴하고 육성하는 보람은 경험하지 못한 사람은 잘 모를 것이다. 그렇게 나는 신인배우 신동욱을 주의 깊게 지켜보고 있었다. 그런데…….

동욱이의 소속사 대표가 동욱이가 틈날 때마다 썼던 소설을 한번 읽어보라고 나에게 원고를 건넸다. 무슨 내용인지 물어보자 우주를 배경으로 하는 SF 소설이란다. '아니 신인배우가 연기나 열심히 할 일이지, 뜬금없이 소설은 무슨…… 게다가 SF 소설?' 나는 코웃음을 쳤다. 그리고 동욱이가 쓴 소설을 책상 구석에 던져놓고 한참을 잊고 있었다. 그러다 우연히 시간이 나서 먼지가 제법 쌓인 동욱이의 소설 첫 장을 뒤적거려보았다. '도대체 무슨 내용이야?' 이것이 동욱이가 쓴 소설 첫 장을 넘기며 들었던 첫 번째 느낌이었다. 그런데…… 페이지를 넘길수록 나의 비웃음은 서서히 사라지고 있었다. 아니 좀 더 솔직히 말하면 '도대체 얘는 뭐하는 놈이야?' 하는 놀라움으로 나도 모르게 페이지를 넘기고 있었다. 그리고 시간이 지날수록 나는 책에 빠져들고 있었다. 우주에 대한, 물리학에 대한 그 해박한 지식들과 그 수많은 지식들 사이를 씨줄과 날줄을 엮듯이 세밀하게 구성해놓은 인간에 대한 드라마. 마지막 페이지를 덮으며 흥분된 마음으로 나는 외쳤다. '이걸 자기가 직접 썼다고? 그럼 난 죽어야 해!(참고로 나도 영화감독이기 이전에 작가 출신이다.)' 마치 살리에르가 모차르트에 대한 자격지심을 느낀 것처럼 정말 오랜만에 나 스스로 자괴감이 든 것이다.

나는 소설을 다 읽자마자 소속사 대표에게 전화를 했다. 그 첫마디가 '이걸 동욱이가 직접 썼다고? 거짓말하는 거 아냐?' 그러자 소속사 대표가 말을 시작했다. 동욱이는 이 소설을 쓰기 위해서 수백 권의 우주, 물리학 책을 독파했고 엄청난 자료 조사와 수많은 시간을 들인 피와 땀의 결정체가 바로 이 소설이라고…….

나는 그 말을 듣고 머리가 숙여졌다. 그리고 다시 한 번 큰 깨달음을 얻었다. '역시 사람은 외모만 보고 판단해서는 안 돼…….' 그렇다. 나는 동욱이의 외모만 보고 그의 크리에이티브한 능력과 작가적인 열정을 간과해버린 것이다.

나는 이 소설을 읽고 많은 충격을 받았다. 우주를 배경으로 하는 소설 중에 그 전문성과 크리에이티브한 드라마가 시너지 효과를 발휘하기는 쉽지 않다. 하지만 동욱이는 해냈다. 그 잘생기고 새파랗게 어린 동욱이가 해낸 것이다. 내가 그랬던 것처럼 독자들도 이 소설의 마지막 장을 덮고 나면, 신동욱이라는 작가에 대한 놀라움과 충격에 빠질 것이다. 그리고 작가의 사진을 찾아본다면 더욱 더 놀라움과 충격에 빠질 것이다. 사람을 존경하는 데에 나이는 중요치 않다. 그래서 걱정된다. 그의 글을 사랑하는 독자로서 그를 너무 많이 존경하게 될까봐…….

_윤제균(영화감독)

가상과 현실의 경계가 급격하게 무너지고 있다. 그렇다 우리는 Science Fiction이 Science Fact가 되어가는 과정을 미처 깨닫지도 못하는 사이에 목격해야만 하는 시대에 살고 있다. 『씁니다, 우주일지』는 당혹해하면서 픽션과 팩트 사이에서 갈피를 잡지 못하고 있는 현대인들에게 나침반 같은 소설이다. 가까운 미래를 배경으로 아직은 실현되지 않은 과학기술을 바탕으로 세상을 구축한다. 하지만 마치 지금 이 순간 당신과 내가 겪고 있는 것 같은 착시현상을 불러일으키는 묘한 작품이다. 너무 멀지 않은 미래라는 시간 설정이 갖는 기대감과 약간의 두려움을 작가는 잘 활용하고 있는 듯하다. 우리로 하여금 그 시대의 도래를 직접 경험할 수 있다는 희망을 갖게 만드는 재주를 가졌다. 아직은 실현되지 않았지만 곧 나타날 것만 같은, 그래서 익숙하면서도 낯선 기술과 문명을 공간 속에 구현하면서 가상과 경계가 함께 공존하는 작가만의 시공간을 구축하는데 성공한 듯하다. 신동욱 작가가 제시하는 나침반을 따라서 『씁니다, 우주일지』를 항해하다보면 가까운 미래에 당신 자신에게 펼쳐질 Science

Future가 나타날 것이다. 『씁니다, 우주일지』는 세계 구축과 이야기의 서사가 멋진 균형을 이룬 멋진 작품이다. 그리고 무엇보다 재미있다.

_이명현(과학저술가 · 천문학자)

우리의 삶에서 부족한 것이 무엇일까를 생각해본다. 나는 그것이 '상상력'과 '도전정신'이라 생각한다. 특히 상상력은 청소년 시기에 길러야 하는데 입시준비 때문에 대학에 들어갈 때까지 상상력을 기를 시간이 없다. 그럼 대학 입학 후에는 상상력을 기르느냐? 그것도 아니다. 취업 준비에, 직장 생활에 치여 상상력이 삶에 끼어들 틈이 없다. 다른 분야도 마찬가지이지만, 과학기술분야만큼 상상력이 뛰어난 인재들이 많이 필요한 분야도 없다. 나는 상상력을 키우기 위해서는 소설을 많이 읽어야 한다고 생각한다. 특히 SF 소설을 읽으면 더더욱 넓고 커다란 상상력을 키울 수 있다. 그러나 아직 우리나라의 SF 소설은 척박하기 그지없다. 이 불모지에 가까운 공상우주과학소설계에 스타가 나타났다. 배우 신동욱 씨가 공상우주과학소설을 쓴 것이다. 이 소설 『씁니다, 우주일지』는 기발하고 유쾌한 발상으로 독자를 우주만큼 거대한 꿈의 세계로 안내한다. 우리나라는 2020년대에 달에 탐사선을 보내려고 준비하고 있다. 꿈은 멀리 있지 않다. 작가의 말처럼, "거대한 장벽은, 달리 생각하면 커다란 도약일 뿐이다".

_채연석(전 항공우주연구원장)

이제 기술의 발전은 우주여행은 우리가 살아 있는 동안에 경험할 수 있는 것처럼 보인다. 기술이 현실이 되려면 여기에 모험심과 더불어 살아올 수 있다는 심리적인 안정감이 더해져야 한다. 『씁니다, 우주일지』는 바로 이 것을 주었다. 신동욱은 우주 알거지의 우주 생존기를 감동적으로 풀어내면서 내 가슴속에 잠들어 있던 탐험가 정신을 깨웠다.

_이정모(서울시립과학관장)

씁니다, 우주일지

초판 1쇄 발행 2016년 11월 21일
초판 2쇄 발행 2016년 12월 2일

지은이 신동욱
펴낸이 김선식

경영총괄 김은영
책임편집 백상웅 **책임마케터** 양정길, 최혜진 **크로스교정** 윤세미
콘텐츠개발2팀장 김현정 **콘텐츠개발2팀** 김정현, 문성미, 이승환, 정민교
전략기획팀 김상윤
마케팅본부 이주화, 정명찬, 최혜령, 양정길, 박진아, 최혜진, 김선욱, 이승민, 김은지, 이수인
경영관리팀 허대우, 권송이, 윤이경, 임해랑, 김재경
외부 스태프 디자인 이경란

펴낸곳 다산북스 **출판등록** 2005년 12월 23일 제313-2005-00277호
주소 경기도 파주시 회동길 37-14 3, 4층
전화 02-702-1724(기획편집) 02-6217-1726(마케팅) 02-704-1724(경영관리)
팩스 02-703-2219 **이메일** dasanbooks@dasanbooks.com
홈페이지 www.dasanbooks.com **블로그** blog.naver.com/dasan_books
종이 한솔피앤에스 **인쇄·제본** 갑우문화사

ISBN 979-11-306-1032-0 (03810)

독자 추천의 글

천편일률적인 이야기에 조금씩 질려갈 즈음에 이 책을 만나게 되었다. 원인을 알 수 없는 희귀병으로 투병 중인 작가는 우리를 SF의 세계로 인도한다. 우주를 도화지 삼아 자유롭게 그려낸 그의 상상력이 돋보인다. _이태윤

재미있다. 이야기의 흐름도 빠르다. 과학적인 상식과 상상력이 잘 어우러져 있다. 우주 방열판, 태양전지, 암모니아 냉각수, 냉각 펌프 모듈, 우주유영 등의 용어들이 소설 속에 멋지게 녹아들어 있다. 맥이 지구에 착륙한 것처럼, 작가 신동욱의 두 발도 다시 땅을 단단히 딛고 있으리라 믿는다. 맥이 운송했던 소행성은 그의 빈 마음을 채워주는 에너지원이 될 것이다. "시련은 얼음과도 같아서 언젠가는 녹기 마련"이라는 그의 말을 내 마음에도 담는다. _변성래

우주 덕후를 자처하는 배우 신동욱이 〈인터스텔라〉〈마션〉에서나 가능할 법한 놀라운 상상력의 우주 소설을 탄생시켰다. 유머와 성찰을 놓치지 않고 우주 미아가 된 맥이 느끼는 극도의 불안감과 공허함을 실감나게 표현했다. 자, 그럼 소행성 포획 미션에 동참할 준비가 되었는가! 3,2,1, 발사! _황지헌

『쏩니다, 우주일지』에 가득한 코믹한 대사는 우리를 유쾌하게 우주로의 여행으로 이끈다. 많은 독자들도 『쏩니다, 우주일지』에서 소설가 신동욱의 능청스러운 유머와 우주로의 도전을 만났으면 좋겠다. _전선희

괴팍하기로는 1등인 맥 매커천, 그리고 그에 지지 않는 맥 매커천의 연인 김안나 박사. 뻔하지 않은 로맨스와 '우주'라는 광활한 곳에 남겨져 이상현상을 보이는 동료들의 기막힌 일들이 합쳐져 중간쯤 읽다가 입이 벌어지기도 했다. 우주로 떠난 이 사람들 무사히 집으로 돌아갈 수나 있을까 싶다. 웃음이 피식하고 나오는 맥 매커천과 동료들의 이야기, 결코 연인이 되지 않을 것만 같았던 맥 매커천과 김안나 박사의 이야기를 보고 싶다면, 지금 『쏩니다, 우주일지』를 펼쳐보라. _정하은

신동욱이 우주 덕후일 줄은! 신기한 마음으로 책을 펴보게 된다. 그의 상큼한 느낌만큼이나, 소설은 신선한 재미를 선사한다. 이 특이한 남자, 맥커천의 우주표류 기록…… 만화를 읽듯, 영화를 읽듯 흥미롭게 빠져든다. _박정원

평소 SF 장르 마니아인 내게 신동욱의 『씁니다, 우주일지』는 『마션』 이후 만나는 첫 단비 같은 작품이었다. 유머러스하면서도 대담하고, 자신감 넘치는 주인공 맥 매커천. 그가 위험하게 펼쳐나가는 우주일지 곳곳에 유머코드가 담겨 있다. 한 번 펼치면 끝까지 읽을 수밖에 없는 중독성도 선사한다. 아내에게 별을 따다 주는 맥 매커천처럼 소설가 신동욱은 독자에게 재미도, 감동도 따다 줄 것이다. _장아람

이 소설, 흔한 SF 영화를 떠올리면 오산! 금발 변태 맥커천과 섹시한 물리학자 김안나의 불꽃 튀는 로맨스가 중력의 무게를 더한다. 유쾌하거나 혹은 로맨틱하거나! 연기자에서 작가로 변신한 신동욱의 기발한 재치와 글이 SF소설을 한층 업그레이드시켰다. _장혜령

소행성을 옮기는 과정에서 나오는 여러 가지 과학과 우주 상식은 물론 우주 덕후라는 배우 신동욱의 상상력이 더해져 재미있는 표현들과 거침없는 글귀들로 술술 읽힌다. 신동욱, 그는 자신의 아픔 앞에서 좌절하기보다 뚤기 가득한 주인공들과 함께 우주여행을 떠나면서 그 힘겨움을 이겨냈다. 그래서 더욱 감동적인 소설이다. _안재심

배우 신동욱의 연기를 생각하면서 글을 읽으면 그동안 신동욱 내면에 이런 상상과 위트가 살아 있었나 싶어진다. 무엇보다 브라운관에서 보여주지 못한 상상력 가득한 재미있는 생각을 만날 수 있는 우주기록물이 될지도 모른다. _김영실

우주에 대한 학위를 딴 것도 아닌데 어쩜 유명한 영화감독 뺨치는 수준으로, 마치 우주선에 탑승해본 것처럼 우주 영상을 척척 그려내는 것인지. 배우에서 작가로 변신한 신동욱 그에게는 특별한 것이 있다. _이문욱

작가 신동욱의 발견! 〈마션〉〈인터스텔라〉와 같은 우주 영화를 재미있게 섞어놓은 듯한 이야기의 매력에 빠져든다. 온통 어두운 암흑 같은 우주를 여행하면서 우울하지 않을까 생각할 수도 있지만 재치 있는 위트로 인해 우주여행이 마냥 즐겁다. _박새롬

광범위한 우주를 소재로 한 장편소설을 보고 있자니 배우 신동욱의 상상력이 얼마나 넓고 깊은지를 단박에 알 수 있었다. 우주에서 펼쳐지는 일들을 담아낸 유머 가득한 일지들을 보고 있으면 시간 가는 줄 모르게 될 것이다. _신하나

배우 신동욱이 돌아왔다. 이번엔 배우가 아닌 작가로다. 배우의 변신은 무죄라 했던가. 그가 들고 온 것은 유쾌한 SF 장르 소설이다. 못다 이룬 그의 꿈을 펼치기에 우주만큼 멋진 소재도 없었으리라. 두 주인공을 따라 그동안 못다 한 그의 이야기를 들어보는 것은 어떨까. 우주인이여 모여라! _박나라

읽으면 읽을수록 빠져드는 묘한 매력이 있다!! 우주라는 조금은 생소하면서도 낯익을 수 있는 공간으로의 초대. 소설 제목 그대로 그가 쓴 우주일지에 마냥 빠져들었다. 그러면 알게 될 것이다. 우리가 사는 곳이 어떤 곳인지…… _김보화

나는 과학 관련 책을 별로 좋아하지 않는다. 그중에서도 우주는 더더욱. 그런데 이 책의 첫 페이지부터 반전, 대반전. 우주라는 배경을 굉장히 흥미롭게 그려냈다. 작가가 된 신동욱의 문장은 맛깔나고 유쾌하다. _김나정

우주라는 대공간을 바탕으로 벌어지는 일들을 쭉 따라 읽다보니 신동욱이라는 사람이 궁금해졌다. 그동안 SF소설은 끝까지 못 읽고 덮어버렸는데 이 책은 다 읽었다. _남수민

유쾌해서 순식간에 책에 빠져들어서 출근할 시간이 다가오는 줄도 모르고 두 시간 동안 책에서 눈을 떼지 못하고 읽었다. 좌절의 순간 넘어지는 게 아니라, 또 다른 자신의 꿈을 실행시킨 신동욱 '작가'의 유쾌하고 매력적인 책이다. 누구나 첫 장을 넘기는 순간 헤어나오지 못할 것을 장담한다. _김수현

독특한 문체와 캐릭터로 인해 더 재미를 느낄 수 있는 이야기. 평범한 소재로 남들과 다름을 추구하는 소설. 작가의 길을 걷는 용감함에 응원을 해주고 싶다. 걸출한 신예작가의 등장! 행복한 독자가 되게 해준 그에게 고맙다. _박영심

배우 신동욱. 그의 질병과 장애는 그를 5년간의 우주 유영으로 그만의 우주에 가두었다. 위로받지 않기 위해, 버텨내기 위해 시작된 우주에 대한 사랑이 이 한 편의 SF 소설에 담겨 있다. 신동욱 그의 재치와 유머, 그리고 전문가적 지식이 엿보이는 이 작품은 그의 시련을 녹여내고 커다란 도약을 보여주는 한 작가의 시작일 뿐이다. 그에게 응원을 보낸다. _고수현